U1020127

WANG ZIFU WORKS

中国专业作家作品典藏文库
王梓夫卷

昨夜西风

王梓夫 著

中国文史出版社

目录

花落水流红

一

美丽的桃花冲出了个天大的丑闻，陈瘸子的闺女小簸箕在外面当“鸡”发了大财。这件事传出来的时候正在阳春三月，桃花盛开的季节。一夜之间，满山遍野的桃花轰轰烈烈地开了，又梦幻般地落了。满载着残花败蕊的溪水从小山村里流淌出来，红红的，艳艳的，带着一股土腥味儿。

桃花冲百十户人家，还有谁比陈瘸子更穷吗？五十多岁了，他没穿过不带补丁的衣服，没吃过不掺糠菜的饽饽，没有身上不背债的时候。别的不说，山坡上那间竹子茅草搭成的小屋里，空荡荡只有一个灶台，灶台上只有一口锅。锅周围的灶台上挖了七个坑，每到吃饭的时候，他那比兔子大不了多少的女人就把锅里的饭菜用木勺舀进坑里。一家人就围在灶台周围吃坑里的东西。就是说，他家连几只缺牙裂齿的盘碗都没有。筷子当然好办，折个树枝秆儿就行了。没有盘碗，兔子大小的女人就不能把菜和饭分开。所以陈瘸子家的锅里，向来是把饭和菜掺和在一起做的。女人省事，连碗都不用刷。这永远不刷的碗每次都是靠全家人用舌头舔干净的，久而久之，在灶火的烧烤下，便是硬邦邦的、光滑滑的，上了釉子一般。晚上睡觉的时候更省事，没有床，没有炕，全家人横七竖八地随便躺在铺着稻草的地上。身上连条遮羞蔽寒的棉絮也没有，天热的时候分开一些，天冷的时候挤紧一些。反正都是自家的骨肉，没有那么多的忌讳。

陈瘸子在桃花冲独门孤姓，据说他家原来在山下，闹土匪的时候他爸爸被撕了票，是爷爷把他们挑上山的。独门孤姓，还一脉单传，这就使陈家在桃花冲不但穷，还没有依靠，没有地位。他爷爷临死的时候嘱咐他的寡妇妈，一定要给陈瘸子娶个婆娘，秃瞎聋哑都不在乎，只要能生孩子，千万不能让陈家绝了后。寡妇妈拿出了一辈子的积蓄，从人贩子手里给他买回来这个小媳妇。这个女人太小了，又瘦又小，还没有八九岁的孩子大。要不是脸上那粗糙的皮肤和手上的老茧，没有人会相信她是成年女人。这个女人在人贩子手里积压了许久，最后陈瘸子的寡妇妈花了六百元钱买下来了。人贩子一个劲儿地说连她的路费都没有赚出来，赔大发了。

没想到这个兔子大小的女人却像母兔一样的能下崽儿，当年媳妇当年孩儿，头胎就给陈瘸子生了个带尿的，第二年又生了个带蛋的。管计划生育的村干部找来了，要罚款。茅草屋里除了那口锅没有一件值钱的东西，陈瘸子的寡妇妈跟村干部说了六骡子车好话。村干部走了，小女人继续生，又一连生了三个丫头。小簸箕就是他的三丫头，那一天小女人端着簸箕到山上捡野桃核儿。肚子突然疼起来，小女人急忙褪掉裤子，女儿便光溜溜地降生在簸箕里。山里人手脚勤脑子懒，从来不在给孩子取名上花工夫。见到什么就叫什么，这最后一个女儿生在簸箕里，便理所当然地叫小簸箕了。

小簸箕的上面有两个哥哥两个姐姐，两个哥哥还打着光棍儿，两个姐姐却都出嫁了。大姐出嫁的时候还不满十六岁，二姐更早，连十五岁都不到。山里的人不讲究什么《婚姻法》，也不去乡政府扯结婚证，请亲戚朋友吃顿酒席就算结婚了。什么时候上面检查，再三三五五地背着孩子去领结婚证。这不新鲜。两个姐姐之所以这么早就嫁人，也是因为穷。陈瘸子养活不起，少一个人减一张吃饭的嘴。再有，通过嫁女儿，他得积攒一点儿彩礼，给儿子娶媳妇要紧。

要给儿子娶媳妇就得盖房，在桃花冲房子依然是财富的象征。这些年大家吃饱了肚子，都想方设法地盖房子。有盖三间的，有盖五间的，有盖砖房的，有盖石头房的，当然也有凑凑合合盖土坯房的。就是没有人再盖茅草房了，陈瘸子这间茅草房恐怕要成为忆苦思甜的展览品了。

陈瘸子爆出了冷门，他要盖楼房，而且是三层。依山傍水，雕梁画栋，落地门窗，钢板焊成的楼梯，水泥板的阳台，还有屋里屙屋里尿的卫生间。这样的楼房只在电影里见过，只有上过省城的人见过。在小村人丰富的想象力中，当年的康熙爷、西太后也不过如此。这陈瘸子要干吗？要当皇帝吗？要翻天吗？

丑闻变成了新闻，全村几百口子老老少少都跑来围观。从惊异到不解，从嫉妒到愤怒，整个桃花冲嗡嗡嘤嘤地吵成了一个蛤蟆坑。

盖这个宫殿得多少钱？少说也得十万八万。什么，十万八万？十万八万是多少，摞起来有没有粮食囤那么高？他陈瘸子哪儿来的那么多钱？没告诉你说吗，小簸箕当“鸡”挣的。什么叫“鸡”？“鸡”你还不知道？就是卖那玩意儿的。卖什么？卖你嘴。卖你的嘴，你嘴上胡子拉碴竖起来正好。我就不相信，小簸箕那玩意儿是金的吗？金的也不值那么多钱呀？

乡亲们的气愤不是来自红眼病，这样的钱再多也是脏的。你那楼盖得再漂亮，也散发着一股骚味儿，没有人稀罕。淳朴的桃花冲人穷是穷，可穷得有志气，要脸面，知道礼义廉耻。陈瘸子不是人，牲口不如。能让自个儿的亲闺女卖那玩意儿吗？能花闺女卖×的钱吗？

陈瘸子烧包盖楼，不用乡亲们帮工，却从县城里请来了工程队。这更犯了众怒。自古以来，差不多从猿猴变成咱老祖宗的时候起，村里人盖房子都是乡亲们互相帮衬的。一家盖房，是全村人的大事。凡是能搬得动砖瓦的，都得来帮工。一边干活，一边高呼大喊，比过年还热闹。男人盖房，女人做饭。这是全村人难得的会餐，盘盘碗碗地端上来，无非是白菜豆腐粉条子，加上几块肥肉添荤腥儿。可是有酒，有酒就有男人，有酒就有狂欢，有酒就有乡亲们的骨肉深情。陈瘸子这叫什么？瞧不起乡亲，从外面请来工程队。是舍不得那几顿酒席，还是怕乡亲们不会盖楼？请乡亲们帮工喝酒，盖房就是全村的事，谁也不能袖手旁观；你把乡亲们冷在一边，盖楼就是你自个儿的事，乡亲们只好撩高儿看热闹骂娘了……

二

全村的人都在陈瘸子家附近开眼界过嘴瘾的时候，叶子却坐在阴阳石下鸟瞰着芸芸众生的庸俗不堪。

阴阳石高高耸立在桃花冲的主峰上，从村外看它像一个巨大的男人的阳具，从村里看又像一个半开半合的女人的阴部。阴阳石是桃花冲的镇村之宝，又是闻名遐迩的灵性宝物。据说，男人娶不上媳妇，到阴阳石来拜一拜，就会交桃花运；女儿在阴阳石下磕个头，就会遇见自己的如意郎君。已婚的女人不怀孕，怀孕的女人想要儿子，也都来求助于阴阳石。都说非常灵验，也不知道这些规矩是从什么年代传下来的，这大概是中国保存得最完好的生殖器崇拜。

叶子到这里可不是来求什么的，她还不想嫁什么人。在整个桃花冲，还没有人让她看得上眼，除了杨小峰。至于杨小峰嘛，她也只是对他有好感，也只是山中无老虎，随便跟猫逗逗。叶子的心大得很，她常以《红楼梦》里的探春自喻：才自清明志自高，生于末世运偏消。跟桃花冲的姑娘们相比，她至少有三大优势：一是她的学历最高，落榜的高中毕业生；二是她最漂亮，被众姐妹们评为村花；三是她地位最显赫，父亲是村委会主任。

就这么一个清高孤傲的公主，能看得起自轻自贱的小簸箕吗？能羡慕陈瘸子正在盖起的那三层小楼吗？笑话。

她说笑话不是指陈瘸子和小簸箕，而是冲那些愤愤不平的围观者说的，真是不开眼。还有什么愤愤不平的，不就是几个脏钱堆积起来一座水泥棺材吗？去死吧！

杨小峰悄悄地走过来，捧着一大把含苞待放的桃花。满山姹紫嫣红，叶子独钟情于桃花。“桃花春色暖先开，明媚谁人看不来。可惜狂风吹落后，殷红片片点莓台。”叶子与桃花之间有一种骨肉般的情意，又有一种共同命运的惺惺相惜。她见到桃花便有一种想流泪的感觉，还有一种想诉说点儿什么的欲望，特别是在这花花草草的春天。姑娘的心在春天总像刚刚破土的小草一样，敏感而娇嫩。

杨小峰很谨慎地坐在叶子的身边，叶子依然是目不转睛地看着山下，一副心事重重的样子。

杨小峰搜索枯肠地寻着话茬儿说：“听说小簸箕是在海南当‘鸡’。”

叶子没言语，似乎没有听见杨小峰在说话。

杨小峰又说：“她在那边不叫小簸箕，叫陈爱爱，说是艺名。真可笑，当‘鸡’算什么艺？还有艺名。”

杨小峰说着可笑，自己果然嘿嘿地笑了两声。

叶子却没有笑，脸上依然是一点儿表情也没有。

杨小峰朝叶子的身边凑了凑：“还叫爱爱，真是恬不知耻。谁给钱就跟谁上床，能有什么爱？”

叶子突然火了，冲着杨小峰嚷了起来：“你这个人怎这么无聊？一口一个小簸箕！一口一个小簸箕！你是不是看上她了，看上了她去找她呀，跟我这儿啰唆什么？”

杨小峰被抢白了一顿，脸都紫了，他急忙为自己辩白着：“我不过是随便说说，大家不都在小簸箕家看热闹吗？”

叶子说：“你要想看热闹就去看，我没拦着你。”

杨小峰又急忙闭上了嘴。在桃花冲，杨小峰也是个人物，长得帅，文化又高，跟叶子同样是高中毕业生，而且家庭条件也不错，父亲在县城里当教师。有多少姑娘羡慕他和他的家庭啊，上门提亲和“毛遂自荐”的每天不断。可是，杨小峰谁都看不上，就看上了叶子，他认为只有叶子才配得上他。而叶子却对他不冷不热，本来是顺理成章的事情，由于叶子的态度使他始终处于被动地位。

叶子见杨小峰没动静了，扭头看了看，见他像一只驯服的小动物似的坐在自己的身边，便觉得自己有点儿过分了，缓和了一下口气说：“怎么，生气了？”

杨小峰见问，受宠若惊般地说：“没，没有……我生什么气，你说得对，我不该总提小簸箕。其实……我有很重要的事情想跟你说……”

叶子问：“什么事？”

杨小峰感叹地说：“咱桃花冲太穷了……”

叶子说：“废话，不穷小簸箕能去当‘鸡’吗？”

杨小峰心里说，你不许我提小簸箕，你怎么提小簸箕呢？照你这么说，小簸箕当“鸡”是因为穷逼的了。但是他怕招惹叶子，没敢顺着这个话茬儿往下说，便从口袋里掏出一张报纸，递给叶子：“我找到致富的门路了。”

叶子没接报纸，问：“什么门路？”

杨小峰说：“你看，种当归。包种子、包技术、包收购，一亩地能收入近万元。咱要是把这个技术引进来，就能让咱全村富起来……”

叶子将信将疑：“报纸上的话，能信吗？”

杨小峰说：“这是科技中心推荐的，是政府开发西部的扶贫计划，已经有几万农民加入了，你看。”

叶子接过杨小峰的报纸，仔细地研究起来。

三

陈瘸子走在大街上，人们都像避瘟神一样地躲避着他。过去他虽然穷，但是人缘还不错。因为他穷，谁都有权利、有资格拿他开心取笑，他给桃花冲带来了不少欢乐。现在，因为他暴富了，而且是靠着女儿卖身暴富的。谁都有权利、有资格鄙视他。他成了桃花冲人的参照物，因为他的矮，每个人便觉出了自己的高。高尚、高贵、高头颅。特别是桃花冲的女人们，见他走过，总是要啐几口，似乎不啐就会被他污染了一样。

尽管桃花冲的人把小簸箕和陈瘸子骂得狗血喷头，小簸箕临走的时候，还是带走了两个人，确切地说应该是三个人。一个是小麦，叶子初中时的同学，身条儿秀丽，能歌善舞，从小就做明星梦，做了十几年还没离开过桃花冲。另一个是钉锅儿媳妇，一个长得白白净净、喜眉笑眼的少妇，去年刚给钉锅儿生了个胖丫头，孩子还没断奶，就狠着心跟着小簸箕当“鸡”去了。

事先钉锅儿一点儿信息都不知道，媳妇走的时候只在孩子的枕头底下留了一张条儿。说实在是穷怕了，这苦日子没法过了，告诉钉锅儿放心，她挣到钱一定会回来的。

钉锦儿能放心吗？自己的老婆要是出去干别的还能接受，她是去卖×呀，是让千人操万人日呀。这……这样的钱能挣吗？这样的钱挣回来能花吗？钉锦儿在村里是个木匠，也是人前人后说嘴要脸的人。自己的老婆却跟着小簸箕跑了，去当“鸡”了。他活不下去了，跑到叶子家让叶子的爸爸做主，要休了这个臭不要脸的婆娘。叶子的爸爸是村委会主任，这事发生了，村委会主任也一个劲儿地嘬牙花子。钉锦儿像娘儿们似的哭了起来，哭得叶子心烦意乱。

钉锦儿正哭着，电话铃响了。桃花冲就这么一部电话，是村委会的。村委会没有办公室，穷嘛，于是电话就安在了叶子家。叶子家安着村委会的电话许多人还有意见，似乎他家占了多大的便宜。殊不知一来电话就得叶子的家人接，全村的电话都往她家打，找谁都得负责去叫，叶子的家人成了全村的通信员。

叶子从来不接电话，她懒得满村里去喊人。这样，接电话的任务就自然地落在好脾气又热心肠的妈妈身上了。可是这会儿妈妈正在做饭，电话又响起来没完没了，叶子无奈只好接了。

电话是冬梅打来的，冬梅失踪十几天了，有人说是跟着小簸箕走了，可是没有人相信。怎么能相信呢？冬梅是个初中还没有毕业的孩子，刚刚十三岁，能跟着小簸箕出去当“鸡”吗？说起来冬梅也是不幸的，她是山后面梅花岭人。父母一连生下了她们三个丫头，养不起，就把她送到了舅舅家。她舅舅家在桃花冲，叫杨老筐。杨老筐结婚都快十年了，老婆的肚子还没鼓起来。他以为自己这辈子绝户定了，便将冬梅接过来给自己当女儿。开始的时候还不错，对冬梅宝贝似的疼爱着。没想到冬梅的到来却给他带来了好运，老婆的肚子大了，还生了个儿子。这样一来，冬梅就成了多余的了。冬梅喜欢学习，心气很高，想读完初中读高中，读完高中读大学。可是舅舅怕花钱，却不想让她念了，逼着她退学。冬梅跟舅舅怄气，要跑回到梅花岭亲生父母的家里去。走到半路，碰到了小簸箕、小麦和钉锦儿媳妇。小簸箕骗她说她们出去打工，到大宾馆当服务员，一个月能挣两千多元钱。冬梅动心了，狠了狠心就跟着她们上路了。

冬梅一听到叶子的声音就哭了起来，说她在海南，小簸箕把她骗了，老板逼着她接客，她很怕，那些男人都像狼一样，在她身上乱抓……

叶子说，那你怎么还不快跑？跑回来吧。

冬梅说，她跑不了，冬梅进这家发廊，要交三千元钱押金。钱是小簸箕替她交的，还不上小簸箕的钱，她们不会让她走的。再说，她也没有路费。她让叶子快点儿去找她爸爸……

关系到冬梅的安危，叶子也顾不得许多了，急忙跑去找冬梅的爸爸，也就是她的舅舅杨老筐。

不一会儿，杨老筐来了。冬梅又在电话里哭了起来，一边哭一边大声地哀求着："爸爸，你快来啊……快来救我呀……爸爸，你要是再不来我就活不成了……"

冬梅在电话里的呼救声很大，很惨烈，叶子站在屋门口都听得清清楚楚。叶子的心震颤起来，她想象不出来冬梅的处境，但是那一定是非常恐怖的，非常危险的。她恨不得抢过杨老筐的电话，逼着他立刻去救冬梅。

杨老筐说话了，轻声细语的："梅梅，别哭，你听我说，别怕……怕什么，人家小簸箕不是也挺好吗？小麦和钉锅儿媳妇不是也跟你在一起吗？人家不是都不怕吗……"

冬梅又在电话那边哭叫起来："爸爸，你快来啊……我怕……怕死了……我跟她们不一样……我才十三岁……我不能……不能这样让他们糟蹋……爸爸，你快来救我吧，我求求你了爸爸，我不念书了，我去挣钱……我干什么挣钱都行，就是不能干这个……爸爸……你把我救回去，我听你的话，我再也不花你一分钱了……你花的钱我给你去挣……"

杨老筐说："梅梅，你听我说，你既然去了，就在那儿安心地干吧，挣些钱再回来……听话，梅梅……就在那儿干吧，女孩子家干什么都一样，只要能挣到钱就行……记住，挣到钱马上寄回来，你弟弟该上学了，家里等钱用……"

冬梅在电话那边急得要发疯，叶子在这边听着杨老筐的话恨得咬牙切齿。

冬梅在电话那边嚷了起来：“你是爸爸吗？你不是人，你是畜生……”

吧嗒一声，杨老筐把电话挂上了，脸色很难看，转身就要往外走。

叶子叫住了他：“大叔，冬梅说什么？”

杨老筐支支吾吾地说：“啊……没……没什么，她挺好的。”

叶子说：“我听见了，她说你是畜生。”

这句话让叶子妈听见了：“叶子，怎么跟你大叔说话呢？没大没小的。”

叶子狠狠地说：“冬梅骂得对，他就是畜生，比畜生还不如！”

杨老筐低着头，逃跑似的走了……

四

这一天叶子很愉快，对杨小峰也温柔起来。走在县城的百货商店里，她还像城里的姑娘那样大大方方地挽起了杨小峰的胳膊。这让杨小峰受宠若惊，恨不得把为乡亲们买当归种子的钱都花在她身上，这当然是不可能的。

杨小峰把报纸上刊登的那条种当归的致富广告宣传得家喻户晓，人们都相信了杨小峰，把卖稻谷的钱、卖鸡蛋的钱、准备盖房给儿子娶媳妇的钱都拿出来交给了杨小峰。杨小峰能用这种干净的办法让乡亲们致富，谁能不踊跃地响应呢？

来的时候，怀里揣着乡亲们的三万元钱，身上沉重得像扛着桃花冲那块阴阳石。可是三万元交给了那家公司，换来了半面袋当归种子，杨小峰又觉得太轻了，轻得像一个蔫溜溜的屁，连个响声都没有就随风飘逝了。一种莫名其妙的恐慌感使他不由得打了个冷战。

叶子的兴致依然很高，她觉得帮助杨小峰干了一件很神圣的事。如果种当归能够致富，能够让每一家都像陈瘸子似的盖上一栋漂亮的小洋楼，那陈瘸子就更没脸做人了。到公共汽车站等车的时候，他们又见到了几个桃花冲的姑娘。她们刚刚从桃花冲赶来，背着形形色色的小包袄，慌慌张张地打听着开往省城的汽车。不用问，她们肯定是去投奔小簸箕的。叶子情不自禁地叫住了她们，平时都是她的好姐妹，怎么说走就走连个招呼都不打呢？

这几个人里面，扣子差不多是叶子最好的朋友了，她是带着妹妹蒜头儿一起出来的。见了叶子，她脸红了，眼睛都不敢看叶子。还有小穗儿，她是钉锅儿的亲妹妹。钉锅儿的媳妇走了，怎么他妹妹又要走呢？还有自己的表姐苏梅子，她怎么也去挣那不要脸的钱呢？

叶子说："你们回去吧，杨小峰买了当归种子，咱种当归也能致富，并不比干那脏事挣得少……"

几个姐妹都低着头，没有人听她的话。

叶子感到很伤心，对苏梅子说："表姐，你出来舅舅知道吗？"

苏梅子的回答声细得像蚊子："我娘知道。"

叶子惊叫起来："什么？舅妈知道？这不可能，舅妈能让你出来干这事？"

苏梅子说："叶子，你是知道的，我哥都快三十了，还没有媳妇，我娘急得整夜睡不着觉。"

叶子又问扣子："那你呢？你哥哥不是有媳妇了吗？"

扣子也低声说："叶子姐，我……"

叶子说："我不能看着你往泥潭里跳，你别去了，咱们回去种当归吧，求求你，行吗？"

扣子说："我……我不是为了钱。"

叶子问："不是为了钱你去干什么？"

扣子说："我……我想去看大海。"

叶子的心像是被什么敲击了一下。是啊，看大海是她们共同的梦想，多少次她们坐在阴阳石下面，热泪盈盈地向往着，冲着飞鹰，冲着落日，冲着遥远的天边外……而现在，扣子却要冲着那个梦想出发了。她知道她将要为这梦想付出什么代价吗？

不知道是谁喊了一声，汽车来了。几个人连招呼都没顾上打，便呼啦啦地淹没在人流里。

叶子被抛弃在空荡荡的停车场上，她觉得很孤独，很冷，又很委屈。杨小峰悄悄地走过来，在叶子动员众姐妹回去的时候，杨小峰一直是很知趣地躲在一边的。叶子的双手捂住了脸，泪水顺着她的指缝流了出来。杨小峰轻轻地拢住了她的肩头，她却转过身，扑在了杨小峰的怀里……

这是杨小峰第一次拥抱叶子，感谢那几个不要脸的姐妹给了他这么好的一个契机。他紧紧地搂着叶子，顾不得周围许多复杂的眼神。然而，当他把叶子的脸扳起来，要向她献上那神圣的初吻的时候，叶子却把脸扭过去了。杨小峰并不觉得遗憾，他已经很满足了……

五

谁也不会想到，西部大开发修筑的通往桃花冲的公路，迎来的第一辆小轿车却是小麦带回来的。

能歌善舞一心要做明星的小麦，这回真的成了明星。全村的男女老少都涌向了小麦的家，围着那辆宝马牌的小轿车像围着 UFO 一样新奇。而浓妆艳抹的小麦更成了桃花冲人眼里的怪物：嘴唇儿干吗涂得那么红，刚吃完死孩子吗？眼圈儿干吗描得那么大，要扮演熊猫吗？还有那头发，怎么黄了，金黄金黄的，你不是百分之百的桃花冲人吗？没听说你妈跟外国人有一腿呀？还有那紧绷绷的 T 恤衫，将两个大奶子直挺挺地端了起来，似乎急着要往男人嘴里塞。更要命的是那条小裙子，刚刚遮上屁股蛋儿，还随着走路飘飘地往上掀，那两条白生生的大腿就那么明目张胆地裸露着，天呀，哪个爷们儿能扛得住啊！

开着宝马车的是一个四十多岁的男人，肥头大耳的脑袋直接安在跟大肚子连在一起的胸脯子上，没有脖子，可脑袋下却耷拉下来一条领带，也是金黄金黄的，像小麦的头发。这个胖男人倒是很客气，见了谁都点头，都露出黄牙板笑着。他打开后面的车箱，大包小包地往外拎东西。小麦的爸爸没出来，迎出来的是她的妈妈和弟弟。这两个人忙着往里面搬东西，也不知道那车里面怎么装那么多的东西，像变魔术似的，一件一件往外拎，总也拎不完。

小麦见了谁都把那条光溜溜的胳膊伸出来，桃花冲的人还不习惯握手。见她伸出胳膊都往后躲闪着，逃之不及的和略知文明礼节的便显得很笨拙，不是伸出左手就是伸出两只手。小麦却不计较，她按照桃花冲的特色与众人亲热着。脸上的笑模样很专业，很有点儿明星的味道，只是桃花冲人还不懂得应该举着书呀本的请她签名。

很快，有关小麦的消息便雨后春花般在桃花冲绽开了。她早已经脱离了小簸箕，她没有从事那臭不要脸的职业，她实现了自己的理想，在省城的一个夜总会里唱歌。而且她已经是很著名的歌星了，她有许多追星族，就是说有许多像那个胖男人一样的崇拜者。她唱一晚上歌可以挣几百元钱，就是说，她一个晚上就能比桃花冲人一年赚的钱还要多。桃花冲的人一年要流多少汗，她一晚上能流多少汗呢？桃花冲人嘴损，什么难听的话都说得出来。有人说，男人要活命得靠一双手和一身力气。女人长两张嘴就行了，上面的嘴和下面的嘴，只要用对了地方，都能赚大钱。

第二天晚上，小麦家大摆宴席，差不多把全村的人都请到了。叶子本不想去，可是小麦打发妹妹来请她了，谁让她们在初中时是同班同学呢。何况，小麦还给她带来一条珍珠项链，山里人没见过珍珠，这一定是很贵的。叶子必须去还有一个原因，就是叶子的爸爸不能去，她得替爸爸圆个场。叶子的爸爸是村委会主任，一个很廉洁的老干部，谁家请客他都不去，多少年的规矩了。可是，小麦给爸爸带回了一套西服，这正是爸爸求之不得的礼物。近年来，山里人也时兴起了西装，特别是各级领导干部，已经成了唯一的官服。爸爸经常到乡里县里开会，别人都穿西装，唯独他还一身陈永贵的打扮。乡长已经批评了他许多次，可是一套西装最便宜的也要几百元，他家连修房子的白灰都买不起，到哪儿去找买西装的钱呢？小麦真是见过大场面，脑袋瓜儿灵活，居然送礼都能达到雪中送炭的效果。

叶子去了，去了之后她才知道这是小麦的婚礼。小麦家里里外外摆了几十桌，全村的人像乌鸦争食一样围得满满当当，呼幺喊六，大嚼狂饮，热闹非常。

小麦穿着桃花冲人从来没有见过的婚纱，那个胖男人也是西装革履。一对很不般配的新人轮番到各桌敬酒，这让桃花冲人心里很舒服。

说还是小麦好，小麦发了财也不忘乡亲们，还跟桃花冲那么亲。冲这，就比小簸箕强多了，何止是强多了，根本没法比。人家小麦是靠真本事挣钱的，没干丢人的事。找了个男人虽说样子对不起乡亲，可是明媒正娶呀。年纪大点儿怕什么，样子丑点儿怕什么？有爱孙猴儿的，也有爱猪八戒的，人家王八看绿豆对上眼了，碍你蛋疼了？

女宾们不喝酒，早早地就散了席。小麦不让叶子走，把她拉进了自己的洞房说起了悄悄话。

小麦向叶子炫耀着洞房里的冰箱、彩电、微波炉，都是叶子没见过的名牌。叶子没说什么，她不知道该说什么，只是傻子似的看着小麦。

小麦心里发毛了："干吗这样看着我，不认识了？"

叶子老老实实地承认说："你是变了，连我都觉得你陌生了。"

小麦问："变好了还是变坏了？"

叶子摇摇头，她还是说不上来，有许多事情不是用好坏两条标准就能区分开的。

小麦又问："村里人都说我什么？是不是也像骂小簸箕一样骂我？"

叶子说："那倒不是，许多人都说你好话。"

小麦紧盯着问："那么你呢？"

叶子说："我只是觉得有点儿别扭，也说不出什么地方别扭。"

小麦说："你是不是觉得我不该找这样的男人？"

叶子说："嗯，有点儿……不过，他对你挺好是吗？"

小麦的眼圈儿红了："好什么呀好，要不是他有几个臭钱，我能嫁给一只猪吗？"

叶子的心又咯噔动了一下："这么说你不喜欢他，那为什么还要嫁给他呢？"

小麦说："我没嫁给他，我只是让他包下来了。"

叶子更糊涂了："什么？你说什么？"

小麦说："包二奶，你听说过吗？城里的有钱人都好玩这一套儿。"

叶子困惑地摇着头，她实在不知道小麦说的是什么。

小麦解释说："他需要一个儿子，我得给他生个儿子。"

叶子问："为什么？"

小麦说："我这个歌星就是他用钱捧起来的，要不，我就得像小簸箕一样当'鸡'。其实，这也跟当'鸡'差不多，反正都是卖。小簸箕是零卖，我是批发。"

叶子说："你说的是什么呀乱七八糟的，我可一点儿都不懂。"

小麦说："你还是别懂的好，简单说吧，他有老婆，我给他当的是小老婆，这回明白了吧？"

叶子惊叫起来："什么？这不是重婚吗？他这可是犯法的，你怎么还正式举行婚礼呀？"

小麦说："这算什么婚礼，领不了结婚证能算数吗？这只不过是给乡亲们看的，要不，过几个月我挺着个大肚子回来，算是怎么回事？"

叶子不言语了，这回她实在是没的可说了。

外面，男人们在继续豪饮着，有人放声大哭起来。

小麦问："这是谁呀？"

叶子听了听说："钉锦儿。"

小麦说："他哭什么？他媳妇在外面干得不错嘛。"

六

落花再一次染红了桃花溪的时候，桃花冲以一种令人惊愕的面目面对早晨的太阳了。

县城里的建筑队开进了桃花冲，七八栋小楼一齐开了工。据说，这些建筑队都是通过陈瘸子找来的。陈瘸子成了发家致富的带头人，一张张冷屁股都换成了热脸子。两年前他在桃花冲还不敢抬头走路，现在居然趾高气扬地以权威自居起来。这七八栋小楼的图纸也是他免费提供的，这让他感觉到了从未有过的受人巴结的味道。

距离叶子家最近的那栋小楼是钉锦儿家的，钉锦儿媳妇回来了，跑前跑后地张罗着给建筑队的人炒菜做饭。钉锦儿也焕然一新，成了桃花冲第二个穿西装的人。第一个穿西装的固然是叶子的爸爸了，可是叶子的爸爸将那套西装宝贝似的收藏着，只有去乡里县里开会的时候才穿，平时依然是一身陈永贵的打扮。钉锦儿却烧包，赶着驴上山送粪也穿着西装。上山走的是羊肠小道，皮鞋常常会被卡在石头缝里。桃花冲人走这种路都是赤着脚的，钉锦儿也只好把皮鞋脱下来塞在粪筐里。天气热，桃花冲的男人们都光着膀子，钉锦儿的西装也穿不住了。但是上面光着膀子，下面打着赤脚，脖子上却依然系着一条粉红色的细领带，像缠着一条羊鞭子。

冬梅也回来了，她是被县妇联的干部用汽车送回来的。她被抱下汽车的时候，人们却发现她已经残废了。据县妇联的干部说，冬梅是个英雄，宁死不受辱，她为了抗议老板让她接客，从三层楼上跳了下来。她瘫痪了，两条腿再也站不起来了。这件事登了报，上了电视，全国许多城市都知道了，就是桃花冲不知道，桃花冲没有电视，太闭塞了。冬梅的爸爸也就是她的舅舅杨老筐不想收留她，堵住门口不让妇联的干部把她背进去。后来，冬梅说她不用别人养活，她有钱，有二十多万元钱。法律援助中心替她打了官司，钱是老板赔偿给她的。这二十多万元钱差点儿把杨老筐惊一个跟斗，当他缓过神来的时候立即变成了另外一个人。急忙把冬梅从妇联干部的怀里接过来，心肝宝贝亲闺女地叫个不停。他不但收留了冬梅，还拉着妇联的干部不让走，非要请她们吃饭以表达千恩万谢之情。

冬梅的遭遇让叶子心里很难受，她没有去看望冬梅，她不想知道那可怕事件的具体情况。但是她一直为冬梅担心，直到有一天她在桃花冲的村口见到了三间漂亮的小屋，才明白自己为冬梅担心是多余的。

冬梅没有把自己的钱交给她舅杨老筐，杨老筐软磨硬泡地跟她要过，她只说那笔钱县妇联给她存着，存在什么地方她也不知道。有了这笔钱在手，杨老筐也不敢难为她。直到有一天，她也请来了工程队，在村口按照她设计的图纸盖起了三间临街的小屋。小屋盖得很漂亮，完全是仿照城里那种铺面房盖起来的。房子盖起来以后，她一间自己住，两间开成了商店，卖油盐酱醋、针头线脑、文具书刊。她还雇了一个帮手，是一个初中刚毕业的小姑娘，既是她的店员，又是她的保姆。她从爸爸即舅舅家搬了出来，过起了自食其力的小日子。

叶子很佩服冬梅，觉得她到外面没有白跑，也觉得她的楼跳得值得，她毕竟成熟起来了。

扣子来信了，她说她见到了大海。大海里有白色的珍珠，有红色的珊瑚，也有凶险的鲨鱼……她捧着那封信读了一遍又一遍，茫然不知所云……

就在扣子来信以后没几天，扣子的妹妹蒜头儿回来了，她回来说是给家送钱来的。叶子把扣子的信拿给蒜头儿看，蒜头儿气怒地说："我姐姐是神经病，别理她。"

叶子问是怎么回事。

蒜头儿说："别人出去都是为了赚钱，她可倒好，由着性儿地游山玩水，胡花乱花，还跟一个神经病诗人交上了朋友。"

叶子问："什么诗人？"

蒜头儿说："就是一个胡诌八咧的诗人，写出的诗也发表不了，还得让我姐姐养活他。"

叶子问："让你姐姐养活他，你姐姐拿什么养活他？"

蒜头儿说："我姐姐也挣钱，挣了就花，花完了再挣，从来不攒钱。"

叶子又问："你姐姐靠什么挣钱？"

蒜头儿说："你说靠什么，咱女孩子家还能有什么？"

叶子的脸红了。

蒜头儿继续埋怨着扣子："就没见过我姐姐这样的，我是穷怕了才出去赚钱的。你知道吗？我们出去的人都赚钱赚疯了，什么样的钱都敢赚。有一回，来了一个香港烂仔，非要不戴套儿。我们怕得病，都是戴套儿的。他说谁要是不戴套儿给两千元，别人还是不敢冒险。小穗却干了，结果得了病。"

叶子担心地问："是艾滋病吧？"

蒜头儿说："那倒不是，是尖锐湿疣。你猜怎么着？她挣了那烂仔两千元，治病倒花了四千元，赔大发了。"

听到这些话，叶子只觉得心里一个劲儿地发凉，像是听了一个恐怖故事。叶子好心地劝说着蒜头儿："你别去了，叫你姐姐也回来吧。多危险呀！"

蒜头儿毫不在乎地说："只要坚持戴套儿，一般不会有什么危险的。”

叶子说：“你们总是干这个，将来怎么办？”

蒜头儿说：“什么将来，我们现在赚钱不就是为了将来吗？”

叶子说：“我们女孩子家总得嫁人吧？要是知道你们干过这事，哪个男人还肯要你？”

蒜头儿哈哈大笑起来：“叶子姐，你可真够天真的。你知道咱桃花冲的男人为什么娶不上媳妇？不就是因为没有钱吗？男人有了钱，还愁娶不上媳妇吗？”

叶子说：“我不是说男人，我是说你们。”

蒜头儿说：“那不是一样吗？我们女人有了钱，还愁找不到男人吗？告诉你，我现在要是把几十万元钱往这儿一拍，就能公开招标，好小伙子让我随便挑你信不信？”

叶子摇了摇头，她不是不相信蒜头儿的话，而是对这些话实在是想不明白。

七

杨小峰不跟她在一起的时候，叶子觉得很寂寞。村里的姐妹们走了大半，都到外面闯世界谋生存去了。想到她们那种赚钱的方式，叶子就觉得很恶心。但是，不知道为什么，她有时候又非常羡慕她们，觉得她们非常有勇气，觉得她们的冒险又有很大的诱惑性。是为了钱吗？叶子想，不仅仅是为了钱。到底为了什么，叶子实在是想不明白。

杨小峰在一心一意地领导着乡亲们种当归。他很投入，俨然是个权威似的，东家地里跑，西家地里串，细致入微地进行指导。叶子也很关注当归的种植，她也在自己的地里种了二亩。她一直不相信每亩的收入能达到万元，她打了百分之九十的水分，每亩能收入千元她就知足了。她相信劳动可以致富，却不相信劳动能暴富。在这一点上，她要比杨小峰理智得多。

果然出了问题，当归马上就要成熟了。杨小峰到县城里找那家公司联系收购问题，是叶子跟他一起去的。两年前他们来过这里，很容易找到了那栋办公的房子，可是房子里却是一家热气腾腾的豆腐作坊。杨小峰打听那家公司，没有人知道。他们又跑到县科委，当时那家公司说他们是科委下属的非营利性质的服务公司。科委的人告诉说，他们上当了，全县许多农民都上当了。说那本来就是骗子公司，打着县科委的旗号，县科委也是受害者。杨小峰听了眼前一黑，心口窝儿发烫，当时就吐了一口血，鲜红鲜红的血。

叶子急忙搀着杨小峰到县医院，医生看了看说不要紧，就是一时急火攻心，让他不要着急，要安心静养。他能不着急吗？能安心静养吗？

消息很快传到了桃花冲，种当归的人家一听就急红了眼。能不急吗？眼看到手的票子就这么一眨眼不见了，“我们不知道什么骗子不骗子，是你让我们种当归的，是你把我们的钱拿去买当归的种子的，是你说能让我们发家致富的。谁是骗子，你就是骗子”。几十个人把杨小峰家的院子围个里外不透风，吵吵嚷嚷，骂骂咧咧，不依不饶。有的要扒他家的房，有的要搬他家的电视，有的要牵他家的猪羊，还有的薅着他的脖领子不放，什么都不要，就要钱。

叶子的爸爸一个劲儿地给乡亲们讲道理，说杨小峰是好心，就是没有经验，受了骗。没人听这位老村委会主任的，说他替没过门的女婿说话，推卸责任。杨小峰在县城当教师的爸爸也回来了，给乡亲们作揖鞠躬说好话。但是没有人要这些，他们只要钱，要买当归的种子钱，要种当归的劳务费，还要买化肥、买农药的钱。

杨小峰一下子垮了，腮帮子瘪了，两眼充满了血丝，嘴片子上起满了燎金泡，蔫塌塌的霜打了一般。叶子心里很着急，她逼着爸爸想办法，爸爸把脑袋垂在裤裆里，抽了一整夜烟也没想出办法来。

杨小峰还是不甘心，他又拉着叶子去了县里。他们找县政府，找公安局，找法院，还找到了那家刊登广告的报社，没有人能够帮助他，没有人能给他个说法。只有公安局说他们立案了，什么时候破了案才能追回他们的损失，至于能追回多少，他们也不好说。

叶子只好用无力的语言劝说着杨小峰，叫他别着急，把自己急坏了就更不好办了。对于这些无用的话，杨小峰一句也听不进去。他们转了整整一天，连口水都没喝。叶子说吃点儿东西吧，杨小峰没好气地说：

“都到了这份上了，我还有心思吃东西，我还不如去死。”

杨小峰发起了脾气，这是杨小峰第一次跟叶子发脾气。

叶子不怪罪他，她知道他心里不好受，如果发脾气能减轻一点儿他心里的苦痛，那就让他发吧。

两个人正像没头苍蝇似的在城里乱闯，却碰上了小簸箕。小簸箕倒不像小麦穿戴得那么妖艳，规规矩矩的浅灰色西装短裙，淡淡的职业装，要不是她举止的轻浮和脸上的淫荡，看上去完全像个白领女职员。

小簸箕对他们很热情，杨小峰完全没有心思跟她说话。倒是叶子为了转移杨小峰的注意力，把事情的经过简单地说了说。

小簸箕非要请他们吃饭，叶子的肚子也确实饿了，而且考虑到杨小峰更需要吃点儿东西，便跟着小簸箕进了一家挺体面的餐厅。

小簸箕点了一桌子菜，还要了酒，红酒。什么 XO，叶子连听都没听说过。端起了酒杯，小簸箕的职业特征便不自觉地流露出来。她点燃了一支烟，是很细很长的雪茄，叫绿摩尔，叶子也没有听说过。她留着很长的指甲，指甲上还画着图案，就是指头短了一点儿，这让那些美丽的图案失色了不少。

小簸箕很自豪地对他们说，她现在杀回来了。在县城里承包了一个歌舞厅，她要把外地的经验引进来，帮助家乡的姐妹尽快脱贫。见杨小峰和叶子一脸茫然的样子，她进一步解释说，她不再当“鸡”了，她“脱产”了。叶子明白了，她当“鸡头”了，小麦告诉过她，行话叫“妈咪”，公开的职务叫“经理”。小簸箕果然拿出了两张印制得很俗气的名片，上面写着：桃花冲歌舞厅经理陈爱爱。

叶子有点儿愤怒了：“你怎么把咱村的名字都写上去了？”

小簸箕咯咯地笑起来：“这就是妹妹我的聪明了，我在跟老板商量给这家歌舞厅取名的时候，许多有学问的人取了好多名字，老板都不满意。后来我说，叫桃花冲怎么样？老板一下子就拍板了，连声说，桃花冲好，这里桃花盛开，哪个男人不想交桃花运啊。”

叶子说：“这名字往你的歌舞厅上一挂，好像咱桃花冲是个大‘鸡窝’似的。”

小簸箕说：“‘鸡窝’怎么了？‘鸡窝’里有蛋吃，有钱赚，叶子姐，你来吧。凭你的漂亮，凭你的聪明，我让你挂‘头牌’，不不，你也可以‘脱产’，我让你当领班。”

叶子当即绷起了脸：“小簸箕，我就是穷死饿死也不会卖自个儿的。”

小簸箕说：“那当然，小峰哥能让你穷死饿死吗？”

两个小姐妹说话的时候，杨小峰一直没搭腔。或者说，他根本就没有听进去她们在说什么。

小簸箕端起酒杯，跟叶子碰了一下，又跟杨小峰碰。杨小峰依然阴沉着脸，勉强地举起了手中的杯子。

小簸箕说：“干吗这么愁眉苦脸的，死了老婆似的。”

叶子吃了一惊，不由得看了小簸箕一眼。

小簸箕顿时感觉到自己失言了，打了一下自己的嘴巴：“我这张臭嘴，该抽。”

叶子笑了，不知道为什么，她突然有点儿喜欢小簸箕这种大大咧咧的性格了，她活得多轻松呀。

小簸箕还在劝着杨小峰：“我看这件事你也别瞎耽误工夫了，我现在就可以把结果告诉你，没有人能替你做主。认倒霉吧，就当是花钱买了教训，交学费了，以后办事长点儿脑子，别什么都信。”

杨小峰气怒地瞟了一眼小簸箕：“你倒说得轻巧，算了？三万元钱呢，这都是咱乡亲们的血汗钱呀。交学费买教训，我就是读三年大学，也花不了这么多钱呀！”

小簸箕说：“你说不算了怎么办？你找谁？谁能替你把三万元钱找回来？”

杨小峰说：“我就不相信，天底下没有说理的地方。”

小簸箕说：“来来来，你先喝了这杯酒，我给你个办法。”

杨小峰说：“你能有什么办法？”

小簸箕手里端着酒杯，胳膊肘支在桌面上，脸上挂着一种特殊的笑，乜斜着眼睛盯着杨小峰。

杨小峰不敢正视小簸箕，急忙把目光收了回来。

叶子突然觉得小簸箕的目光很可怕，有一种摄人心魄的力量，能把人勾引得灵魂出窍。桌子底下，她的脚被重重地踩了一下。小簸箕还在盯着杨小峰："喝呀……"

一阵怒火涌向了叶子的心头，她想摔下酒杯起身而去。但是顾忌到杨小峰正在为难时刻，说不定小簸箕真的能帮他。她还是忍了下来。

叶子瞬间的表情没有逃过小簸箕的眼睛，不用低头看，小簸箕便知道她踩错了脚，立刻又踩了一下叶子的脚，说："叶子姐，喝呀，说你呢。"

叶子心里暗笑起来，小簸箕真不简单，毕竟是见过大世面的人。

八

杨小峰结婚了，新娘却不是叶子，而是小簸箕。这事情来得突然，不要说把叶子打蒙了，让整个桃花冲都为之震动了一下。

事情就发生在昨天晚上，小簸箕把叶子从家里叫出来，像谈一笔生意似的问："你把杨小峰让给我吧，你开个价，要多少？"

叶子像挨了一闷棍，却没有倒下，呆呆地愣在那儿。半天才咂摸出小簸箕说的是什么意思。她看了看一脸严肃的小簸箕，相信她不是在开玩笑。可她就是不相信，上午她还跟杨小峰在一起，在阴阳石下面。杨小峰扑在她的怀里大哭起来，像个受了委屈的孩子。叶子紧紧地搂着杨小峰，摩挲着他的头，也像母亲一样抚慰着他。种当归这笔债，把杨小峰压垮了，叶子真的为他担心起来，生怕他想不开……

小簸箕还在逼着叶子："你说吧，你要多少钱？"

叶子现在明白了杨小峰为什么要哭得那么惨烈了。

小簸箕见叶子不说话，自己先开了价："这样吧，我给你八千元钱，算是给你的精神补偿，也可以说是转让费。"

叶子看着小簸箕那张脸，觉得一阵恶心。这张脸也像她的身子一样，不定被多少臭男人摸过舔过蹂躏过，脏得散发着臭气，大粪般的臭气。世界上居然有这么脏的女人，脏女人又都是这么不要脸。

小簸箕说："要不，干脆凑个整数，我给你一万怎么样？"

叶子突然平静下来，平静得好像在旧货市场上进行着一种讨价还价的交易。叶子说："他不值那么多钱。"

这倒让小簸箕无言以对了，像吞了一口硬面卷子似的噎得直伸脖子。

叶子说："真的，他不值那么多钱。"

小簸箕问："那你说，你要多少？"

叶子的两只眼睛瞪得圆圆的，放射着一股冷冷的光。这双眼睛直朝小簸箕逼过来。小簸箕胆怯了，连连后退着："你……你想干什么？"

叶子说："你把杨小峰拿走吧，我一分钱都不要，再还给你两个大嘴巴！"

说着，叶子冲小簸箕直扑过来，小簸箕反应非常灵敏，拔腿就跑……

现在，叶子又坐在那块阴阳石下，像当初看着小簸箕家盖楼一样看着发生在眼前的这场荒唐的婚礼。这个婚礼很隆重，如果说当年小簸箕家盖楼时乡亲们表现出了一种空前的冷漠和嫉妒，那么这次小簸箕结婚，大家却给予了少有的热情。差不多全村的人都来祝贺，来喝他们的喜酒。杨小峰跟小簸箕结婚，不幸的只有一个叶子。对于许多村民来说却是幸事，因为小簸箕替杨小峰把大伙儿买当归种子的钱都还上了。既然杨小峰不欠谁的债了，谁还有什么必要替叶子恨杨小峰呢？谁还有什么理由不来参加他们的婚礼呢？

就这样眼巴巴地看着自己的恋人成了别人的合法丈夫，她应该悲伤、应该愤怒、应该痛不欲生才对。至少她应该哭，应该歇斯底里，应该从这山崖上跳下去。可是她居然什么感觉也没有，连一滴眼泪都不想掉。她完全像个局外人，像看着一个发生在遥远的地方或久远的时代的与己无关的故事。连看故事的那种感动都没有，她真的麻木了，麻木得似乎失去了一切感知的能力……

她突然想到了蒜头儿跟她说过的一句话："我现在要是把几十万元钱往这儿一拍，就能公开招标，好小伙子让我随便挑你信不信？"

她信了，原来她是不信的。原来她相信不是谁都那么贱的，原来她还不相信钱有这么大的威力。现在她不信也得信了，小簸箕不就是因为有钱，硬是把杨小峰从她怀里抢走了吗？可是，她还是不完全信，能随便让人家用钱挑去的小伙子，能算是好小伙子吗？

那么，杨小峰又算什么人呢？

杨小峰来了，藏蓝色的西装，黑得发亮的皮鞋，白得让人觉得眼晕的衬衣，还有那让人能联想到菜花蛇的领带。一副新郎倌的打扮，可你是小簸箕的新郎倌，你到我这儿来干什么？杨小峰咕咚一声跪了下来，依然像昨天上午那样大哭大号，说对不起叶子，让叶子惩罚他……

叶子依然很麻木，同样是一个男人，同样是在她面前大哭大号，她怎么感觉完全不同呢？昨天这个男人哭得她肝肠寸断，她恨不得用整个身心来慰藉他、保护他。今天，同样是这个男人的哭声，却使她觉得滑稽可笑，觉得恶心作呕。她连愤怒都没有了，如果她愤怒，她应该一脚将他踢下山去。他哭他的，叶子看都不想看他一眼。山下，鞭炮声响了起来，小簸箕家人头攒动，婚宴马上就要开始了。杨小峰还跪在她脚下哭，叶子提醒他："快去吧，你的烂婆娘在等着你。"

杨小峰没有动，叶子却站起身来朝山下走去……

九

小簸箕跟杨小峰结婚以后，并没有在村子里安家落户。据说他们在城里买了一套三室一厅的楼房，还把户口也迁到城里去了。他们名正言顺地过上了城里人的日子，这让全村人都很羡慕，让叶子也安心一些，毕竟眼不见心不烦嘛。但是如果让叶子把杨小峰彻底忘掉也很难，她心里的伤口时时在滴着血。她整日整夜地睡不着觉，浑浑噩噩，丢了魂似的。要不是后来发生了一件更加不幸的事，叶子很可能会发疯。

叶子的爸爸病了，开始的时候只是胃痛，吃不下东西。后来便是吐，吃什么吐什么，连喝口水都吐。叶子的爸爸一辈子没有离开过桃花冲，从农业社时就在村里当干部。他是一个老共产党员，他当干部的准则完全是毛主席教导出来的。简单地说，就是为人民服务，落实在行动上就是吃苦在前，还谈不到享受在后，因为他还从来没有享受过什么。别的不说，就说计划生育吧。他坚持只要一个孩子，尽管是个女儿，他也不让老婆再生了。所以像叶子这样的独生女，在桃花冲可以说是独一无二的。别的人不要说生了女儿还想要儿子，就是生了儿子也不肯罢休。虽说计划生育是基本国策，可越是穷村越不好限制，生了你怎么办？罚钱没有，要命一条。

叶子的爸爸就是这样在这个穷村当了大半辈子干部，村子还是那么穷，他也跟着翻不了身。

叶子看着爸爸的病着急，乡里来包村的干部邱小鹿也着急。邱小鹿二十多岁，长得斯斯文文的，据说是一位城里来的大学生，戴着一副象征着学问的黑边眼镜。邱小鹿是半年以前住进桃花冲的，桃花冲穷得连村委会办公室都没有，邱小鹿就住在杨小峰家。杨小峰的爸爸本来就在县城里教书，杨小峰跟着小簸箕进城以后，他爸爸也把他妈接到城里去住了，那三间土坯房便闲了下来。

邱小鹿经常到叶子家来找叶子的爸爸研究工作，跟叶子也熟悉了。邱小鹿看着叶子的爸爸一天比一天瘦，脸上都像大青石一样见棱见角了。邱小鹿不干了，硬逼着他到县医院做检查。叶子是跟邱小鹿一起将爸爸弄到县医院的，检查的结果让叶子如晴天霹雳。她爸爸得的是癌，食道癌，要马上做手术，否则就来不及了……

叶子傻了，邱小鹿也傻了。做手术得要钱，要三万元押金。这笔钱不要说对叶子，对邱小鹿也同样是个天文数字。他们没有办法搞到三万元钱，只好对她爸爸瞒着病情，拿了点儿药回来了。

叶子愁，邱小鹿也愁。叶子来到邱小鹿的住处，跟他一起商量办法。邱小鹿住的屋子里堆满了石头，都是桃花冲人祖祖辈辈见惯了的大青石。邱小鹿用钢锯将石头锯开，说这是玉石，他要拿到城里请人鉴定。果真是玉石，桃花冲就要发大财了。对这些是不是玉石叶子根本就不在意，就算是玉石，怎么开采，谁投资开采？据叶子所知，这种大青石都是埋在地下七八百米深的地方，邱小鹿采到的这些，都是河水从上游冲刷下来的。就算这玉石能开采出来，又到哪里去卖。就算能卖出去，那要等什么时候。脱贫可以等，叶子爸爸的病却不能等。那食道里的瘤子每天都在长，越长越大，很快就会把她爸爸的整个食道都封死。叶子需要马上拿到那笔钱，三万元钱。

邱小鹿说他跟乡长、乡党委书记都说了。他们也都很着急，他们的乡里也没有钱，连电话费都交不起了。倒是有一笔钱，那是开发西部拨下来改造农村电网的，专款专用，一分钱都动不得。

叶子想，只有去借了，舍着脸一家一户地去借。凭着爸爸在村子里的威望，凭着叶子不少姐妹都发了财，兴许能把这三万元钱借到。可是，这笔钱借到之后又怎么还给人家呢？如果知道她没有偿还能力，谁又肯把钱借给她呢？

现在，叶子愁的不是借钱，而愁的是怎么样取得信誉，怎么样证明自己有偿还能力。

十

叶子的表姐苏梅子回来了，苏梅子也像是发了财，回家以后便张罗着盖房，盖超过小簸箕家的楼房。

苏梅子是叶子舅舅的女儿，苏梅子的爸爸是叶子妈妈的亲弟弟。这样的关系，按说是可以互通有无的。叶子爹着胆子将爸爸的病情和所需要的手术押金对苏梅子说了，令叶子寒心的是，苏梅子非但没有答应借钱给她，反而把她没头没脸地埋怨一顿："你呀你呀，让表姐怎么说你呢？你就是读书读得太多了，读得都不知道自己吃几碗干饭了。你至于那么清高吗？至于那么金贵吗？你不就是个高中毕业生吗？我在厦门混事的时候，认识好几个朋友，她们都是大学毕业生，有的还是名牌大学毕业的。怎么了？你读书上大学不也是为了赚钱吗？不也是为了过好日子吗？现在有现成的赚钱的路子你为什么不走呢？为什么放着好日子不过呢？"

叶子听不下去了，她很伤心。她一句话都没有说，默默地走了。

叶子又去找邱小鹿，她有点儿绝望了，连亲表姐都不借给她钱，还能找别人吗？她甚至有点儿后悔，后悔当初没有接受小簸箕那笔"精神补偿费"或曰"转让费"。

邱小鹿依然在鼓捣着他的大青石，他显得很兴奋，急不可待地对叶子说："果然不出我所料，这确实是玉石，而且玉的质量还是上乘。我请专家鉴定了，有的专家说，咱这儿的玉石的质量跟新疆和田玉很近似。你知道吗？新疆和田玉，那是中国第一玉啊。下一步，我们就要组织勘探，要探明产量，看看有没有开采价值。要是有开采价值，我们就招商引资……”

叶子问：“这得需要多长时间？”

邱小鹿沉默了，他明白叶子的意思。最乐观地说，把桃花冲的玉石变成商品，也得三五年。那时候，叶子的爸爸早就在天堂里看着桃花冲过好日子了。

叶子说：“小鹿，你说，我要是把自己抵押出去，能不能借到钱？”

邱小鹿说：“你说什么呢？”

叶子说：“我知道，现在到国家的银行贷款都要有担保，或者有实物抵押。我借钱谁给我担保呢？除了我自己，又能拿什么抵押呢？”

叶子的话倒把邱小鹿的眼圈儿说红了，邱小鹿是个多情善感的男人。

叶子看着束手无策的邱小鹿，心里倒心疼起来。他也没有办法，我不能再难为他了。叶子依然没有打招呼，又默默地走了……

这天夜里，叶子躺在凉津津的炕席上，望着窗外的那轮圆圆的月亮发愁。她像犯了神经病似的对月亮说：“嫦娥，你有钱吗？要有就借给叶子一点儿吧，反正在月宫你也用不着。我在人间已经借不到钱了。改革开放这么多年了，虽说桃花冲还是穷，可也不像过去那样家家户户都穷了。过去借钱都没有这么难，那会儿的人只是没有钱借给你，可是谁也不会狠着心不借给你。现在不同了，越有钱的人越自私，越有钱的人越抠门儿，越有钱的人越把钱看得很重很重。因为他们那钱是母的，他们还要用那钱下崽儿……”

叶子正在神神道道地向嫦娥诉说着人间的不平，表姐苏梅子来了。苏梅子已经洗完了澡，穿着一件真丝睡衣来的，身上还散发着高档香皂的味道。苏梅子没等叶子发话，就钻进了叶子的被窝儿。桃花冲的男女老少祖祖辈辈都是光着屁股睡觉的，在他们看来，睡觉还穿着衣服简直是不可饶恕的浪费。直到叶子上高中住校以后，才养成了穿裤衩背心睡觉的习惯。她觉得这在桃花冲已经很过分了，殊不知城里的女人睡觉时还要穿睡衣，还是真丝的，简直是暴殄天物！

苏梅子还像小时候那样，很亲热地搂着她。那时候她们常睡在一起，脱得赤条条的，可却一点儿邪念都没有。现在苏梅子的睡衣贴在叶子的身上，滑溜溜的，很肉感，让叶子很不自在。苏梅子很真诚地向叶子道着歉意："妹妹，别生表姐的气，看着你穷我也很着急，我一着急就说了一些没深没浅的话，你可别往心里去。"

叶子说："我没有生你的气，我是在生自己的气。"

苏梅子说："你生自己什么气？"

叶子说："我爹白养活我这么大了，现在眼巴巴地看着阎王爷要把他带走，我都不能伸手救他……"

叶子说着，触到了伤心处，呜呜地哭了起来。

苏梅子轻轻地抚慰着她，劝解着："叶子，别愁，没有过不去的火焰山，活人不能让尿憋死，总会有办法的。"

叶子突然止住了哭声："表姐，假如我答应跟你出去，你能把钱借给我吗？"

苏梅子一时没有说话，她判断不出来叶子的话里有几分真实。

叶子摇晃着苏梅子说："表姐，你告诉我呀。"

苏梅子说："你……你能跟我们一起走吗？"

叶子又哭了："事情都到了这份儿上了，为了救我爸爸的病，我还有什么选择？我爸爸为了我，为了全村的人，苦了自己一辈子……"

苏梅子说："这事你可得想好，到时候后悔可都来不及了。"

叶子急着问："你说，要是我跟你们走，你能把钱借给我吗？"

苏梅子说："你只要肯出去赚钱，谁都能把钱借给你。"

叶子明白了，她原来的判断是完全正确的。桃花冲的人还没有坏到那地步上，还没有见死不救，他们不是不想把钱借给你，而是怕你还不起。

苏梅子进一步劝说着叶子："其实，女人就是那么回事。什么尊严，什么男女平等，瞎扯淡。你说，把你嫁给一个山里的放羊娃，跟人家要三千五千的彩礼，叫不叫卖？三千五千他就能买你一辈子，你一辈子都是他的了，跟他睡觉，给他生孩子，还要苦巴苦业地种田养活他。这划算吗？”

叶子不言语，她没有想这些，她还在想着爸爸的病。

苏梅子说：“叶子，我知道你清高，让你扑通跳进海里你可能受不了。你可以一步一步地来，慢慢就适应了。”

叶子问：“怎么一步一步来？”

苏梅子说：“说实在的，我们出去都是一步一步往下走的，开始的时候还真是不卖身的。”

叶子问：“不卖身能赚钱吗？”

苏梅子说：“能啊，只不过赚的少就是了。”

叶子问：“那干什么？”

苏梅子说：“比方说在歌厅，你可以只坐台不出台。”

叶子没听明白。

苏梅子解释说：“坐台就是陪客人唱歌、喝酒、聊天，最多也就是摸摸索索、搂搂抱抱、亲个嘴儿什么的。跟人家上床睡觉才叫出台。”

叶子的身上又哆嗦起来。

苏梅子又说：“比方在发廊，你光给人家洗发、做按摩，不跟人家‘打炮’也是可以的。”

叶子问：“什么叫‘打炮’？”

苏梅子说：“哎呀，就是干那事。”

叶子问：“不干行吗？”

苏梅子说：“那有什么不行的？只是少挣钱罢了。你也可以给客人‘打飞机’或‘玩冰火’。”

这些词叶子都从来没有听说过，也懒得问她了。看来，那真是一个魔鬼的世界，远比叶子的想象要恐怖得多。

苏梅子紧盯着叶子问：“你到底能不能下决心？怕什么，有我呢。”

叶子喃喃地说：“我只是需要钱，三万元钱。”

苏梅子说：“不就是三万元钱吗？明天一早我就给你拿过来。”

叶子像发了疟疾似的浑身猛烈地颤抖起来，苏梅子害怕了，紧紧地搂着她：“叶子，你怎么了，怎么了……”

十一

叶子爸爸的手术做得很顺利，医生说幸亏治疗得及时，瘤子剥离得很干净，他完全可以成为一个很健康的人。不到一个月，他便出院了。医生嘱咐让他先吃流食，可是他的胃口却很好，总想吃干粮。没过几天，身上便长出了不少的肉。

叶子的爸爸得救了，叶子却死了，她的心死了。

苏梅子总是催促她上路，她没有理由再拖下去了。她得跟苏梅子一起去赚钱，开始的时候，她只想赚三万元钱。还没有上路，她的主意就变了。反正是卖也卖了，卖三万元也是卖，干吗不多卖一点儿呢？父母就她这么一个女儿，“阿爹无大儿，木兰无长兄”，她顿时感到责任重大起来。她得多挣一些钱，不是为自己，而是为报答父母的养育之恩，要给父母亲赚一笔养老金。这样才值得，才卖得有意义。

她的心还没有完全死去，她还有一个不平衡，就是她还是个女儿身，作为一个女人，应该把自己的贞操献给至亲至爱的人。她原来应该是属于杨小峰的，可是杨小峰不要，他要了那个公共厕所般的破烂身子，整天价要用人家剩下的脏水刷锅，恶心不恶心呀。现在，她没有以身相许的对象了，但是也不能把自己的第一次随便让一个臭嫖客糟蹋了……

叶子想到了邱小鹿，她爱邱小鹿吗？说不上，邱小鹿是国家干部，就算叶子想爱，邱小鹿能要她这个柴火妞儿吗？她不爱邱小鹿，只是觉得邱小鹿可敬，邱小鹿身上似乎代表着一种力量，一种很崇高的力量。邱小鹿身上似乎显示着一种未来，桃花冲的未来。如果将自己的女儿身献给这种“崇高”、这种“未来”，以后再卖给谁也就无所谓了……

叶子突然变成了一个胆大妄为、无所顾忌的女人了。这是一个令人想入非非的夜晚，月光摇曳着花枝树影，空气中弥漫着男贪女欢的味道。她躲在自己的小屋里洗净了身子，也用的是香皂，只是没有苏梅子那种档次高就是了。她把头发故意松散开，瀑布似的垂在肩头上。她穿着很宽松的衬衣，一条在学校里才穿的短裙。她义无反顾，径直朝邱小鹿住的那土坯房走去。

走到篱笆墙外，她的两只脚像听到了指令似的停了下来。她看见院子里的小灶台上，邱小鹿正弯着腰撅着屁股烧火。他的日子也够艰难的，每天到山上采石头，翻山越岭，披荆斩棘，回来以后还要自己烧火做饭吃。她记得，以前的干部下乡要实行“三同”，都在老乡家里吃饭。现在这个制度没了，下乡包村的干部只好自己做饭。顿时，一股甜蜜的柔情涌向了叶子的胸口，她的眼泪也同时涌了出来。她伸出手去，要推开那半开半闭的栅栏门……

一只手却把她的肩头扳住了，她扭头一看，是苏梅子。

苏梅子使劲把她往后拉着，拉出了很远，离开了那个篱笆小院。苏梅子眼睛里冒着火，狠狠地说：“你犯什么傻？你知道吗？你到外面，光这‘开苞儿’费你就能挣五千。”

叶子恨苏梅子破坏了她的计划，她的计划跟任何人也没有说，甚至连邱小鹿也毫无觉察，苏梅子是怎么看出来的呢？

苏梅子说：“也怪我，我原来以为你跟杨小峰早就有事了，谁知道你到现在还是个处女呢。到外面，找个处女比捉个贼还难，不少有钱的人都逼我们给他找处女，到哪儿去找？留着吧，五千元呢，你明白吗？”

叶子明白了。她原来只想到“第一次”的珍贵，却没想到这“第一次”也能卖钱。既然如此，干吗放着这五千元钱不去赚呢？

十二

叶子跟着苏梅子出发了，她什么也没有带。苏梅子不让她带：“就你那几件破衣烂衫有什么好带的，到外面买新的，我给你钱。”

苏梅子突然对叶子大方起来，她从现在开始就要培养叶子不但会挣钱，而且会花钱。

走到村口，见到冬梅那漂亮的商店，叶子说：“表姐，你现在就把钱借给我吧。”

苏梅子问：“你现在要钱干什么？”

叶子说："我要在冬梅这儿买点儿东西。"

苏梅子说："哎呀，在这小野店里你能买到什么呀？"

叶子严肃地说："不，我就想在这儿买，什么都想买。"

苏梅子说："那好吧，我知道你是在有意帮助冬梅，说吧，要多少钱。"

叶子说："你先借给我一千元吧。"

苏梅子摸了摸她的脑门："你没发烧呀？在这儿能花出一千元钱吗？"

叶子说："我怎么花用不着你管，这钱是你借给我的，我会还你的。"

苏梅子无奈，只好掏出了一千元钱。

当叶子提着一个鼓囊囊的手提包从冬梅的小店里出来的时候，登时愣住了，苏梅子的身边站着杨小峰。她想躲避，可是已经来不及了。

杨小峰也提着一个鼓囊囊的大包袱，样子很憔悴，像是好几天没睡觉了。见了叶子，他咧开嘴笑了笑，那样子比哭还难看。叶子没说什么，只是冲他点了点头。

苏梅子见叶子出来了，拉起她就走。

杨小峰在后面喊她："叶子，请你等一下。"

叶子又转身走过来。

杨小峰问："你是不是也想……"

叶子冷冷地说："怎么，许你卖，就不许我卖吗？"

杨小峰说："叶子，别误会，我不是那意思。我对不起你……"

叶子说："你说这些有什么用？"

杨小峰说："我想告诉你，小簸箕被抓起来了，判了五年。"

叶子吃了一惊："她犯了什么事？"

杨小峰说："组织卖淫……"

叶子只觉得眼前的峰峦摇晃起来。

杨小峰说："叶子，别去了，现在全国都在'严打'，专项斗争，抓卖淫嫖娼……"

苏梅子不耐烦了，大声催促着：“叶子，快点儿，晚了就赶不上车了……”

叶子听不清苏梅子在冲她喊什么，耳边是呼呼的风声。这风是从山外面吹进来的……

2001 年 12 月 28 日于桑梓轩

野　河

大运河，是一条野性的河。从莽莽燕山深处泻下来的潮白河、温榆河、小青河等三脉九流在古通州汇于一端，注入滔滔汩汩的大运河。它翻涛卷浪，怒不可遏，像一个喝醉了酒的野男人对待温顺的女人一样，凶暴地蹂躏、践踏河两岸的村庄田野。“三年河东，三年河西”，甚至一年中便可以几易其道。失去了田园的人们也失去了神智和灵魂，被它冲撞颠簸得发了昏。人们畏惧它而又崇拜它，给它修庙、塑身、上供、烧香，哀求它少兴一点儿风，少作一点儿浪。因为人们离不开它，要靠它休养生息，繁衍后代。它是大运河子孙赖以生存的大动脉，是千万庄户人家真正的一家之主！

大运河，是一条男人的河。男人们投向大运河的怀抱，便也像大运河一样无拘无束。夏日，拉纤的男人脱得赤条条的，洗澡的男人脱得赤条条的，连撑船捕鱼的男人也脱得赤条条的。河面上偶或漂来一条花船。妓女冲着赤条条的男人唱着淫荡的歌儿，而赤条条的男人也冲着那些不要脸的女人打情骂俏。大运河娇纵着这些男人，他们以为天下都是男人们的，女人只不过是墙上的一层泥巴，掉了一层再抹一层；身上的一件衣服，脱了一件再换一件。在运河湾的赌场里，房子输光了，把老婆押上！于是，那个被输掉的女人一边抹着眼泪，一边屈辱地跟着人家走了。

女人们也挣扎过，呼唤过，反抗过。最后，十有八九，她们便投入这无情无义的大运河，痛苦、耻辱、希望、追求和她们那不值钱的生命一起消逝了……

大运河，奔腾着滋润万千生命的清泉，也流淌着伤风败俗的浊流。

这些当然都是陈年旧话。随着时代的变迁，大运河也在进行着“脱胎换骨”的改造。运河大堤修成了，它再也不能肆无忌惮地横冲直撞了。河面上，再也见不到那载着淫欲与人类耻辱的花船了。运河湾的男人再也不敢拿自己的老婆做赌注了。但是，大运河毕竟是大运河，男人毕竟是男人。在这样的运河湾，在这样的男人面前，女人是怎么生活的呢？

是为开篇小引。

媳妇头儿乔淑惠

说起运河湾的媳妇们，不能不先说说媳妇头儿乔淑惠，这是她们的代表人物。

乔淑惠的娘家在大运河的源头通州城外。一边是崛地而起的古城墙，城墙庄严，充满了神秘的诱惑；一边是翻江倒海的大运河，大运河喜怒无常，令人望而生畏。城墙外，运河边，三间长满茅草的土坯房，一座缠满牵牛花的青篱小院，这便是乔淑惠的家。

父亲在大运河里泡了大半辈子，春天撒网捕鱼，夏天撑船捞杂草，秋天扎王八，冬天钻冰窟窿。生活是艰辛的，拼着一身气力跟大运河讨一碗饭吃，难啊！他的腰累弯了，两鬓斑白了，被河水泡酥了的筋骨一天到晚地疼痛。

母亲更是一个不幸的女人。她是美丽的，长着一张桃花般的脸，她有一双杏仁形的大眼睛，眼睛里却总是充满着泪水和哀愁。乔淑惠几乎没有看到过母亲的笑，也几乎没有听到过母亲说过什么值得记住的话。父亲不归，母亲便站在河边呆呆企盼；父亲回来了，母亲又战战兢兢地不敢上前。父亲的脾气像大运河一样凶暴残忍、喜怒无常。他回来便喝酒，喝了酒便打母亲。打得好凶，好狠，揪住她的头发往墙上撞，把她掼在地上用脚踢。母亲挨了打，默默地饮泣着，连脸上的血都顾不上擦，便又去给父亲端水端饭……终于有一天，那是一个阴沉得让人喘不过气来的夜晚，母亲被父亲打得倒在地上起不来了，她的身边流了好大的一摊血——那是她怀了三个月的孩子流产了——父亲赶着一辆大车把母亲送进了县城医院，而回来的时候，车上却拉着一口薄皮棺材……

母亲死了，父亲像巨石般地沉默了一阵之后，忽然变成了另一个人。他一时一刻也不让小淑惠离开他的身边。打鱼的时候带着她，进城的时候领着她，夜里睡觉搂着她。小淑惠半夜醒来要吃糖葫芦，他从热被窝里爬出来，顶着风雪进城去敲人家杂货铺的小门，小淑惠要一条花格围巾，他竟然把自己过冬的棉袄卖掉给她买了回来。他变成了一个娇惯女儿的慈父。他对小淑惠倾注了千般情、万般爱，似乎要把欠她母亲的一切都偿还给女儿，在女儿的身上来赎往昔对她母亲的罪过。

由于父亲的任意娇纵，小淑惠身上那种原始的野性毫无限制地发展起来了。她想说什么便说什么，想干什么就干什么。她主宰着父亲，主宰着家庭，也主宰着与她年龄相仿的孩子们。她敢下河洗澡，敢上树掏鸟，敢蹬着残破的砖棱，攀着墙缝里生出的荆棘茅草爬上城墙去捉蛐蛐。她带着城外的孩子跟城里的孩子打群架，常常把城里的孩子打得鼻青脸肿，让人家大人领着“伤员”找上门来告状。而小淑惠的父亲只能向人家作揖赔情说好话，绝不肯惩罚自己的宝贝女儿。于是，村里人称她“野丫头”，父亲叫她“野闺女”，她自己则以野撒野，自称“野姑奶奶”。

小淑惠野是野，但她可不是那种张牙舞爪、粗俗丑陋的“母夜叉”。她长得很美，有一副柔软细溜像河边小柳树一样的腰身，有一张鲜艳红润像当年母亲那样的桃花脸。还有一对圆溜溜的，像小星星一样晶莹闪亮的大眼睛。当她安下神来的时候，又常常表现出一股小家碧玉的沉静和柔情。这大概是从她母亲身上延续下来的“遗传基因”。特别是她上学的时候，读书很用功，又很聪明。她喜欢文学，崇拜中国的李清照和英国的勃朗宁夫人。她负责学校的黑板报，常常发表一些自己写的抒情小诗。她幻想着自己将来能成为一个新时代的女诗人，并为此发奋地努力过。每逢这个时候，她身上那股被父亲惯纵出来的野性便逍逝得无影无踪了。

“文化大革命”开始了，乔淑惠立志做一个“文化人”的幻想破灭了。于是她又回到了城墙下、运河边的那座缠着牵牛花的青篱小院。原来那三间土坯房“大跃进”时为“亩施万肥”做出了贡献，如今新盖了五间砖瓦房。这是父亲拼尽心力建树起来的“丰功伟绩”，为的是给她这只“金凤凰”搭个窝儿，将来好招个“袒腹东床”，以便终生不离开他这心爱的宝贝女儿，也为自己的晚年后世铺平了道路。乔淑惠最烦的就是这一点。她早在这青篱小院待腻了，说什么也不愿意“坐地招夫”。她向往的是一个更博大、更美好的，可是连她自己也说不清楚的新世界，这时候，她已经成了一个情窦初开、迷人心魄的大姑娘了。在学校里，多少风流少年向她做过多种多样的表示，她统统不屑一顾。哼，癞蛤蟆想吃天鹅肉，燕雀安知鸿鹄之志哉！毕业以后，她便成了一朵“向阳花”。虽说她伸手便可以触到城墙，可是她这个农家姑娘要嫁到城里去，除非把自己降到“等外”一级，让那些找不到城市小姐的光棍汉去任意挑选。这种有失身份、有损人格的事，她是绝不能容忍的。而城外的那些小伙子，都是看着他们从光屁股的小肉滚儿长起来的。谁有几两骨头油，她一清二楚，一个也瞧不上眼。

父亲为女儿的终身大事急得睡不着觉，她也为自己那前途未卜的婚事感到有点儿惶恐不安。

疏挖温榆河工程开始了，城边上的村庄里都住满了民工，乔淑惠家里也住进来几个小伙子。他们都是从大运河下边来的庄稼汉，穿得挺土气，说话挺怯，可是都挺老实厚道，知情达礼。出来进去，总是张口闭口管淑惠叫大姐，从来不嬉皮笑脸地讨人嫌。她也觉得有几个小伙子住在自己的家里，日子过得挺红火，挺充实，挺有生气的。

内中有一个叫作柳发的小伙子，是个心灵手巧的小木匠，在工地上负责修理手推车、牵引机、锤锹镐把一类的挖河工具。他长得身骨强健，端端正正，眉目清秀。看样子挺有心计，可是却腼腆得像个害羞的小姑娘。见到乔淑惠，未曾说话脸先红，连眼皮都不敢抬。乔淑惠觉得这个小伙子挺好玩，常喜欢逗逗他：“柳发，你从外边回来，连声大姐都不叫呀？”

每逢这个时候，小伙子就羞得无地自容。乔淑惠觉得挺开心，开心之后又觉得有点儿不忍心。欺负老实人，你也忒狠心了。一来二去，乔淑惠心里发生了奇妙的变化，她不得不承认，自己喜欢上了这个老实巴交的小伙子，真没出息。可这又是件没办法的事，谁让她管不住自己的心呢！

收工以后，别的人都挑水，扫院子，往猪圈里上垫脚，乔淑惠却让柳发跟她去倒白菜。窖里的白菜为了防止腐烂，每隔三五天就要倒腾一次，重新码一码，通通风，把上边的烂叶择去，每棵白菜都要过一遍手，这是一桩细致活儿。乔淑惠当然懂得知人善任了。柳发是个精细人嘛。

一个大姑娘和一个小伙子钻进黑洞洞的白菜窖里，肩挨着肩，手碰着手，姑娘能听得见小伙子的心跳，小伙子能嗅得着姑娘的体香，干这种活儿，将是一种什么滋味呢？乔淑惠觉得很甜，很满足，很有一种快意，似乎那酸烘烘的腐菜味儿都变成醉人的香气，黑咕隆咚的白菜窖比富丽堂皇的金銮殿还让她迷恋。可是，柳发每分每秒都感到如坐针毡，紧张得连大气都不敢出。每次从白菜窖里出来，他都是通身的白毛汗。

乔淑惠还成心折磨他："柳发，在这冷冰冰的菜窖里，你怎么还出汗呀？"

柳发连脖子都涨红了，支支吾吾地说不出个所以然来："啊……我、我穿得多。"

"胡扯，你不是就穿一件绒衣吗？你没见我还穿着棉袄呢！"

"啊，我、我爱出汗。"

"你平时怎么不出汗？"

"啊……我、我有时候爱出汗。"

"什么时候爱出汗？"

"啊，啊……"

"跟我在一块儿的时候就出汗，对不对？"

"啊，啊……不，不……"

"瞎'啊啊'什么呀？哼，你当我不知道。蔫人蔫心，辣萝卜烧心。你呀——蔫坏！对不对？把你的坏心思抖搂抖搂。"

这姑娘多厉害！硬是顺藤摸瓜，按葫芦抠籽，把人家小伙子内心深处的抽屉拉开了，逼着人家向她摊了牌……

他们就这样相爱了。乔淑惠原以为，他们之间也会有"月上柳梢头，人约黄昏后"的柔情蜜意，也会有"夜夜思君不见君"的梦牵魂萦，也会有"青鸟殷勤为探看"的两地情书，也会有许多一唱三叹、一波三折的罗曼蒂克。万万没想到，小伙子回去以后，却托媒人送来了烟酒茶糖米面六样定礼和一张写着生辰八字的红字小帖。

乔淑惠失望地哭了。哭完以后也就认可了，谁让她爱他呢？真没出息。以后，便是吃定亲饭，下彩礼，登记，办喜事，入洞房……通过一条毫无色彩、俗不可耐的道路，城门外的大姑娘便成了运河湾的小媳妇，成了烧火做饭、打鸡骂狗的家庭主妇，成了抓屎抓尿、敞开胸脯子喂奶的孩子妈……完了！这一辈子就这样交待了。什么李清照、勃朗宁夫人，什么情书幽会、罗曼蒂克，统统滚他妈的蛋吧！这是每一个农村姑娘围绕着命运运行的一条不可逾越的轨道，乔淑惠没有每秒钟十一公里的宇宙速度，也没有人给她如此强大的驱动力，使她能够冲破那条轨道，飞向更遥远、更博大的空间……到哪儿说哪儿，认命吧！人在无可奈何之际，命运便出来帮大忙了。

从通州城外到运河湾，不过四五十里之遥，可是这里的乡民风俗却和城边上大不一样。这里的人太“野”，“野”得让人伸不出耳朵、睁不开眼。小孩儿刚会说话便会骂人，大姑娘跟人家吵架，骂的话寒碜得对不上牙。男人们凑在一起，开非常粗野的玩笑，女人们则敢开诚布公地讲那些见不得人的事。到了夏天，差不多所有结了婚的妇女都脱光膀子，挺着两只大乳房在大街上走来走去，一点儿也不觉得难为情。许多男人和女人穿着那种前清时期的大裤裆的缅腰裤，连腰带也不用，把裤腰一折，顺着肚皮卷成一绺，再塞紧就行了。那一天，周长山的媳妇吴大娘儿们光着膀子，穿着缅腰裤在官井沿儿上打水。她双手攥着井绳，左摇右摆，把水桶往下一扣，咕咚一声，水桶灌满了。她弯下腰，双手一把一把地往上提着井绳。正在这时候，旁边过来一个青皮小伙子，往她的肋巴条上一捅。吴大娘儿们一吸气，肚子一瘪，大裤子便呼啦一下子掉在了脚面上。吴大娘儿们里边连个裤衩也没穿，像一只煺了毛的大白猪似的戳在井台上。她想提裤子，又怕水桶掉在井里；提着已经到了半截的水桶，又不能腾出手来提裤子。于是，她索性提着水桶，挺起身来，冲着那个青皮小伙子破口大骂。周围的男男女女，拍着手、跳着脚地笑啊、叫啊，起哄架秧子，开心死了。

乔淑惠实在看不下去了，跑过去帮助吴大娘儿们把裤子提了起来。

"这些人真野!"她愤愤不平地说。"这就是个野地方嘛。"男人不以为意地说。唉,野地方就野地方吧,那有什么办法呢?她本来也不是冲着这地方来的,而是冲着她的小木匠来的。

然而,小木匠柳发可不像乔淑惠想象的那样有情趣,有滋味儿。他是一个传统的、务实的庄稼汉。他高小还没有毕业,便拜了祖师,皈依班门。他也有理想,也为之奋斗过,并且付出了不小的代价。他的理想就是盖五间砖瓦房,娶个贤惠漂亮的媳妇,生儿育女,过红红火火的小日子。他的理想实现了,或者说大部分实现了。他可以志得意满了,可以知足常乐了,可以坐享其成了。

老实巴交的小木匠如今成了顶天立地的男子汉大丈夫了。士别三日当刮目相待,他可不是当年那个爱脸红、爱害羞的小伙子了。你看他这会儿那股大丈夫的劲头儿有多足:从外边回来,洗脸水等着媳妇打,桌子等着媳妇放,菜饭等着媳妇端。不管乔淑惠多忙,饭不熟,他便靠在被子垛上抽烟养神,绝不去帮一把手。甚至每天晚上,乔淑惠不把被子铺好,他都不会脱衣上炕。乔淑惠心里也有气,可嘴上却不说什么。她毕竟是个农家姑娘,知道女人是伺候男人的。到了后来,小木匠又喝起了酒。开始每天晚上喝一杯,后来喝一杯半,再后来又涨到两杯。那一天,他不到"大寨田"上干社会主义,却偷偷地出去做木匠活儿,被公社把木匠箱没收了。他心里烦,回家喝了半瓶酒,醉得乱摔乱打,吐得一屋子半炕……

乔淑惠看到这些,心里不由得惊动起来。那一夜,她做了许多噩梦。梦见了父亲喝醉了酒,揪住母亲的头发往墙上撞,把母亲掼在地上用脚踢,梦见了母亲倒在冰凉的地上,身边汪着一摊乌黑的血,梦见父亲赶着大车拉回来一口薄皮棺材……她从噩梦中醒来,再也睡不着了。她想了很多,想了很久。她不能让她的小木匠变成她当年的父亲,她自己也不能重蹈母亲那条忍气吞声、窝窝囊囊的人生之路。

第二天中午,她像往常一样放好了桌子,桌上摆的是两样饭。一样是玉米面窝窝头,一样是白面烙饼。不知从什么时候起,这已经成了他们家约定俗成的规矩了。乔淑惠觉得男人在外边吃苦受累,身子骨要紧,总是想方设法地给他单独做一些可口饭食。而小木匠柳发,也习惯成自然，心安理得地享受起了这种特权。这会儿，柳发坐在了桌前，拿起一张烙饼，卷上两棵大葱，张开大嘴刚要咬，乔淑惠劈手把那张烙饼夺过来。然后，连同桌上的那张烙饼，一齐扔到了猪食缸里。

柳发急了：“你、你这是干什么？”

乔淑惠满肚子委屈，她极力抑制住眼泪，爆发般地说：“我问你，我到底是你的老婆还是你的使唤丫头？你整天跟大爷似的，衣来伸手，饭来张口。我单做着给你吃，你连让都不让我一声，就往自己的窟窿里塞。我还不如把这好东西喂猪呢，猪还知道哼哼两声呢！”

柳发自知理亏，却仍然争辩着：“让你、让你不是也不吃吗？”

乔淑惠说：“告诉你，许我不吃，不许你眼里没我。”

这本来是一件不大的事。两口子争两句、吵两句，柳发以为就过去了。没想到，乔淑惠得理不饶人。第二天中午收工以后，乔淑惠便往炕上一躺，蒙着被子睡起了觉。

柳发回来了，看到凉锅冷灶，心里便窝起了火。他闯进屋里，把乔淑惠身上的被子一掀，瓮声瓮气地问：“你为什么不做饭？”

“我不饿。”

“你不饿我还饿呢！”

“你没有手吗？不会自己做？”

柳发万万没有想到，乔淑惠竟敢这样撒刁使性。在运河湾人看来，女人就是洗衣做饭生孩子用的。女人不给男人做饭，就是最大的失职，这样的媳妇挨了打，也是没有人同情的。常言说，蔫人出豹子，老实人发起脾气来更要命。柳发满肚子的火气一下子攻到脑瓜顶上。他伸手攥住了乔淑惠从炕上拖到了地下。

乔淑惠一个鲤鱼打挺儿，从地下蹦起来，大喊大叫：“你还敢打人？你打！你打！”说着，她把头一低，像一只发了情的母牛似的向柳发的怀里撞去。

柳发暴怒起来，抡圆了巴掌，照乔淑惠的脸上就是一巴掌。

乔淑惠被柳发打得趔趄了一下，一屁股倒在炕沿上。她的脸上立刻现出了几个发青的指印，鲜血顺着她的鼻子、嘴角流了下来。

柳发心里一惊，刚一打愣儿，乔淑惠却像猎鹰一样扑上来，张开两只利爪就朝柳发的脸上抓。鲜血立刻也染红了柳发的脸蛋子。柳发更加怒火中烧，一只手猛薅住乔淑惠的衣襟，另一只手抡拳便打。

乔淑惠猛一闪身，扯碎了衣服，她光着膀子就往外跑，一边跑，一边海呼海号，大闹大叫："打死人啦！打死人啦！阖街的乡亲快救命呀！柳发要把他老婆打死……"

左邻右舍，大小孩伢儿，以及街上过往的行人都跑着喊着围了上来。劝架如救火，运河湾个个都是热心肠的人。不一会儿，柳发家的小院内外，便黑压压地挤满了人。多数人是看热闹，少数人劝解着。拥拥挤挤，乱乱哄哄，七嘴八舌，嗡嗡嘤嘤。出现这么一个严重的事件，运河湾人的精神生活今天显得特别充实，都像扎了吗啡一样振奋起来。街头上，巷尾上，家庭的餐桌上，夫妻在眠床上，便有了拉不完、扯不断的话题。

躲在屋子里的柳发慌了，他是个要脸面的人。媳妇跑到大街上招来那么多的人，而且现在媳妇还在向前来劝架和看热闹的人哭诉着他的"罪状"，满盘子满碗都是她的理。以后再见到乡亲们还怎么抬头呀？更何况，他又被媳妇抓花了脸，这不是成了运河湾的笑话了吗？

更严重的事情还在后边呢！乔淑惠哭完了，闹够了，把男人的脸丢尽了，她自己便夹着个小包袱走了。这是女人对付男人的拿手好戏。多有本事的男人，也怕媳妇往娘家跑。男人不在家，女人是可以把这穷家破业支撑起来的。可是屋里要是缺了女人，就等于抽了两根柱子，断了一根房梁，这个家就塌了一大半。鸡不回窝，猪拱槽，狗舔盘子，羊叫丧，这些长毛的嘴物就能闹翻了天。自己的肚子饿了，想和面，缸里没水；想炒菜，找不到油瓶。想凑凑合合对付一顿，顾得了锅上，顾不了锅下，不是失了火，就是打了盆。心里的火气憋破了肚皮，愣是找不到发作的对象。要不，怎么说"二茬子光棍"不好熬呢！这且不说，木匠打枷，自作自受嘛。更要命的是，受了委屈的媳妇跑回娘家，等于是剜了做父母的心头肉。于是，为母的陪着女儿掉眼泪，为父的暴跳如雷骂亲家，血气方刚的小舅子、打抱不平的小姨子便气汹汹地打上门来，替姐姐报仇雪恨。柳发没有丈母娘，也没有小舅子、小姨子，这些他倒不担心。可是，乔淑惠是她爹的掌上明珠，那吃了一辈子"横水""竖水”的老爷子，连皇天老子都不放在眼里，能轻饶得了他吗？

柳发傻眼了。那些平时跟他要好的师兄弟、酒哥们儿又前来胡出主意乱画道。有的说，得拿上重礼去向你丈人“负荆请罪”；有的说，这回乔淑惠算是破被子叠起来了，你不雇辆小汽车，甭想把她接回来；还有的说，自己千万不能露面，得先托个说和人来……

最后，柳发依了后一条，托两个巧嘴灵舌的酒哥们儿去做说客。他自己在家里等着，坐也不是，卧也不是，心里像是长满了葛针棵子，扎扎拉拉地让他难熬难挨。天大黑以后，说客才回来。两个人像跑了气的车胎，软塌塌地说：“没辙呀，任我们有三寸不烂之舌，你媳妇硬是死豆不开花。”

柳发无奈，只好厚着脸皮，带着礼物去请罪了。他刚一进门，乔淑惠就把一张盖着大红印章的介绍信往他面前一拍：“走，离婚去！”

天呀！离婚？这不要柳发的命吗？他苦巴苦业干了多少年，才盖上那五间砖瓦房，才摆上那满堂的家具，才凑足硬邦邦的彩礼钱，娶个媳妇容易吗？怎么能说离就离呢？再说，他娶的是什么样的媳妇呀！在运河湾，谁的媳妇比得上乔淑惠漂亮，比得上乔淑惠聪明，比得上乔淑惠能干？想当初，他刚把乔淑惠娶到运河湾来的那些天，他那些师兄弟、酒哥们儿嫉妒得眼珠子都要涨出血来了。要是把这么一个花枝般的媳妇混没了，不把他自己心疼死，运河湾人也得把他笑话死！柳发想到这些，心都碎了，眼泪顺着他那结满血痂的脸颊淌了下来。

乔淑惠在一边还一个劲儿地说横话，往柳发的心尖上戳：“你光洒猫尿也没有用，反正我是王八吃秤砣，铁了心了，你就是托出皇上二大爷来说情，我也不能跟你过了。”

柳发可真的含糊了，这会儿也顾不上什么男子汉大丈夫的派头和体面了，一把鼻涕一把泪地向乔淑惠赔情道歉，说好话，下保证，赌誓发愿，几乎把下三烂的话都说遍了。反正旁边也没有外人，两口子之间说什么也不寒碜。从前半晌一直磨到太阳西斜，乔淑惠才松了口：“不离婚也行，你得依我三条。”

柳发急忙点头称是：“行，行，三十条也行。”

乔淑惠绷着脸说：“第一，你酒可以喝，要少喝，不许喝醉。”

“行行，我戒酒都行。”

“第二，不许你再打人。”

“绝不会了，再打人天打五雷轰。”

“第三，咱得实行男女平等！平等不是一句空话，咱得说清楚了。你在队里干活儿，我也在队里干活儿。更何况，你们男劳力干的都有专摊儿，怎么也有偷闲喘气的机会。第一线上都是我们娘子军，说是让我们顶半边天，纯粹是拿老娘儿们当驴使。每天收工回来，累得腰酸腿疼，连喝口凉水的劲儿都没有了，还得硬撑着身子烧火做饭，你看着就那么忍心？”乔淑惠说到这儿，委屈得流起了眼泪。

柳发也十分歉疚地说：“以后……我做饭。”

乔淑惠抹了下眼泪说：“也不能让你一个人做，那样我心里也不落忍。咱俩分工，一三五我做，二四六你做。”

柳发原以为乔淑惠会提出怎样的苛刻条件呢，一听，人家说的句句在情理，怎能不应呢？从此以后，“约法三章”便成了这个小家庭的既定方针。都说小别胜新婚，重归于好的小两口，比新婚蜜月过得还甜美。每逢双日子，柳发便主动地点火做饭，饭食也尽量做得滋润可口。有时候，还单独给乔淑惠摊上两个鸡蛋，让她补补身子。乔淑惠怎能忍心单吃呢？她把鸡蛋夹起来放在柳发的碗里，柳发咽了咽口水，又给她送回来，而她又接着给柳发夹过去。就这样，你推我让，吃完了，鸡蛋却剩下了。最后男人一手扳着她的脑袋，一手把鸡蛋往她的嘴里塞。两个流着眼泪，叽叽嘎嘎地笑着，笑成了一团……

这样的好日子过了不算短的一段时间，新鲜劲儿便过去了。柳发身上的老毛病又时不时地发作起来。他毕竟是喝运河水长大的，男人对女人那种至高无上的特权和优越感像病毒一样潜伏在他的血液里。不是不许喝醉酒吗？到别人家帮工、随份子，大伙儿都喝得酩酊大醉，把亲娘老子都抬出来起誓发愿，有点儿血性的男子汉能不喝吗？不是不许打老婆吗？可是，人家总是拿他被媳妇抓个满脸花当笑柄，还给他编造了许多故事，说什么他在乔淑惠面前跪搓板，头上还顶着一根洋蜡烛。这样糟蹋他，他能不挂劲吗？更何况，他每天撅着屁股吹烟点火，这好像给运河湾所有的男人丢了脸，连那些嘴上没长毛的小光棍都瞧不起他，当面就笑他“公鸡抱窝，母鸡打鸣”。

但是，既然跟媳妇定了君子协议，他又不能推翻“约法三章”。怎么办呢？他只好装傻充愣，明推暗拖。该轮到他做饭了，他总是找个借口晚回家，让乔淑惠替他做。乔淑惠是个聪明人，她早就看出来柳发在跟她偷奸耍滑，表面上却装作不大在乎。可是，男人就是这样没出息，你越是宽容他，他越是得寸进尺羊上树。到后来，柳发即使回到家，也磨磨蹭蹭地不接手做饭。乔淑惠觉得该教训教训他了，心里便打定了主意。你不是要奸吗？好哇，我也要要个样子来给你瞧瞧。

这一天是单日子，该轮到乔淑惠做饭。她早早地回到家，却没有抱柴点火，竟然登梯上房，站在屋顶上骂开了鸡。柳发回来了，见她还没做饭，便冲着房顶上喊她。乔淑惠说：“咱家的那只芦花鸡丢了，还有心思吃饭。”

柳发揶揄地说：“你们女人就是这样，大骡子大马死了都不心疼，丢了一只鸡就能骂三天。”

乔淑惠不满意地说：“废话！大骡子大马是队里的，死了能合咱多少？我那只芦花鸡一天能下一个蛋，针头线脑，打油买盐，都指望我这鸡屁股银行呢！你敢情不当家不知柴米贵，站着说便宜话不腰疼……”

柳发说：“你先下来做饭吧，今儿该你的班。”

乔淑惠顺着梯子爬下来，柳发蹬着梯子上了房。他站在屋顶上，挺直了胸，运足了气，憋了半天气才喊了一声：“我家的鸡跑谁家去了？给我放出来……”喊声刚出口，大街上便响起了阵哄笑。本来是嘛，骂鸡喊狗，都是老娘儿们的活儿，哪有堂堂男子汉干这种事的？柳发满脸发烧，一屁股坐在了屋顶上，再也张不开口了。

乔淑惠提着烧火棍跑到院子里，冲着柳发喊：“喂，我说，你倒是骂呀！”

柳发嘟嘟囔囔地说：“要不，还是你上来骂吧。”

“那饭怎么办？我都把米淘好了。”

“我替你做吧，那有什么辙？”

看看乔淑惠拴好了套，柳发就伸着脖子往里钻。乔淑惠又上了房，扯开了嗓子，有板有眼地唱起了骂鸡歌：

我的母鸡在正东，
吃了变成狐狸精；
我的母鸡在正西，
吃了变成歪嘴驴；
我的母鸡在正南，
养了孩子没屁眼；
我的母鸡在正北，
娶了媳妇当乌龟……

乔淑惠唱一阵，骂一阵，又不断地跟街上的过往行人招呼聊天，完全没有丢了鸡的农妇那种烟熏火燎的着急劲儿。

“嫂子，饿着肚子骂鸡呀？”

“你哥做饭呢！”

“今儿不是单日子吗？”

“人家发扬风格，替我做呢！”

听听，这哪是在骂鸡呀，纯粹是给柳发扬名挂号呢！你不是嫌男子汉做饭丢脸吗？你不是怕人家瞧不起你吗？那么，我就向全村人宣传：在我们家里，是男人女人轮流做饭的，而且男人还发扬风格，替女人做饭。这可是完全出于心甘情愿的。柳发急不得，恼不得，窝着一肚子火，又没有理由发作，可又得把饭做熟。

当然，乔淑惠这样整治了一下柳发，在运河湾也引起了各种各样的议论。特别是男人们到一块儿，柳发简直成了受气包。有冷嘲热讽的，有愤然不平的，有献计献策的，也有幸灾乐祸的……庄稼人过日子，是最喜欢干涉别家“内政”的，可是，人家愿意说三道四，你有什么办法？你能把谁的嘴堵上！

别忘了，乔淑惠可不是那省油的灯，她不能听任别人对她和她男人那种粗野的嘲讽和诽谤，她开始筹划着打一场“自卫反击战”了。这天早晨上工的时候，她端端正正地站在了队部门口，双手抱肩，心里打定了主意。等人来得差不多了，她冲着大柳树下围着抽烟说笑的男人群里喊了一声：“长山大哥，您过来一下。”

乔淑惠叫的是吴大娘儿们的男人周长山。运河湾人野是野，可是又有许多老祖宗传下来的清规戒律。比如，大伯子和弟媳妇之间，是绝对要规规矩矩，不苟言笑的。就是在街头上碰头，都得互相回避着。有一种说法：宁在小叔子腿上坐，不在大伯子眼前过。实在有事情需要交往，也要避开人的耳目，并且要该叫什么叫什么，互相以“您”相称。乔淑惠在大庭广众之下高声叫着周长山，简直是胆大包天了。人们都疑疑惑惑地看着乔淑惠，也尴尴尬尬地瞧着周长山。

周长山走过来，客客气气地问：“弟妹，您找我有事?”

乔淑惠不慌不忙地说：“长山大哥，您不是跟柳发说过，让我跟您过三天，您要调教调教我吗？今儿晚我就到您家去，您让嫂子给我把被窝儿腾出来……”

乔淑惠的话没说完，周长山早臊得捂着脸，踉踉跄跄地跑了。

乔淑惠气哼哼地说：“跟我撒野？别忘了，咱当年是通州城外有名的野姑奶奶!”

居然没有人敢笑了。队部门口的空气紧张得有一点火星儿就能爆炸，每个人的心都提到了嗓子眼……

从此，人们再也见不到那个幻想当女诗人的漂亮妞儿了，再也看不见那个跟男人卿卿我我的小媳妇了。通州城外的“野姑娘”终于变成了运河湾上的“野娘儿们”。

这怨谁呢?

失过身的女人

在运河湾，两口子打架是常事，男人打老婆也不少见，可是像周大海那样往死里打范淑云，还是蝎子屎——独（毒）一份（粪）。别的男人打老婆，即使是把门闩上，人们闻讯以后也会破窗而入，生拉硬扯地把老婆从男人的拳脚下抢出来。而周大海打老婆，尽管范淑云呼天喊地嚷救命，也没有人前来劝解。渐渐地，范淑云不喊也不叫了，连眼泪疙瘩都不掉了，抱着脑袋任周大海拳打脚踢。她挨打挨惯了。

范淑云挨了打，常常带着满身的伤痕一瘸一拐地上工来。软心肠的人见了也摇头叹气，可愣是没有人上前来说句热乎话。甚至她走到哪儿，人们都像避霍乱病人一样地躲着她。到地里给晚玉米追化肥，两个人一组，一人开沟，一人撒肥。别的媳妇们都找好了对儿，乔淑惠来晚了，只剩下范淑云一个人了。老队长康茂说：“就你们俩一组吧。”乔淑惠把嘴一撇，脸朝天，用鼻子“哼”了一声：“我怕沾我一身骚!”

地头歇儿，三袋烟，要是没有队长催，兴许能坐到太阳儿压西山。那年头“大轰隆”，干活都这样。大锅饭吃不胖人，可也饿不死人。媳妇们围坐在地头上，让乔淑惠给她们说笑话。范淑云不敢往人群里扎，又觉得离开大伙儿不合适，只好跟人家拉开一段距离，坐在圈外边。

乔淑惠肚子里像个盆窖，讲起故事来一套一套的。荤的素的雅的俗的都有。她还能见景生情，借题发挥地连编带撰。别忘了，人家当年毕竟崇拜过李清照、勃朗宁夫人嘛。今天老队长派她跟范淑云一组，她便觉得挺晦气，心里不痛快，于是即兴来个“发愤之作”。

“好，咱们今天讲一段‘小破鞋糊弄傻爷们儿’的故事。”她说着，用眼角瞟了一下坐在人群之外的范淑云，又急忙加了一段注脚，“大伙儿别误会，我说的这个小破鞋远去了，云南的。可不是咱运河湾的，咱运河湾可没那玩意儿。这一天，小破鞋跟她的野汉子关上门，正在屋里办美事，突然听到外边有人咳嗽……”

吴大娘儿们插嘴问：“喂喂，你讲清楚点儿，他们正办什么美事呢?”

乔淑惠说：“犯什么傻？吃包饺子呢，不美吗?”

工人家属谷淑英也逗起来：“我说，他们那美事怎么办的?”

乔淑惠说：“跟你办的一样，还有什么新鲜的?”

谷淑英说：“你讲细点儿嘛。”

“你回家自己咂摸咂摸滋味儿就行了，我可没那闲工夫。”乔淑惠接着说，“小破鞋一听，是她男人回来了。她急中生智，把野汉子往门后边一推，自己也猫在了门后边。等她男人推门一进屋，她便一下子扑上去，从后边蒙上了他的双眼。接着，是一通胡亲乱啃，咯咯浪笑，撒娇犯贱。她那野汉子就趁着这个机会溜走了。那傻爷们儿被小破鞋这么一折腾，还挺高兴，搂着她的脖子问：‘宝贝，今儿吃什么饭？’小破鞋往她那傻爷们儿的后脖颈子上使劲一拍：‘我的傻牛，跟往常一样，剩的……’”

“剩的！哈哈，吴大娘儿们，今晚就让长山大哥吃‘剩的’吧！”

“你甭装正经，咱史弟早就吃的是‘剩的’，吃了‘剩的’还给人家刷锅洗碗……”

“要说真正尝到‘剩的’滋味儿的，还得说是人家周大海。”

“那当然，人家福大命大造化大，娶了一个‘剩娘儿们’嘛。”

“什么‘剩娘儿们’？‘剩小姐’！”

“噢——‘剩小姐’，哈哈……”

各村有各村的村风。对于男女之间的风流韵事，运河湾人有自己传统的道德准则。在他们看来，男人在外边招风惹草，眠花宿柳，这算不了什么。哪有不沾腥的猫呢？好汉子占九妻嘛。而女人一沾上这种事，便犯了弥天大罪，让男人打死也活该。运河湾的男男女女之间，随便得出圈儿，可以开非常粗野的玩笑。小叔子扒掉嫂子的裤子，叔公搂着侄媳妇来个“苏联礼儿”，这算不了什么。只要不跟人家去睡觉，这个女人就算清白无瑕。像范淑云这样的女人，不管你因为什么，在什么情况下失过身，以后你再干净，再正经，就是出家当姑子，变成金身玉体，也摘不掉头上那顶骚帽子。真可谓一失足成千古恨呀！

这一天晌午的时候，乔淑惠抱着孩子看她父亲回来，刚一下船，便听到大石桥上一帮女人狂呼呐喊，像是出了什么事。乔淑惠急急忙忙跑过去，吴大娘儿们说话都岔了音：“范、范淑云……跳、跳河啦！”

“你们嚷什么！还不快救人！”

“没、没人会、会水呀！”

乔淑惠把孩子往吴大娘儿们怀里一塞，连鞋都没顾上脱，咕咚一声，便跳到了河里。没想到，当年在家当“野姑娘”时学的本事，这会儿派上了用场。

乔淑惠把范淑云救上来，控干了她肚子里的水，又把她背到了自己的家里。

范淑云醒来了，她看着乔淑惠，嗫嚅地问：“你、你干吗还救我？”

乔淑惠说："我怎能见死不救呢？"

"我、我不值得你救。"

"别这么说，人不能寻短见。"

"我、我本来就是剩的……不、不该活着。"

这句话，像一把刀子扎进乔淑惠的心里，她疼得浑身打了一个冷战，鼻子一酸，眼泪差点儿掉下来："妹子，我、我不该……"

"嫂子，我、我没有怨恨你……周大海他、他扒光了我的衣服，吊在屋梁上打我……还打开门窗，招来一帮半大小子看……"范淑云哽咽得说不下去了。

乔淑惠烧了一锅热水，把大澡盆端进屋里，然后又给范淑云脱去湿漉漉的衣服，给她洗澡擦身。乔淑惠似乎刚刚发现，范淑云长得很美。她那匀匀称称的腰身，雪白细嫩的皮肉，丰满结实的胸脯，都充分地展示了一个女人的魅力。可是她的浑身上下，却布满了一条一道渗着血渍的伤痕。乔淑惠擦着她的伤口，抚摸着她的身子，像捧着一朵被人弄污、揉碎的鲜花，心中涌起无限爱怜、无限痛惜的情感，两滴热泪溅在了范淑云那娇嫩的肩头上。范淑云扬起头来，用一双感激的泪眼看着她。她猛然把范淑云紧紧地搂在怀里，呜呜地哭了起来……

夜里，乔淑惠和范淑云肩并肩地睡在一条土炕上，范淑云向她讲起了自己不幸的过去。

"嫂子，我、我的命真苦……我三岁的时候，父亲就死了，是大雪天上山打柴滑了坡摔死的。是我的寡妇妈把我一把屎一把尿地拉扯大的。都说故土难离，家乡可爱，我对自己的家乡就从来没有产生过一丁点儿感情。我们那儿是个穷山沟，背一桶水要跑七八里的路。我的牙没有长齐，就往嘴里塞苦杏叶；我刚会走路，就背着小梯架子上山打柴。我们的日子过得太苦了。妈妈为了让我能离开那个穷地方，咬着牙供我念书。我自己也争强发奋，考上了县中学。为了凑自己的学费、饭费，我一边念书，一边纳鞋底，一纳就是大半夜。怕影响同学们休息，我就躲到厕所里去纳。天寒地冻，厕所里没有暖气，我的两只脚都冻烂了。这些苦我都能吃，这些罪我都能受，就盼望着能考上大学，将来能在城里找个工作，离开我们那个穷山沟，也把我妈接出来享几天福……

“‘文化大革命’来了，大学不招生了。我只好回到了山沟里。可是我的心并没有死，我每天都等着、盼着，整夜整夜地睡不着觉。盼望着‘文化大革命’早点儿搞完，盼望着大学恢复招生考试，也幻想着上帝能恩赐给我一个好机会。嫂子，我不怕你笑话，我还偷偷到山神庙里烧过香、许过愿呢！你说，咱一个中学生，明明知道世界是物质的，还去求神拜佛的。真的，人在没有路的时候，天上飘来一丝云彩，也会把它当成路的。宁可信其有，不可信其无，也许真的心诚则灵呢！

“机会终于来了，有一天我在大队门口写黑板报，来了一个骑自行车的男人。他四十多岁，长得精干精瘦，还戴着一副白眼镜。人家说，这是新来的公社书记。他站在我身边看了一会儿，跟我们大队书记说：这姑娘字写得不错呀！然后他又把我叫到大队办公室，问我叫什么名字，多大年龄，在哪儿念的书，还让我写一篇批评‘三自一包’的文章，过两天送到公社给他看看。我真以为遇上了救我出苦海的‘诺亚方舟’。从那以后，他不断地让我到公社去找他，而他总是给我许愿：一会儿说推荐我到公社当广播员，一会儿说调我到公社当团委书记，一会儿又说推荐我上大学……

“我把一切希望都寄托在他的身上了。在他面前，我唯唯诺诺，言听计从。他有时说一些挑逗我的话，我装作听不懂；有时向我动手动脚，我屈辱地忍受着。我真后悔，我也曾是个清高、孤傲、自尊心很强的姑娘。没想到为了离开我们那个小山沟，我变得那么贱，那么不要脸，连做人的尊严都不要了。他终于把我奸污了……他满足了自己的兽欲以后，便赏赐我一张大学招生表。我原以为，付出了这么沉重的代价以后，也许从此会时来运转的。我暗暗发誓，离开这个小山沟，离开这个披着人皮的畜生，就永远不再回来了！可是……我拿着这张招生表去体检，医生却发现我怀孕了……

“大学没有上成，我、我一下子跌入了十八层地狱，我成了全社闻名、人人唾弃的‘破货’……我真不想活了，也不能活了。可是妈妈苦苦地哀求我，不让我撇下她……我可怜的妈妈，为了妈妈活下来，为了妈妈才远走高飞嫁到这运河湾……”

范淑云在讲这些往事的时候，显得异常平静。像是在讲述一个遥远的，已经被人忘却的故事；像是在捕捉一个可怕的，然而已经朦胧的梦。

乔淑惠的泪水无声地流下来。一方面她深切地同情着范淑云的遭遇，一方面也在狠狠地骂着自己：你这个狠心的娘儿们，怎能这样对待一个不幸的女人呢？人家心里挨了一刀，你还往人家伤口上揉盐花，这还叫人吗？她骂了自己，又骂那个千刀万剐的公社书记，骂那烂心肝的周大海……

她翻来覆去地折腾，心里火烧火燎地折腾，一夜都没有合眼。天刚麻麻亮，她就爬起来，擀了一碗细软的面条，上面还卧了四个大鸡蛋，端给范淑云。范淑云说什么也不肯吃，乔淑惠哭了，跺着脚说："妹子，我求求你，你吃吧。你吃了，我、我心里才好受……"

范淑云惊愕了，她立即明白了乔淑惠的心。她用双手颤巍巍地把碗端起来，送到嘴边。她的嘴唇剧烈地哆嗦着，眼泪像雨点似的掉在了面碗里……

周大海来了，他迟迟疑疑地推开了小栅栏门。乔淑惠隔着玻璃看见了，心里一动，急忙迎了出去。

周大海见了乔淑惠，低着头说："嫂子，您、您救了俺家的一命，俺谢谢您了……"

乔淑惠抱着双肩，身子歪靠在外屋门框上，瞪着两只布满血丝的眼睛看着周大海，一声都没吭。

周大海有点儿慌了："嫂子，她……要是没有什么事了，就让她回去吧！"

乔淑惠仍然不开口。

周大海更加懵懵懂懂，摸不着头脑了。

突然，乔淑惠转身进屋，拿出一条扁担两只桶，往周大海脚下一扔，厉害地说："去，给我去挑水！"

周大海蒙了，这到底是怎么回事呀？

"你媳妇怀孕了你知道不知道？"

"知、知道……"

"我也怀孕了。"运河湾有这么一个风俗，媳妇有了身孕的男人，是绝对不能再跟旁的孕妇说话的。说了话，就等于抢了人家的奶水。万一没注意说了话，就要立即采取补救的措施，把抢去的奶水退回去——由男方给女方家里挑水。往缸里倒水的时候，缸口上还要放一张筛子，水要通过筛子滤进缸里。（这条规矩的发明者，不是上帝，便是个天才的文学家，他是具有多么丰富的想象力啊！）乔淑惠把筛子放在水缸上，又找出一根胶皮管，一头放在水缸里，一头通到水缸旁边的葡萄架下。然后，她一边坐在外屋门槛上给孩子喂奶，一边等着周大海担水来。

乔淑惠家住在后街，离官井沿儿少说也有半里路。周大海因为昨天媳妇投河觅死，一天食水未进。看他那满眼的眵目糊，恐怕一夜也没有合眼。今天一大早就空着肚子给乔淑惠担水，也实在够呛。前三趟还不觉得怎么样，毕竟是三十出头的棒郎子嘛。第四趟觉得有点儿喘，第五趟脑袋顶冒了汗，第六趟第七趟，两条腿打起了软。乔淑惠家的水缸也真怪，看着不大，担了八担水还不满。周大海咬着牙又担了两担，还不见水面往上涨。他掀开筛子一看，气得说话都变了音："嫂子，您、您这不是成心捉弄我吗？"

乔淑惠绷着脸说："我救了你媳妇一条命，你给我浇浇葡萄还不应该？"

周大海忽然瞥见了乔淑惠怀里那吃奶的孩子，心里便完全明白了："嫂子，您、您根本就没怀孕。"

"我怀孕不怀孕，还能告诉你吗？"

"您这孩子刚几个月呀？"

"我拍的是热窝，你管得着吗？"

周大海张着胡子拉碴的大嘴没词了。

乔淑惠说："今儿早晨的水，你不是给我担的，是给淑云担的，算是你向淑云认罪赎罪。你凭什么张口骂人，伸手打人？不错，淑云过去是不大清白，结婚的时候又没瞒你。你知道，她过去是让恶狗咬了，命就够苦的了。你应该疼她，爱她，替她把被狗咬了的伤口治好。她为什么嫁给你呢？因为她看着你是个人，你不会再像那条狗似的咬她。话又说回来了，淑云要不是有这个污点，能嫁给你吗？你到犄角旮旯的地方撒泡尿照照，就凭你周大海这个德行，配娶一个中学生吗？找得着淑云这么漂亮的媳妇吗?”

乔淑惠越说越气愤，越说越动感情，真恨不得上前扇周大海两个大嘴巴。周大海被乔淑惠数落得脸酣耳热，无地自容，走也走不掉，躲也躲不开，过了半天，他才装出一副嬉皮笑脸的样子说：“得了，嫂子，水俺也给你担了，您该骂的也全骂了，再有，俺、俺也知错认错了，你让俺把俺家的领回去吧。”

乔淑惠余怒未消：“领回去？没那么便宜，我让你大哥去请康运桥和沈秋萍去了。”

周大海问：“请他们干什么呀?”

乔淑惠说：“请他们给淑云写状子，到法院告你。告诉你，俺孩子的表舅跟法院院长认识，我打听好了，虐待妇女，逼死人命，起码得判你五年徒刑。”

周大海是有名的耗子扛枪窝里横的主，别看他平时在老婆面前称王称霸逞威风，真要是遇上一点儿风吹草动，他比耗子胆子还小。让乔淑惠这么一拍呼，他早吓得三魂出窍了。周大海大嘴一咧，眼泪哗哗，双膝弯曲，身子下坠，就差没跪在地上向乔淑惠磕头求饶了：“嫂子，求、求求您……千万别经官。”

“怎么，你怕经官，怕过堂，怕蹲大狱是不是?”

“啊……是，是。”

“那范淑云还怕挨打呢!”

“俺保证不、不打她了，连一个指头都不捅了。”

“你嘴里那是舌头吗?”

“俺要是说话不算数，任、任您怎么处罚都行。”

“我现在就要处罚你。”

“俺认、认罚，心甘情愿……”

“这也不算处罚，只是给你一个认罪赎罪的机会。让淑云先在我这儿住十天，你一天三顿饭给她做好了送来。不许穿胡同溜墙根，就在街上明扯大摆地走。谁要是问你，你就实话实说。”

这分明是让他栽跟头现眼，周大海有点儿含糊了。

乔淑惠又立即绷起了脸：“怎么，你嫌寒碜是不是？怕丢人是不是?

那就上法院……”

周大海忙说：“别、别……俺照您吩咐的做还不行吗？”

乔淑惠又补充说：“淑云让你这么一折腾，没死也得脱层皮。何况她肚子里还给你怀着个孩子，你得好好给她补补身子。”

“应该，应该的。”

“每顿饭都要白米白面，一点儿粗粮都不能吃。”

“是，是。”

“鸡鸭鱼肉，凡是能买到的，你都要给她买来，每顿饭至少要两个菜。”

“行，行，错不了。”

周大海走了，乔淑惠如释重负地进了屋，对范淑云说：“怎么样，给你出气了吧？”

范淑云红着脸说：“您让他买鸡鸭鱼肉，他哪儿有钱呀？”

乔淑惠长叹了一口气说：“瞧瞧，你还替他为起难起来了。唉，咱们女人哪，天生就这么一副贱骨头。不行，这回你听我的，一定要把这十天坚持下来！”

不相信“女人三部曲”的小媳妇

做姑娘时嘻嘻哈哈，结婚以后婆婆妈妈，有了孩子邋里邋遢——这是农村女人生活的三部曲。

沈秋萍是个不相信“女人三部曲”的小媳妇，她决心通过自己的实践，为农村女人谱写一支昂扬激越的进行曲，让每一个音符都迸发出青春的火花，鸣奏出幸福的旋律，跳动出爱情的谐音。

她是一个充满热情、幻想，喜欢追求浪漫色彩的姑娘。她的父亲是通州潞河中学的一个老教师，她的家也住在那个书声琅琅、歌乐缭绕的校园里。在这样一个诱人神往、催人奋发的环境里，她得天独厚，从小便受到了良好的教育。她才高志远，精力充沛，兴趣和爱好是多种多样的。她喜欢绘画，她的作品曾参加过少年宫举办的画展。她喜欢拉小提琴，至今她还保留着当年庆祝“六一”儿童节在北京人民大会堂演出的剧照。她也曾努力研究过医道，幻想将来成为一名医学博士，攻克治癌的难关。她还崇拜过米丘林、摩尔根，对生物学发生了浓厚的兴趣。也许就是因为这个原因，她爱上了从农村来的小伙子康运桥，暑假的时候，她跟康运桥到运河湾来了一趟，一下子被这里的天光水色迷住了。

自从与康运桥相爱以后，她的兴趣和志向便确定下来。她开始崇拜邢燕子、侯隽，把“农村是一个广阔的天地”当作自己唯一的座右铭。中学毕业以后，她便以一个热血青年的雄心大志，和康运桥一起投身到运河湾这个广阔的天地里，立志通过他们的聪明才智、心血和汗水，改变农村的落后面貌，希图大有作为。

沈秋萍毕竟是知识分子家庭出身的城市小姐，运河湾有许多东西她都不习惯。她不习惯全家一窝八口用一盆水、一条毛巾洗脸。她不习惯那用稀稀拉拉的秫秸秆夹起来的、只挡君子不挡小人，又脏得无法下脚的茅厕。她也不习惯那硬邦邦的，铺着一张芦席，整天暴土扬尘的土炕。

然而，这些都没有影响她铁心务农的宏图大志。她认为这些都是属于农民愚昧、落后、不讲卫生的恶习，应该自己动手把它连根铲除。他们这一代有理想、有文化的新式农民，应该创造出一个整洁、优美、舒适的生活环境，开创崭新的生活方式。她跟康运桥商量好，先把他们小屋的土炕扒了，换上她从小睡惯的双人床，床上铺着雪白的床单。

每天收工回来，不管多晚、多累，她跟康运桥都要在外边洗得干干净净，换上衣服，然后才能进入他们那舒适整洁的小屋。光是这一项改革，在运河湾就引起了强烈的反响，许多新婚的媳妇、待嫁的姑娘都到他们这小屋里参观，而她也兴致勃勃、不厌其烦地向来访者宣传讲卫生的重要意义和睡双人床的优越性。

“三夏”大忙季节到了，龙口夺粮，庄稼人每天都是“早晨三点半，中午带顿饭，晚上连轴转”，又困又累，靠在树干上都能睡着。这天晚上，沈秋萍从场院回来了。老队长康茂照顾她，没有让她下地割麦子，她还没有累得那么邪乎。她洗完身子，换上了干净的衣服进了屋，看到康运桥穿着一身脏衣服，带着两脚泥就睡在了她那雪白的床单上，她气得一下子把康运桥揪起来，推出了门外。

康运桥刚刚闭上了眼睛，就被沈秋萍惊醒了，也气得发起了火："是你的床单值钱，还是我的命值钱?"

沈秋萍怒冲冲地说："你洗洗身子、换换衣服就要你命了？不讲卫生才能要人的命呢！这些科学道理你又不是不懂，咱俩定好的制度，你怎能随便破坏……"

康运桥被沈秋萍唠叨烦了："行了，行了，女人结婚以后就婆婆妈妈，一点儿不假!"

沈秋萍也不依不饶："你还嫌我婆婆妈妈，人家说有了孩子邋里邋遢，咱还没有孩子呢，你就这么邋遢了……"

就为这件事，小两口足足干了一架，这是他们结婚以后第一次吵架。甜蜜的爱情里加入了一滴苦汁，幸福的回旋曲中迸发出了第一个不和谐音。没想到，三天以后，沈秋萍也被累垮了。她拖着软塌塌的、散了架似的身子进了家门，不要说洗身子、换衣服，连说一句话的力气都没有了。她一头扑卧在床上，连身都顾不上翻，就趴着睡着了……

冬天到了，顺着大运河吹来的风特别硬，河面上结了一尺多厚的冰层，屋地下都冻得裂开了缝。运河湾没有像城里人那样用煤火取暖，供销社根本不供应农民烧煤，就是供应，等"鸡屁股银行"打油买盐的庄稼人，也买不起那"黑金蛋蛋儿"。他们祖祖辈辈的取暖方式是靠往灶膛里添柴火，把土炕烧得热烘烘的。沈秋萍那扒了土炕的小屋，见不到一点儿烟熏火燎，干净是干净了，可变成了一个大冰箱。夜里，她和康运桥躺在双人床上，把所有的被子、衣服都盖上，连鼻子眼睛都不敢露出来，还是冷得浑身打哆嗦，似乎连五脏六腑都冻得凝结起来。夜里往痰盂里撒一泡尿，第二天早晨就冻成了一个坨坨，想倒都倒不出来了。沈秋萍的手脚都冻烂了，康运桥的耳朵也生出了冻疮。公婆心疼他们，让他们挤到自己屋子里土炕上来。沈秋萍躺在结着嘎巴、扬着尘土的黑炕席上，被从炕缝里钻出来的烟气、水锅里冒出的蒸气，以及入冬以来就没有洗过澡的公婆身上发出的臭烘烘的热气熏蒸着，却觉得是那样的暖和，那样的舒坦，睡得又是那样的香甜。她早已顾不上每天洗身子了。这么冷的天，脱掉衣服不变成一根冰棍儿才怪！再说，跟婆婆住在一个房间里，也没有办法换衣服。唉，脏点儿就脏点儿吧，冻不死就阿弥陀佛了！那天吃早饭的时候，她发现脖颈上有点儿异样的感觉，伸手一抓，妈呀，一个鼓溜溜的大虱子。她立刻起了一身鸡皮疙瘩，恶心得差点儿吐出来……

难熬的冬天终于过去了，她和康运桥又搬回了那间小屋。可是，没有人再听她讲睡双人床的优越性了。

像寒冷和肮脏一样难以忍受的，便是运河湾这群媳妇的粗野。她看到结婚才一年多的谷淑英光着膀子，挺着两只肉包子似的小乳房到她家来串门，她臊得连头都抬不起来。她听到乔淑惠用最粗俗的语言，毫不含蓄地描述着吴大娘儿们跟她男人的“炕头动作”，她就像当时看到从她身上抓出来的虱子一样恶心，浑身一个劲儿地打冷战。男人们到一块儿大概也是这样。那天夜里，她正跟康运桥互相爱抚的时候，康运桥却突然说出那么难听的一句话，她顿时怒从心起，兴致全无，猛地把他推向一边，蒙着被子哭了大半夜。

她觉得自己忍受不了了。可是有什么办法呢？走也走不掉，躲也躲不开。运河湾的妇女劳力分成三组。一组是未婚的姑娘们，那儿一定是一个干干净净、嘻嘻哈哈、无忧无虑的世界。沈秋萍真想跟她们在一起，可是结了婚的女人就是媳妇了，媳妇们是单分一组的。要不，就得到老年妇女那一组，她显然更没有资格。在这群媳妇中，沈秋萍成了一只离群索居的孤雁。干活儿的时候，她低着头一声不吭；田间休息的时候，她抱着一本书远远地躲开人群。这不是拿得罪人不当回事吗？这群媳妇是那么好惹的吗？她们一边随心所欲地顺嘴胡扯，一边把冷言冷语往沈秋萍的耳边甩。

“别看人家结婚这么长时间了，说不定还是个没破瓜的大姑娘呢!”

“这么正经，干吗不去当尼姑?”

“你以为当尼姑就正经？念完经连脸都顾不上洗，就跑到庙里去打和尚。”

“人生大道理，许干不许说嘛。”

“酸文假醋!”

奇怪的是，这些难听的话，没有一句是从乔淑惠嘴里说出来的。乔淑惠大概喜欢这个文文静静的小媳妇，总是主动地接近她。要不是乔淑惠常常保护她，这群“野娘儿们”不定怎么欺侮她呢！这天休息，乔淑惠硬是把她拉入媳妇群里。谷淑英又出了一个坏点子，她做了许多小纸团，放在草帽里，郑重地宣布：“今天咱们讲结婚第一夜，抓阄儿，谁抓到第一号谁先讲。说好了，谁要是不讲咱就给她‘看瓜’。”

那些事能讲得出口吗？不讲的人还要受到“看瓜”的惩罚，这不是要人的命吗？直到前几天她才明白“看瓜”是怎么回事。那是吴大娘儿们在地里发现了两个“屎瓜”（人吞进瓜籽以后又排泄出来，随粪便撒到地里自然长出来的瓜，俗称屎瓜），她自己独吞了。这群媳妇气不忿，便让她在那两棵屎瓜秧旁边“看瓜”——把她那大裤裆的裤腰扯开，把她的脑袋按下去，塞进裤腰里，最后再把口一系，整个人便装进了裤裆里。直到收工的时候，乔淑惠才把她放出来，憋得吴大娘儿们通身是汗。这野蛮的游戏，野蛮的惩罚手段，沈秋萍想着心里都打哆嗦。她没有勇气伸手去抓阄儿。谷淑英在她面前摇晃着草帽催促着，人人吵吵嚷嚷地起着哄，而乔淑惠则悄声劝着她：“抓吧，讲两句应付应付。”这样，沈秋萍才哆哆嗦嗦地把手伸进谷淑英的草帽壳里。

抓到第一号的竟然是范淑云。自从那次她投河被救上来以后，媳妇们在乔淑惠的影响下，都同情起了这个不幸的女人。现在人们不再把她排斥在圈儿外边了。范淑云受到这种平等的待遇，非常感激大伙儿对她的恩典。她总是主动地帮助每一个人干活儿，积极参加媳妇们的每一项活动，受宠若惊地答应人家向她提出的任何要求。可是对于这个游戏，她比沈秋萍还紧张，还害怕。她不是羞于讲那些不能公之于众的事，而是不愿意回忆噩梦般的新婚之夜。她打开手里的小纸团，脸色煞白，满眼泪水，连肩头都颤抖起来。

乔淑惠首先发现了她神态的异常，走到她面前，把她手里的小纸团接过来：“我看看你几号？噢——十三号，按着洋人的说法，这是个不吉利的数字。不过你可以到最后再讲了。”

范淑云惊诧困惑地看着乔淑惠，当她从乔淑惠的手里再把小纸团接过来的时候，上边果然写的是十三号。范淑云明白了，她极力抑制着，才没有使自己感激的泪水淌下来。

“我抓到了第一号，我先讲。”乔淑惠颇为自豪地坐下来，拿出平时给大伙儿讲故事时的架势，大大方方地讲了起来，“那一天，可把我累死了。一拨人还没走，另一拨人又来了，猜拳行令，喝得昏天黑地……”

谷淑英立刻打断了她的话：“不行！不行！得讲夜里的事。”

“夜里还来了好几拨人哪！都是柳发的那群兄弟，酒哥们儿……

“等客人走了以后，俺那位就洗脸，磨磨蹭蹭，没完没了地洗。后来又到院子里去刷牙，刷完牙又慢慢腾腾地洗脚。我一看，这家伙不赖，还挺讲卫生……”

谷淑英又不耐烦了：“讲上炕以后的事！”

乔淑惠不慌不忙地说：“还上炕以后呢，他那两只手刚一摸炕沿，脸就涨得通红，上牙跟下牙直打架，还一个劲儿地呼呼喘粗气……我一看了不得了，是不是发起疟疾来了……”

媳妇们听到这儿，咂摸出滋味来了，都笑了起来。

乔淑惠讲完，轮到吴大娘儿们了。这个粗粗拉拉的女人倒是简单扼要，开门见山：“俺那口子，简直像一只饿疯了的野兽，两只眼睛都红得涨满血。俺瞧着他吓得直哆嗦，他却给俺来了个饿虎扑食……妈呀！没把俺疼死……”

媳妇们开心死了，笑得互相捶打着，推搡着，扭在一起滚成一团。

渐渐地，沈秋萍竟被媳妇们这种嬉闹和欢笑感染了。一个人，特别是一个女人，难得有这么轻松、这么开心、这么无拘无束地表现自己的时候，刚才那种紧张、厌恶的情绪也慢慢地消逝了。她觉得这些人有许多可以理解、值得同情的地方。她们是粗，是野，甚至连女人的羞耻之心都抛掉了。可是，在这贫困、单调、毫无色彩的生活中，她们都活得挺痛快，有滋有味儿，有情有趣。嬉笑闹骂，像一股从河面上飘来的凉风，吹进沈秋萍那孤寂落寞的心里。虽说这其间夹着许多鱼虾的腥臭，却毕竟能让人为之一振。

轮到沈秋萍讲了，她讲些什么呢？那一夜，她什么时候想起来都激动得脸红心跳，一切都非常清晰而真切地印在她的脑子里，就像是昨天晚上才发生的事情一样。

婚礼结束了，两个热血沸腾的年轻人紧紧地结合在一起了。从此以后，他们要吃的是一锅饭，睡的是一张床，还要用同一个日记本记录下他们共同生活的脚印。他们是多么兴奋、多么激动啊！一夜都没有合眼，一点儿睡意都没有。他们含着热泪，心碰心地畅谈着，品味着爱情的甘露，憧憬着光辉灿烂的未来，筹划着攀登理想之巅的阶梯。康运桥决心当一名农民作家，用他的笔蘸着他满腔的爱，描绘出一幅农村一代新人的壮丽画卷。沈秋萍则幻想着做一名农艺师，用她的心血和汗水培育出一种“五彩棉”，不用印染，便可以织出色彩缤纷的花绸彩锦来。日记本的第一页，就写着他们这些伟大的计划和一份作息时间表：每天早晨五点钟起床（谁也不许恋床），十分钟洗漱，二十分钟早操，然后是一个小时的读书时间。晚上八点到十点半，或是整理笔记，或是进行研究，或是查阅资料，或是练习写作。共同遵守，互相监督，谁也不许干扰谁……

沈秋萍忘情地讲着这些。讲到后来，她哭了，泣不成声地说：“我万万没有想到，生活竟然是这样的冷酷无情……理想和现实之间差得太远了……奥斯特洛夫斯基说，人最宝贵的是生命，而生命属于人只有一次。我、我真不愿意这样白白地混一辈子……”

没有人笑，也没有人说什么。这群媳妇的脸上第一次出现了这种庄严肃穆的神色，她们之间也第一次被这种沉重寂静的气氛笼罩起来。直到起歇干活儿的时候，田野里没有出现以往那放纵的嬉闹笑骂。

乔淑惠凑到沈秋萍面前，低声地说：“妹子，你讲的这些，我懂，我都懂。我过去也跟你一样，心比天高，但命比纸薄啊……”

沈秋萍疑惑地扬起脸，看着乔淑惠，半天，才犹犹豫豫地问：“嫂子，你、你是怎么变成现在这个样子的呢？”

乔淑惠沉思了一会儿，说：“咱念书的时候都学过了，地球上有许多动物，像恐龙，现在都灭绝了，这是为什么呢？”

“你是在讲适者生存，对吗？可是人和动物的根本区别，就在于人是可以改造环境的。”

“要改造环境，首先得适应环境。连命都保不住，还谈得上什么改造？”

沈秋萍默然了，她觉得乔淑惠的话似乎有道理，但自己又不能完全苟同。

乔淑惠又关切地说："你原本是城市户口，不能要求调回去安排工作吗？"

沈秋萍说："我来的时候，是铁了心在农村干一辈子，连'知青'关系也没有办。再说我下不了决心，我走了，剩下运桥一个人，他的日子更不好过了。"

"你是舍不得运桥，对吗？"

沈秋萍红着脸笑了。

媳妇们的壮举

老队长康茂对运河湾这群媳妇是最头疼的了。按说，一个五十多岁的半大老头子，论辈分，媳妇们不是叫他叔公，就是叫他大伯公，他完全可以跟这些人摆摆资格，拍拍老腔，甚至拿出一副当家长的派头来。可是不行，这群媳妇没大没小，嬉皮笑脸，完全不顾运河湾的乡规民约。

往往是这样，男人群里掺进一个女人，就像来了个"镇物"似的把男人们"镇唬"住了。一个个装得规规矩矩，人模狗样，比赛似的显示着自己有教养，有身份，甚至活儿能多干三成，烟能少抽一半。而女人群里要是掺进一个男人，就像给女人们打一针兴奋剂。她们显得格外活跃，格外放肆，比赛似的显示着她们有胆量，有口才，专拣那些让男人吃不住劲儿的话往外扔。这男人算是倒了霉，成了她们开心解闷的玩意儿。也许是她们平时"各自为战"的时候总是受男人们欺负，抓住这个机会便以图报复。

老队长康茂从公社开会回来，要传达公社党委关于"学大寨、赶大寨，人不合眼、马不停蹄，苦干一个月"的指示。他最懒得开大会了，一来怕耽误生产，二来他没有文化，年纪大了，脑筋又受罪。因此，有什么要说的事情，他都是跑到田地头，利用休息的时间，分组开小会。

康茂来到媳妇组，把大伙儿聚集到一块儿。他故意垂着眼，绷着脸，做出一副男女有别、长幼分明、官民不能平起平坐的架势。等人来齐了，他嗽嗽嗓子，威威严严地说：“大伙儿听我说，公社党委说了，学大概（寨），赶大概（寨）……”

康茂刚一开口，媳妇们便开了锅似的大笑起来。

康茂发起了火：“笑什么？就是学大干（寨）、赶大干（寨）嘛……”

媳妇们笑得更凶了，像是运河大堤决了口子，堵都堵不住。

康茂的舌头总是转不过弯来，把“学大寨、赶大寨”不是说成“学大概、赶大概”，就是说成“学大干，赶大干”。他特别讨厌这个村名，你叫个啥不好？张庄、李庄、郭庄、赵庄，单单叫这么一个绕嘴的名字，还学它呢，这不是瞎掰吗？

被媳妇们这么一笑，康茂又急又恼，用一句话把公社党委三天的会议精神全概括了：“甭管学啥，反正一个月之内不许歇工，歇一天罚三天！”

这一下可捅了马蜂窝，媳妇们轰轰嗡嗡地乱嚷乱叫起来：

“老队长，我娘家兄弟要结婚。”

“不行，自个儿结婚都得往后挪！”

“老队长，俺家房子漏了，得修。”

“从队里搬块苫布，先凑合遮上点儿。”

“老队长，俺孩子姥姥病了，托人捎信来了。”

“不行！不行！甭管什么理由，公社党委的决定是铁定的！”

乔淑惠说话了，她不喊“老队长”，而是站起身来，恭恭敬敬、亲亲热热地叫了一声“康大叔”，郑重其事地说：“我的情况可有点儿特殊。”

康茂对别的媳妇怕七分，对乔淑惠这个“野娘儿们”可是怕十二分。他知道她的厉害，不敢简单地一口回绝，便问：“你有什么情况？”

“我得去流产，这可是政府的号召啊！”

“流产？你春天不是流了一个了吗？”

“我这会儿又怀上了，有什么办法？”

“你干吗不注意点儿？”

“怎么注意？您给我介绍介绍经验！”

“哄”的一下子，媳妇们一边笑着，一边跳起脚来狂呼怪叫。

老队长康茂气得一甩袖子，倔哒倔哒地走了……

一连下了几天大雨，村东南那八百亩玉米地里积满了水，需要马上把水泄出来。否则，太阳一出来，把地里的积水晒热，整片玉米就会沤得根烂叶黄。这是运河湾的一片肥田沃土，上茬种的小麦，下茬种的是玉米，全村人一年的嚼裹儿主要靠着它呢。男劳力都被公社调去护堤防洪了，老队长康茂只好提着脑瓜皮，亲自带着这群媳妇去挖排水沟。

到了地头上，康茂画好了线，按照人头分成段。他也不管什么政策不政策的了，搞开了“小段包工”，一人一段，完不成任务不许回家。他自己也占上一段，抄起锹就挖，连地头歇儿都免了。康茂这一手够绝的，愣是把媳妇们治住了。你们不是爱闹吗？爱笑吗？爱顺嘴胡咧瞎说八道吗？随你们的便，反正你们站着给铁锹号脉，地上自己不会开出一条排水沟来。

就这样，也没有堵上媳妇们的嘴。她们也知道再说什么都不管用了，还要成心逗两句闷子。

“老队长，挖多深呀？”

“不是告诉你们了吗？水面底下再挖磕膝盖为准。”

“人有高有矮，到底以谁的磕膝盖那么深？”

“以我的磕膝盖为准，一会儿挖完了我检查。”

康茂这一招儿挺灵，媳妇们说是说，笑是笑，可手下却一直没闲着，真是嘴一分，手一分，谁都不含糊。康茂这一段刚挖完，大伙儿的也差不多都完了工。康茂挺满意，他又怕这帮媳妇糊弄他，便把裤腿挽到膝盖以上，认真检查起了质量。他在排水沟里蹚着水，水面只要浸到他膝盖，就算合格；低于他膝盖，就证明这一段挖得浅。这是一种简单实用的检验方法，康茂从小就是在土坷垃里长大的，装了一肚子“庄稼经”。康茂一步一步朝前走着。别说，这帮娘儿们干的活儿还行，走了大半截了，还没发现有谁挖得浅。突然，康茂一脚踏空，咕咚一声跌了个大马趴。

媳妇们忍着笑，假装疯魔地跑过去，七嘴八舌地问：“哎呀老队长，您怎么摔倒了？不要紧吧？”

康茂从沟里爬起来，浑身是水满脸是泥，气得浑身乱哆嗦："这段是谁挖的?"

吴大娘儿们挺身而出："我挖的，怎么了?"

"谁让你挖这么深?"

"挖深点儿不好吗?我怕挖浅了不合格呀!"

康茂吃了个哑巴亏，无话可说了。他于是恼羞成怒，把大手一挥："走，都过来!"

康茂把这帮媳妇带到地北边，又画好线，分开了段。

媳妇们不干了，叫嚷起来："不包工了吗?干吗还分呀?"

康茂说："那包的是半晌的工，不是半天的工。"

"不行，这不是拿俺老娘儿们当驴糊弄吗?不干了!"

"谁不干全天的工分都不记。"

"爱记不记，反正一个日值合不了一壶醋钱。"

"不要工分也得干，看你们谁敢罢工?"

"不罢工也该打歇儿了，总得让人喘口气呀!"

"……"

正在这时候，女会计康小秋风风火火地跑来了。她一边喘着粗气，一边急赤白脸地说："老队长，不好了，县委检查团来了!"

康茂有点儿慌了："在哪儿?"

康小秋说："他们刚出村，朝这块地里走来了。我是骑着自行车跑来给您送信的。"

"哎呀!你干吗让他们到这块地里来?"

"公社张书记带着，说这是咱村的重点地块，要看看。"

"快!快!把他们迎头拦住!"

"我怎能拦住呢?"

康小秋带来的这个消息，把康茂吓得脸都黄了。他顾不得满身泥水，更顾不得给媳妇们画线分段了，跟着康小秋，踉踉跄跄地往回跑。他为什么这么惊慌失措呢?原来这块地里有"鬼"。

从前年开始，县委为了完成甩开膀子拼命干，三年建成大寨县，粮食亩产跨"长江"的战斗任务，指示全县的土地一律种高产作物——

杂交高粱，实现“全县山河一片红”。杂交高粱产量是高一点儿，无疑可以给县委领导凑单产指标。可是老百姓的肚子受不了啊！这杂交高粱又苦又涩，说句不雅的，既难吃，又难屙。每到吃饭的时候，孩子就哭闹，大人就发愁。今年麦收以后，康茂瞒着上级，在这八百亩好地里种了晚茬玉米，又围着地边种了一圈高粱。从远处公路上看，这是一块高粱地，谁会想到这“高粱皮”里包的却是“玉米馅”呢！县委检查团一来，不是要露出马脚了吗？事情败露，不定会引起怎样的灾难呢！去年青云镇一个队长偷偷种了十二亩西瓜，被县委发现了，不但把半熟的西瓜捣得稀巴烂，还把那个队长作为“资本主义典型”拉到全县大会上批斗……

康茂跟康小秋没走出多远，就碰上了迎面走来的检查团。缕缕行行，有二三十人，只见康茂摩挲着胳膊，不知在跟检查团说些什么。检查团好像没有理睬，继续朝这边走过来。

媳妇们也紧张起来，一个个面面相觑，等待着灾祸的降临。

乔淑惠突然站起身来，高声说：“媳妇们，脱掉衣服，抄起家伙挖沟。”她说着，自己先把短袖衫脱掉，光着膀子挖起来。

媳妇们马上明白了乔淑惠的用意，一齐脱掉了衣服。

沈秋萍吓得浑身哆嗦，她怎么能像别人那样袒胸露乳呢？

吴大娘儿们挺着两只面袋似的大乳房走过来，厉声命令她：“快把衣服脱掉！”

沈秋萍直往后退。

吴大娘儿们发火了：“都什么形势了，你还这么斯文！”

沈秋萍无奈，只得用颤抖的双手，解开衣扣。

“把乳罩也摘下来！”

“不，不，让我戴着吧……”

“不行！”吴大娘儿们不由分说，一伸手便把沈秋萍的乳罩扯了下来。

检查团越走越近了，他们似乎还没有发现这群袒胸露乳的媳妇。乔淑惠又发出了指令：“媳妇们，咱们唱起来！”

于是，媳妇们一边挥锨扔泥，一边扯着嗓子高声唱起了《学大寨，赶大寨》这支歌。曲调是一样的，可是歌词早被她们篡改得面目全非了：

学大概哪赶大概，
大概精神就是大概。
七尺裤子八尺袄，
凑合穿来凑合戴。
同志哥呀你别认真，
认真就不能学大概……

检查团终于被这热火朝天的劳动场面惊动了。当他们离这群媳妇还有百十步远的时候，都愕然地停住了脚步，不少人还把头扭向了一边。

媳妇们的歌声一停，又扯开嗓子大叫起来："领导同志辛苦啦！快来看看这火红的高粱穗呀！"

吴大娘儿们还不知羞耻地喊了一句："看完高粱穗，再看看奶头山！"

"哈哈哈……"媳妇们又哄笑起来。

不一会儿，一个衣着朴素的女干部走过来，和蔼地说："同志们，请你们穿上衣服好不好？"

乔淑惠说："我们响应县委的号召，甩开膀子大干！"

女干部说："领导同志要到这儿检查。"

谷淑英说："我们的衣服都让汗水溻湿了！"

沈秋萍听到女干部的声音，抬头一看，"嗡"的一下子，全身的热血都涌到了头顶上。她只觉得天旋地转，险些一头跌进沟里。这女干部正是她的同班同学，叫田亚兰，在县妇联工作。天呀！让她看见自己在光天化日之下赤身裸体，她回去再跟别的同学一说，她还有脸活吗？她急忙转过头，蹲下身子，装作修理铁锨的样子，半天都不敢直起腰来……

任田亚兰怎么说，媳妇们就是不穿衣服，检查团无奈，只好绕道而去了。

媳妇们终于胜利了！

收工的时候，老队长康茂高声宣布："今天大伙为咱运河湾立了一大功，仓库里还有点儿剩下的花生种，每个人奖励二斤！"

媳妇们欢呼起来，像一群山喜鹊似的围住康茂，拉着胳膊，扳着肩膀，亲热得不得了。谷淑英摸着康茂那胡子拉碴的下巴说："大叔，我给您理理胡子吧。"说着，竟然从头上摘下一个塑料小梳子，在康茂的下巴上刮扯起来。

康茂被这群媳妇包围着，没大没小地逗弄着，他非但不急不恼，还觉得挺舒服，挺痛快，挺幸福，像是置身在一群调皮而又可爱的儿女之中。他咧开大嘴，第一次在媳妇们面前高兴地笑起来……

大运河的小夜曲

县委检查团虽说没看成村东南那块玉米地，却被媳妇们那冲天的干劲和生气勃勃的精神状态感动了。他们觉得，运河湾的妇女工作一定搞得很出色，她们中间一定有许多模范人物和英雄事迹。在那"典型引路"的年月，运河湾要是能出一个在全国震响的人物，县委也就跟着"响当当"起来了。于是，便把县妇联副主任留下来，调查总结这方面的情况。他们绝不会想到，运河湾连个妇联主任都没有。那个在媳妇们中一呼百应的乔淑惠也只不过是个"白丁社员"而已。

康茂还是把田亚兰安排在了乔淑惠家，谁让她是运河湾的媳妇头呢！

田亚兰比她的同学沈秋萍大两岁，今天二十九岁了。可是她的衣着打扮，以及那满脸的正经相，看上去比她的实际年龄还要大几岁。她留着齐耳短发，穿着一身肥大的蓝干部服，使本来并不肥硕的身躯显得好臃肿，而胸前却是平平塌塌的。唯一能够显示一点儿女性服装特点的，就是她的内衣领子上有几点素雅的小碎花。

对于田亚兰，乔淑惠在地里听沈秋萍说了几句。知道她过去是柳树屯的铁姑娘队长，在全县出过名，后来不知怎么屎壳郎变唧鸟——一步登天了。虽说她管辖着全县的女人，可她自己却连个男人都找不到。至今还是个上床一个枕头、下地一双鞋的“女光棍儿”。

如同那个年代的许多平民百姓一样，乔淑惠对官场上的风云人物总怀着一种本能的厌恶和敌对情绪。特别是一个女人，能够爬上去，不是把姐妹们当成垫脚石，就得把自己的囫囵身子搭进去。乔淑惠正是怀着这种偏见看待田亚兰的。更何况她今天又是陪检查团来的，说不定她什么时候发现那块玉米地，不坏了运河湾的大事才怪呢！

尽管如此，乔淑惠还是像待亲戚似的热情而得体地接待了田亚兰。田亚兰也很快就喜欢上了这个心直口快的女人。在西方世界里，打听人家的私生活被视为不礼貌，不尊重人。可是运河湾人可不这么看，不问问客人的家长里短，总觉得是冷落了人家。吃饭的时候，乔淑惠一边往孩子嘴里喂稀饭，一边问田亚兰：“你的孩子放在幼儿园吧？”

田亚兰的脸“腾”的一下红涨起来，慌里慌张地说：“不，没……”

“那让婆婆给看着？”

“我……没、没婆婆。”

“没婆婆更好，小两口一边儿过多随便，想怎么亲热就怎么亲热，没有碍眼罩，大白天拉上窗户帘……”

“我、我还没结婚。”

“啊？看我胡吣什么呀？真该死！”

乔淑惠装出副愧疚的样子，一个劲儿地向田亚兰赔不是，骂自己“太冒失”。可她心里却得意得发抖，直想立即跑出去把这件事告诉媳妇们，让大伙儿笑个够！

田亚兰难堪极了。一个女人到了这个年龄，没有家，没有男人，没有孩子，这不仅仅是个大缺欠，而且简直成了耻辱。就像一件产品没能出厂，她在世俗人的心目中是个不合格的女人。可是，她这满心的委屈、痛苦又对谁说呢？谁能理解她呢？

晚上，沈秋萍来了。她和田亚兰在院里的葡萄架下谈话，乔淑惠在屋炕上奶着孩子睡觉。那像羽毛一样轻柔的小风把葡萄的清香和两个老同学的谈话声从敞开的窗口送出来，乔淑惠在凉津津的炕席上，感到透心的舒服、熨帖。

“亚兰，你真的变了，在学校的时候，你是个泼泼辣辣、爱说爱笑的姑娘。”

“没错，要不，我回村以后怎么能组成一个铁姑娘队呢！”

“你现在怎么变得这样了呢？”

“革命需要呗！”

“你说这句笑话，还有点儿像当年。”

“秋萍，我不是说笑话，真是这样的。你知道，我开始出来工作的时候在公社，那会儿什么都不懂。有一天晚上，我刚洗完澡，就通知开常委会。我穿着裙子走进了会议室，公社金书记一见，立刻跟我瞪起了眼：‘回去把裤子穿上！’看他那凶相，听他那口气，好像我是光着屁股进来的……”

沈秋萍咯咯地笑起来。

乔淑惠也无声地笑了。笑过之后，她又按照自己的逻辑想象评判起来：“本来是嘛，开常委会肯定都是一帮老爷们儿，你穿着裙子往人家面前一坐，跷着两条大白腿，谁还有心思开会呀？”

“你真的一个也没谈过吗？”

“谁敢谈呀？有一回我在男宿舍里跟一个小伙子单独坐了半个钟头，不知让谁汇报给金书记了，他倒找我谈了三个钟头。我一个从土坷垃里爬出来的‘柴火妞儿’，他们却总觉得我是个‘资产阶级臭小姐’，怎么改造也过不了关。为这事，我入党讨论三次都没有通过。”

“你现在算是改造好了吧？”

“是的，我现在已经彻底‘无产阶级化’了。”

“‘无产’得连男人都不要了，你不想吗？”

“开始的时候也想，后来就习惯了。我刚调到县城里的时候，看到大街上一男一女的亲亲热热，心里也痒酥酥地羡慕人家，可是又得向人家撇嘴啐唾沫。到后来，我看到女人跟男人一块儿就讨厌。有一次我同宿舍小张的男朋友来了，在我的床上坐了一会儿。晚上我躺在床上，总觉得人家坐过的地方留下一股臭味儿，恶心得我一夜都没有睡好觉。”

“哎呀！你这是变态，心理变态！”

“也许是，有几个老处女不变态的？变得这样，我倒觉得心里挺宁静。我现在什么都不想了，习惯了。”

“亚兰，别这样。你还不到三十岁。爱情，你还会享受到爱情的……”

乔淑惠听了这些，觉得心里一阵发酸。渐渐地，她开始同情外边那个老姑娘了。唉，她爬得那么高，我还以为她好得意呢！却原来她也有难处，也很苦。她待的那个地方要是让我去，不要说“变态”，非憋出神经病来不可。看来还是当个平民百姓随便、痛快，想说啥说啥，想咋笑就咋笑，穷点儿累点儿，认了。她忽然想起了高跷会上渔樵对歌时唱的几句词，不由得心里哼起来：

一竿青竹，一条丝钓，
腰掖麻绳，一把板斧，
扁担将日月挑。
驾小舟游江湖乐在其中，
攀荆棘爬峻岭自在逍遥。
世上哪儿有咱渔樵乐，
胜似为官一品当朝……

乔淑惠哼着哼着，做起了逍遥梦。沈秋萍什么时候走的，她不知道；田亚兰什么时候进屋睡的觉，她也不清楚……

起晌以后，乔淑惠安置好孩子，刚要去锁门上工，田亚兰捂着脸，跌跌撞撞，失魂落魄地跑了进来。她见到了乔淑惠，一头扑在了她的怀里，像孩子似的“哇哇”大哭起来。

乔淑惠慌了：“你怎么了？怎么了？”

田亚兰惊魂未定地说：“我到村东南那块地里检查排……排水情况，回来路过河边……一群男人……光着身子……他们要……”

田亚兰说不下去了，乔淑惠却明白了。自古以来，运河滩便是男人的世袭领地。他们在那里光着屁股洗澡，无拘无束地胡打乱闹，偶尔河岸上出现一个女人，他们更是发了疯，跳着脚地狂呼乱叫：“回过头儿，快来瞧，回头儿晚了瞧不着！”这是千古流传下来的老规矩，谁也怪罪不得。“讲礼的街道，不讲礼的河道”嘛。到了夏天的中午和晚上，运河湾的女人不是万般无奈，谁也不轻易到河边去。不过真要是遇上了这种情况，你只当没长眼睛、没长耳朵匆匆过去就是了。他们嘎是嘎，坏是坏，可绝不会做出伤天害理的事情来。田亚兰虽说也是个农家姑娘，可是她家住在运河湾百里之外的柳树屯，是个堆满小沙丘的干旱地，除了解放以后修的几条水渠以外，方圆二三十里之内也见不到一条小河，她当然不懂得大运河这些“老规矩”了。

按照常规，乔淑惠向田亚兰解释解释，安慰她两句也就算了。可是这件事却引起了她的一连串的愤慨。这些该死的男人，你们要是冲媳妇们冒冒坏倒还情有可原，向人家干干净净的大姑娘撒野，这不是欺人太甚吗？这倒不是主要的，也许他们隔着河根本看不清河对岸的人是谁。主要的是她长期以来一直对这种现象愤愤不平。在通州城外，河道是属于男人和女人共有的。到了夏天，每天都从城里来许多青年男女到河边游泳。她家那青篱小院里，经常有姑娘们来换衣服，乔淑惠从小是在河水里泡大的，对水有一种骨肉般的情感。可是自从嫁到运河湾以后，除了那次救范淑云，一次下河的机会都没有了。有一天夜里，天气闷热得让人喘不过气来，她让柳发带她到河湾里泡泡。话一出口，柳发就翻了脸：“你不害臊，我还觉得丢脸呢！”听听，这叫什么话！她想起这些来，就憋闷得要死，恨不得牙根三寸长。

地头上，乔淑惠向媳妇们讲了田亚兰的“遭遇”，立即提出一个颇有气魄的主张：女人们要占领河道！

热心响应和竭力支持的恰恰是沈秋萍，她在学校里就是个游泳迷。

吴大娘儿们却犯起了二虎：“咱老娘儿们占那河道干什么？”

乔淑惠说：“咱晚上到那里去洗澡，不比你在家里用脸盆一把一把往身上撩水痛快！”

范淑云也有点儿犹豫：“俺是山沟里长大的，见到水两条腿就发软，淹死怎么办？”

沈秋萍忙说：“没关系，我用铁丝画出一个安全区，最深的地方也没不了肚脐眼儿。”

谷淑英也积极起来：“对，咱占领一段河道，就是不游泳，中午也可以到河边去打青草了!”

乔淑惠郑重地说:“咱洗身子,游泳,打青草,这些都是小事。顶重要的是显示一下咱女人的力量。不是男女平等吗?男人独霸河道就是最大的不平等。咱不把这老规矩改一改,他们永远也不承认咱这‘半边天’。”

乔淑惠这么一说,把媳妇们满肚子的怒气和怨慨都激起来了。于是,七嘴八舌,集思广益,一套占领河道的完整方案计划出来了。第二天一早,人们纷纷到队部门口集合上工的时候,便发现大柳树下贴着一张大红告示:

重要启事

从即日起,运河湾的妇女要与男人平分河道。运河两岸北至槐树林,南至蒲草湾,包括在此范围内的草滩、树林及整个水面,均划归妇女占有。每天中午十二点至下午两点,晚上八点至十一点,妇女要在此处洗澡,男人必须绕路而行。若贸然侵犯此地,当以流氓论处。

特此周知

运河湾大队“半边天”

这张告示一贴出,在运河湾立即掀起了轩然大波。人们奔走相告,议论纷纷,比地震预报还要震撼人心。一时间,男人和女人之间的对立已经白热化,战争一触即发。

男人为了保卫他们的世袭领地,也组织了一个防卫队伍。这天中午收工以后,他们连饭都没顾上吃,就奔到“阵地”上,准备着击退“来犯”的女人。可是这天媳妇们却没有露面,他们白挨了一顿饿。晚上,他们又早早地做好了准备,仍然是空等一场。一连三天,都是如此。男人们放心了。原来女人们是气壮如牛、胆小如鼠,瞎咋呼一场啊!

万万没想到,第四天晚上,媳妇们开始进攻了。她们这个战略措施是范淑云提出来的，她给大伙儿讲了一段《曹刿论战》：“一鼓作气，再而衰，三而竭。”她们选择了这个时机才发动“总攻”，一方面是把“敌人”拖疲了，使他们放松警惕、涣散了斗志；另一方面，她们在此期间做了一些分化瓦解工作，主要是各自把自己的男人管住，不许他们到这段河道上来。现在，守卫在这里的“战士”大多是没有娶媳妇的小光棍了。

这是一个美丽的夜晚，月亮还没有出来。满天的星星又密又亮，吵吵嚷嚷，争先恐后地跳到清悠悠的大运河里。它们在河水里嬉闹着，蹦跳着，激起满河碎银子般的浪花。乔淑惠带领着媳妇们，跨过大石桥，来到西河滩，刚钻进小树林，就看到河滩上隐隐约约地晃动着一群男人的身影。他们刚从河水里爬出来，一边噼里啪啦地打着屁股花，一边齐声叫着那犯嘎冒坏的歌谣：“咚咚嚓，咚咚嚓，比比谁的大，统统一边大！”

乔淑惠停住了脚步，看了看胆突突跟在她们后边的田亚兰，对沈秋萍说：“你陪亚兰在这儿等着，我们先冲进去，等我们占领了阵地以后，你们再过去。”她说着，又冲媳妇们挥了一下手，“预备——唱！”

向前，向前，向前！
我们的队伍上前线。
占领运河滩，
赶走男子汉。
一条大河分两半，
你半边来我半边……

河滩上，突然响起了一片女人的歌声，这歌声整齐嘹亮，气势昂扬。那群打屁股花的小伙子被惊住了。他们一边说着大话，一边各自寻找着自己的裤子。别看他们平时犯嘎憋坏，在远处欺辱单身女人，那都是仗着人多势众，互相壮胆。不要忘了，他们大多数可还是没有娶媳妇的小光棍。让他们单个到女人群里，保准说话都脸红。这会儿他们光着身子，迎面来了那么一大群女人，怎么能不心惊胆寒呢？

歌声一停，媳妇们立即从小树林冲出来，黑压压一大片，喊声震天：

“冲啊——杀啊——”

“抓活的！”

“先把他们裤子抢过来！”

……

小伙子们立刻魂飞魄散，狼狈逃窜。媳妇们未动一刀一枪，未伤一兵一卒，便轻而易举地占领了阵地。她们高兴得蹦呀，跳呀，滚呀，笑呀。一个个脱掉衣服，像煮饺子似的噼里啪啦地跳进了河里……

月亮出来了，满河的小星星也被媳妇们连同男子汉一起赶跑了。河面上蒸腾着一层淡淡的雾气，和柔和的月光融在一起，像一条薄薄的轻纱，笼罩着赤身裸体在水中嬉闹的女人们。乔淑惠和沈秋萍兴致勃勃，越过了那条用铁丝画出来的安全线，到大河中心尽情尽兴地游起来。啊，真美！真舒服！真痛快！天空中那莲花般的云朵，也像浮在河面上的女人一样，洁白，轻柔，优哉游哉！

媳妇们在安全区里叫喊着，呼唤着。乔淑惠和沈秋萍又回到了媳妇群里。她们都不会游泳，只是在水里瞎扑腾，互相撩水逗闹着。吴大娘儿们在陆地上壮得像头牛，到了水里笨得像只大狗熊。她两手乱扒，两脚乱蹬，那蒲包似的大身子怎么也漂不起来。沈秋萍拉着她的两只手，一个劲儿地给她指点，累得直喘气。乔淑惠拿起吴大娘儿们那条大裤裆的裤子，先把它浸湿，又把两条腿扎上，然后从裤腰里灌满了气，再把裤腰一扎，说：“吴大娘儿们，我给你做了一只小牛，你骑上。”

吴大娘儿们趴在自己那鼓胀起来的裤子上，悠悠晃晃，平生第一次漂浮在水面上，嘻嘻，真美气！

游累了，她们又爬上岸来，有的互相追逐取笑，有的躺在草滩上喘气养神。谷淑英高兴得像男子汉一样打起了屁股花。

田亚兰也下水了，她没有像媳妇们那样脱光了身子，而是穿着裤衩乳罩下去的。这会儿，她和乔淑惠并肩躺在软绵绵、毛茸茸的草滩上。她觉得天空是那样高远，大地是那样宽广。河水是凉津津的，草滩是暖烘烘的。长期以来，她那身肥大的蓝干部服，像一层厚厚的壳箍在她的身上。脱掉了那个壳，她的四肢和整个身心都伸展开了。河水也把她的心灵深处那层厚壳泡酥了，洗裂了。她像一只成熟了的金蝉那样，在运河湾，在这群可爱的媳妇中间，蜕掉了自己的躯壳，获得了新生，展开翅膀，飞向更遥远的天地。

“亚兰。”乔淑惠轻轻地叫了一声。

“唔。”田亚兰表示自己听到了。

“你那天到东南边那块地里去了？”

“嗯。”

“你看见了什么？”

“我什么也没看见。”

“知情不报，你担当得起吗？”

“大嫂，我也是农家女儿，农民怎么过日子，我懂！”

乔淑惠被深深感动了。她俯下身来，看着田亚兰那两只含着泪水的大眼睛，心里猛然一阵发热，忏悔地说：“亚兰……我真对不起你，那天，我明明知道你是个大姑娘，还故意用那些混账话刺激你……”

“嫂子，我不怪你。真的，一点儿也不怪。”田亚兰说得很真诚，她觉得，她已经跟乔淑惠成为好朋友了。

乔淑惠又躺下来，半天没说什么。媳妇们还在嬉闹着，有的人又扑通扑通地跳进了水里。

“亚兰，我有一个表弟，在县法院工作，今年三十二岁，大学毕业。可就是二婚，他媳妇是得白血病死的，留下一个孩子……”

田亚兰没有吭声。

“他人挺好，有情有义，很会生活。我小时候常跟他在一起……亚兰，你听我说了吗？”

“我听着呢！”

“合你的意吗？”

“你说好，肯定错不了。”

“我明儿一早就进城。”

一大块厚厚的白云把月亮遮住了，整个大地变得朦胧而静谧了。田亚兰突然觉得很疲劳，一种经过长途跋涉到达了目的地的轻松疲劳，甜蜜的睡意袭遍了她的全身。她轻轻地闭上了眼睛。她真想在这迷人的运河湾睡一觉。那样的话，一定能做一个迷人的梦……

自从那次讲新婚第一夜之后，乔淑惠和沈秋萍越来越热乎起来。常常有这种情况，沈秋萍晚上来串门，两人一聊就是深更半夜，把天一黑就习惯闩门睡觉的小木匠柳发冷落在一边。最后，乔淑惠给昏昏欲睡的柳发下了命令："去，你到她家跟运桥睡一宿，秋萍不走了。"两人的经历性格迥然不同，却相处得那么和谐。乔淑惠在沈秋萍面前，常常情不自禁地表现出一副文静、典雅、有学识、有教养的样子，那些高粱地里的村言野语也大大收敛起来。而沈秋萍在乔淑惠面前，却又显露出一副无拘无束、豪迈粗放的神色，像是农村妇女的泼辣，又像是青年学生的热情。就这样，两个人成了形影不离的好朋友。

历史已经翻到了七十年代的最后几页。这是一个没有见到过雪花的冬天，好像连那些让人胆战心惊的西北风也没有刮过几场的冬天。天气是温和的，平静的，可运河湾人的生活却一直被一种困惑、兴奋、余悸未消的震动波冲击着。如同当年实行土改、合作化时一样，乔淑惠、沈秋萍、范淑云和吴大娘儿们又拥挤在烟雾腾腾的小屋里，商讨着推行"生产责任制"的大计方针。

1986 年 4 月于大别山

向土地下跪

一

在以后大半辈子的日子里，康老犁想起自己荒唐的洞房之夜总是忍不住地笑。是笑出了声，甚至笑弯了腰，笑岔了气。他常常把周围的人笑得莫名其妙，笑得发毛，都觉得这个人脑子出了问题，甚至还有人建议他儿子带着他到精神病医院去检查一下。只有他老婆知道这不是病，是他肚子里揣着的一兜儿坏。

老婆田小穗是棉花桃儿一样的脾气，任人撕，任人扯，受了天大的委屈脸上还露着软绵绵的笑模样儿。那时候田小穗年轻，虚岁才十七，也算得上漂亮。康老犁对女人的审美和对牛的审美几乎一样，结实就是漂亮。田小穗个儿不高，却是腰圆屁股大，粗胳膊粗腿，上上下下都有用不完的劲儿。康老犁在地主冯有槐家里当长工，田小穗是冯家的丫鬟。康老犁见到田小穗，身上就热烘烘的，较劲，总想干点儿什么。所以康老犁总觉得自己身上的力气是田小穗给的，或者是像气功一样从田小穗身上传过来的。

将田小穗许配给康老犁是冯有槐的恩德。康老犁不是一般的长工，而是方圆百里有名的庄稼把式。赶车耕地，提粮下种，筛簸扬拿，他无不精通。活计好，更肯得花力气。冯有槐总是说，土地是康老犁的爹娘，康老犁就是孝子；土地是康老犁的子女，康老犁就是慈母。他使出的牲口总是膘肥体壮，他侍弄出的庄稼总是穗大苗齐，同样年景同样的地，他总是能比别人多拿两成的收成。这样的长工百里难寻，冯有槐对他格外看重。

康老犁对田小穗有意思，冯有槐是从他吃饭时的碗边上看出来的。冯有槐是地主，可不是穿着长袍马褂、留着八字胡、拄着文明拐杖的财主。他是一个真正的地主，是土地的占有者，也是土地上的劳动者。他穿着跟长工一样的衣服，挥着跟长工一样的锄头，也吃着跟长工一样的饭食。在家的时候，饭桌放在院子里，冯有槐坐在饭桌的正面，康老犁坐在饭桌的右边，其他男性无论是家里人和做工的都一律平等地围坐在饭桌上。田小穗把做好的饭菜端上来，站在一边等着给所有的人添饭。要是田小穗把饭食送到田头，冯有槐便连坐的位置都不讲究了，随便蹲在长工中间端着碗稀里呼噜地吃饭。若是在外人眼里，无论如何分不出来谁是地主谁是长工的。

所不同的是，冯有槐总会比别人多用些心思，毕竟是东家嘛。况且冯有槐也有心思，没有心思能发财吗？当长工有当长工的规矩，尤其是东家在场的时候，尤其是在东家宅院里的时候。吃饭就是吃饭，吃饭的时候不许说话，不许东张西望。饭菜盛好了，就要把脑袋埋在碗里专心致志地吃，吃完了撂下饭碗立即就要离开东家的宅院，因为宅院里有东家的女眷。冯有槐渐渐地发现，康老犁在吃饭的时候虽然不言不语，可他的眼睛却不老实。康老犁端着大海碗，整个脸蛋子都被遮盖上了。可是每吃一口，康老犁的碗边上就会闪出两缕贼光，这贼光是乜斜着冲向田小穗的。不知道田小穗是否接受或感觉到了这贼光，反正冯有槐任何时候把目光投向田小穗的时候，田小穗总是低着头，手举着勺子等着给空了的饭碗添饭。

冯有槐是在打谷场上跟康老犁谈这宗严肃的婚姻大事的。那一年是个少有的好收成，场院上谷垛高得像座山，棒子码得长长的像城墙。冯有槐高兴，长工们也高兴。那天的月亮很圆，冯有槐跟康老犁躺在高粱垛上，很惬意地抽着烟。冯有槐说话了，单刀直入，刀尖儿直捅在康老犁的心窝上：“老犁，看上田小穗了？”

康老犁当时就蒙了，像是做了贼被当场抓住一样，连辩白的力气都没有了。

冯有槐：“你嫂子原本想让我把她收做二房的。”

康老犁的心抖了起来，人家东家的二房你也想动心思，缺德不缺德呀？

冯有槐说：“你要是喜欢，就把她娶了吧。”

康老犁傻了，干张着嘴说不出话来。

冯有槐解释说：“我也想了，咱这小地主比不了大财主，多一个人多一张嘴。”

康老犁有点儿不解，你种着三百多亩地，还在乎多一张嘴吃饭，抠门到家了。

冯有槐又说：“你也不小了，二十三了吧？等把地里的粮食收完了，就把喜事办了吧。”

这事就算是谈妥了。自始至终，都是冯有槐规划的，康老犁一句话都没说，就白得了一个媳妇。康老犁觉得自己太笨，不是手笨，是嘴笨。怎么也得向冯有槐说句谢恩的话呀，显得自己太不懂事了，太没良心了。

这笨人却办出了一件惊天动地的事。

喜事办得挺体面，也很热闹。康老犁的祖上给他留下了三间土坯房，算是有个自己的家。喝喜酒的人散去之后，康老犁带着自己酒后的豪迈冲进了洞房。田小穗蒙着盖头端坐在炕头上，康老犁在田小穗面前站了片刻，二话没说，将田小穗抱起来，往肩膀上一扛就出了门。

任田小穗怎么挣扎怎么叫，康老犁毫不理睬。他大步流星义无反顾地朝前走，走出了栅栏门，走出了村口，还是没停下脚步。

正是深秋季节，大片大片的青纱帐被放倒了，田野上散发着令人心醉的庄稼的清香。野花放荡地绽开着，荒草挣脱了庄稼的束缚疯狂地生长着。田小穗被康老犁扛在肩上，惊恐地挣扎着，可又不敢大声喊叫。康老犁的脚步越走越快，终于来到了一块叫作葫芦堡的耕地上。这片土地上种的是玉米，收割完后又马上翻耕过来。裸露的土地白天吸收了足够的阳光，在月光下滚动着暖洋洋的波浪。康老犁大步迈进了葫芦堡中央，将田小穗放下来。

田小穗仰巴巴地躺在温暖的土地上，不敢看康老犁，用那双惊鹿一样的眼睛看着天边上的半个月亮。康老犁发疯般地扑向田小穗，笨拙地扒光了田小穗身上的衣服。浮云将半个月亮遮盖起来，两个赤裸裸的身躯在赤裸裸的土地上冲撞着，蛇一样地扭动在一起。康老犁牛一样匍匐着身子，一犁一犁地深耕着，每一犁都实实在在，每一犁都带着破土的震响，每一犁都注入了全身心的渴望。他呼呼地喘着粗气，喊着莫名其妙的话："穗啊我的地，地啊我的穗……"

田小穗的身子跟翻耕过的土地已经融为一体，她被康老犁深深地耕着，分不清康老犁是在耕着地还是耕着自己。她觉得身子跟土地一起颤动着，一起飘浮着，越飘越高，伸手都能够到那遮盖月亮的云彩。可是她没有伸手，随着她一声尖厉的呐喊，一片元红洒在软绵绵的土地上。田小穗的鲜血和康老犁的体液混杂在一起，慢慢地渗进月光下的泥土里……

康老犁没有起身，他久久地趴在田小穗的身上，两只手却深深地扎进土地里。田小穗被压得喘不过气来，想把他推开，又推不动。康老犁竟然睡着了，睡梦中依然在喃喃地呼叫着："穗啊我的地，地啊我的穗……"

二

结婚以后，康老犁依然在冯有槐家当长工，田小穗也依然在冯有槐家当丫鬟。日子似乎没有变，生活却变了。每天晚上，康老犁洗净耕作了一天的汗水，又开始在田小穗的身上耕作着。康老犁是个职业的庄稼把式，对土地的挚爱使他对每一项农活儿都出奇地痴迷，对每一个动作都一丝不苟。在田小穗的身上，康老犁也是全身心地精耕细作，一招一式都不马虎。有耕耘就会有收获，第二年夏天，当冯有槐的老婆用新麦磨出的面粉蒸出了第一锅新馍的时候，田小穗便给康老犁生出了一个白馍一样的大胖儿子。

有了儿子的康老犁像有了收获的土地一样自豪，他浑身总是饱涨着用不完的力气。他把这力气都用在冯有槐的土地上了，冯有槐感激他，给他送去了一整袋细箩白面，让他和田小穗好好补补身子。须知这细箩白面也只有到过年的时候，冯有槐一家才舍得享用的。长工对得起地主，地主也对得起长工。不要说在柳林庄，就是周围八镇六十三村，也找不到这么和谐的东伙关系。

康老犁给儿子取名叫土地。土地是康老犁两口子的掌上明珠，夜里田小穗搂在怀里，白天康老犁带在身边。康老犁赶车，便把土地扔在草筐箩里；康老犁耕田，便把土地放在垄沟里。土地每天在土里滚来滚去，泥人一般。滚到六个月，会爬了；滚到八个月，会站起来了；滚到十个月，会扑打着小脚丫满地跑了。人本来就是女娲用泥土做的，土里长出的孩子皮实，就像草原上放牧出来的牛羊一样。

看着小土地一天天欢蹦乱跳地长大，喜在康老犁的心里，却痒在了冯有槐的眼里。

冯有槐比康老犁大六岁，老婆娶进家十年了，光下种不出苗。开始的时候两口子都没在意，当年媳妇当年孩儿，当年不生等三年。三个三年都过去了，老婆的肚皮还不见动静。冯有槐有点儿急了，毕竟是三顷地的财主，家业不大总得有人继承呀。冯有槐的老婆喝了几年苦药汤子没见效，看着康老犁结婚不到一年就添了个大胖小子，两口子才真正沉不住气了。

六月三伏，玉米棒子长得没了人。冯有槐和康老犁一起锄玉米地，这是最累人的农活儿之一。天热，玉米叶子都支棱起来，严严实实地搭起了一个大天棚。太阳火辣辣地烧烤着，玉米地里蒸腾着热气，憋得人喘不过气来。不要说锄地，空着手钻进去就是一身白毛汗。锄玉米的规矩是脱得一丝不挂，钻进去锄草培土，玉米叶子刀一样锋利，浑身上下都是一条一道冒着血丝的口子。再加上水洗一样的汗水，像伤口上撒着盐，疼得人龇牙咧嘴。

土财主和庄稼把式是不怕累的，两个在蒸笼般的玉米地里赤裸着身子挥着锄，也谈着赤裸的话题。谈女人，庄稼地里不谈女人还能谈什么呢？平时人多的时候谈女人都是为了开心，现在只有冯有槐和康老犁两个人的时候，再谈女人便郑重起来。

冯有槐唉声叹气地谈自己的女人十年不开怀，白糟蹋了那些好种子。

康老犁有几分得意地谈起了那套女人和土地的理论：“女人是什么？女人就是地。有的地肥，有的地薄。地肥的生儿子，地薄的生丫头。还有的女人干脆就是薄碱沙滩地，寸草不生。”

冯有槐羡慕康老犁娶了块肥田，当年就给他生了个大胖儿子。

康老犁更得意了：“庄稼人的眼睛是干什么用的？一是要会看地；二是要会看牲口；三是要会看女人。我从碗边上瞟田小穗一眼，就知道这是块肥田。肥田和薄田就是不一样，肥田插根筷子都能长出苗来。”

冯有槐坦白地说后悔没把田小穗收为二房。

康老犁又问为什么没收田小穗做二房。

冯有槐说：“我不是跟你说过吗？多一个人就多一张吃饭的嘴。”

康老犁心里暗笑了一下，蒙谁呢？种着三顷地的财主还怕多一张嘴吃饭？当初冯老槐跟康老犁这么说的时候，康老犁还真以为冯有槐是抠门呢。就在她跟田小穗结婚之后，邻村地主沈明轩的大管家找到他，要他去沈家当长工头，条件是给他三亩河滩地。康老犁一听，心里像爬了条毛毛虫一样发痒。三亩地，虽说是河滩地，那也是庄稼人的命根子啊！有了地才能叫农民，没有地只能叫庄稼人。有了地的农民是端自己的饭碗的，没有地的庄稼人只能端别人的饭碗。可是，康老犁不能答应沈家的大管家，因为他已经娶了田小穗。田小穗是冯有槐给他的，他在土地和老婆面前已经选择了老婆，他只是心里发痒，却不后悔。后来他又听说，早在一年之前，沈家就跟冯有槐商量过，要求把康老犁让给他。现在康老犁什么都明白了，你冯有槐哪是抠门呀，你是怕我跑到沈家去，用田小穗把我拴住了。有了田小穗这根缰绳，我康老犁还能离开你吗？康老犁心里明白，嘴上却不能说出来，他知道冯有槐比他心眼多，自己斗不过人家。

冯有槐紧紧咬住自己没有儿子的话题不放，一个劲儿地唉声叹气。

康老犁的脑袋随着挥动的锄头一下一下地摇着：“认命吧认命吧，你还有什么不知足的，三顷多地呢。实话对你说，我这辈子，能有三亩地就烧高香磕响头。”

说出这句话，他又想到了沈明轩的管家答应给他的三亩河滩地，浑身都哆嗦了一下，痒的。

冯有槐不失时机地说话了：“要是有人给你三亩地呢？”

康老犁说：“我开口就叫他爹，亲爹。”

冯有槐说："不要你叫爹。"

康老犁说："不叫爹我也给他当儿子，亲儿子。给他养老送终，打幡抱罐。"

冯有槐说："人家不要你这些。"

康老犁说："不要这些要什么？我除了这一百多斤没别的了。"

冯有槐说："你不是还有块肥田吗？"

康老犁愣住了。

冯有槐紧接着说："就租你这块田种种，有了好收成田就还给你。"

康老犁不说话了。

冯有槐直起腰，冲着康老犁的汗脸伸出了三个指头："三亩地，算是租金。"

康老犁头一低，使劲挥起了锄头。

冯有槐紧跟在康老犁的后面："回去跟小穗商量商量，我没说着玩。"

康老犁还是没吱声。

三天以后，冯有槐和康老犁在场院里铡着草。冯有槐揣草，康老犁摁着铡刀。那一天阳光依然很烈，场院周围是一片开满了白花的荞麦地，成群的蜜蜂在他们的头顶上飞来飞去。两个人谁也没有说话，刀起刀落，三分长的草从刀口吐了出来，金灿灿地堆在他们身边。

冯有槐抬起头，看了康老犁一眼。

康老犁突然说："我要葫芦垡。"

冯有槐低下头不出声了。

康老犁心里暗暗笑：他心疼了。

三

葫芦垡终于写在康老犁的名下了。白纸黑字，写在散发着墨香的地契上。更让康老犁感到真实的是那块汉白玉界石。那块界石长三尺，方七寸，石面光滑细腻如同田小穗的肚皮。康老犁是有理想的人，早在他刚刚懂事的时候，跟着小伙伴到潮白河摸鱼。摸来摸去，摸上来一根汉白玉的方柱，这是从潮白河大石桥上被撞下来的。别的孩子都没拿那根石柱当回事，康老犁却用那小肩膀将石柱扛回了家。他对父母说，将来咱有了地，就用它雕一块界石。那根石柱在他家的门后面戳了十几年，终于修成正果派上了用场。石柱上只刻了一个“康”字，是花了二斗小米求镇上的宋圣人写的。宋圣人就是这么牛，一个字二斗小米，不许讲价的。

康老犁终于有了土地了，而且是柳林庄最好的葫芦垡。葫芦垡守着潮白河边，二合土，蒙金夜潮。柳林庄没好土，北边黏，南边沙，西边乱丧岗，东边盐碱洼。只有葫芦垡，既不是一榔头砸下去一个白印的死硬黏土，也不是有点儿水就漏下去的筛子沙。葫芦垡是黏沙土，那土棉软得像面缸里的面，捧在手里就想往心口窝上贴。最难得的是保墒，甭管天多旱，表面上都干得像生了锈一样发黄，到了夜里，依然是潮乎乎地返着地气。要不怎么叫“蒙金夜潮”地呢。

康老犁为了证实这不是做梦，他拉着老婆孩子来到葫芦垡，将刻着“康”字的汉白玉界石埋在地界上。那是一个月色朦胧的夜晚，康老犁抱着那汉白玉界石在地上打着滚儿，把潮乎乎的土捧在手里使劲儿地闻。孩子见父亲如此发疯，也跟着他滚成了一个蛋蛋儿。滚成了蛋蛋儿的父子俩突然扑向了田小穗，将她摁倒在垄沟里，儿子笑了，丈夫却哭了。丈夫死死地压住她，疯子一样地哭着：“穗啊我的地，地啊我的穗……”

田小穗也哭起来，她搂着丈夫的脖子，把一张泪脸在丈夫的胸脯子上蹭着，哭得嗓子都哑了：“她爹呀我对不起你呀……”

康老犁安慰着老婆，同时也安慰着自己：“说什么呢，这地姓康了，这葫芦垡是咱的了。”

田小穗哭着说：“可这葫芦垡来得不光彩啊……”

康老犁把田小穗搂紧了：“谁说不光彩，你给他一个儿子，他给咱三亩地，扯平了。”

田小穗说：“我再也不见冯有槐了，我再也不进冯家的门了……”

康老犁说：“咱不见冯有槐，咱不进冯家的门，咱有地了，有了地咱就过自己的日子了。”

田小穗说：“有了地你也不去给他当长工了？”

康老犁说：“不当了，不当了，猪八戒摔耙子，不伺候（猴）了……”

两个说着又哭了起来。只有他们的儿子土地没有哭，一个劲儿地疯滚疯闹着。闹着闹着，累了，竟躺在垄沟里睡了。康老犁见儿子睡了，顿时澎湃起来，又将田小穗按倒在垄沟里。在这朦朦胧胧的月光下，康老犁亮出了锋利的犁铧，在田小穗那片肥沃的土地上忘情地耕作起来。田小穗像秋天的土地一样，发出了酣畅淋漓的呻吟。

当田小穗的肚子又大起来的时候，葫芦堡的棉花已经像云朵一样地绽放开来。

正如康老犁向田小穗承诺的那样，田小穗不再给冯家当丫鬟，康老犁也辞去了长工头儿，当起了自耕农，过起了自给自足的小日子。三亩葫芦堡固然不够他们种的，康老犁又跟冯有槐租了三十亩地，紧挨着葫芦堡。

除了种几亩保命用的谷子和玉米，康老犁将葫芦堡和租来的大部分土地都种上了棉花。种棉花是跟河东学的，潮白河东边是八路军领导的解放区，那里正组织群众大生产，提出了一个响亮的口号：要发家，种棉花。

种棉花确实能发家，可是也最要工夫：下种间苗、整枝打杈、防病治虫、精心采摘，哪一步的工夫都要用到家。康老犁是庄稼把式，又是个浑身力气用不完的男子汉，花费工夫怕什么。他这辈子，所有的工夫和力气都花费在两样事情上了，一是耕作土地，二是耕作女人。

正当田小穗挺着大肚子采摘新棉的时候，在不远处收高粱的冯有槐过来了。他把镰刀别在后腰上，将烟荷包递给了康老犁。康老犁也只好停下手里的活儿陪冯有槐吸起了烟。

田小穗见冯有槐走来，扭头往回摘着棉花，手忙脚乱，常常把抓到手的棉花掉在地上，再拾起来则沾了许多碎棉花叶，半天也择不干净。她像是避讳着一种邪恶的禁忌，尽可能躲避着冯有槐。连跟冯有槐一起制造儿子的时候，她都不敢看他一眼。冯有槐也曾试图给她以温存，她总是惊慌失措地逃避着。她的肚子也真争气，居然就给冯有槐生出了一个儿子。冯有槐给儿子取名叫冯绍光，总算是后继有人了。

不知道冯有槐什么时候走的。康老犁的脸像一朵绽开的棉花朵，大嘴叉子都快咧到耳朵根上去了。田小穗感到别扭，两个男人怎么还能站在一起抽烟说话呢？难道忘了他们中间的那个女人吗？

康老犁絮絮叨叨地说了半天，田小穗只觉得是风吹棉花叶子在响。康老犁有点儿火了："你倒是说话呀，同意不同意？"

田小穗茫然地问："同意什么？"

康老犁说："冯有槐要把咱租他的这三十亩地卖给咱。"

田小穗这回听清了："他卖地干什么？"

康老犁说："我刚才不是跟你说了吗？这一年多了，绍光总是病着，光喝药就花去了一百多块大洋……"

田小穗心里一颤："病了，你说谁病了？"

康老犁说："冯绍光，就是你给他生的那个儿子，叫冯绍光。"

田小穗的心里哆嗦起来，绍光病了，什么病呢，现在怎么样了……天呀，绍光是谁？是冯有槐的儿子，是她给冯有槐生的儿子……难道不是她的儿子吗？不是，不是她的儿子，原来就说好的。她的肚子大起来的时候，冯有槐的老婆腰里也塞进了棉花。等她的儿子呱呱落地的时候，躺在炕上坐月子的却是冯有槐的老婆。出了那间屋子，只知道冯有槐的老婆生了个大胖小子，跟田小穗毫无瓜葛。既然这样，田小穗还惦记着什么。

康老犁又问："你说这地咱置不置？"

田小穗清醒了，说："置地得要钱。"

康老犁说："咱卖了棉花就有钱了。"

田小穗不说话了，她又想起了那陌生的冯绍光，像想起了一个模模糊糊的梦。

四

当康老犁揣着三十亩地契笑嘻嘻地推开家门的时候，田小穗已经把他的女儿生在棉花囤旁边了。她正往棉花囤上装着棉花，突然觉得下身一热，身子便软绵绵地塌在棉花囤下面了。五岁的土地就在她的身边，她慌忙让土地去喊对门的孙二婶。孙二婶是接生婆，还没等孙二婶把剪刀拿出来，一个鬼头鬼脑的小丫头便钻了出来。

康老犁觉得，他所有的运气和财富都是田小穗给他带来的。田小穗嫁给他的第二年，就给他生出了儿子土地；土地出生后不到两年，田小穗又为他挣来了葫芦堡；葫芦堡上种了棉花，又让他得了三十亩地和一个女儿。他给儿子取名叫土地就有了土地，他在土地上种棉花又有了女儿，这女儿理所当然该叫棉花。

棉花欢蹦乱跳地长到了六岁，像一个圆溜溜的小棉花桃眨眼间就绽放了，放得眉开眼笑。眉开眼笑的棉花迎来了解放区的天。解放区的天是明朗的天，康老犁的脸却是阴沉的。

从田小穗嫁给康老犁到棉花长到六岁，整整十年。十年天翻地覆，难怪说十年河东十年河西呢。十年间冯有槐的土地年年减少，他总是愁眉苦脸地诉说着自己的不幸，什么儿子病了，老婆病了，自己的老岳父被土匪绑了票，人家要一千块大洋，等等。诉说完自己的不幸，便央求康老犁买他的土地，很廉价的，真是事急大出血，跟白给差不多。十年间康老犁的土地年年增加，地里产了棉花粮食就立马换成钱。有了钱连条裤子都舍不得买，全家人吃盐都犯算计，所有的钱都换成了地。年年复年年，他居然成了一顷多地的财主。地有了，骡马驴牛也有了，还雇了一个长工、三个短工，当起了冯有槐一样的地主。

当地主的瘾还没尝出滋味儿来，大老郭便进村了。大老郭大号郭明，大名鼎鼎。他原来是潮白河东边的游击队长，现在是土改工作队队长。大老郭进村之后先成立农会，农会会长却是冯有槐。冯有槐地没了，成了贫农，土改依靠的对象，而康老犁则顺理成章地成了地主。地是康老犁的爹娘，是康老犁的老婆，是康老犁的儿女。眼看着自己用心焐热了的土地要分给别人，康老犁拼命的心都有。但是他没跟谁去拼命，他还是懂得潮流的，潮流是不可抗拒的。那时候实行的和平土改，浮财不动，底财不挖。连地主也不斗，只要地主老老实实地把地契交出来就行了。

康老犁交出了所有的地契，葫芦堡却不想交，他要求留给自己。而冯有槐也想要葫芦堡，仗着他是农会会长，逼着康老犁交出葫芦堡。没想到大老郭却翻脸了，对冯有槐说：“你别欺人太甚，你以为我不知道你的底细，要是早三年土改，你就是地主。”

大老郭的态度让康老犁很感动。虽然大部分的土地都没了，可葫芦堡保住了。保住了葫芦堡就有希望，他就是靠葫芦堡起家的。咬着牙再拼个十年八年的，被分出的地还能买回来。他坚信自己是个能创业、会守家的庄稼人。

那一年的春天，柳林庄的农民迎来了自己的节日。量土地，认地界，发地契，还把写着名字的木橛子插在自己的地界上。葫芦堡没插木橛子，原来那块汉白玉的界石依然纪念碑一样戳在地界上，那块地依然是属于康老犁的。好像有什么征兆似的，尽管康老犁后来置了一顷多地，那块界石却从来没有动。康老犁更加深信只有葫芦堡是他的，他亲生亲养的亲骨肉。

连康老犁自己都觉得奇怪，他的大部分土地分给了别人，他感觉到的不是动心动肝的心疼，而是动心动肝的牵挂。就像自己的女儿嫁出去了，心疼什么，女儿总是要嫁人的。可是女儿到别人家过日子去了，吃没吃苦，受没受委屈，他总是不放心的。每天早上，他扛着锄头出了村口，总是要到那些被分出去的地里转一转。开始的时候，许多人害了怕，以为他是要像还乡团一样反攻倒算。后来发现他并无恶意，到了谁分到的地里，总是非常仔细地打听，用了多少肥，下了多少种，种的是什么庄稼。他常常像絮絮叨叨的老婆婆一样，叮嘱着那些地的新主人：这块地低洼易涝，该种高粱；这块地偏碱，该施用一些草木灰；这块地沙性好，可以种西瓜……时间长了，康老犁成了这些农户的参谋。不但耕种的时候向他请教，连田间管理，留多少苗，锄几遍草，喷什么农药，都要一一听他教诲。在柳林庄，都知道他是大师级的庄稼把式，都服气。

康老犁指导这些农民种地，感觉到这些地还是在自己的手里。在这些地里耕作的农民依然听他的，他依然是地主。这感觉真好。不仅仅是理论上的指导，他看见有人下种的时候撒得马虎，便抢过挎斗亲自撒种；看见谁间的苗不整齐，就抢过薅刀现场指导；看见谁培的土稀松，就抡起锄头耐心示范……

康老犁这种善心和热情很快得到了乡亲们的认可，成立互助组的时候，都抢着跟他搭套；成立初级社的时候，还选他当上了负责农业生产的副社长。一个地主居然成为农业社的副社长，可见柳林庄阶级斗争的形势有多么严峻。这是后话。

五

康老犁把大部分的精力都用在指导和帮助别人上了，自己的葫芦垡倒顾不上了。好在康土地成才了，十五岁的康土地天生就是种庄稼的材料。在康老犁的耳濡目染下，所有的农活儿几乎不用学，样样拿得起来，干得漂亮。

这是一个干旱的春天，旱风卷着沙尘无声地刮着，天地间一片昏黄。十五岁的康土地俨然成了一个权威的庄稼把式，带领着母亲和妹妹在葫芦垡栽红薯。虽然已经合作化了，但毕竟还是初级社。作为副社长的康老犁，总是不放心让别人耕种葫芦垡。葫芦垡的汉白玉界石不见了，可是耕作的权力还牢牢地掌握在康家。一冬无雪又一春无雨，好多地块都播不上种。葫芦垡守着潮白河，可以栽种红薯。

母亲田小穗举着镐刨埯，就是在垄沟上刨出一个一个的土坑。康土地负责浇埯，他挑着两只木筲从潮白河里担来水，一个埯一个埯地浇满。十一岁的康棉花把红薯秧插进埯里，那是一个非常潇洒漂亮的动作：左手攥着一把红薯秧，右手很利索地抽出一棵，用拇指和食指捏着，然后用另外三个指头将红薯秧贴在水埯里。这有一个很准确的说法，叫抹埯。借着滑滑的泥水一抹，秧苗就贴在埯里了。康棉花抹完埯之后，田小穗放下手里的镐，弯腰伏在垄沟上，双手将插上秧的埯埋好，再把垄沟抹平。这也有一个很准确的说法，叫胡噜埯。

一家人有滋有味地劳作着，昏黄的天空只是让他们觉得有些恐惧，并没有让他们失去希望。灾难降临的时候，康土地看见黄昏的远处移动着一些零零碎碎的小黑点。这些小黑点儿越来越近，也越来越乱，似乎还伴随着踢踢踏踏的声音。直到这些黑点移动到眼前了，康土地才看清是一双双的黑布鞋。穿着黑布鞋的人来到了葫芦堡，将一根三尺多高的木桩插在了葫芦堡的地界上。

十五岁的康土地走过来，盯着那些穿布鞋的人，厉声问："你们这是干什么？"

穿布鞋的人领头的是大老郭，他现在已经是高级社社长了。他耐心地对康土地说："现在是高级社了，要实现农业机械化，土地要统一规划。"

康土地问："怎么统一规划？"

大老郭说："咱高级社分成十二个生产队，这块地属于第八生产队了，跟北边原来榆林庄的土地连成一片。"

康土地又问："你是说，这土地归榆林庄了？"

大老郭说："高级社了，就不分榆林庄还是柳林庄了，所有的土地都属于我们高级生产合作社。"

康土地明白了，顿时怒从心头起，冲过去就将那界桩拔掉了。

大老郭火了："干什么你？"

康土地说："我告诉你们，这葫芦堡姓康，谁要是想夺走这葫芦堡，就先把我的脑袋揪下来。"

大老郭发怒了："你这地主的狗崽子，怎么说这混账话？这葫芦堡早就归农业社了。"

康土地争辩说："即使这葫芦堡不姓康了，也是柳林庄的，凭什么给榆林庄？"

大老郭说："现在是高级社了你懂不懂？所有的土地都归在一起了。"

康土地说："我不管你高级不高级，谁想夺走葫芦堡，我就跟他拼。"

大老郭命令着穿布鞋的人："别管他，把界桩插上。"

穿布鞋的人从康土地手里夺回界桩要重新插上，康土地身子一挺躺在葫芦堡的地界上，指着自己的胸口说："插吧，你们插吧，往这儿插……"

大老郭接过界桩，指着康土地问："你起来不起来？"

康土地越发坚决："来呀，往这儿插，有种的你就往这儿插……"

大老郭举起界桩，朝着康土地的身上打去，界桩却没有真正落下来，他只是想吓唬一下康土地。

康土地却以为大老郭要朝他下毒手，一个鹞子翻身挺身跳起来，夺过大老郭手里的界桩便反手朝郭社长的身上打去。大老郭躲闪不及，界桩落在了肩膀上，鲜血从白衬衣里洇了出来。

大老郭咆哮着："反了你了，来人，给我绑起来……"

这时候母亲和妹妹才意识到康土地惹了事，哭着扑上来，跪在地上央求着。大老郭铁脸阴沉着，穿布鞋的人七手八脚将康土地五花大绑捆了起来……

六

大老郭并没有把康土地怎么样，只是在高级社的仓库里关了他一天一夜的禁闭。第二天晚上康土地回家了，回家以后的康土地一声不响，一动不动，像傻了一样。

一家人慌了，田小穗去找会拘魂的白先生。白先生两只手指蘸着清水，在康土地的脑门上画着圈儿，口中念念有词。然后，又用黄表纸画了一张密符，让康老犁走到葫芦堡去为康土地叫魂儿。

康老犁按照白先生的吩咐，出了家门不许回头，一直走到葫芦堡。在葫芦堡上烧了黄表纸的密符，就冲着四面八方喊起来："土地回来，回来土地……"

一连几天，康土地不吃不喝也不动。康老犁每天晚上围着村子为儿子叫着魂儿："土地回来，回来土地……"

那些日子，天气也像是丢了魂儿一样，无风无雨无日无夜，总是昏昏沉沉的。在昏昏沉沉的夜晚，康老犁的叫喊声显得格外凄凉，又格外恐怖。

喊魂的声音敲打着单调的夜晚，也敲打着一扇扇迷茫的窗。无所事事的人们早早地睡下了，睡梦中还响着康老犁凄厉的呼唤声。

郭社长却睡不着，康老犁的喊叫声把他惹火了。高级社在全县轰轰烈烈地搞起来了，只是郭社长领导的兴旺社却兴旺不起来。兴旺社包括七个村，七个村祖祖辈辈都是相安无事地过日子，现在要把他们合在一起却不那么容易。不是这个村的土地不愿划分，就是那个村的骡马不许拉走。归不到一块儿，高级社就成立不起来。成立不起来高级社，上边就尅郭社长。一向讲政策的郭社长要开杀戒了，只有杀一儆百才能将高级社的工作向前推进。

民兵们将伸着脖子喊魂的康老犁抓了起来，给他戴上破坏高级社的纸帽子，把他拉到集市上游斗……

康老犁被游斗了一天，晚上又累又饿地回到家。在门口迎接他的却是康土地。康土地的魂儿又回来了，不是父亲为他喊回来的，是郭社长的斗争会把他的魂儿吓回来的。

土地的魂儿回来了，葫芦垡却没有回来。

七

自从成立高级社之后，柳林庄才真正重视起了阶级斗争，康老犁也才真正享受了地主分子的“待遇”。康老犁的待遇叫作“监督改造”，不用说他连个小官都不能当了，就是普通社员也不能当了。他被分配“掏茅房”，这是当年大多数“地富反坏”分子特殊的工种。这工种除了又脏又累之外，还意味着一种“低贱”，大凡“低贱”的活茬儿本该由“低贱者”去做的。

康老犁却一点儿都没有感到这类工种的“低贱”，至于脏和累更不在他的话下。庄稼人哪有怕脏怕累的，哪个坟头也没有累死的。相反，他对自己的工种似乎还非常满意，干得很起劲儿。不用别人监督，每天早上他都是最早起来的人，挑着两只大粪桶，拎着大粪勺，挨家挨户地掏着茅房。他觉得掏茅房是很重要的工作，种地不施粪，等于瞎胡混。人喂地，地才能喂人。在所有的肥料中，人粪尿是最高档的。故此人粪被称作大粪。大粪掏出来之后，挑到粪场，掺上黄土搅拌摊晒，然后再制成粪饼堆积起来。在所有的土地中，能使用大粪是最高规格的。普通的庄稼地只能用猪粪羊粪骡马粪，只有菜园子、芝麻地才能用大粪。

康老犁有自己的偏心眼，他常常偷偷地将大粪挑到葫芦堡去。葫芦堡归到榆林庄之后可受委屈了，说是连成片要搞机械化，谁知道那机械还在哪个娘儿们的肚子里装着呢。既然不搞机械化，就没有必要连成片。不能跟榆林庄的土地连成片，葫芦堡就成了后娘养的，姥姥不疼，舅舅不爱。这上等的好地却也跟旁边的大地块一样种上了大路货的玉米，种玉米也不怕，你倒是把它种齐种满呀。不知道是哪个力巴头扶的犁，垄沟歪歪斜斜宽窄不一；也不知道是哪个力巴头撒的种，缺苗断垄稀稀拉拉。康老犁见了地里的庄稼，就像见到出嫁的女儿被婆家打得遍体鳞伤饿得面黄肌瘦一样，心疼得一个劲儿掉眼泪。他重新拿起薅刀间苗补苗，又挑来大粪施肥培土。在他的侍弄下，葫芦堡又被重新打扮起来。

他干这些活儿总是偷偷摸摸的，大多是利用中午休息或晚上收工之后，否则被人家看见不定会惹出什么麻烦事来。

怕被人发现还是有人发现了他，发现他的人是冯有槐。高级社之后，冯有槐仗着念过几天私塾认识几个字，当上了记工员。那时候的记工员也很辛苦，不能完全脱产。出工的时候要跟别的社员一起出工，到了下半晌打完歇之后，才能夹着记工本到田间地头为社员记工分。干活的人分散到许多地块里，冯有槐需要一个地块一个地块地跑。跑来跑去，经过了葫芦堡，发现葫芦堡的玉米苗一改原来蔫头耷脑的倒霉相，像打了吗啡一样精神起来。他正感到奇怪，突然发现了康老犁挑的两只大粪桶。

自从田小穗为冯有槐生下了儿子冯绍光之后，两个人的关系便微妙起来。不是仇恨，他们却像仇人一样互相回避着。康老犁干的是长期工，满工分，也用不着冯有槐为他天天记工。在家里，康老犁和田小穗更是对冯家讳莫如深，连一个“冯”字都不提。现在，当冯有槐睁大了惊愕的眼睛看着康老犁的时候，他似乎已经忘了他们之间的避讳。康老犁感觉到一个人影挡在了他面前，可万万没想到是冯有槐。

还是冯有槐先开口了。在这种场合突然见面，冯有槐的本意是想问候一下康老犁的，并通过康老犁表示他对田小穗的关心。可是冯有槐很快明白了康老犁的所作所为，把问候的话忘在了一边，直统统地说出了嗓子眼下面的话："你这是利用职权牟取私利。"

康老犁的脑袋顿时涨得比粪桶还大，他眨巴了半天眼睛，终于想出了一句最强有力的辩驳："我一个掏茅房的，有什么权力？"

冯有槐不依不饶："粪挑子在你肩上，你想把粪用在哪儿就用在哪儿，这不是权力吗？"

康老犁的脑筋格外灵活起来："就算我有这个权力，我也没谋取私利呀。"

冯有槐是深知康老犁的人："谋没谋私利你心里清楚。"

康老犁说："我不清楚。"

冯有槐说："还用我把话挑明吗？你这是对葫芦堡偏心。"

康老犁说："就算我对葫芦堡偏心，打出的粮食也不归我呀。"

冯有槐琢磨了一下："对呀，何止是归不了你，连柳林庄都归不了了，这葫芦堡划归榆林庄了。我说你傻呀，你……你办的这是什么事呀？"

谁也说不清康老犁办的是什么事，当冯有槐把康老犁的"反动行为"汇报给郭社长之后，郭社长可真为难了。这"反动行为"反动在哪儿了？怎么给他定性呢？那年月还不太会漫无边际地上纲上线，郭社长捶了半天脑门，也就不了了之了。

八

红色的暴风骤雨从天而降，"大跃进"把中国大地变成了狂攻呐喊的战场，每一个中国人都成了冲锋陷阵的战士。神话有如枪林弹雨般地扫射出来：超英赶美，砸锅煮铁，吃大锅饭，住大营房，深翻一丈三，亩产万斤粮……

所有这一切，都让康老犁眼花缭乱，他只能当新鲜哈儿看。唯独亩产万斤粮他不信，唯独深翻土地不能让他接受。他是庄稼把式，他最了解土地，他更清楚土地打出的粮食。他觉得所有的人都疯了，包括自己的老婆田小穗，也包括自己的女儿康棉花。田小穗还参加了妇女突击队，还说要在稻田里放卫星，亩产三十万斤。

康老犁说："你们睁着眼睛说梦话，亏心不亏心呀？"

康棉花已经上中学了，满嘴都是新名词："人有多大胆，地有多大产。"

康老犁说："庄稼是靠种出来的，不是靠嘴吹出来的。"

田小穗战战兢兢地嘱咐他："你这些话在家里说说就行了，到外面可千万别没眼猪瞎咧咧。"

康老犁不服气："都疯了，都疯了，我懒得跟你们这些疯人说话。"

康棉花却唱起了歌："戴花要戴大红花，唱歌要唱跃进歌……"

更让康老犁伤心的是，儿子康土地居然也跟着"跃进"起来。在康老犁的眼里，康土地是合格的庄稼人，不但继承了庄稼把式的全部技能，而且对土地对庄稼像他一样一往情深。可是这会儿，康老犁逼问着他信不信亩产万斤粮的时候，他却说时代变了，人人都在"大跃进"，我们不能当"促退派"。

康老犁听不懂康土地在说什么，只觉得康土地也疯了。后来他才知道，康土地也是受了冯绍光的鼓吹。也真怪了，冯绍光比康土地还小两岁，康土地怎么偏偏就听他的话呢？

康老犁也疯了，疯得他竟然忘记了自己"地主分子"的身份，不知道天高地厚地跟"大跃进"作起对来。

那一天葫芦垡上红旗飘扬，歌声嘹亮，康老犁被惊动了，他急忙挑着粪桶跑了去。在这里战天斗地的是一群学生，学校停了课，"放卫星"来了。领头的居然是冯绍光，在一边呐喊助威的是康棉花。康老犁到来的时候，他们已经挥着铁锹深翻起了土地。

这哪是在翻地，简直是在挖战壕。"战壕"已经挖到半人深，葫芦垡被他们大开了膛。康老犁跑过去，尖着嗓子、挥着胳膊制止着："停下，停下，都给我停下……"

冯绍光从"战壕"里跳上来，横在康老犁面前："你敢反对大跃进？"

康老犁说："我不反对大跃进，我反对你们这么胡闹。"

冯绍光说："你敢说我们深翻土地是胡闹？"

康老犁说："你们就是胡闹，上面的熟土被你们翻下去了，下面的生土被你们翻上来了。你们看看，这翻上来的生土都是什么，是黏土瓣儿，是砂礓石，这能打粮食吗?”

康棉花和她的同学们也都围上来，康棉花劝着父亲：“爸，我妈不是说不让您在外面瞎咧咧吗?”

康老犁说：“谁瞎咧咧？我告诉你们，我是庄稼把式，你们这些小毛孩子懂什么?”

冯绍光说：“这深翻土地可是毛主席说的，你敢不听毛主席的话!”

康老犁越说越理直气壮：“毛主席说的？毛主席会种庄稼吗?”

冯绍光说：“毛主席怎么不会种庄稼，毛主席还制定了农业‘八字宪法’呢，你知道吗?”

康老犁说：“什么宪法？我怎么不知道?”

冯绍光掰着指头说：“你听着：土肥水种密保工管，这就是八字宪法。”

康老犁说：“我不知道什么宪法不宪法，毛主席也不会让你们这么胡闹的。”

同学们七嘴八舌地嚷嚷起来：“哎，你怎么不相信毛主席的话?”

康棉花也激愤起来，扬起胳膊，带头喊起了口号：“谁反对毛主席就打倒谁!”

同学们也跟着喊：“谁反对毛主席就打倒谁!”

康棉花又喊：“谁反对大跃进就打倒谁!”

同学们又跟着喊：“谁反对大跃进就打倒谁!”

康棉花更加卖力地喊着：“打倒我爸爸!”

同学们也跟着喊起来：“打倒我爸……”

康老犁扑哧乐了。

同学们都觉得不对劲儿。

冯绍光冲着康棉花喊叫起来：“你瞎喊什么？他是你爸爸，不是我们的爸爸……不，他也不是你爸爸，他是地主分子，是阶级敌人。”

康棉花红着脸问：“那我该怎么喊?”

冯绍光说：“你应该喊打倒地主分子康老犁。”

康棉花犹豫了。

冯绍光逼着她："你喊不喊?"

康棉花鼓了鼓勇气，看了父亲一眼，终于喊了出来："打倒地主分子康老犁!"

在一片喊声中，康老犁躺在了地上，似乎他真的被打倒了。

九

康老犁反对深翻土地也好，反对"大跃进"也罢，真可谓是螳臂当车，丝毫没有阻止"跑步进入共产主义"的历史洪流。全村的人都忙着放卫星，忙着炼钢煮铁，忙着写诗作画创奇迹，地里成熟的粮食都没有人收割了。这一年风调雨顺，庄稼长得出奇的好。满地的玉米棒子还没掰，就轰隆隆去搞"秸秆还田"了；满地的棉花还没来得及采摘，就被翻在深耕的土地里，黢黑的土垡上一片花白，像是康老犁那千疮百孔的破棉袄；地里的红薯更没有人放在眼里，连秧带叶都爬在垄沟上。似乎一夜之间中国的粮食都多得没处打发了，任凭随便糟蹋。

拼命干活拼命唱歌的农民已经顾不得这些了，反正公社的食堂天天四菜一汤，敞开肚皮随便吃。今天吃饱了今天不饿，谁还知道有明天呢。

康老犁心疼，他依然在掏着茅房，村里的人都到第一线去了，茅房空空如也。没有人再给他分派新的任务，"大跃进"的洪流把他彻底淘汰了。他依然每天挑着粪桶、扛着粪勺走村串户，也依然将半桶或空桶挑到地里去。到了地里他便走不动了，看着满地的粮食都向他招手，像是被遗弃的孩子向他呼救一样。他放下粪桶，开始拾着满地的玉米棒。小山一样金灿灿的玉米棒堆积起来，怎么处理呢?背回家去显然不行，不是偷也是偷，被人发现不把他法办才怪。搜来转去，他在葫芦垡附近的河堤下面，发现了一个废弃的桥洞。这是早年间一座小石桥，河水改道后被埋在河堤下面了。他把桥洞里面的泥土挖出来，腾出了半间屋子大小的空间。于是他像田鼠一样将玉米粒搓下来，用衣襟一兜一兜地放进桥洞里。不到半个月，这桥洞便装满了玉米、黄豆、花生、红薯等珍贵的粮食。他想起了一句老话：耕牛无宿草，仓鼠有余粮。

撼天动地的“大跃进”之后，接踵而来的便是铺天盖地的大饥馑。所谓的“三年困难”是从一九五八年的冬天开始的，公共食堂还在，“四菜一汤”早就变成梦一样的回忆了。按户按人头凭证打饭，炊事员的勺子在众多饥饿的眼睛监督下，精确得如同药房里的戥子，谁都别想占一丝一毫的便宜。

田小穗每天打回来半瓦罐稀得能照见人影的高粱面粥，四个比核桃大不了多少的红薯面窝头。回来以后，田小穗又把稀粥同样公平精确地分在每个人的碗里。一家人围在一起默默地对着那可怜的饭食发愁，这点儿东西放进一个人的肚子里都吃不饱。康土地和康棉花又正是吃起来没饱的年轻人，田小穗把自己的小窝头掰成两半，偷偷地扔进康土地和康棉花的粥碗里。康老犁看不下去了，又将自己的小窝头掰开，放一半到田小穗的粥碗里。田小穗不吃，又用筷子给他夹了回去，他转身躲着。一家人谁都不说话，泪水流进稀粥碗里……

第二年春天，土地开始惩罚农民了。忘恩负义的农民给土地开膛深挖，土地愤怒地拒绝着农民的耕作。撒在土里的种子多半长不出苗儿来，勉强长出的苗儿像饥饿中的老人一样无精打采。秋天到了，饿得眼蓝的农民等待着收割，玉米长得像蜡扦儿，小棒子没有手指粗。农民绝望了，同样绝望的是大老郭。他现在已经是人民公社的社长了，遵照上级指示，他迅速地解散了公共食堂，把粮食直接分到了农民手上。

农民分到手的粮食不够吃一个月的，怎么能度过漫长的冬春呢？

又一个冬天到来的时候，轰轰烈烈的“大跃进”变成了轰轰烈烈的“低指标瓜菜代”运动。郭社长不再领着农民“跑步进入共产主义”，而是指挥着农民挖掘“进口物资”。什么“双蒸法”“人造蛋白”“小球藻”，还有玉米秸磨粉、树皮精煮、草根榨汁，等等。能找来的吃的都成了美味佳肴，到最后天上只剩下飞机，地上只剩下板凳了，还能吃什么呢？

浮肿像瘟疫一样传染着，康老犁家也在劫难逃。先是田小穗肿起来，脑袋涨得像脸盆那么大，身上的皮肤发亮光，一摁一个坑。后来康土地和康棉花也相继倒下来，肿得连裤子都提不起来了。

康老犁害怕了，有人倒下了。村东头绝户阮老太太就是满嘴叼着棉花睡过去的，还有去镇上的大道上每天都横着“倒卧儿”。康老犁开始盘算废桥洞里藏着的那些粮食了，饿了一年多了，康老犁始终没有动一粒那里的粮食。他从心眼里觉得，那些粮食不是他的，他是从人民公社的土地上收获的，理应属于人民公社。有多少次，他都想找到郭社长，把那些粮食交出来。随着饥饿的风暴越刮越猛烈，他越来越觉得那不是粮食，而是一洞炸弹。这粮食放在一家，够吃一年的。可是放在全村、全公社，连一天也不够吃。一个蚂蚱要喂一群饿狼，蚂蚱微不足道，那群饿狼非互相撕咬碎了不成。再说，他越不交出来，祸端越大。谁相信你自己没动过那粮食呢？动了，动多少？夫妻间父子间为半个高粱面窝头都能红眼翻脸，人们要是知道他私藏这么多粮食，不把他生吞活剥了才怪。

想到那些粮食，康老犁便心惊肉跳。现在，家人都饿倒了，他不能再犹豫了。他自己跟自己说，算我借的，算我借的还不行吗？以后我还，加倍地还。他开始悄悄地往家带粮食，先是带两块红薯，后来又带一把黄豆或玉米粒。问他，他就说是从田鼠窝里找到的。这一把一把的粮食救了全家人的命，两个孩子先消了肿，后来田小穗也站了起来。既然家人好了，他就不再往家里拿粮食，他开始悄悄地给最需要救助的人送粮食。他依然每天挑着粪桶走家串户，看到谁家有人倒下了，就将一把玉米粒撒在他家的门口。他只能撒在人家的门口，让人家误以为谁去磨面的时候口袋破了撒下的。

这天晚上，他挑着两只粪桶，怀里揣着一把玉米粒从葫芦垡回来了。他实在是过于小心了，他到废桥洞去拿粮食总是在夜里。其实那个时候人们饿得只能躺在炕头上，不要说野外，就是村子里都很少见到人影。荒无人烟，荒年的时候不是没有人，是人没有力气出去。他走到村头土地庙后面，突然听到里面有唰啦唰啦的声音。这声音很小，可是在人迹罕见、鸡犬绝声的夜晚又特别刺耳。他忍不住扒住后窗户朝里面看着，一个人半跪在地上，伸着鸡爪子般的手指正在扒土地爷的皮。他顿时愤怒起来，怎么连土地爷的皮都敢扒？

他没敢作声，仔细地看着。那个人将土地爷的皮扒下来，直接塞进嘴里，大口大口地咀嚼着。土地爷是个泥胎，据说塑神像的泥胎是用米汤和的泥，莫非这泥胎有些粮食味儿？

罪过，天大的罪过。土地爷是谁？是保护土地的神，土地是庄稼人的命根子。就是再怎么饿，也不能扒土地爷的皮填肚子呀？触怒了土地爷还能赎罪，可是把土地爷的皮吃进肚子里，你能屙出来吗？就算那皮有些粮食味儿，可毕竟是泥呀？你吃进去屙不出来还不把你憋死？

他顾不上多想，冲进了土地庙，大声喊着：“你不要命啦？”

那个人吓得瘫软在地上，转过身来，用一双无望的眼睛看着他。那目光里有鬼的影子，让他感到一阵战栗。

康老犁看清了，仰卧在他面前的是冯绍光。

他不再说什么，蹲下身子，从怀里掏出一把玉米粒。

冯绍光看见康老犁手里的玉米粒，眼睛里的鬼影闪出了凶光，一把将那些玉米粒抢过来，疯了一样地往嘴里塞。

康老犁将怀里的那些玉米粒都掏出来，放在他的胸口窝儿上。

他看见，冯绍光那闪着凶光的眼睛湿润了，一大滴泪水滚落下来。

康老犁站起身，指着土地爷说：“记住，土地爷是你爷爷，亲爷爷，饿死也不能扒你亲爷爷的皮吃。”

十

掏茅房还有一种权利，一种任何人都享受不到的权利。这是一种窥视权。窥视是对别人隐私的侵犯，可是掏茅房却把这种龌龊的犯罪行为变成了合理合法。

潮白河两岸的茅房是在院子外面的，大多是用高粱秸玉米秸夹起来的。用秸秆围成一圈儿，在圈儿里挖一个坑儿，这就是茅房。这种茅房一家一个，是男女共用的。不用担心茅房里有人会撞上，秸秆夹起来的时候就留有空隙。里面蹲着个人，外面的人很容易看见的。如果在夜间，蹲在茅房里面的人听见有脚步走近，会在里面咳嗽一声，以示先来后到请勿打扰。

原本秸秆间就有缝隙，加上风吹雨打、猪拱鸡刨，秸秆间的缝隙会越来越大。有时候茅坑上蹲一个人，整个屁股都会被外面的人看见。这是一种习俗，家里人对里面那个屁股不会感兴趣，外人有事没事地过来，看见里面有个屁股总会把目光移开的，特别是从外表认出是个女人屁股的时候。这是君子，当然也有不那么君子的，在移开目光的同时总会停留片刻，会再回头看一眼。这动作要做得很自然、很迅速，还要保持一定的距离。不能让人发现你在有意地窥视，有意窥视是要挨骂的，挨这种骂总是很没面子的。

掏茅房的却有这个权利。康老犁挑着两只粪桶走来，不管茅房里有人没人，他都能理直气壮地走近。遇见里面有人，不管是男人还是女人，他都把粪桶撂下，大大方方地在茅房门口等着。即使我看见了你的屁股，谁也不会说我在窥视你，我是等着你出来进去掏粪的。

康老犁是君子吗？难说。

康老犁动了邪心思是从看见冯有槐老婆的屁股开始的。第一次也是无意中看见的，那是一个太阳刚刚下山的时候，天还没有黑下来，映入他眼帘的是一个白白的、圆圆的、似乎还闪烁着光芒的物件。一瞬间，他觉得他看见的是月亮，是一轮中秋时节的满月。愣了半天，他才明白这是一个女人的屁股。他最先的感觉是奇怪，世界上怎么有这么圆、这么小、这么白的屁股呢？田小穗的屁股很大，长得像簸箕，从腰部往外扩展着，越往下越大。康老犁始终认为所有女人的屁股都是簸箕形的。居然冯有槐女人的屁股是苹果形的，圆溜溜的像是挂在低垂的枝条儿上。难怪冯有槐的女人不能生孩子呢，这么小的屁股恐怕下个蛋都难。要命的是白，冯有槐的女人娘家在河东的祁各庄镇上，也算是大家闺秀了。大户人家的女人都白，大门不出二门不迈，风吹不着雨淋不着，能不白吗？康老犁过去只看见过大户人家女人的白脸蛋儿，还从来没看见过白屁股。康老犁看着看着心里烫起来，他伸手平息着自己发烫的心口，却摸到一把黄豆粒儿。他几乎想都没想，就把黄豆粒抓出来，放在冯有槐的夜壶旁边了。他知道这个女人从茅房里出来后，会顺手将夜壶捎进屋里的。

第二天，还是太阳刚刚下山的时候，康老犁又挑着粪桶来到了冯家的茅房外面。那轮圆圆的月亮又升起来了，康老犁的心里不是烫，而是怦怦地狂跳起来。难道每天这个时候冯有槐的女人都要上茅房吗？于是，他一边站在茅房外面等候，一边将手伸进衣襟里，今天他怀里揣的是玉米粒。

一连几天都是这样，每天太阳落山的时候，康老犁都要到冯家的茅房外面看月亮。冯家的月亮不升起来，康老犁的工作就算没有完。看完了冯家的月亮，康老犁才能踏踏实实地回家。晚上躺在炕头上，摸着田小穗那簸箕一样的大屁股，那圆圆的、小小的、白白的月亮又会悄然地从他眼前升起来……

饥肠辘辘的农民终于盼来了秋天，地里的庄稼成熟了。饿疯了的人们都在想方设法地积攒粮食，可粮食是人民公社的，是生产队集体的。上级三令五申要保护集体财产，基干民兵白天黑夜地巡逻。人们还是偷，“偷”这个字太刺耳，上级领导便把它淡化成小摸小拿。确实也不大，将拿到的红薯、玉米棒子、黄豆粒、高粱穗儿藏在草筐里、裤裆里、草帽里。每天收工回村的时候，干部们就站在村口翻，翻出来就充公，翻不出来就带回了家。社员们小拿小摸的本事越来越大，干部们翻得也不大认真，法不责众嘛。后来整风整社的时候工作队总结过，叫作有不偷的人，没有不偷的户，可见当时的偷拿之风是何等严重。

但只限于小偷小摸，而且是半公开的，社员们互相掩护，干部们也睁一只眼闭一只眼。若是有人背地里大偷大拿，会激起民愤的，抓住了依然要以盗窃论处的。康老犁挑着满桶的大粪又到葫芦堡去给那里的庄稼“开小灶”。公社化以后，高级社自然解散了，葫芦堡又划归柳林庄了，康老犁也就自然敢理直气壮地往葫芦堡送肥了。康老犁到葫芦堡不是给那里的玉米施肥，玉米已经成熟了。玉米梗上还间种着一些白萝卜，白萝卜在高大茂密的玉米秧下艰难地生长着，怎么也挺不起腰来。康老犁要格外给它们以照顾，等玉米收割完之后它们就会生机勃勃地长起来。

康老犁端着粪勺给玉米间的白萝卜施着肥，突然听到一阵异常的声音，像是田鼠在啃食玉米。他弯下腰，悄悄地循着声音向前摸索着。一个熟悉的圆圆的东西挡在了他的眼前，这个圆圆的不是月亮，而是包着一层布的苹果。尽管包着，康老犁也看见了那白得耀眼的光芒。他站起身来，玉米叶子的响声将那个圆圆的苹果惊动了。冯有槐女人转过身来，她没有站起来，而且半躺半卧地面向康老犁，眼睛里含着泪，又像燃着火。康老犁发现，她的身边放着一个大口袋，口袋里已经装了大半袋玉米棒子。

以后多少次回味这件事的时候，康老犁总是想不起来冯有槐女人到底是怎么把裤子脱掉，把圆圆的月亮送到他的怀里的。他只记得他非常稀罕地抱着那白白嫩嫩的小屁股，用那流着涎水的嘴唇深深地亲吻着，嘴里还喃喃地叫着："月亮我的月亮……"

完事之后，冯有槐的女人背着那半袋玉米要走。康老犁把她拦下了："外面有民兵，村口有干部，你怎么走呀。"

冯有槐女人犹豫了："要不……天黑以后我再走。"

康老犁说："天黑了看管得会更严。"

冯有槐女人抱着那半袋玉米，无奈地坐在了地上。

康老犁把粪桶倒干净，里面铺一些玉米叶子，将口袋里的玉米棒子倒进去，又在上面蒙了一层黑土。

康老犁说："你先回去吧，太阳落山的时候我给你送回家去。"

冯有槐的女人突然跪下了："兄弟，你的大恩大德我……我感谢你一辈子。"

康老犁说："你已经谢过我了。"

冯有槐女人说："你还要吗?"

康老犁说："你不是已经给了我吗?"

冯有槐女人说："刚才的不算，是我欠你的。"

康老犁困惑地问："欠我的？你怎么欠我的?"

冯有槐女人说："冯有槐占了你的女人，你本该占他的女人。"

康老犁扬起头，朝天上吐了一口气。

冯有槐女人说："我知道，就算你占了他的女人也不划算，你的女人还给他生了个儿子呢。这样吧，你什么时候想要我，我就到葫芦堡来。"

康老犁瞪着眼睛看着冯有槐的女人，那眼睛很凶、很贪婪。

冯有槐女人胆怯地向后闪着身子。

康老犁饿狼般地扑上来，疯狂地撕扯着她的衣服："我要，我现在就要……”

玉米地里又响起了康老犁那呻吟般的叫喊声：“月亮……月亮……我的月亮……”

十一

康老犁又得到了葫芦垡。葫芦垡分在他名下的那天，他破例买了一瓶高粱酒，杀了一只鸡。夜深人静的时候，他提着装鸡肉的瓦罐，揣着酒瓶子来到郭明住的小场房里，非要请郭明喝两杯不可。郭明依然是人民公社的社长，他到柳林庄来搞“包产到户”的试点。

郭明看着康老犁的瓦罐和酒瓶子，有点儿感动，又有点儿哭笑不得。

康老犁刚要打开酒瓶子，郭明把他的手摁住了。

郭明说：“你饶了我吧，我来搞‘包产到户’就顶着满脑袋雷呢，是福是祸还很难说，你再让我吃请喝酒，到时候是裤兜子里抹黄泥，不是屎也是屎。”

康老犁说：“这‘包产到户’咱农民拥护呀，拥护你的好政策，也拥护你这个好领导，请你喝杯酒怕什么？这酒又不是偷来的。”

郭明说：“我说康老犁呀，你是带着肚子住娘家，怎么不掂量一下自己的身份呢？我就算是想酒喝，也不能喝你的酒呀。”

康老犁说：“我的酒怎么了？我的酒里有毒药？”

郭明只好实话实说：“你不知道你是地主吗？这要是让人家抓住了把柄，你就是腐蚀拉拢干部；我呢，就是阶级路线不清，或者干脆就是地主的保护伞。”

康老犁还不甘心：“我来的时候没有人看见，这件事只有天知地知你知我知。”

郭明不耐烦了：“你别给我添乱了，你要是真拥护我、感激我，就把地种好，多打粮食，支援国家建设。走吧走吧，你要是再不走我可跟你翻脸了。”

康老犁只好走了，心里好窝囊。得到了好处，想表示一点儿人心人家都不领情。他提着鸡肉和酒没有回家，而是直接去了小土地庙。小土地庙里更加破烂不堪了，里面除了柴草就是耗子屎、蝙蝠窝。土地爷和土地奶奶的衣衫已经残缺不全了，面目还算清楚，只是土地奶奶的下巴颏儿掉了一大块。康老犁把瓦罐和酒瓶摆在砖台上，然后恭恭敬敬地跪下来："得了，土地爷土地奶奶，您二老将就一点儿吧，我今天连炷香都没带来，给您上上供吧。等日子过好了，我一定好好给您二老塑个金身，描一身鲜鲜亮亮的彩绘……"

有脚步声响，康老犁回头一看，进来一个人。借着星光看了半天，康老犁认出是冯有槐。

康老犁坐着问："怎么是你？"

冯有槐说："这个土地庙还是我爷爷修的呢。"

康老犁说："那又怎么样？你爷爷修了土地庙，给你留下了三顷多地，到头来不是都让你糟蹋了吗？"

冯有槐说："我要是不糟蹋那些地，怎么让你成了地主呢？"

康老犁说："我这个地主可不是剥削来的，我是一个汗珠子掉地上摔八瓣儿挣来的，我是把每一个铜板拴在肋巴条儿上攒下来的。"

冯有槐说："这道理你别跟我讲，跟我讲也没用。我还想找个地方说说理呢，找来找去找到这土地庙，没想到你倒先来了。"

康老犁说："你要说什么理，你不是贫民吗？不是积极分子吗？"

冯有槐说："得了，我马上就要跟你一样了，说不定要跟你一起挑着粪桶掏茅房了。"

康老犁没听明白，扬着脸看着冯有槐。

冯有槐说："你知道郭社长到咱村干什么来了吗？"

康老犁说："不是搞'包产到户'吗？"

冯有槐说："'包产到户'只是试点，主要是来搞'民主补课'。"

康老犁问："什么是'民主补课'？"

冯有槐说："咱这个地方跟南方不一样，南方闹的是农民暴动，打土豪分田地一切权力归农会，把地主扫地出门，再踏上千万只脚，让地主永世不得翻身……"

康老犁说："是了是了，我也听说过南方斗地主斗得邪乎，南方的地主都眼馋北方的地主，说政策偏向北方的地主。”

冯有槐说：“就是因为那些南方的地主疯狗一样地乱咬，现在才又搞起了‘民主补课’。”

康老犁问：“这‘民主补课’到底是怎么回事?”

冯有槐问：“咱北方搞的是和平土改，浮财不动，底财不挖，只要把土地房子拿出来分给农民就行了。可是这样一来……”

康老犁说：“这样一来有些人就成了漏网之鱼，对不对?”

冯有槐哭丧着脸坐在了康老犁对面。

康老犁又说：“‘民主补课’就是要把你补成地主对不对?”

冯有槐深深地叹了一口气。

康老犁大笑起来：“哈哈哈……冯有槐呀冯有槐，你也有今天呀。说你不是地主，我就不服。谁不知道你是财主？不光你是财主，你爹也是财主，你爷爷也是财主，你爷爷的爷爷还是财主。我呢，祖祖辈辈都是穷光蛋，刚来个咸鱼翻身就成了地主了。告诉你吧，政府眼里不揉沙子，政府是讲理的。来来来，为了给你补上这个地主，我请你喝酒，咱老哥俩得好好庆祝庆祝……”

康老犁把摆在土地爷面前的瓦罐和酒瓶拿下来。没有筷子，顺手撅了两根秫秸秆儿，没有酒杯，嘴对着瓶子干吹。冯有槐深深地喝了一大口酒，呛得直咳嗽。

康老犁酒还没喝就兴奋得手舞足蹈了：“我说冯有槐，以后咱俩就是坟头改菜园子，拉平了。你别死了亲爹似的，当地主有什么不好？地主地主，什么叫地主？地主就是土地的主人，政府不是让农民当家做主吗？农民当家，当谁的家？就是要当土地的家。来，喝酒喝酒……”

冯有槐听着康老犁的高谈阔论，没想到康老犁种庄稼是把好手，肚子里还有点儿土学问，怪不得当初他能发家呢。冯有槐开始对康老犁刮目相看了。

康老犁继续做着冯有槐的思想工作：“掏茅房有什么不好？掏茅房就是掏大粪，大粪就是粮食。人是铁饭是钢，人要吃饭地要产粮。人不吃饭要饿死，地不上肥同样不会产粮食。大粪，多好的东西呀！臭，臭在屁股上，吃在嘴里就香了……”

冯有槐依然垂头耷脑地喝酒，康老犁却越喝越兴奋，越兴奋越能说，他大概想把积攒了半辈子的话都一口气说出来。

十二

康老犁白兴奋了，那瓶酒也白请冯有槐喝了。

冯有槐最终没有被划上地主，这不但要感谢大老郭的宽厚和好心眼，更要感激冯有槐的宝贝儿子冯绍光。

冯绍光和康土地虽说是由一母所生，却毫无相同相像之处。可谓是龙生九子，子子不同，更何况他们原本就不是一个种呢。

冯绍光长得瘦弱白净，加上又念完了初中，一副文质彬彬的样子。整天价穿戴得干干净净，整整齐齐，村里人都叫他冯秀才。

冯绍光不但长得一副洋学生样，还能说会道，心眼灵泛。大老郭带着民主补课的工作队一进村，就先扎根调查、访贫问苦。还用访吗？撒谎瞒不了当乡人，谁不知道冯家祖祖辈辈是财主，只是解放前夕才败了家，“民主补课”不补他家补谁家？

大老郭一找冯有槐谈话，冯有槐就慌了神。冯绍光却表现得非常冷静，他把父亲留在家里，让他一点一点地回忆，一个铜板一个铜板地算计。在父亲那儿把家底摸清楚了，又去找大老郭，借来了“民主补课”的文件，一个字一个字地读，一条一条地领会。最后，还没等大老郭作出结论呢，冯绍光先向大老郭拍板了：“我家不是地主。”

大老郭说：“你说了不算数，工作队都调查清楚了，一九四七年你家还有一顷多地呢。”

冯绍光说：“您说的是一九四七年三月份以前，一九四七年三月份以后我家就没地了。”

大老郭说：“就算一九四七年三月份以前，你家也是地主呀！解放前三年，你家仍然吃的是剥削饭。”

冯绍光说：“您再看看文件吧，文件上说的是土改前三年，不是解放前三年。咱柳林庄是一九四八年十二月解放的，可是土改却是在一九五〇年四月份。”

大老郭半信半疑地拿起文件又看起来，摇了摇脑袋没词了。

冯有槐没有被补上地主，冯绍光便依然担任着村团支部书记。说公道话，冯绍光这个团支书还是非常称职的。从大饥馑中活过来的庄稼人更加充满了活力，荒年过后的土地也像还了阳似的蓬勃起来。这一年的庄稼特别好，葫芦堡更是大丰收。饿怕了的庄稼人精耕细作，颗粒归仓，家家户户都是大囤满、小囤流。人们填饱了肚皮，更加有心有茬儿地过起了庄稼日子。冯绍光顺应民意，又将村里的剧团恢复起来。恢复剧团需要开销，又是老规矩，家家户户地募捐化缘。冯绍光带着文艺积极分子提着口袋走家串户，有钱的给几毛钱，没钱的给几升米，也有给几个鸡蛋的，几把绑好的笤帚的，或者是几瓢花生瓜子的。跟在冯绍光身边的是康棉花，她因为家庭出身是地主，入不了团，可一直没有放弃争取的机会。现在办剧团，她又成了文艺积极分子。

康棉花已经出落成一个花容月貌的大姑娘了。农村人看女人不看身条儿，光看脸蛋儿。康棉花是苹果脸，又圆乎又娇嫩，还白，像冯有槐女人那样白。一点儿也不像田小穗，田小穗的皮肤不是白，是红，黑里透红，很结实。康棉花还有一双水汪汪的杏仁儿眼，含情脉脉，会调情会说话。这么一个出类拔萃的姑娘要不是出身地主，肯定能嫁给一个城里人。那年头农村的姑娘嫁人首选城里人：姑娘十八九，向着城里开步走，只要能离开农业社，嫁个狗熊不嫌丑。

康棉花很有自知之明，她知道自己嫁不到城里去，就不做这个梦了。但是姑娘大了总要做梦，总要寻找梦中的男人。康棉花心里有个人，这个人就是团支部书记冯绍光。

康棉花和冯绍光的微妙关系很快被康老犁发现了。

康老犁是柳林庄最勤快的庄稼人，土地包产到户之后，自己的茅房自己掏，自己的大粪自己用。康老犁要种好葫芦堡那几亩地，就要千方百计地积肥。别以为凡是地主都是跟共产党不共戴天的，康老犁是对共产党有怨恨，谁家的土地被“共产”了，谁心里痛快呢。可是康老犁在许多方面又是非常服气共产党、拥护共产党的。比如共产党号召积肥，“积肥”这个词就是从共产党的宣传中学到的，原来庄稼人叫攒粪。先是号召多养猪多积肥，猪为六畜之首嘛，他觉得共产党说得对极了。后来又号召压绿肥、高温堆肥，夏天的时候将青草、树叶、马粪混合在一起用泥巴封盖起来发酵。再后来又号召秸秆还田，号召挖河泥，号召积攒人尿……这些都是积肥的好办法。除了这些还有一个办法，那就是祖祖辈辈流传下来的最原始的办法：拾粪。

村西边八里处有一条通往县城的马路，每天都有许多过往的车辆。那时候很少有汽车，都是骡马驾辕拉套的大车，要不怎么叫马路呢。有骡马过就会屙下粪便，附近的庄稼人都把那条马路当成拾粪积肥的黄金大道。都到那条马路上去拾粪，竞争便激烈起来。竞争的手段就是看谁起得早，谁起得早就能拾到第一茬粪便。庄稼人都有早睡早起的习惯，这跟侍弄庄稼有关。康老犁渐渐地发现，无论他起得多早，总会有人走在他的前面。他窝火，窝火之后便想出了一个绝招儿。任谁起得再早，也是要等到后半夜。他天黑就睡觉，不到夜里十二点就起床，算是前半夜。当他背着粪筐、拿着粪叉儿上路的时候，许多年轻人还没回家睡觉呢。

已经过了腊月二十三小年，过年的气氛越来越浓烈。磨白面的、做豆腐的、炸饹盒儿的、扫房的、糊墙的、杀鸡宰羊的，折腾得热气腾腾。康老犁对这一切都没有兴趣，家里就是要做这些事情，也是田小穗张罗。他关心的就是每天出去能拾满满一筐的粪。这一天他路过西边村口，靠北边的高坡上有一个红薯窖。那是生产队专门用来储存红薯母子的窖，红薯母子是来年育红薯秧的。这窖不但大，而且特别重要。别的窖口上盖的都是玉米秸，这窖口盖的却是木板钉的门。呼啦一声木门掀起来了，康老犁吓了一跳。他急忙闪在一边，那年月庄稼人去生产队偷粮食屡见不鲜，可谁这么缺德敢偷红薯母子呢？虎毒不食子，食了子就断子绝孙了。偷了红薯母子无异于断了红薯的种，来年拿什么种红薯。

人没出来先是一阵笑，偷东西的人都怕出声，谁敢笑呢？接着出来一个年轻人，年轻人扒着窖口，又拉上来一个姑娘。姑娘上来就扑在了年轻人的怀里，又是笑，还伴随着打打闹闹的动作。

康老犁认出了这两个人，身上像是呼啦着了火，他几乎想都没想，拼足了力气大喊一声：“棉花……”

两个人都愣住了，搂着康棉花的是冯绍光，吓得浑身一颤，差点儿从窖口失足掉下去。

康老犁冲过去，一把将康棉花拉下来。

康棉花很没面子：“爹，您这是干吗呀?”

康老犁怒气冲天：“干吗，你问我? 我正要问你呢，你们到这红薯窖里干什么?”

康棉花说：“我们背剧本的台词。”

康老犁说：“里面黑咕隆咚的背什么台词?”

康棉花争辩说：“背台词又不是看剧本，用不着光亮。”

康老犁说：“用不着光亮你们跑红薯窖里干吗?”

康棉花说：“那里面暖和。”

康老犁更加火了：“你还跟我犟嘴，说，你们在里面做什么了?”

冯绍光说：“大叔，我们确实是在里面背剧本。”

康老犁说：“骗谁呢? 我不瞎，你们在外面还搂搂抱抱的呢，在里面能老实吗?”

康棉花也火了：“爹，有您这么说话的吗? 我们干什么您别管……”

康棉花的话还没说完，康老犁举起粪叉子就朝康棉花抡过来。冯绍光急忙护着康棉花，康老犁的粪叉子落在冯绍光肩上，冯绍光穿着的棉袄划破了一个大口子。

康老犁又把粪叉子举起来，康棉花转身就跑……

十三

康老犁被气疯了，疯狂得像野兽一样的康老犁没有追上康棉花，也不去拾粪了，直接冲进了家门，气急败坏地喊着：“田小穗，你出来，你出来……”

大凡跟儿女斗气的男人抓不到儿女，多是要拿自己的老婆问责的。这时候，只有这时候，好像教养儿女的权利和义务都一股脑儿推到了女人的身上。

田小穗已经脱衣钻进了被窝儿，听到康老犁的吼叫，一骨碌从炕上爬起来，衣服都没顾上穿，披着个褂子就跑出来，战战兢兢地问："他爹，怎么了，出了什么事？"

要说在庄稼人当中，康老犁算是脾气好的。庄稼人要威风讲究打骂老婆，打到的老婆揉到的面，好用。康老犁从来没打过老婆，也很少骂。还有，庄稼人夫妻之间，从来不互相称名字。女人都叫男人孩子爹，没有孩子的时候多叫掌柜的或者当家的，以示尊重。而男人对女人，大多什么都不叫，就是"嗨""喂""我说"之类的语气词。康老犁则不然，他是少数直接喊老婆名字的庄稼人之一，这可能跟他们婚前就熟悉有关。

田小穗从来没见过丈夫发这么大的火，一个劲儿地问："怎么了，到底怎么了？"

康老犁吼着说："还怎么了？你去看看你那宝贝闺女吧，丢人现眼的东西。"

田小穗慌了："你是说棉花吗？她在哪儿？"

康老犁说："跟人家钻红薯窖了。"

田小穗急忙问："啊……跟谁？"

康老犁更加气不打一处来："跟你那宝贝儿子。"

田小穗不明白："他跟土地在一起，偷红薯去了？"

康老犁说："什么土地？我说的是你那野种儿子。"

田小穗的眼前黑了："是……绍光？"

康老犁说："不是他还有谁？两个人打起了连连儿，这成什么了？"

田小穗哆嗦起来："这怎么可能？这怎么好？这怎么得了……"

康老犁仍然叫喊着："你瞎嘟囔什么？还不快把你的宝贝闺女找回来。"

田小穗像听到命令一样，立马就往外跑。

康老犁又发令似的喊："回来，你不知道自个儿没穿衣服吗？"

田小穗这才感觉到，身上除了披着的那件褂子，什么都没有穿。她也是这才觉得冷，腊七腊八冻死寒鸦，能不冷吗？田小穗浑身颤抖得厉害，一屁股坐在了屋门口，哭叫起来："我的妈呀……"

十四

这是腊月三十的晚上，家家户户张灯结彩，村里村外锣鼓喧天。康老犁在门上贴好了春联，在屋檐下挂好了挂钱和灯笼，又在院子里撒满了芝麻秸。然后，又在祖宗牌位下放上供果，在佛龛上插上香，在灶火板上放上一碗凉水。一切都准备停当，就等着吃饺子过年了。

田小穗剁好了饺子馅，康棉花和好了包饺子的面。准备包饺子了，康棉花要走，说是跟冯绍光约好了要彩排，正月初五戏就开台了。

像是准备好了开台的锣鼓一样，康棉花一提冯绍光，田小穗立即暴怒起来，将菜刀往案板上一拍，立刻跟康棉花翻了脸，不能让康棉花离开家门半步。康棉花也火了，觉得母亲简直是蛮不讲理。

康家闹翻了天。田小穗在康棉花面前抽嘴巴撞墙，要死要活要拼命。康老犁冲着康棉花咆哮怒吼，逼着康棉花答应跟冯绍光一刀两断。康棉花死鱼不张嘴，脖子一拧任凭发落。康土地见父母亲为妹妹的事如此大动肝火，觉得不可思议，就好言好语地劝起来："眼下是新社会了，新社会讲的是自由恋爱、婚姻自主，你们这是干吗呀？再说，冯绍光条件也不错嘛……"

康土地的话没说完，康老犁抄起鸡毛掸子朝康土地扑过来，二话不说就往康土地的身上抽。康土地好汉不吃眼前亏，急忙抽身跑了。

康土地跑出去不大一会儿，外面也热闹起来。冯绍光是团支部书记，在青年中很有号召力。现在他的婚姻居然受到了干涉，而且还是受到地主分子的干涉，是可忍，孰不可忍。青年们都自发地站出来，坚决支持这场反封建的斗争。呼啦啦来了一大群青年男女，康老犁急忙把大门插上。年轻人进不来，站在门外喊着口号，为康棉花加油鼓劲：

"棉花，不能妥协，你爹你妈是老封建，你要坚决跟他们斗到底。"

"棉花，我们支持你，你这是革命行动，你要跟地主家庭彻底划清界限。"

"棉花，你要提高认识，这是阶级斗争，你要为我们年轻人做出榜样……"

有这么多人在外面支持，康棉花自然是热血沸腾起来。她被康老犁关在自己住的西屋里，撕破了窗户纸，伸着脖子朝外面喊着：“绍光，绍光，你在哪儿呀？我不妥协，你也不能妥协呀！”

喊了半天外面没有人搭话，连在外面支持冯绍光的人也安静下来。是啊，我们在这儿不屈不挠地反封建，不都是为了成全你们的爱情吗？可是冯绍光哪儿去了呢？

康老犁不顾外面的群情激愤，不慌不忙地做着准备工作。他先在堂屋里横着放一条老椿凳，又在老椿凳上搭了两个小板凳儿。然后跟田小穗互相搀扶着，上了老椿凳，蹬上了小板凳儿。康棉花在西屋里看着觉得奇怪，这老爹老妈到底要干什么呢？蹬在小板凳儿上，伸手就能够到房梁了。康老犁将一根三批绳穿过房梁，拴了一个活套儿。接着，他又将另一根三批绳穿过房梁，也拴了一个活套儿。两个活套儿在康老犁的手里掂了掂，便把其中的一根交给了田小穗……

康棉花看明白了，在西屋大喊大叫着：“爹、妈，你们这是要干什么呀……”

康老犁和田小穗没有理睬康棉花的喊叫，不慌不忙地将绳套儿套在自己的脖子上。

康棉花哭叫起来：“爹、妈，你们可不能死呀，你们死了我怎么办呀……爹、妈，求求你们了……”

康老犁和田小穗双双站在小板凳上，面对着西屋里的康棉花，挺胸昂首，像一对慷慨就义的革命者。

康棉花拍打着窗户叫着：“爹、妈，你们不能……不能啊……大家快来呀，快来救我爹妈呀……”

外面的人听到康棉花的哭叫声，不知道出了什么事，使劲拍打着院门，要往里冲。院门被康老犁上了两道闩，还加上了顶门杠。

外面的人进不来，康棉花更急了，大声哭喊着：“爹、妈，求求你们……你们不能……不能啊……”

康老犁说话了：“棉花，你也别哭，你也别喊，我和你妈跟你谈谈。我们也不愿意死，有一点儿出路谁都不想死，好死不如赖活着。你说是不是？可是我们想活你不让我们活呀，你逼我们死呀……”

康棉花也冷静下来，跟父母讲起了理："爹、妈，我跟你们说过多少次了，现在是新社会了，新社会讲的是恋爱自由、婚姻自主，我跟冯绍光谈恋爱怎么算是逼你们死呢?"

田小穗说话了："棉花，实话跟你说吧，我跟你爹不反对新社会，也不反对你自由恋爱。你跟谁自由都行，独独不能跟冯绍光自由。"

康棉花大声抗议着："怎么了，冯绍光怎么了？人家还是团支部书记呢，你们凭什么看不上人家?"

康老犁说："我们也不是看不上冯绍光，冯绍光千好万好他自己带着，你不能跟他打连连儿。"

康棉花说："我就不明白了，你们又让我自由，又反对我跟冯绍光恋爱，这到底是为什么呀?"

田小穗说："除了冯绍光，你跟谁自由都行，你哪怕嫁一个瞎子瘸子二流子懒汉我们都不管，只要不跟冯绍光就行。"

康棉花问："为什么？你们告诉我这是为什么?"

康老犁说："你别问为什么，什么也不为。今儿咱谈得好就谈，谈不好我们就把脚底下的小板凳儿一踹，我们死了，你爱跟谁自由就跟谁自由，我们眼不见撂一片。"

康棉花又哭起来："爹、妈，你们这是干什么呀……"

田小穗更坚决地说："棉花，我跟你爹就听你一句话了。你跟冯绍光到底断不断?"

康棉花软了："你们别死……别死……"

康老犁喊叫起来："我们是死是活都在你手里攥着呢，你说吧，跟冯绍光断还是不断?"

康老犁说着，把双脚欠起来，脖子往上伸着。田小穗双手攥着绳套儿，闭上了眼睛。

康棉花害怕了："爹、妈……我听你们的，听你们的还不行吗？你们快下来吧，下来吧……我怕，我怕啊……"

康老犁问："你怕什么?"

康棉花说："我怕你们真死啊。"

康老犁说："死还有假的，我们不是在吓唬你。只要你不让我们活，我们肯定会真死的。”

康棉花说：“我让……我让你们活，你们别死。”

康老犁问：“你真的让我们活？”

康棉花说：“我跟冯绍光断了还不行？”

康老犁逼问着：“真断还是假断？”

康棉花咬了咬牙说：“真断。”

康老犁说：“那好，你知道今天是什么日子吗？”

康棉花说：“今天不是腊月三十吗？”

康老犁说：“你知道为什么腊月三十没有月亮吗？”

康棉花没听懂，摇了摇头。

康老犁说：“今天晚上是诸神下界，众鬼出坟。离地三尺有神灵，神神鬼鬼就在你身边。你要是真的说话算数，就当着千神万鬼发个誓。”

康棉花说：“我不信神，不信鬼，我说话算数还不行？”

康老犁说：“不行，你不发誓我们就上吊，你想看看到底谁说话算数吗？”

康棉花无可奈何了：“好吧，我……发誓。”

康老犁严肃起来，挺起胸膛，眼向前方：“诸位神灵请留步，诸位鬼怪也请听好，我闺女康棉花要发誓了。有诸位神鬼做证，康棉花说话算数，如果事后悔誓，她爹妈立马就死。”

康棉花说：“爹，您别说了，我已经答应您了。”

康老犁说：“你别跟我们说，你跟神鬼说。”

康棉花说：“我跟神鬼说，我……我康棉花从今以后，跟冯绍光……一刀两断。”

康棉花说完，趴在窗台上放声大哭起来。

十五

正月初五演完戏以后，康棉花本来想约冯绍光谈谈，冯绍光却先一步离开了。康棉花以为冯绍光有事，康土地却把康棉花叫走了。

在家门口，康土地将一双棉线手套给了康棉花。康棉花一眼就认出来了，这是她给冯绍光织的手套。

康土地说："冯绍光让我把这个还给你。"

康棉花的眼泪流下来，看来冯绍光已经知道她向神鬼发誓跟他一刀两断的事了。

康土地说："冯绍光说了，让你别等他，找个好婆家嫁人吧。"

康棉花哭了起来。

哭干了眼泪的康棉花心变得比黏土坷垃还硬，没出正月十五她就嫁了人。婆家是她自己找的，榆林庄的沈家，也是个地主。不要以为康棉花这是在跟父母赌气，跟父母赌气的成分有，但不是主要的。主要的是她有自己的小算盘，她觉得自己跟冯绍光的爱情被拆散了，她的心也就死了大半。心死了的人还叫人吗？最多也只能是一个活着的尸体。既然如此，她还有什么必要挑挑选选的？不挑不选嫁个人算了，反正女人是脸朝外的人，早早晚晚要嫁人的。嫁谁都是嫁，可是她这么一个花容月貌的姑娘白白地送给人家不是太亏了吗？想来想去，她想用自己给哥哥换个媳妇。哥哥方方面面都是个好男人，只是因为出身不好，他自己不敢追求喜欢的姑娘，别人也不敢给他提亲。如果这么耗下去，非打一辈子光棍儿不可。

她是自己跑到沈家提换亲的条件的。两个村原本就是近邻，高级社的时候还划在了一起，乡里乡亲都熟悉。沈家不但是财主，还是个书香门第的旺族。如果不是土改了，沈家的大少爷说不定能出国留学呢。沈家的大少爷叫沈慎行，是个木匠。沈慎行不能读书就学了门手艺，聪明人干什么都能出类拔萃，他木匠的手艺在潮白河两岸是出了名的。

沈慎行有个妹妹叫沈雅兰，是个文文静静端庄秀气的女孩儿。康棉花觉得跟沈家换亲不吃亏，沈慎行认识康棉花，能娶到康棉花这样的媳妇他自然一百个满意。沈雅兰也觉得康土地人靠得住，一个地主狗崽子还图嫁什么好人家，男人老实巴交就行了。

两家人一拍即合，急不如快，正月十五双双办起了喜事，连娶带聘，省事又省钱。

康棉花结婚那天，冯绍光派人送来一对枕巾，算是表达最后的情义。康棉花没落泪，只是心里热了一下，她已经没有眼泪了……

天边外滚动着很闷很沉的雷声，带着雨腥味的风很凉，又很硬。开始是擦着地皮刮的，越刮越烈，渐渐地在人们的头顶上呼啸起来。就是在这样一个阴霾恐怖的天气里，葫芦垡的庄稼成熟了。玉米长得像小孩儿的大腿一样粗，高粱穗子沉甸甸的像醉鬼一样红着脸，还有玉米垄上间种的白菜、萝卜，都长得出奇的茁壮。天道酬勤，康老犁大半辈子积攒下来的经验和力气都用在葫芦垡上了。准备收割了，康老犁借着水一样的月光磨镰刀，在太阳底下编粮食囤，一切都准备停当了。天变了，说变就变了。据说是有征兆的，可是康老犁一门心思都在葫芦垡的庄稼上了，哪顾及什么政治形势呢？

大老郭站在村头的大碾盘上开大会，慷慨激昂地批判着“包产到户”，说是资本主义，说是党内走资派搞的修正主义，说是有亡党亡国的危险。说的这些词儿挺新鲜，有些年纪的人似懂非懂，康老犁更是满脑袋糊涂糨子。这“包产到户”不是你大老郭搞的吗？不是拿柳林庄当试点吗？怎么又成了滔天大罪了？

大老郭的大会开完之后，就带领着全村社员开进了葫芦垡。人们举着镰刀，像冲进了战场一样拼砍着满地的庄稼。一边在庄稼地里冲锋陷阵，一边还呐喊着口号。那年头人们的心里总是憋着许多口号，不喊出来就会发疯，喊出来就真的疯了。喊的是什么康老犁不记得了，只记得他也跟众多的社员一起发疯般地砍着庄稼。似乎犯了这滔天大罪的不是公社社长郭明，而是这没羞没臊疯长的庄稼。所有的仇恨都发泄在玉米高粱的头上了，满地的萝卜白菜则又像“大跃进”时候那样被乱脚踩成了泥巴。粮食收下来了，生产队的大车把玉米高粱拉到了生产队的场院。这时候，康老犁才意识到葫芦垡又姓“公”了，他用心血和汗水浇灌出的粮食也姓“公”了。他已经不知道心疼了，只是想哭，又不敢哭。他知道，只要他的眼泪掉下来，人们就会立即把锋利的镰刀对准他。郭明从他眼前走过好几次，连看都没看他一眼。我种的庄稼就这样充公了，你连句安慰的话都没有吗？看着郭明那天边黑云一样的脸，他不想哭了，什么都不想了。他已经学会自我麻木了，也学会将脑袋掏得空空荡荡的，像僵尸一样地活着了，真好。

十六

天边外的雷声越来越近，雨腥味的风也越来越猛烈了。山呼海啸，天翻地覆，排山倒海，天塌地陷。“文化大革命”终于如钱塘江大潮般奔涌而来。先是高音喇叭整天声嘶力竭地叫喊，像是城里出了什么改朝换代的大事。人心惶惶，也不全是惶惶，还有的是打了吗啡般的兴奋，跃跃欲试，急不可待。冯绍光就是这样，他还是团支部书记，又兼任起了民兵连长的要职。每天带着年轻人在村子里呼风唤雨，开大会、喊口号、贴大字报。终于从城里来了一群学生娃，是坐着大卡车来的。每个人的胳膊上都戴着一个红袖章，手里举着小红书，许多学生头上还有镶着红五星的帽子，一副军人装束。横扫一切牛鬼蛇神，康老犁被揪出来了，村里的地富反坏都被揪出来了，连田小穗也被揪出来了。土改以后，田小穗是第一次被揪出来的。她虽然是地主的老婆，可是谁都知道她是苦出身，是逃荒流落到这里的，还当了十多年的使唤丫头。可是城里的学生不管这一套，硬是将她揪了出来。

康老犁觉得揪出田小穗就是冯绍光使的坏，学生虽说是势不可挡地进了村，可他们两眼一抹黑，他们认识谁，他们知道谁是什么根底。就像当年大老郭带着土改工作队进村一样，依靠的是贫下中农，学生们依靠的是谁呢？当然是你们这帮年轻人，当然是你这个团支部书记。

田小穗被揪出来的时候，正坐在炕上絮棉被。夏天只剩下一个热烘烘的小尾巴了，秋天的凉意从革命大潮的缝隙中顽强地挤过来。农村的媳妇们开始准备冬装棉被了，在自家里穿着很随便。下身是一条能装下二斗高粱的大裤裆裤子，上身是一件只遮着胸脯的小兜肚儿，光着两只脚。突然一群城里的学生娃冲进来，乱哄哄地抓住她的两只手，把她的胳膊拧到背后，摁着她的脑袋就往外推搡着。她被押到大街上，搡到了一群同样披头散发衣衫不整的牛鬼蛇神中间。

康老犁看到，田小穗光着两只脚，露着整个后脊梁，浑身上下筛糠般地哆嗦。脸蛋儿上鼻子眼睛都挤到了一块儿，嘴巴咧着，想哭，又哭不出来。这棉花桃儿一样柔软的女人从来没经过这样的阵势，吓得魂都没了。

康老犁勇敢地冲到那个头领面前，大声申辩着，说田小穗是苦出身，是使唤丫头，是白毛女一样的受苦人。康老犁突然说出了白毛女，他觉得很有说服力。头领是个女学生，十七八岁的样子，一身绿军装，短发塞进军帽里，一手掐着腰，一手挥动着小红书，摇头晃脑地叫喊着。康老犁觉得这个女学生虽然很威风，却依然很美，杨柳青年画似的，美得让人眼花缭乱。女头领听见了康老犁的申辩，她低下头问康老犁。由于康老犁申辩的时候是很谦恭地弯着腰的，所以女头领跟他说话的时候必须低着头。女头领问他："她是不是你老婆？"

康老犁老老实实地说："是。"

女头领又问："你是不是地主？"

康老犁依然老老实实地说："是。"

女头领立即噼里啪啦地说："既然你是地主，她是你老婆，那她就是地主婆，你还有什么好争辩的？地富反坏右，统统都是牛鬼蛇神，是我们的阶级敌人，我们要把你们打翻在地，再踏上一万只脚，叫你们永世不得翻身。同志们，造反派的同志们，你们看看阶级敌人有多么猖狂，在我们对他们实行无产阶级专政的时候，他们依然在反攻倒算，依然不甘心投降。敌人不投降，就叫他灭亡……"

口号立即喊了起来："敌人不投降，就叫他灭亡。"

漂亮的女头领一挥手，立刻冲上来个女学生，一脚把田小穗踹跪在地上，抓住她的头发，咔嚓咔嚓地将她的头发剪掉了一半。田小穗立刻变成了人不人鬼不鬼的，紧闭着眼睛，软塌塌地歪倒在地上。两个男学生将田小穗从地上揪起来，推着她往前走。田小穗光着两只脚走在牛鬼蛇神的队伍里，牛鬼蛇神们像一群被赶往宰杀场的牲口，失魂落魄，踉踉跄跄，跌跌撞撞。前后左右都是愤怒的人群，这愤怒的人群里除了城里来的学生娃，还有冯绍光率领的青年农民。他们喊着口号，押着这些牛鬼蛇神往前走。不知道什么时候，牛鬼蛇神的头上都戴上了一顶高高的纸帽子，胸前挂上了草纸板儿拴的牌子，牌子上写着每一个人的身份：地主分子、地主婆、历史反革命、流氓坏分子，等等，每个头衔下面都倒写着人名，人名上面画了一个黑黑的大叉子……

田小穗磕磕绊绊地走着，随时都有跌倒的危险。康老犁觉得，只要田小穗一跌倒就再也爬不起来了，爬不起来的田小穗就会遭到更厉害的毒打，说不定会为此丧了命。康老犁悄悄地在后面扶着她，她的后背光光的，他只能扶着她的腰。好在大裤裆的腰带还系得很紧，康老犁使劲提着她的腰带，提着她那软绵绵的身子。

不知道怎么就来到了葫芦堡，据说是胜利会师了。另一支队伍大概是造反派的正规军，队伍中押着的专政对象是大名鼎鼎的郭明。这些造反派的正规军很像是干部，又像是工人，穿得整整齐齐的。郭明的胸前也戴着牌子，不是草纸板做的，是三合板的，挂在脖子上的也不是粗麻绳，而是细铁丝。可见走资派与牛鬼蛇神的待遇还是不一样的。郭明也没有弯腰，不是造反派不让他弯，是他不肯弯。押着他的造反派把他的脑袋摁下去，他又抬起来了。他把脑袋抬起来又被摁下去，他又耿耿地抬起来。郭明是条汉子，宁折不弯，康老犁心里佩服着。

接下来便是现场批判会，批判郭明大搞资本主义，实行“包产到户”，是地富反坏的保护伞。批判会上发言的是冯绍光，先是照着稿念的，都是让康老犁似懂非懂的词。后来就是喊口号，喊着喊着喊出了新鲜花样儿。不知道是谁弄来一副犁、一挂套，然后又把康老犁拉出来，让他扶犁。康老犁顺从地扶着犁，田小穗又被乱哄哄地拉出来，把套绳挂在她的脖子上。康老犁明白了，这是要拿田小穗当牲口使唤。你不是地主吗？你不是把土地当成命根子吗？你不是叫老犁吗？那你就犁地吧，像牲口一样地犁地吧。

康老犁按照自己的认识理解着冯绍光等人的作为，他并没有感觉到多大不适。庄稼人嘛，本该犁地，不犁地能种庄稼吗？至于拿他或田小穗当牲口，也没什么。他是苦干出来的财主，许多庄户人家本来就没有牲口，没有牲口怎么办？都是人来拉犁，人来拉车。“大跃进”的时候牲口不够用，不都是用人拉犁拉车吗。人拉车的时候，郭明还驾过辕呢，这是康老犁亲眼看见的。

郭明不干了，大声地申斥冯绍光是胡闹，是把阶级斗争庸俗化，是违背“文化大革命”精神的。冯绍光高声说：“你是走资派，只许你老老实实，不许你乱说乱动。让地主婆拉犁怎么了？我们贫下中农祖祖辈辈为地主当牛做马，现在翻身得解放了，把被颠倒的历史又颠倒过来了，我们现在就是要让地主分子当牛做马！”

然后又是一片口号声，那年月无论是谁，说几句话就要喊口号。说话不喊口号就好像种地不使粪一样，种地不使粪等于瞎胡混，说话不喊口号就胡混不起来。喊完口号，冯绍光将一把鞭子塞给郭明，让郭明往田小穗的身上抽。郭明火了，将鞭子扔在地上，愤怒地说：“我不干你们这种丧尽天良的事情。”

又一阵冰雹般的口号砸向郭明，打击着他的“嚣张气焰”。

气急败坏的冯绍光捡起地上的鞭子，疯了一样地朝田小穗的身上抽着。田小穗那光光的后背立刻划出了横七竖八的血印子，戴红袖章的小将们和村里的年轻人怒号着，给冯绍光加油鼓劲。康老犁不顾一切地扑过去，趴在田小穗的身上。皮鞭又像冰雹一样落在康老犁的身上，康老犁不觉得疼。有人将田小穗从康老犁的身子底下拖出来，冯绍光的鞭子又抽在田小穗的身上……

一个人将冯绍光举起的鞭子抓住了，是冯有槐。他的手抓着冯绍光的鞭子，身子紧紧地贴着冯绍光。如果不是这样，冯有槐就站不住。冯绍光使劲推着冯有槐：“爹，您这是干吗呀？我们在搞阶级斗争。”

冯有槐干瘦的身子颤抖着，说话的声音也颤抖着：“你不能……不能啊绍光……不能啊……”

冯绍光问：“什么不能？您说什么不能？”

冯有槐指着瘫软在地上的田小穗说：“你不能……不能这样对待她……”

冯绍光说：“她是地主婆，爹，您怎么为地主婆说话？”

冯有槐说：“她不是……不是……”

冯绍光说：“她是地主的老婆，当然就是地主婆了。”

冯有槐说：“她是……她是你娘……”

冯绍光说：“爹，您别管，这是‘文化大革命’……”

冯有槐说：“她是你娘，是你亲娘……”

冯绍光说：“您说什么哪，我们跟她不是一个阶级。”

冯有槐突然跪下来，跪在了冯绍光的面前。

冯绍光愣住了："爹，您这是干吗呀？"

冯有槐说："她是你娘，你亲娘啊……"

冯绍光说："她不是我的娘，她是康土地的娘。"

冯有槐喊着："土地的娘也是你的娘，你跟土地是一个娘。你们两个人，都是从一个娘的肚子里爬出来的……"

口号声没有了，那些喊口号人的眼睛，都落在了冯绍光那只握着鞭子的手上。

冯绍光手里的鞭子落在了地上……

十七

田小穗死了。

那天夜里，康老犁突然发现田小穗不见了，急忙叫醒了睡在西屋的康土地。两个人满街跑着、喊着，一直喊出了村，喊到了葫芦垡，又从葫芦垡上了潮白河大堤。嫁到榆林庄的康棉花也跑来了，跟在父亲和哥哥的身后跑着、喊着。老少三人的喊叫声在潮白河两岸飘着，在柳林庄的大街小巷上飘着，在家家户户的窗户纸上震动着。凄厉的喊叫声淹没了铺天盖地的口号，一种不祥的预兆像血丝一样渗透在喊叫声中……

直到三天后一个灰蒙蒙的中午，他们才在十五里外的芦苇湾里发现了田小穗的尸体。那尸体像气球一样鼓胀起来，衣服不见了，不知道是田小穗自己脱掉了，还是被水冲刷掉了。白白的鼓胀的尸体很耀眼，在芦苇丛中静静地漂浮着。一只猫头鹰藏在芦苇岸边的树枝上，阴险地等待着肥美的夜宴……

埋葬了田小穗之后，康土地说了一句话："到底谁害死了我娘？"

康棉花说："他这是在报复我，我没嫁给他，是因为咱娘不同意，他就把娘往死里整。"

康老犁没说话，他能说什么呢？要说冯绍光害死了田小穗，冯绍光可是她的亲儿子呀。虎毒不食子，子就可以食母吗？康老犁恨冯绍光，恨冯绍光的心狠手辣，居然拿自己的亲娘当牲口，哪个当娘的能受得了呢？可是康老犁更恨冯有槐，冯有槐为了阻止冯绍光对田小穗的折磨，说出了一个天大的秘密。那个秘密深深地埋在三个人的心里，冯有槐却把它大白于全村了。有人信吗？不信就要猜测，不信就要打听，不信就要考证，如果造反派追根溯源，说不定还要审讯。康老犁还勉强可以说不知道，田小穗能说不知道吗？可是这件事能说吗？冯绍光在整田小穗的时候，尽管她是光着脚、光着后背，可到底还穿着裤子和兜肚儿。冯有槐却把她彻底扒光了，从里到外地扒光了。田小穗还能活吗？田小穗还有脸活吗？到底谁害死了田小穗呢？是冯绍光，还是冯有槐？

到底是谁害死的田小穗，这个问题像蜘蛛网一样缠绕在康老犁的脑子里。康老犁想不明白，想不明白就使劲想，越使劲想越想不明白，康老犁的脑子乱了。康老犁又像过去那样，整天价挑着大粪桶走街串户，嘴里不停地嘟哝着。嘟哝的是什么谁也听不清，后来就嘟哝两句话，那声音很清晰："地啊我的穗，穗啊我的地……"

人们都说，康老犁疯了。

自从田小穗畏罪自杀、自绝于人民之后，柳林庄的阶级斗争似乎就结束了。田小穗死了以后，冯有槐就失踪了，真正地失踪了。田小穗的死，康老犁的疯，冯有槐的失踪，使冯绍光的身世之谜成了无头案。冯绍光倒是可以做各种各样的解释了，一说是父亲冯有槐为了救田小穗，胡编了一套谎言；二说可能田小穗在冯家当丫鬟的时候跟冯有槐有一腿，但是绝对不会生出冯绍光；三说冯有槐纯粹就是胡说八道，被革命的大潮吓昏了头……任凭冯绍光怎么解释，造反派都不相信，冯绍光因为疑是田小穗的儿子，自然也成了疑似狗崽子，造反派他当不成了，团支部书记也被夺权了。冯绍光跟康土地一样成了被革命抛弃的人，成了"抓革命促生产"的主力军。

只有大老郭说康老犁没有疯。大老郭说话管屁用，他已经不是公社书记了，他是走资派，被押解到柳林庄进行劳动改造，跟康老犁一起掏茅房。一个老地主，一个走资派，两个人每人挑一副硕大的粪桶，整天价摇摇晃晃地走在柳林庄的路上，成了这寂寞的小乡村一道独特的风景。

春天来了，土地开始返浆，道路软绵绵的，人们的身子也软绵绵的。这软绵绵是一种很舒服的感觉，大老郭和康老犁挑着大粪桶出了村，将粪撒在苏醒的土地上，便将软绵绵的身子平放在潮白河堤坡上，很享受。两个人一边放任着慵懒，一边有一搭没一搭地聊着天。这聊天像半睡半醒中的喃喃呓语，你说你的，我说我的，断断续续，有时候又交流在一起。

大老郭说："什么亲不亲阶级分，你跟他亲，他不跟你亲，儿子造老子的反，两口子都划清界限，整个是混账世道。"

康老犁说："男人嘛，最亲的就两样：一是土地，一是老婆。土地能打粮食，有粮食就能活命，土地是让你活命的，你说亲不亲？老婆能给你生孩子，有孩子就有后，就不会断种，老婆是给你续种的，你说亲不亲？"

大老郭说："跟土地最亲的是庄稼人，是农民。我们党当年发动农民造反，喊的就是'打土豪分田地'的口号。要不怎么那么多农民跟着党闹革命呢。"

康老犁说："要想让土地跟你亲，你得好好伺候它。精耕细作，土肥苗才能壮。伺候土地跟伺候老婆一样，有人说打到的媳妇揉到的面，我不信。媳妇不是打出来的，是疼出来的。你疼她，她才能疼你。给你烧火做饭，给你铺床叠被，给你生儿育女。我就没打过老婆，我们家小穗，我连一个指头都没捅过……"

大老郭问："你是不是想女人了？"

康老犁说："我不想女人，我想老婆。"

在懒洋洋的阳光下，两个人懒洋洋地聊着。聊得很随意，又很清醒，怎么能说康老犁疯了呢？

可是歇够了，聊完了，挑起大粪桶朝村里走的时候，康老犁便又低沉地呼唤起来："穗啊我的地，地啊我的穗……"

十八

康老犁的疯疯癫癫时好时坏，说他真疯，有时候说的话比谁都明白；说他明白，又常常是糊涂庙里拜糊涂神。大老郭的走资派平反了，又回到公社当起了革命委员会主任，他对大老郭说："您送冯绍光上大学吧，那孩子脑瓜灵，将来会有点儿出息的。”

大老郭问：“你不关心康土地怎么倒关心起了冯绍光？”

康老犁说：“土地初中都没上，冯绍光高中都快毕业了。念那么多书，不用不就糟蹋了吗。”

大老郭说：“可康土地是你儿子呀？”

康老犁说：“好歹冯绍光也是从田小穗的肚子里爬出来的，一个模子刻出来的，爹不亲娘亲。”

大老郭笑了：“这么说田小穗还真是冯绍光的亲娘，到底是怎么回事呀？”

康老犁又疯了，咧着大嘴叫起来：“穗啊我的地，地啊我的穗……”

“四人帮”被粉碎了，全村人敲锣打鼓地庆祝，康土地光着膀子挥动着鼓槌，欢呼声响成了一片。康老犁冲过来，扔下大粪桶就抢康土地的鼓槌。

康土地说：“您这是干吗呀？我们这是庆祝。”康土地说着，手里的鼓槌又敲起来。欢庆的队伍朝前走着，把他挤到了一边。他又咧着大嘴叫起来：“穗啊我的地，地啊我的穗……”

取消阶级斗争了，给地主摘了帽子。康土地跑回家把这个好消息告诉他，他却说：“我愿意当地主，当地主有地。”

康土地说：“地主是剥削阶级，是敌人。”

康老犁说：“敌人怎么了？敌人不也是种田吃饭，吃饭种田吗？”

康土地说：“当敌人就要被专政，被专政就要掏大粪。”

康老犁说：“掏大粪怎么了？没有大粪地里能长粮食吗？再说了，人家郭书记不是还跟我一起掏过大粪吗？我不觉得掏大粪丢人。”

康土地跟他说不清楚，急得直跺脚。康老犁又嘟嘟囔囔地叫起来：“穗啊我的地，地啊我的穗……”

土地承包到户，又把葫芦堡分到他的名下。在签订承包合同的大会上，他硬是让人家在合同书上写下田小穗的名字，说这葫芦堡是田小穗的，没有田小穗就没有葫芦堡。村委会主任说：“田小穗已经死了，我们不能跟死人签合同啊。”他说：“田小穗死了不是还有我吗？不是还有康土地吗？人死债不烂，娘的债儿子还，老婆的债丈夫还。”人们知道跟这个疯疯癫癫的人讲不出道理来，最后答应写上他和田小穗两个人的名字，这才算把合同书签下来。

签完了承包合同书，康老犁便扛着大镐去了葫芦垡。他本来想叫康土地跟他一起去的，直到吃晚饭的时候康土地还没回来。康土地的老婆把菜饭摆上了桌，他胡乱扒拉两口就放下了筷子，急不可待地出了门。

惊蛰刚过，惊蛰一犁土，春分地气通。康老犁挥着镐翻着土地，一镐刨下去带有细碎的冰碴儿。天气还有些凉，可是没刨多会儿康老犁的身上便冒了汗。他把过冬的老棉袄脱下来，光着膀子刨着地。越刨越带劲儿，忍不住唱起了号子：“哎嗨我的地呀，哎嗨我的穗呀……”

月亮从潮白河东岸升起来，挂在开始吐青的杨树梢上。月光洒在翻起来的土垡上，像河里泛着银光的波浪。又一轮月亮升起来，在与葫芦垡临界的地块上。圆圆的、暖暖的、肉乎乎的小月亮，随着他的心跳加速，那小月亮越发清晰起来。他以为他在做梦，或者看花了眼，他扛着大镐朝前走去，那轮小月亮开始升腾着，又被乌云遮盖起来。

冯有槐女人举着一把半秃的小镐刨着地，地皮上只是多了几个小坑儿，猪拱过的一样。康老犁过去，用肩膀将冯有槐女人往旁边推了一下，抡起手里的大钢镐便刨了起来。一镐下去，就是西瓜大的一块泥土，镐往外一拉，泥土便翻过来。镐起镐落，一个个泥土大西瓜整整齐齐地在康老犁面前排列起来。暖融融的月光照耀在翻起来的泥土上，蒸腾着丝丝缕缕的热气。

冯有槐女人跟在康老犁的侧面，康老犁往前刨一步，她便往后退一步，像是月光下康老犁的一个影子。

康老犁举着镐问：“冯有槐还没有信儿吗？”

冯有槐的女人说：“谁知道他死在什么地方了？”

康老犁的镐刨进泥土里：“绍光呢？”

冯有槐女人说：“大学毕业后留在县农业局了，说是什么农艺师。”

康老犁的镐又举起来：“娶媳妇了吗？”

冯有槐女人说：“也是一个城里人，他的同学。”

康老犁的镐又落进泥土里：“不错，好好过日子吧。”

冯有槐女人带着哭腔说："可我的日子怎么过呀？"

康老犁把手里的镐停下来，望着眼前这已经发黄的月亮，心里一阵发酸。

冯有槐女人抹起了眼泪："逃的不回来，走的也不回来，这地分给我一个老婆子了，我不能用眼泪种吧？"

康老犁继续镐起镐落地刨着地："不就是这点儿地吗？我捎带手就给你种了。"

冯有槐女人说："你不是也有地吗？又要种你的，又要种我的，我不忍心这么劳累你。"

康老犁的镐没有停下："庄稼人还嫌地多吗？怕的就是没有地。"

冯有槐女人哭着坐在了地上："老犁，我的好人啊……"

这哭声让康老犁的心里一颤，他看了看坐在土坲上的女人，停下了手里的钢镐。

冯有槐女人用一双泪眼看着康老犁，月光把那泪花儿照得光盈盈的，像高粱叶上的露珠。

康老犁放下镐，坐在了冯有槐女人的身边。身子下面那刚翻起来的土坲有点儿凉，却很舒服。

冯有槐女人歪在康老犁的身上，撩起衣襟替他擦着胸膛上的汗水。康老犁原本掏出烟袋想抽烟，冯有槐女人身上的味道把他刺激得兴奋起来，他伸出胳膊搂住了冯有槐女人的腰。

冯有槐女人又说："土地妈没了十多年了，你就一直这么绷着？"

康老犁说："不绷着怎么办？没地可刨，镐都闲得生锈了。"

冯有槐女人心疼地说："绷得很难受吧？"

康老犁说："想的时候就难受，不想的时候也没什么。"

冯有槐女人说："你想过吗？"

康老犁说："不常想，想也没用。"

冯有槐女人说："你怎么不来找我？"

康老犁说："我一个地主搞破鞋，没让人抓住就知足了，让人抓住还不把我整死？再说了，冯有槐跑了，我趁机占他女人的便宜，也忒不地道了。"

冯有槐女人叹了口气："老犁啊，难得你还总想着冯有槐。"

康老犁说："说实在的，虽说我给冯有槐扛过活，冯有槐借用过我老婆，可是冯有槐对我不薄。别的甭说，就说他卖给我的那些地吧，便宜得不能再便宜了，白给一样。"

冯有槐女人说："你啊傻吧你，你也不想想，冯有槐比曹操还多仨心眼，凭什么那么便宜就把地卖给了你？"

康老犁说："他不是碰上过不去的坎了吗？你病、绍光病，还有你父亲又遭了绑票……"

冯有槐女人说："胡扯他妈的蛋，他说什么你都信呀？"

康老犁有点儿蒙了："这么说……他没跟我说实话？"

冯有槐女人说："你呀……让我说你什么好呢？"

康老犁说："那他到底为什么？那么多地他说扔就扔了？一点儿不心疼？"

冯有槐女人说："你是知道的，我娘家在河东，河东边是八路军的解放区。那边早就嚷嚷着要土改了，你光顾着低着脑袋种地，哪知道这些？"

康老犁说："这就对了，他是怕当地主……他把这个地主让给我了。"

冯有槐女人说："他知道和平土改的政策是浮财不动、底财不挖，就早早地把地换成了钱。"

康老犁说："那些钱后来不就是一堆废纸吗？"

冯有槐女人说："要不说他比曹操还多仨心眼呢，他又早早地把那些钱换成了金条，你知道吗？到了土改的时候，他整整攒了二十三根金条，小黄鱼儿似的，就埋在猪食槽子下面。"

康老犁震惊了："啊……那么多金条？"

冯有槐女人说："没了，黑了心的东西，都让他拿走了，一根都没给我留……"

康老犁的脑袋又空了，这么多年了，他好像从来就不认识冯有槐。冯有槐干的这些比曹操还多仨心眼的事，他从来没有怀疑过。人怎么可以这样呢？

冯有槐女人嘤嘤地哭泣起来："老犁，我的命苦啊，遇上这么一个黑心的男人……"

康老犁像块石头一样，没吭声，也没动。

十九

康老犁愤怒了，村里的年轻人都中了邪。年轻的庄稼人怎么变得这么没出息？没地的时候想地，有了地又不想种，一个个都跑到城里打工去了。就像没媳妇的时候想媳妇，娶了媳妇又不好好伺候，跟地一起放在家里。这么好的地，这么好的媳妇，你们怎么离得开，你们不想吗？他的脑子里立刻响起了一支陕北民歌：白生生的大腿热乎乎的地，这样的好东西还留不住哥哥你……

年轻人大多走了，村里的地都留给"三八六九"了。"三八"是女人，"六"是孩子，"九"是老人。村子里一下冷清下来，趴在土地上的没有挺得起裤裆的男人，这地能种好吗？地跟女人一样，苗壮穗大，母壮儿肥。没有邦邦硬的小伙子，女人能生出好孩子吗？没有邦邦硬的庄稼把式，地里能长出好庄稼吗？

更可气的是康土地也要走了，跟着一伙儿不知道天高地厚的年轻人闯深圳去，说在那里能挣大钱。

康老犁说："你再有钱管什么用？能吃钢镚嚼票子吗？"

康土地说："有钱就能买粮食、买肉、买山珍海味，您怎么连这个理儿都不懂？"

康老犁说："买你丈母娘的脚后跟，地里不长粮食，你手里的票子就是一把烂纸。你没挨过饿吗？你忘记买块糖球都要票了？你刚吃几顿饱饭呀，就把庄稼人的命根子忘了？"

康土地说："您总抱着老死理儿不放，我跟您说不清楚，反正我得走，火车票都买好了。"

康土地跟康老犁说不清楚，康老犁跟康土地也说不清楚。气得康老犁到公社去找大老郭。人家告诉他，郭明已经调到县里去了，升官了，是县政协副主席。康老犁不知道政协副主席有多大，他只知道中国最大的官就是主席了，康老犁为大老郭高兴。这一高兴，把对儿子的不满冲淡了许多。走就走吧，谁爱走就走吧。有屁股还愁挨打，有地还愁没人种？

康老犁把葫芦垡收拾得比小媳妇儿还漂亮，捎带着把冯有槐女人的土地也收拾得熨熨帖帖。小苗儿破了土，康老犁捏着灵巧的手指头，绣花般地间着苗儿；小苗儿盖上了地皮，康老犁又照看婴儿般地松土施肥；小苗儿没了膝盖，康老犁更像小伙子盼媳妇一样盼着庄稼扬花吐穗。这时候，他把自己脱得光溜溜的，把冯有槐的女人也脱得光溜溜的。松软的地皮凉凉的，庄稼叶子散发出来的清香也是凉凉的，让人很振奋。他搂着那发黄的月亮躺在垄沟里，柔柔的，软软的，有一种想流泪的感觉。随着玉米拔节的声响，他的身子里面也发出清脆的拔节声。发黄的月亮明亮起来，他们像顽童似的欢唱着歌谣："我的月亮我的镐，我的地啊我的穗……"

尽管柳林庄的年轻人都走了，地却没耽误。这一年老天爷帮忙，又一个好年景。地里场里，院里屋里，甚至河坡上、马路上、屋顶上，到处都是粮食。黄的玉米，红的高粱，白的棉花，堆成了山，码成了垛。丰收对于庄稼人来说是一个盛大的节日，比得儿子还要喜庆。可是柳林庄里，到处摇晃着一张张愁苦的脸。

康老犁又不明白了，庄稼人的命里怎么这么多愁啊。没地的时候愁地，有了地愁种，种了地愁苗儿，苗儿长起来愁穗儿，穗儿满了愁收，收下来粮食却愁卖。祖祖辈辈的庄稼人，听说过粮食多了愁卖的吗？丰收之后最多也就是粮食价低，还从来没有粮食卖不出去的时候。可是现在不行了，粮食是统购统销的金贵物资，不能随便卖，只能卖给国家的粮库。多年来粮库都空着，粮食收不上来的时候到各村去动员：说是爱国粮，谁不卖粮谁不爱国；说是战备粮，谁不卖粮谁反对备战，谁就是美帝苏修蒋介石的奸细走狗反动派。眼下粮食多了，他们又不收了。不是全不收，要排队卖粮。排队就排队，排了三天三夜好不容易排上了。说你粮食水分大不收，说你粮食瘪不收，说你粮食杂质多不收，说你粮食不是优良品种不收……粮库那些大官小官包括记账的过秤的扛麻袋的都呼啦啦神气起来。一个个脸朝天肚子外鼓罗圈儿腿还要迈方步，牛逼得不行。愁眉苦脸的庄稼人得求他们了，请吃饭不去，送瓜果点心不要，直接往他们手里塞票子。塞票子也得有门路，找到门路塞了票子也只能收万儿八千斤的，多了还是不收。世道真是颠倒了，这不是撅着屁股让人家干还要倒补人家俩烧饼吗？榆林庄的沈老三，论起来还是康棉花的叔公，种了十三亩棉花，头茬就摘了八大车。沈老三把这八大车棉花拉到收购站，收购站前面已经排成了长龙，沈老三只好排在龙尾巴上。排了三天两夜不见动静，再长的龙只要龙头向前，龙尾巴也得跟着动啊。细一打听，收购站三天只收了不到二十户棉花，这二十户差不多都是走门路的。又等了两夜三天，龙尾巴还是纹丝不动。沈老三急了，一把火将八车棉花点着了……

沈老三烧棉花这件事正好被一个北京来的记者碰上了，还拍了照片。据说这照片发表在北京的一家报纸上了，报纸上一发表，上级重视了，县里专门来了人看着收棉花。那一年种棉花的都沾了沈老三的光，棉花都卖出去了。沈老三悔得肠子都青了，逢人便说："要知道那会儿烧一车留七车呀，我怎么这么傻，把八车都烧了呢？"

粮食卖不出去，可公粮还要交。早先交公粮都是直接交粮食，一亩地二斗粮嘛。现在改章程了，公粮不收粮食，收钱。不单公粮收钱，村里的提留款也收钱，乡里的各项经费还收钱。钱钱钱，粮食卖不出去哪儿来的钱。就算粮食卖出去了，也不够交那些钱的。钱越交越多，有按土地交的，有按人口交的。不交不行，挨家挨户地收，乡里的干部带队，警察拎着警棍跟着，谁敢不交。有胆子大的，也有实在没钱的。不交怎么办？抓猪抓羊抱电视机拉被子扒房子，就是不要粮食。粮食啊粮食，这活命的粮食到如今连臭大粪都不如，扔在大街上都没有人捡。

康老犁把儿媳沈雅兰养了一年的猪卖了，又把康土地寄回家的过年钱拿出来，总算把"收款执法队"糊弄过去了。那一年春节康土地没回家，说加一天班给三天的工资，要多挣几个钱。过大年的时候，康老犁把仅剩下的一把零票子拿出来，给小孙子买了两挂鞭炮，算是有了这么一点儿喜兴。

大年三十晚上，康老犁又提着灯笼背着粪筐出去了。儿媳沈雅兰说："粮食都卖不出去，您还去捡什么粪呀？"

康老犁说："粮食卖不出去也得种地呀，种地没有粪怎么行？"

沈雅兰知道劝不住公公，把两个刚出锅的黏豆包塞给了康老犁。康老犁闻了闻这香喷喷的黏豆包，没舍得吃，他想给冯有槐的女人送去，也算是过年惦记着她呢。他背着粪筐，怀里揣着黏豆包，走到冯有槐的家门口他才记起来，冯有槐的女人被儿子冯绍光接到城里过年了。大街上静悄悄的，家家户户门口的灯笼也是朦朦胧胧的，见不到人们走动的身影，只是偶尔听到一两声鞭炮响，像是在提醒着康老犁今天是大年三十。

大年三十的康老犁感到很孤独，从来不知道孤独是啥滋味的人居然孤独起来。孤独的人都心软，眼睛也潮潮的想流泪。这是怎么了？戴了三十年地主分子的帽子，他没孤独过；老婆死了十多年了，他没孤独过，怎么现在竟然孤独起来了呢？他孤孤单单地朝村外的马路上走去，说是去捡粪，眼睛却不往路面上看。脑子里空荡荡的，脚步也轻飘飘的，眼前模糊起来，像是许多人从对面走过来。这人群中似乎有田小穗，有康土地，有康棉花，唯独没有冯有槐女人。不见冯有槐女人，却见到了冯有槐，冯有槐也像这许许多多的人一样，不出半点儿声音，只是朝着他笑，那笑容里似乎埋藏着许多奸诈……

康老犁醒来的时候是大年初一的早晨，睁开眼睛四周是一片白色，好半天他才明白自己是在医院里。他奇怪，马路上不是有许多人吗？都哪儿去了？突然眼前晃动着一个人影，是康棉花。康棉花见他醒来，反倒哭了。

康老犁问："我这是怎么了？"

康棉花说："还怎么了，我们都差点儿见不到您了……"

康老犁听康棉花抽抽搭搭地说了半天，才后怕起来。原来他大年三十的晚上出去捡粪，过半夜了还没回去。儿媳沈雅兰不放心了，给康棉花打了电话。康棉花的丈夫沈慎行在城里办了一家装修公司，生意很红火，在城里买了房子买了车，把老婆孩子都接去了，一家人过起了"准城里人"的小日子。康棉花原来准备年初一回老家的，沈雅兰的电话一打过来，康棉花急了，让沈慎行开着车就往家赶。赶到村西的马路旁边，沈慎行看见路边躺着一个人，下车一看正是老岳父康老犁。康棉花帮着沈慎行把康老犁弄上车，掉转车头直接送进了城里的医院。

康老犁被检查出一个瘤子，长在了胃嘴上。医院里为康老犁把瘤子摘掉了，康棉花便把他接到自己的家里。胃里的瘤子摘了，身子却非常虚弱，需要好好调养。幸亏这瘤子是良性的，无关性命。也幸亏那天沈雅兰给康棉花打了电话，还幸亏康棉花和沈慎行及时回来找到了他。康老犁是泥人土命，命大。

二十

康老犁在女儿家里足足养了一个春天，是他有生以来第一次知道什么是休息，也是第一次体验到了天伦之乐。

康棉花和沈慎行有一女一儿。会养儿先养女，女儿十一岁，上中学了，儿子五岁，上幼儿园。康老犁出院以后在康棉花家养病，小外孙子就不去幼儿园了，整天价围着他姥爷长姥爷短，把他哄得合不拢嘴。外孙女放学回家，给他讲外面的新鲜事，还哇啦哇啦地背外语。康老犁觉得康棉花嫁给沈慎行算是福气了，过起了庄稼人羡慕的城里人的日子。

日子虽说过得很滋润，可毕竟是在女儿家。宁看儿子的屁股，不看女婿的脸。沈慎行很孝敬，从来没给过他半点儿脸色看。可是他总觉得住在女儿家名不正言不顺，病好一点儿就想回去，女儿劝女婿拦，外孙女外孙子拉着扯着不放。他只好又住下来了，人住下来了，心却飞到了柳林庄。他惦记着柳林庄的地，清明前后种瓜点豆，他不在家，沈雅兰一个女人家知道怎么种那些地吗？一步三棵苗，苗出来要间苗，苗长起来要追肥要除草，沈雅兰能干好这些活茬儿吗？

过了谷雨就是立夏，他实在待不下去了，虽说心口窝儿的伤口还一阵阵地发疼，他还是执意要回去。康棉花一家人怎么留怎么劝都没用，他发起了脾气。

康老犁到家的时候是一个朗晴的上午，阳光像金子一样闪闪发光。是沈慎行开车送他回来的，车子一下马路他就把车窗摇下来了。他闻到的是一股醉人的庄稼味道，其实马路两边的庄稼才刚刚破土。破土的小苗儿是不会散发出很大的清香味儿的，康老犁却闻到了。到了村口，他让沈慎行把他的东西送到家里，自己却下了车直奔葫芦堡走去。他的脚步急匆匆的，有点儿乱。他的心跳起来，像是就要见到恋人一样的紧张而兴奋。这是怎么了，难道冯有槐女人在葫芦堡等着他吗？

出现在康老犁面前的葫芦堡，简直就是一场噩梦。就是在噩梦里，康老犁也从来没见过如此可怕的场面。他不像是从城里回来，像是从躲避战乱的深山老林重返故土；他不像是刚刚离开半年，像是离开了大半辈子。葫芦堡还保留着去年秋天他翻耕的原生态，一条一条的垄沟，一犁一犁的土块儿，一冬的风吹雪泡，变成了一个个小枕头一样的土坷垃。入春的第一件事，就是挥着木榔头将这些土坷垃砸碎，再用铁盖将垄沟拉平。这时候的土地才能叫作熟地，熟地的土壤是细碎的、松软的、潮湿的，像新磨出的玉米面。在这样的土地上耠好沟、撒好粪、点好种，再用挂着钢瓦的石砘子一盖一轧，那土地就像镜面一样地平整，像新布新棉做出的被子一样松软。几天以后，这崭新的土地上就会钻出一片齐刷刷、嫩生生的新绿，这是庄稼人的心血、庄稼人的成就、庄稼人的希望。

可是眼下，葫芦堡却像是一头死去的巨兽，皮肉已经腐烂得面目皆非，骨肉架子歪歪扭扭地显露出来，丑陋得让人恶心、想吐。一丛一缕的野草野菜，像趴在尸体上的苍蝇，疯狂地吞噬着腐败的血肉。康老犁不忍心再看下去了，眼睛离开了葫芦堡。与葫芦堡连接在一起的土地，包括冯有槐女人那块地，也都像葫芦堡一样，荒弃在潮白河西岸，成了没有人收拾埋葬的死尸。他在电匣子里听评书，知道了“荒无人烟”“赤地千里”这两个词，现在明白了这两个词的真正含义。

康老犁一屁股坐在了葫芦堡的垄沟上，想哭，却怎么也哭不出来；想流泪，那眼睛也是干涩的；想大喊大叫，张开嘴却没有声音。他觉得自己也像这土地一样被荒弃了，被荒弃了的他和土地一起正在被风化着、被腐烂着。渐渐地，他也会被这苍蝇一样的荒草吞噬掉，被这苍蝇一样的荒草覆盖起来。他一动不动地坐着，眼前一片空寂，连一只飞鸟都没有，连一声汽车的喇叭都听不见。灰蒙蒙的天空中只有太阳，枯黄的太阳。太阳光很不情愿地照射着这片荒芜的土地，他觉得这阳光也是阴冷的。不知道过了多久，他发现有人在说话，絮絮叨叨的一句话，像梦呓：怎么会这样呢？怎么会这样呢？是啊，怎么可能是这样呢？他终于明白了，说这些话的是他自己，他只有自己跟自己说着这些毫无意义的话。不知道又过了多久，他终于看见了一个人，一个高高的、细细的、像挺拔的高粱秆一样的身影遮住了枯黄的阳光。

“爷爷，您在这儿干什么？快回家吃饭吧，妈妈都等急了。”

他抬起头来，半天才看清是自己的孙子康自强。康自强已经十二岁了，在镇上读初中。放学回家后听说爷爷回来了却没有在家，放下书包就来葫芦垡找他。爷爷果然在这里，看见爷爷这样呆愣愣地自言自语，康自强害怕了。他急忙俯下身子拉扯着爷爷，爷爷却依然像僵尸似的一动不动。

“爷爷，你到底怎么了？你的病好了吗？你怎么不说话呀？”

康老犁呆呆地看着孙子，嘴唇哆哆嗦嗦地说：“强强，告诉爷爷，这到底是怎么回事？”

康自强疑惑地问：“爷爷，您说什么呢？”

康老犁依然颤巍巍地说：“土地，我在说土地。”

康自强担心地问：“您在说我爸爸吗？我爸爸怎么了？他不是在深圳打工吗？”

康老犁双手拍打着身边的垄沟，急火火地说：“我说的是这些土地，这些土地。”

康自强问：“这些土地怎么了？”

康老犁说：“这些土地怎么荒成了这个样子？”

康自强说：“哦，我妈说，反正种地赔钱，多种多赔，少种少赔，不种不赔，那索性就不种了。”

康老犁说：“这话是你妈说的？”

康自强点了点头。

康老犁突然吼叫起来：“你妈是混账！”

康自强说：“全村人都这么说的……”

康老犁猛地跳起来：“全村人都他妈是混账！”

二十一

康老犁连夜套好了耠子，备好了种子，拉着孙子，吼着儿媳妇来到了葫芦堡。管它地平不平，管它铺没铺底肥，管它锄没锄野草，先种上再说。农时不可误，人误地一时，地误人一年。过了小满就是芒种，芒种不可强种。就是说，到了芒种时节，种什么都晚了。眼下刚过立夏，抓紧播种还来得及。一天一夜种好了葫芦堡，一天一夜又把冯有槐女人的地种上了。可是，紧连着葫芦堡和冯有槐女人地块的，还有大片荒芜的土地。怎么办？光靠一家三口一张耠子，半年也种不完。康老犁真的急了，急人肯定会有急办法。他跑到镇上，找到了农机站，跟人家好说歹说，答应先种地，等收了粮食再给钱。雇来三台播种机，歇人不歇马地干了三天三夜，总算把所有的荒地都种上了。

康老犁掰着指头算了算，他一口气种了二百多亩地，比当年他当地主的时候还多了一倍。地是种上了，麻烦接踵而来。使用播种机的钱是欠着农机站的，播在地里的种子是跟种子公司借的。这些田都是没经过整理的半生地，苗出来了草也跟着出来了，苗要间草要锄，这都是细致活儿。不但要间苗锄草，还要追施化肥，洒打农药。康老犁没办法，只好到镇上去雇人，雇会种庄稼活儿的民工。雇少了不行，康老犁精中选精，咬着牙雇了八个人。人雇来了要管吃管住，儿媳妇沈雅兰成了当年的田小穗，专门给这些雇工烧水做饭。康老犁则每天带着这些人在地里忙活。

康老犁又当上了地主，他自己却没觉得，忙昏了头了。

冯有槐女人回来了，是麦收之前回来的。冯有槐女人站在葫芦堡的地头，看着康老犁正在指挥着民工给玉米追肥。她一子愣住了，这是康老犁吗？半年多没见，怎么变成小伙子了？他扛着整整一袋化肥，走在半尺宽的田埂上，腰不打晃，腿不打软，一边走还一边叫喊着："喂，有你那么撒肥的吗？天女散花哪？你知道这化肥多少钱一斤吗？能这么糟蹋吗？你那腰里别着钢板哪？不能弯下吗……"

康老犁训斥着民工，自己又挎着装着化肥的篮子进了玉米地，像当地主的时候一样，什么活儿都要带头干，别人干得再好他也不放心。正在这时候，他抬头看见了冯有槐女人。

冯有槐女人朝他走过来。

康老犁的心里有些紧张，突然记起了腊月三十那天给她送黏豆包的事。

冯有槐女人朝四下看了看，奇怪地问："你这是干什么呢？当队长了？"

康老犁说："什么队长，这是我自己种的地。"

冯有槐女人说："你种的地？你有这么多地吗？"

康老犁说："我回来的时候这些地都荒着，管它是谁的，我都种上了。"

冯有槐女人说："你种上了，人家回来跟你要地怎么办？"

康老犁说："谁要是想种，我再还给他呀。反正不能让这地生荒着。"

冯有槐女人说："你把地还给人家，你这地里种的粮食怎么办？"

康老犁说："粮食是我种的，当然我要收了。"

冯有槐女人说："那人家要是不让你收呢？地是人家的，谁让你种的？"

康老犁想了想，突然心里发起慌来。是呀，我种人家的地，经过谁同意了？过去就是跟地主租地也要写个字据，现在脑瓜一热就把别人的地种上了，真惹上了麻烦，无凭无据的，到哪儿讲理去？

冯有槐女人的话果然应验了。秋收一到，不少在外面打工的农户回来了，看见满地的玉米长得硬邦邦、金灿灿的，都红了眼，争着抢着要收。康老犁跟他们讲理，这二百多亩地，耕地播种欠人家农机钱三万多元，欠种子费两万多元，欠化肥钱四万多元，还有雇了八个工，管吃管住每人每月三百元。你们要收地里的玉米也行，得把这些钱都摊出来。没有人愿意摊这笔钱，又都想收地里的玉米。地头吵成了蛤蟆坑，康老犁一时笨嘴拙舌，寡不敌众，只好举着一把大镰刀，谁要是收他地里的玉米，他就跟谁玩命。

儿媳妇沈雅兰急了，找村主任。村主任叫张春富，一个连句整齐话都说不出来的窝囊废。分田到户之后，村干部变得有职无权，没有人愿意干了。选来选去，选了这么一个人维持着。他的任务就是到镇里开开会，开的什么会他说不清，回来也无须向什么人传达。村里出了什么事都没有人找他，找他也没用。张春富这个村主任，只比小庙里的土地爷多口气。沈雅兰找他，他听了半天连个屁都没放，沈雅兰只好去找镇里。

康老犁在地头正跟农户们剑拔弩张地对峙着，镇里来人了。年轻的宋镇长是坐着小汽车来的，小汽车里还走出来一个人，康老犁一看就乐了。此公不是别人，正是他心目中的老英雄大老郭。

康老犁激动得挥着大镰刀就朝大老郭扑了过去，年轻的宋镇长吓坏了，急忙用身子挡住了大老郭，怒斥着康老犁："你……你要干什么?"

康老犁这才意识到手里的大镰刀，慌忙把大镰刀扔下，大老郭笑嘻嘻地走过来，紧紧地握着康老犁的手，使劲摇晃着。

农户们有认识大老郭的，看见大老郭跟康老犁如此亲热，顿时就蔫了下来。

年轻的宋镇长向农户们了解情况，没说几句，大老郭就明白了，对年轻的宋镇长说："这可是个新闻，应该让电视台来报道报道。"

年轻的宋镇长没听明白："啊……可是从哪个角度报道呢?"

大老郭说："这种事，只有康老犁才干得出来。"

年轻的宋镇长更糊涂了，不明白大老郭说的是什么："郭主席，您说康老犁这样做合法吗?"

大老郭看了看年轻的宋镇长，问："你知道什么是真正的农民吗?"

年轻的镇长回答不上来，脸红了。

大老郭说："只有把土地当成亲爹亲娘的人才是真正的农民。土地撂了荒，就等于是不孝儿女不养爹娘，让爹娘饿着肚子、光着身子。先别说这地里的庄稼该由谁来收，先给我登记一下，这些地都是谁撂荒的，荒一亩地罚二百块钱!"

大老郭这几句话把年轻的宋镇长给说糊涂了，撂荒一亩地罚二百块钱，上面没这个政策呀。可是这话却把争着要收庄稼的农户给镇住了。在这些农户眼里，大老郭依然有着无限的权威，他说出的话就是法，更何况他现在的官大了，那“法”的威力也更大了。农户们胆突突地看着大老郭，想辩解又没胆量，眼巴巴地露出了一副可怜无辜的样子。

大老郭跟年轻的宋镇长走了，撂荒的钱当然没有罚，可是也没有人敢再到康老犁种的地里收庄稼了。

虽说康老犁种的这些地没赶上农时，他精耕细作，又追了不少化肥，还是有了个好收成。二百多亩地收了十五万斤粮食，把十五万斤粮食卖了，还了农机钱、种子钱、化肥钱刚好，还欠一万多元的农药钱，八个民工的工钱也没有着落。

种了二百多亩地，着了一年的急，流了一年的汗，跟许多农户还闹翻了脸，到头来还赔了三万多元钱。

康老犁傻了。

二十二

康土地回来了。

康土地是被年轻的宋镇长找回来的，让他回来当村委会主任。不用问，这肯定是大老郭的建议。

康土地回来后马上制定了一条政策，分到谁名下的土地谁不愿意种可以交回来，土地交回来就不用再交提留款了。那些交回来的土地谁愿意种可以再跟村里签订合同，谁种地谁交提留款。康老犁觉得这政策合情合理，就又把自己种的那二百多亩地租过来。儿媳妇沈雅兰埋怨他，说去年种二百多亩地就赔了三万多块钱，今年再种不是还照样赔吗？康老犁让她别管，赔了钱他背债。儿媳妇闹到康土地那儿，康土地笑了笑，说：“他愿意种就让他种吧。赔点儿钱还好办，你要是不让他种，他把自己都会赔进去。”

康老犁真是我行我素，又雇了八个民工。沈雅兰不愿意再给民工做饭了，他就把冯有槐女人找来，让她也算个雇工，专门为民工雇来的厨子。康老犁里外雇了九个人，土改前可称得上是大地主了。

他很得意，浑身上下有用不完的力气。他又找城里的女儿康棉花借钱，买了一台拖拉机，说他也要搞农业机械化。他还是很能跟上潮流的。

康老犁返老还童，生机勃勃，有滋有味地当起了“地主”，还时不时地跟冯有槐女人温存一下。

冯有槐女人说：“你就不怕再来一次土改？”

康老犁说：“大不了再让我当一次地主，再让我挑着粪桶去掏大粪。实话跟你说，这辈子有两件事没干够，一是地主没当够，二是大粪没掏够。”

冯有槐女人说：“你呀，就是拎粪勺的命。”

康老犁说：“我不拎粪勺，怎么会捞到你这个月亮呢？”

冯有槐女人借机撒娇捶打着康老犁，康老犁心里美美的，像揣着一轮明亮的月亮。

一切都很顺心，就是康土地让康老犁看不惯。

康土地在南方的大城市里待了几年，再回到柳林庄，康老犁总觉得康土地不像自己的儿子了。他总觉得家里来了个亲戚，而且是大城市里来的阔亲戚。你瞧他，浑身上下穿着笔挺的西装，扎着花条或花格的领带。雪白的衬衣一天一换，不脏也换。他还大兴土木，在家里修了个卫生间，里面安着能坐着屙屎撒尿的抽水马桶。还有电热水器，每天晚上睡觉前还要洗澡，他自己洗，也让老婆孩子洗，不洗就不许上床睡觉。康老犁不洗，康老犁每年冬天都要进城泡一次澡。这对于柳林庄的庄稼人来说，已经是很奢侈了。早晨起来就去，带着一张葱花大饼，到了澡堂子里要一壶茶。然后把自己放进冒着腾腾热气的大池子里，大池子里的人烫得唱京剧、唱梆子。康老犁不会唱，忍不住地叫喊“地呀我的穗，穗呀我的地”。有时候也喊“我的月亮”。没有人知道他在喊叫什么，也从来没有人问过他，他觉得冬天能在澡堂子里泡上一天，是最自由、最幸福、最开心的事，给个县长当都不换。

更让康老犁想不明白的是，康土地这个官当得比大老郭的谱儿还大。一个村主任，几品几级呀？连村委会的门楼都是新盖的，上面还挂着红字招牌。办公室里更是扎眼，大老板台，上面能睡下七八个民工。还有，也不知道那钱是从哪里来的，还买了一辆卧车，桑塔纳 2000，小二十万呢。还有更邪性的，你一个村主任不在村里办公主事，却整天价坐着小卧车往外跑。进京下卫，接触的不是大官就是大款。

柳林庄也像康土地一样越来越让康老犁觉得陌生了：先是搬进来一家塑料厂，紧接着便是家具厂、电镀厂、铝合金厂……好家伙，沿着潮白河边工厂一家挨一家。早两年潮白河里还能打鱼，现在河水都是机油色，划一根火柴就能点着。连河边的柳树都被熏黄了，河滩上的草都是蔫头耷脑的。随着一批又一批的工厂在柳林庄安家落户，柳林庄也出现了从来没见过的怪风景。临街的房子都改成了门脸儿，做起了各种各样的生意。有些是生意，比如小饭店、小杂货店、小服装店。有些就难说是什么生意了，写着美容美发足疗按摩的牌子，里面却坐满了光着大腿露着胸脯子的姑娘。康老犁有时候从那小门口过，里面的姑娘就朝康老犁招手。还有什么录像厅，里面传出来的声音怪怪的，比“穗呀我的地”还让人乱性。还有什么洗浴中心，外面挂着的大照片就是一个光屁股女人，里面能干什么好事吗？

康老犁越来越觉得康土地的官当得出了格，他鼓了几次劲儿，下决心要跟儿子谈谈。谈话是在那天吃晚饭的时候，难得儿子能在家吃一次晚饭。沈雅兰像招待亲戚一样炒了四个菜，还摆上了酒。康土地还很感慨：“唉，能在家吃顿饭，也是幸福啊。”

康老犁提出了自己的疑问：“你当了村主任，怎么不操心庄稼人的地怎么种呀？”

康土地说：“地不是都承包到户了吗？各家的心各家操，我又不是生产队长。您没听电视里说政府要转变职能吗？”

康老犁说：“你是不是生产队长也得管生产呀，去年大白菜行市好，今年全村都种起了大白菜，这样不行。你得跟大伙儿讲讲，抢市场不能一窝儿哄，到时候大白菜会卖不出去的。”

康土地说：“这用不着谁来操心，现在是市场经济了，种什么种多少都有一只看不见的手在操纵着。”

康老犁不解：“谁的手？”

康土地笑了笑：“市场经济的手，这事您不懂。”

康老犁说：“过去当干部的，讲的是‘三同’，跟农民‘同吃同住同劳动’，农民一身汗，他们身上也一身汗；农民一身泥，他们身上也一身泥。你整天价这西装大皮鞋，出门坐小汽车，我怎么越来越看你不像共产党的官呢。”

康土地笑了：“您说的都是什么年代的事了，您说的是农耕社会，现在已经是信息时代了。”

康老犁说：“我就是不明白，你整天价往外跑什么？”

康土地说：“这就算往外跑了？过些天我们还要出国呢。中国已经‘入世’了，一切都要跟国际接轨，您说我不往外跑行吗？”

康老犁说：“你整天这么大吃大喝、大手大脚的，那些钱都是从哪儿来的？”

康土地说：“这您放心，您儿子绝不会做那些贪污受贿、违法乱纪的事。”

康老犁觉得跟儿子已经无法说到一块儿了，有了儿子这句话，总算让他踏实了一点儿。

话还没谈透，门外面汽车喇叭响。沈雅兰赶紧去开门，进来一个人，也是西装领带白衬衫。沈雅兰喊着：“土地你看谁来了？”

康土地急忙起身迎到门口，两个人握手捶胸嘻嘻哈哈闹了半天。来人站在了康老犁面前：“大叔，您不认识我了？”

康老犁眯缝着眼睛看了半天：“我见过你吗？”

来人笑了：“何止是见过呀？您是看着我光屁股长大的。”

康老犁更糊涂了：“你……我在澡堂子里见过你？”

来人大声说：“我是绍光，冯绍光……”

康老犁使劲摇着迷迷糊糊的大脑袋：“这年头是怎么了？人一到外面就蜕皮，蜕一层皮换一层皮，屎壳郎都变成唧鸟了。”

二十三

自从冯绍光回村之后，康土地就跟冯绍光真的成了亲哥俩。两个人三天两头地在一起嘀嘀咕咕，嘀咕完了之后又到镇上或县上喝酒会客。康老犁觉得很别扭，可也说不出来别扭在什么地方。毕竟是一个娘肚子里爬出来的，亲热一点儿不好吗？亲热就亲热吧，可他们嘀咕什么呢？

看着两个人红头涨脸的样子，好像在策划着一件天大的事情。到底什么事？康老犁懒得问他们。他觉得自己在儿子眼里，就是一个十足的土老帽。当年儿子跟他学耕地耠地、锄草薅苗、提粮下种、筛簸扬拿的时候，是何等虚心啊，又对他这个父亲是何等崇拜啊！眼下，那些手艺儿子还记得吗？

康老犁不再理睬儿子，依然有滋有味地当自己的“地主”，每天带着民工给庄稼锄草追肥，在庄稼地里有滋有味地吃着冯有槐女人做的饭。

吃完了饭，民工们都到田间去了，冯有槐女人收拾完碗筷还不走，康老犁觉得她有话说。也该一起说说话了，这些天他心里长了草，也把冯有槐女人冷落了。

康老犁点着一锅烟，在田埂上坐好，又往里挪了挪屁股。这个很微妙的动作传达着一个很重要的信息，冯有槐女人接收到这个信息，就会非常乖巧地凑过来，将胳膊肘支在康老犁的膝盖上，然后扬起那布满蛛网般皱纹的小脸蛋儿含情脉脉地看着他。康老犁很喜欢冯有槐女人这神态，这才叫女人，这才叫女人味儿。自从跟了冯有槐女人他才明白，女人是应该有女人味道的。田小穗是个好女人，会干活儿，会过日子。可是好女人光会干活过日子还不行，还得会伺候男人，会在男人面前撒娇犯贱。将这样一个女人搂在怀里，男人才会感到成为真正的男人了。康老犁曾经把田小穗和冯有槐女人比较过，两个人最大的区别就是一个是穷人家的女人，一个是富人家的女人。穷人家的女人刚会走路就要学干活儿，为的是将来混口饭吃。富人家的女人不愁吃饭，从小学的就是如何讨男人喜欢。所以穷人嘛，一定要娶个穷人的女人做老婆，这样的女人能跟你一起吃苦，还能帮助你把穷日子过下去。男人有了钱，一定要娶一个富家小姐，这样的女人能让你活出味道来。

让康老犁感到奇怪的是，冯有槐女人并没有把身子挪过来，依然低眉垂目地坐在康老犁对面。

康老犁看了看冯有槐女人，没说什么。

冯有槐女人低声说：“那死鬼回来了。”

康老犁心里一惊，烟袋锅里的烟灰都抖了出来。

冯有槐女人看着康老犁，不再说什么。

康老犁说：“这老东西还挺能活，他多大了？”

冯有槐女人说：“不是比你大六岁吗。”

康老犁说：“他还挺硬朗？”

冯有槐女人掉起了眼泪。

康老犁问：“怎么了？”

冯有槐女人说：“他带回来一个女人，比绍光还小呢。”

康老犁点了点头：“看来那些金条还真用上了。”

冯有槐女人说：“他给了我一笔钱，说是给我的补偿。”

康老犁叹了口气：“算他还有份人心。”

冯有槐女人说：“绍光说……让我用这笔钱在城里买套房子……你要是愿意，咱俩就到城里去过。”

康老犁好像没听明白：“你说啥？我跟你……进城？”

冯有槐女人说：“反正你也一个人，我也一个人，老了搭个伴儿吧。”

康老犁说：“搭伴儿倒行，可进城不行。”

冯有槐女人说：“你不愿意进城？”

康老犁说：“我俩都进了城，这地谁种？”

冯有槐女人说：“这些地恐怕种不成了。”

康老犁问：“怎么？”

冯有槐女人说：“你不知道吗？康土地没跟你说吗？”

康老犁问：“说什么？”

冯有槐女人说：“那死鬼眼下算外商了，跟康土地合作开发，你不知道吗？”

康老犁问：“他们俩合作开发？开发什么？”

冯有槐女人说：“他们要在潮白河边建一个球场，这些地都得占了。”

康老犁问：“球场？建什么球场？建球场干什么？”

冯有槐女人说：“听说叫高什么夫，说是能赚大钱呢，能让柳林庄的老百姓都过上好日子……”

康老犁立即愤怒起来：“扯他妈的淡，把土地建成球场，还有什么好日子过？”

冯有槐女人说：“他们说的咱不懂，可是咱也得为自己打算打算呀。你别担心，买了房还有些钱呢，够咱俩花的了。”

康老犁腾地站起来，攥着烟袋就走。

冯有槐女人问：“你去哪儿？”

康老犁说：“我要去问问康土地那兔崽子，他要把柳林庄折腾成什么样。”

二十四

不管康老犁如何强烈地反对，建设高尔夫球场的项目依然义无反顾地进行着。康土地的决心很大，腰杆也很硬，有人支持他。年轻的宋镇长和不大年轻的杨副县长就是他坚强的后台，这是一个招商引资的大项目，是一个发展经济、提高 GDP 指数的大政绩。这政绩不仅仅是柳林庄的，也是镇里的，更是县里的。由于宣传工作很到位，村里的大多数干部和村民也支持他。康老犁反对管什么，螳臂当车，蚍蜉撼树。在村民大会上，康土地和冯绍光可露大脸了，他们挥着拳头向村民许诺发誓，要带领柳林庄“一步进入小康”。过去不是喊“共产主义”吗？不是喊“楼上楼下电灯电话”吗？只要把高尔夫球场建起来，这都不算什么。建一个球场，柳林庄就是天堂。是占了咱一些地，大部分都是河滩地，当然也有一些耕地。咱的地不是卖给人家，咱是用土地入股，咱所有村民都是股东。每年分红利，身不动膀不摇，到时候您就等着在家点钱吧。

有这样的好日子在前面等着，傻瓜才反对呢。

康老犁就是这样的傻瓜。他整天追着儿子吵，拦着冯绍光的小汽车不让他进村。他像疯了一样在柳林庄大路上喊着儿子的名字，骂他是败家子，骂他是汉奸卖国贼。康老犁越骂，高尔夫球场的项目进展得越快。很快，一条用白灰画成的线把葫芦垡和附近的地块儿圈了起来，说是要搞“七通一平”。这已经到了立秋时节，葫芦垡上种的晚茬玉米长得正欢实，一个个玉米棒子从叶杈里钻出来，吐着花红穗儿，鲜嫩嫩、脆生生的，婴儿的小脑袋一样。你们这些败家的东西，难道就狠心把这一个个的小脑袋砍掉吗？

康老犁白天黑夜不离开葫芦堡，连吃饭都是冯有槐女人给他送来。他在葫芦堡的田头搭了一个窝棚，他就在那里守着，身边放着一把锃光闪亮的大粪叉，谁要是敢毁他的葫芦堡，他就要跟谁拼老命了。不管是康土地还是冯绍光，哪怕是冯有槐来了，他也六亲不认。“庄严国土，守土有则”，他猛然间想起了当年抗日时的一条标语，就求小学教师给他用大红纸美术字写下来，贴在他的窝棚门口。康老犁成了一个捍卫国土的战士，他的心潮也像战士一样澎湃着。

康老犁并不是完全孤立的，也常常有人来声援他。有男人也有女人，有中老年人也有少数年轻人。他们不断给他通风报信，说这个项目是中央明文限制的，说省里并没有批准，说县里也有人反对云云。还有人动员康老犁到县里去上访，如果去他们也愿意跟着他一起去。康老犁犯起了倔，说：“我哪儿也不去，我就在这里守着，死尸不离寸地。你们动员我去上访，说不定你们是康土地派来的奸细，我前脚走，他们后脚就把我的葫芦堡平了。”

高尔夫球场的奠基仪式搞得非常隆重，从西边大马路一直到柳林庄村里村外，都贴上了大标语，拉上了过街横幅。会场就设在葫芦堡前面的潮白河大堤上，用沙木板搭的台，台上也挂着横幅标语。还从榆林庄请来了老年秧歌队，那些跟康土地一样发了疯的老头儿老太太打扮得跟妖精一样，也像妖精一样扭着屁股招摇过市。

来了许多小汽车，从小汽车里下来的都是有头有脸的人。除了大官就是大款，还有花枝招展的年轻女人。凡是有大官和大款的地方，都会有这些让人看了眼晕的漂亮女人，连电视里都这样播放着。不知道是这些大官大款不要脸，还是这些漂亮女人不要脸。康老犁心里愤怒，看着一切都不顺眼，其实他心里也不是特别恨这些漂亮女人的。

突然开来了两辆特大号的推土机，装甲车一样，轰隆隆直奔着葫芦堡来了。康老犁明白了，这两个庞然大物是来将葫芦堡碾平的。不是“七通一平”吗？第一平就要把葫芦堡上的晚玉米碾成烂泥。

康老犁抡着大粪叉冲了过去，横在了推土机的前面。推土机停下来，虎视眈眈地跟康老犁对峙着。那边的会场上高音喇叭响起来，宣布奠基仪式开始，台上突然站了两排有头有脸的人，还有一条长长的红绸子等着他们剪彩。康老犁沉不住气了，他已经预料到那边一剪彩，这边的推土机就会开向葫芦堡。他挡得住这钢铁大汉吗？挡不住怎么办？先让这些钢家伙把自己碾碎，不会的，他们不敢，他们肯定会派人把他抬起来、绑起来。康老犁意识到了问题的严重性，没容多想，就抡着大粪叉朝会场上冲去。

康老犁直接冲向了正站在话筒前面说话的康土地，声嘶力竭地喊着："不能啊，不能啊，你们不能这样啊……"

康土地无奈，只好耐着性子对康老犁说："爹，我跟你把嘴皮子都磨破了，你怎么就听不进去呢？"

康老犁依然叫喊着："你……你这个败家的东西，你不能把我们的命根子毁了啊……"

康土地说："爹，这事是咱村委会决定的，是村民大会通过的，您又不是不知道。"

康老犁跳了起来，吼叫着："村委会决定又怎么样？村民大会通过又怎么样？都是你们这些败家子鼓动的。这土地是祖宗留下来的，你问祖宗同意了吗？这土地是留给后辈子孙的，你问子孙同意了吗？"

冯绍光上来拦住康老犁："大叔，您消消火，您来，我跟您说……"

康老犁冲着冯绍光举起了大粪叉："你闪开，你别跟我说，都是你拴的圈套儿。当年你爹拴好了圈套儿让我钻，临土改了把土地都卖给了我，让我当上了地主，他倒弄个贫农。你爹糊弄我，你现在又来糊弄康土地，你跟你爹一个样，都他妈是贼，卖国贼……"

一个穿戴华丽的老者在一个年轻女人的搀扶下走过来，和颜悦色地说："老弟，还认得我吗？"

康老犁举着大粪叉瞪着老者，一句话也不说。

老者笑了起来："哈哈哈，我一猜你就不认识我了，我是有槐，冯有槐啊。"老者说着，就向康老犁伸出了手，"老朋友，我们又见面了，终于又见面了。”

康老犁瞪着冯有槐：“你躲开，我知道你是冯有槐，就是把你这老骨头烧成灰我也认识你。当年你卖了土地，换成了金条；你害死了我老婆，又揣着那些金条逃跑了。你以为你干的这些缺德事我不知道?”

冯有槐顿时尴尬得不知道说什么好了。

康老犁说：“我跟你的账单算，你坑害了我不要紧，你不该又来坑害柳林庄的乡亲啊。”

冯有槐说：“老弟，你误会我了，我是来帮助乡亲们脱贫致富的……”

康老犁甩开冯有槐，又转向康土地，哭叫着说：“土地，你明白了吧？他们是不怀好意啊，你别上当，别上他们的当啊……”

康土地火了：“爹，您是在妨碍公务，您要是不走，我就让人把您请走了。”

康老犁咕咚一下跪在了康土地面前：“土地，我给你跪下了，我给你跪下了土地……你把祖宗的地留下吧，留给咱们的后辈子孙吧……土地，爹求你了，爹跪下求你了……土地，我给你跪下了……土地，我跪下了……我给土地下跪了……”

康老犁哭着叫着，会场顿时安静下来。

一个人来到了康老犁面前，拉起了康老犁。

康老犁立即愣住了：“大老郭？郭主席……”

大老郭说：“我现在已经不是主席了，退下来了。今天他们剪彩，算是瞧得起我，也把我请来了。”

康老犁问：“这么说，你也同意……”

大老郭说：“我来了之后才发现这是一个没有经过审批的项目，你说得对，有些人不怀好意，他们想先动工，等既成事实后逼着上面表态。”

康老犁问：“你就不能制止他们?”

大老郭说：“我现在已经没有权力了，不过我有权利反映情况。走，你跟我走。”

康老犁问：“去哪儿?”

大老郭说：“我拉着你去找县委，找县委不行咱就去省里，省里不行咱就去中央告‘御状’。”

康老犁哇地大哭起来：“大老郭，恩人啊……你要保住我们的土地啊。”

大老郭使劲捏了捏康老犁的肩膀，转身面向潮白河，面向葫芦堡，面向一望无际的肥田沃土，慢慢地跪下来。

康老犁也咕咚跪在了大老郭身边。

后面，许多人都默默地跪下来。

向土地下跪。

2007 年 1 月 14 日于通州

破译桃花冲

一

未进桃花冲，先遇上一桩花柳案，使我对区长司徒秋雨有了新的认识。

我跟司徒区长一起睡在他的卧室兼办公室里。海阔天空地聊到后半夜，我说睡吧，他说睡吧，话音未落，他便鼾声如雷，我是越困惨了越睡不着，读书人的臭毛病。正翻来覆去地“折饼”，外面便响起了噼里啪啦的脚步声和叫喊声。

联防队员推进来的是一个妓女和一个嫖客。妓女很年轻，可她那原本很青春很鲜丽的脸蛋儿却用胭脂涂抹得像个鬼画符，反而减去了许多姿色。那嫖客差不多能当她爷爷了，干瘦干瘦的，像山沟里扔着的一块风吹雨淋的黑石头。事后我才知道，这种骚事本来无须区长亲自断案的，只因为那个干瘦老头儿是镇上的党支部书记，联防队拿弄不住他，才给区长推来了。

司徒区长睁开迷迷糊糊的眼睛，首先看到的是那个妓女。他们显然是在床上被联防队捉住的，那妓女光着身子穿着一件皱皱巴巴的连衣裙。上面的纽扣都没扣齐，半裸着两只恬不知耻的乳房。司徒火了，冲联防队挥手吼着：“把这婊子带走！”

联防队把那个妓女带走了，司徒走到了干瘦老头儿的面前，啪的一巴掌扇在他那见棱见角的脸上，暴怒地骂着：“不要脸的老淫棍，你他妈活腻了！”

干瘦老头儿咕咚一声跪在司徒的脚下，硬邦邦的脑袋磕着硬邦邦的地面。

司徒飞起一脚，骂道："滚！"

干瘦老头儿吉里骨碌地滚出门外，刚爬起身来，司徒又冲上去，一把薅住老头儿的衣襟，把他塞进对面的小会议室里，高声命令说："站这儿给我反省，明儿再跟你算账！"

干瘦老头儿乖乖地面壁而立，司徒嘭的一声把门关上了……

二

司徒秋雨是我武汉大学的同学，又同是珞珈山诗社的道友。大学毕业的时候，别的同学都想方设法地留在城市里，他却要求回大别山的老家，原因是父母年高体弱、弟妹尚幼，家里分的那儿亩口粮田没有人种。

在学校里，他生活的困难是可想而知的。可他这个人却很耿直，从不接受别人的馈赠。他衣装简朴甚至陈旧，却从不掉价，总是一副不卑不亢文质彬彬的书生气。因之我们都叫他"老夫子"。

毕业近十年了，我们天各一方，从未见过面，连封信也没通过。这次来桃花冲，我也是到了之后才听说他调到这个区当区长的，也算是他乡遇故知，惊喜和兴奋是自然的。

十年磨一剑，十年亦能改变一个人。在这峭岩险峻、山路逼仄、生存条件恶劣的大山里，文绉绉的"老夫子"居然变成了出口粗鄙、举手狂暴的一方霸主。对于司徒来说，这是人性的异化，还是本性的回归呢？

毕竟是老同学，司徒答应亲自陪我到桃花冲走一趟。盘山公路像一条从云际抖下来的绳索，212 吉普车像杂技表演似的攀着绳索盘旋而上，又盘旋而下，一边是立壁如削，一边是悬崖百丈，一个急转弯儿便是一身冷汗。好在这些年走南闯北，我对山区司机的技术还是颇为信任的。

离桃花冲还有三公里的地方，车到山前便没了路。汽车停在一块巨大的山屏前，我们只好步行进村。

正是孟夏季节，山花铺路，杜鹃引行，野趣盎然。可我无论如何提不起兴致来。

临近村寨的时候，突然看到山坡上有一个小女孩儿，在低头弯腰地采摘着什么。山区的孩子营养差，加上刚会走路就背上个箩筐，比城里孩子发育慢得多，看似七八岁，实际有十来岁了。

我用当地的话喊着："小妹妹，摘么子？"

女孩儿回答说："摘泡泡儿。"

我没听懂，司徒解释说："泡泡儿学名叫野杨梅，是山里的一种野果，还是蛮好吃的。"

接着，他用那种习惯的领导口气命令着小女孩儿："拿过来，让我们尝尝。"

小女孩儿跑下来，把捧着泡泡儿的两只小手举到我们面前，两只大得出奇的眼睛却明亮亮地看着我们。

这野果很漂亮，鲜红鲜红的，如桑葚大小。我拿了一颗，放在嘴里，甜酸酸、凉丝丝的。好吃。

我又从她的掌心里捏了几颗，掏出了五毛钱："小妹妹，这些算是卖给我们的吧，把钱拿好。"

小女孩儿把掌心里的泡泡儿一下子都塞给我，然后把钱接过来。紧紧地攥着，贴在下巴上。我突然看到，她那两只大得出奇的眼睛溢满了泪水，紧接着便哇的一声哭了起来。

我慌了，司徒也不知出了什么事，我们一个劲儿问她怎么了。过了一会儿，她才抽抽噎噎地说："俺有……钱了，能买书……买本，能念书了……"

我身上像挨了一鞭子似的悸动了一下，弯下腰问她："小妹妹，你是桃花冲的人吗？"

小女孩儿使劲点了点头，泪水把她的脏脸蛋儿冲出了几道泥沟沟儿。

"你叫什么名字？"

"俺叫方囡囡。"

"什么，方囡囡？你就是方囡囡？"

我蹲下身子，扳着小女孩儿的肩头，仔细地辨认着：“囡囡，你看看我，你还认识我吗？”

方囡囡茫然地摇着头。

我心里像塞满了发酸的泡泡儿，堵得说不出话来……

三

三年前，我随中央电视台的一个摄制组到大别山来拍一部反映“扶贫”的专题片，在桃花冲住了一夜。

那时候，救助贫困地区失学儿童的“希望工程”正在各大城市里搞得轰轰烈烈，可埋在大别山深处的桃花冲，却连一个“希望工程”的指标都没有分到。桃花冲的山坡上，常见到学龄儿童背着箩筐打猪草、挖野菜。

我来到一座破庙改成的学校里，见到了正在那里给孩子们讲“凿壁偷光”的胡国图老师。

胡老师与我同龄，属于“文革”前的“老三届”。从“复课闹革命”开始他就在村里当代课教师，二十多年了，一直没有“转正”。我们在这一点上达成了共识：“希望工程”不是“扶贫”，一定要挑选出有希望的苗子重点扶持，为国家培养出有用的人才来。于是，我在胡老师的推荐和帮助下，从一年级的小学生中挑选了八个孩子，五个女孩儿，三个男孩儿。回到北京之后，我又找了七个朋友，跟这八个孩子结成了对子。而我结的那个对子，正是在山坡上采泡泡儿的方囡囡。按照我跟胡老师的协议，我们每学期对每个孩子救助六十元，比国家规定的标准高出一倍，目的是能够使这些孩子受到更好的教育。为了避免个别家长把这笔钱挪作他用，我们商定把钱直接寄到学校，委托胡老师具体负责。

我自认为这个计划是很圆满的，可胡老师仍然忧心忡忡。我临离开桃花冲的时候，胡老师还说：“这八个孩子也没让冯支书审查，也不知道他同意不同意。”

我反复解释说："这不是政府分配的'希望工程'指标，是我们自己挑选的救助对象，是我们自己掏腰包干的一件善事，根本无须经他审查。"

胡老师总是木讷地嚅动着嘴唇，不知道他是真的听不懂我的解释，还是有什么难言之隐。

我回到北京之后，很快将八个救助人凑齐了。开始的时候，这项工作进行得还很顺利。胡老师收到钱之后，不但自己写来了热情洋溢的感谢信，还为每个孩子给每一个救助人都写了信。第二年，便只有胡老师的信，没有他替孩子们写的信了。到了今年，连胡老师的信也没有收到。什么事情都是开头热火，连娶到家的媳妇过三年都不新鲜了，何况小小不言的世故人情。谁都没有在意，大家都践诺尽责，按时把救助款寄往桃花冲小学。

事故果然出来了，前不久，我收到了一封匿名信，估计是某个学生家长写的。信中说，我们救助的八个孩子，有六个失了学。原因是党支部书记冯土地偷猫换狗，把我们的救助款重新分配给了别的孩子。这些孩子大多是冯土地的亲枝近脉，或者是给他送礼的马屁精。胡国图老师不同意这么做，就把他这二十多年的代课教师抹下来了……

我的朋友们火了，愤怒地要求向法院起诉冯土地，连律师都请好了。我说："哥们儿，别那么天真烂漫得可爱了，山高皇帝远。你起诉谁呀？不要说当地法院能不能受理咱的案子，就算给咱立了案，谁有工夫跑那么远去跟他们磨牙啊？吃肉还得找杀猪的。谁让这麻烦是我惹下的呢，我还是跑一趟吧。"

正好有个出差到武汉的机会，我顺路弯到了大别山。

朋友们总说我运气好，过去我不怎么信，现在信了。这不，刚一进山就遇上了司徒秋雨，还正是管桃花冲的父母官。就好像他是为我的麻烦才调来的。

我为自己做出的正确决定而得意。朋友们要整治冯土地，靠法院是不行，把司徒这个一跺脚四山乱颤的霸主拉来，有冯土地的好果子吃了，赌好吧，哥们儿！

四

我跟司徒朝村里走着，走走停停，他不断地跟路边田里的山民打招呼，扯些似有用似无用的闲话。我觉得司徒真是个当官的材料，该行使权力的时候，威严得令人畏惧；该显示自己与群众打成一片的时候，又随和得不分彼此。

在一棵大乌桕树下，他跟一个补栽玉米的老汉聊了起来。老汉蹲在田埂上，他则坐在老汉面前的一块鹅卵石上。他把自己的红塔山掏出来给老汉，自己却抄起老汉的烟荷包卷起了“大炮”。他跟老汉谈气候，谈种什么庄稼收成好，还关切地问老汉有什么困难。老汉说：“你是区长，能不能给咱们搞点儿化肥票？没票买高价不说，还净是假的，坑死人了。”司徒当即从口袋里掏出一张五十公斤的化肥票给了老汉，老汉立即把他当成了八路军，热火成了一片军民鱼水情。

进桃花冲之前，有人就提醒过我，眼下到乡下去，口袋里得揣着条子，或者是贷款的条子，或者买化肥农药的条子，或者是卖生猪、卖粮食的条子。没有条子，就没有人欢迎你。我想，当年的八路军可不是这样。八路军到乡下去，就两个肩膀扛一个脑袋，老百姓什么好东西都舍得拿出来给你吃用。而今可倒好，你只有给他们点儿什么，他们才能露出好脸色给你，鱼水情整个颠倒过来了。

我趁着老汉的兴致好，便急不可待地向他问起了我所关心的问题：“老哥，您的娃子读书没有啊？”

老汉说：“男娃小学毕业，女娃没得读。”

“学校的胡国图老师您认识吗？”

“一个庄的，咋不认识呢？”

“胡老师教娃们教得好吗？”

“好哇，他字眼儿深，他家祖上出过秀才呢。”

“为什么不让胡老师教书了呢？”

“俺不晓得。”

“是不是冯支书把他撤了？”

“俺不晓得。”

“村里人拥护冯支书吗？”

“俺不晓得。”

他一连说了三个“俺不晓得”，那神态告诉我，要不是看在司徒区长的面上，他才懒得搭理我呢！我知趣地闭上了嘴巴。

告别了老汉以后，司徒对我说：“是不是一说农民朴实憨厚，你就以为他们都是缺心少肺的傻冒儿呢？”

我说：“还缺心少肺呢，油滑得都快成政客了。”

司徒说：“你直通通地问这些敏感问题，人家肯定不会告诉你。”

我问为什么。

他说：“人家要在这儿土里刨食地活下去，为了你这么一个旁不相干的人，谁愿意得罪他们的顶头上司啊？”

是啊，这本来是个再简单不过的问题，我还问，蠢到家了。

桃花冲的村口，有一个长宽高都不足一米的小庙，里面不知供的是山神还是土地，庙虽小，却修得非常精致，香火也很旺盛，据说“破四旧”时都没有被推翻。山民们出村打柴采药或外出谋生，烧一炷香，磕三个头，为的是求个平安；外来人进村或私访或公办，入乡随俗地应应景儿，大多是出于对村里人的尊重。

司徒问我：“你拜不拜佛？”

我说：“我是进庙烧香，见佛就拜。”

“信哪个呢？”

“都信也都不信，有枣一竿子，没枣一竿子，说不定哪块云彩就有雨。”

“你这叫广种薄收拉大网。”

“那么你呢？”

“我只拜山神土地。”

“你自己就是一方土地嘛。”

他没说什么，掏出了三支烟，点燃，插在了小庙前的香炉上。头天下了一场雨，地上的泥泞还没有干。我们没有跪下磕头，只是双手合十打了三个拱……

五

我们径直来到了桃花冲小学校。据我所知，这个学校只有一、二、三年级，实行的是复式制，四年级就要出村去读。山区平地稀罕，在一块三间屋子大小的操场上，有二十多个孩子在抢着一个篮球。我以为在上体育课，又不见老师。孩子们乱哄哄地抢着球，下面就是几十米深的山沟，我真怕他们不小心会滚下去。司徒说，这用不着担心，山里的孩子脚后跟都长眼睛。

我问一个男孩儿："你们怎么不去上课啊？"

那个男孩儿说："老师嫌俺乱，把俺赶出来了。"

"老师呢？"

"老师给一年级上课呢。"

乱班，这是最要命的不称职。作为一个老师，先不管你水平高低，你连学生都管不住，怎么能把知识传授给学生呢？

走到教室门口，才听到这里同样乱哄哄的读书声。这一课学的是李白的《早发白帝城》。老师在领读，一个稚嫩拙笨的声音在结结巴巴地读着，下面的学生也在结结巴巴地跟读，杂乱无章，参差不齐。更令人不能容忍的是，老师竟然把"朝辞白帝"的"朝"读成了"朝鲜"的"朝"，把"千里江陵一日还"的"还"读成了"还是"的"还"，把"万重山"的"重"读成了"重量"的"重"。一首诗里居然读错了三个字。这诗还能听吗？千古诗仙要是酒醒过来，听到这样糟蹋他的诗，不气得告到政治局才怪。

抬头看见站在教室前边的老师，我反倒有点儿可怜他了。他也还是个孩子，小白脸，斯斯文文的，戴着一副近视镜，一个典型的乳臭未干的初中生。

学生们见到了我们，都扭过头来看新鲜，这他才发现了我们。他红着脸走过来问："你们找谁？"

我急忙说："这是你们的司徒区长，来了解你们的教育情况，你讲你的课吧，我们随便听听。"

在我们面前，他的诗更读不下去了，连声音都颤抖起来，汗水很快就把他的眼镜蒙住了，他不断地摘下眼镜用衣袖擦汗。我们实在不忍心看着他受折磨，便退出来到办公室去等他。

下了课回到办公室，他的旧汗未干，新汗又唰唰地流下来。似乎我们倒成了这办公室的主人，他手足无措地站在我们面前，既不知道该怎样接待我们，又不知道该说什么。

我问他："你叫什么？"

他像学生回答问题似的说："俺叫田大山。"

倒是一个十足的男子汉的名字。我又问："多大了？"

"十七岁。"

我知道农村人喜欢说虚岁，便又问："哪年出生的？"

"一九七九年十月。"

果然，他连十六岁还不满。

"你是什么文化程度？"

"初中一年级。"

"为什么辍学了？"

"家里困难，读不起了。"

我向他问话的时候，语气是温和随便的。司徒端着那区长的架势，在他的前后踱着步，田大山连抬头看他一眼的勇气都没有。这时候，司徒停在他的面前，官气十足地问："谁让你来当代课教师的？"

我看见田大山浑身哆嗦了一下，镇静了半天，才嗫嚅地说："是冯……冯支书。"

"冯支书是你什么人？"

"是俺……丈人。"

我吃了一惊，急忙问："你结婚了？"

"没……还没的，只是……定亲了。"

"你刚十六岁就定亲了？"

"山里人……都这么早。"

确实，司徒的脸上并没有露出惊愕之色。

司徒那咄咄逼人的口气直奔主题："你这儿有几个学生享受'希望

工程'?"

田大山又惊愣了一下，吞吞吐吐地说："八个。"

"学生都在吗?"

"嗯哪。"

"把他们都叫来。"

不一会儿，八个孩子进来了，像一群刚从泥坑里爬上来的小鸭子，挤挤擦擦地堆在了办公室的门口。三年前，我在胡老师的帮助下，通过看作业、提问、让他们写字，一个一个挑出的八棵苗子。据说，这里边还剩下两个人，可我无论如何认不出来了。在我看来，山里的孩子都差不多，同样打着赤脚，同样满脸泥污，同样流着鼻涕，同样穿着看不出本来颜色的脏旧衣服，当然，也同样需要救助，我有点儿不忍心了。

司徒也立即收回官气，用和蔼的口气问："你们为什么能够读书啊?"

一个大一点儿的男孩儿说："我们有'希望工程'帮助。"

司徒又问："是谁给你们的'希望工程'啊?"

八个孩子像课堂上回答问题似的同声说："冯——书——记!"

这一回，不但我吃惊了，连司徒的脸都愕然得变了形。

他显然是愤怒了，情不自禁地提高了声调："我告诉你们，这'希望工程'的钱是北京的人民给的。你们当中有六个人，是侵占了别人的'希望工程'。回去告诉你们父母，现在北京来人了，你们要把这'希望工程'还给人家。你们懂不懂?"

我想孩子们懂了，或者是似懂非懂，一个个忽闪着惊兔般的大眼睛，疑惧地低下了头。

"好了，你们回去吧。"司徒下了命令。

孩子们像放出笼的小鸭子一样，呼啦跑出了门，扑向了属于他们自己的大山深处。

我有点儿抱怨地说："你不该跟孩子们说这些，他们没有错。"

司徒依然愤愤地说："我说给孩子们的，可不是给他们听的，我要让全村的老百姓都知道，他冯土地不能为所欲为，到时候是有人来管他的。"

我只得钦佩司徒的勇气和威严。

令我不解的是，临离开学校的时候，司徒突然对田大山说："你去给冯支书送个信，就说我带着北京的客人来了，一会儿到他家去吃饭。"

六

在胡国图老师家里，我们又见到了方囡囡。方囡囡手里还攥着我给她的那五毛钱，我猜她离开我们之后没有回家，径直跑到胡老师这里来了。她想读书。

我们进来的时候，胡老师正拉着方囡囡的小手掉着眼泪。见到我们，急忙用衣袖抹了一下眼睛，起身迎过来。

我问他是怎么回事，胡老师的眼圈儿又红了。他拍着方囡囡的小脑袋说："这娃子苦啊，去年他爹外出到建筑工地上打工，从脚手架上掉了下来摔死了，今年她娘又改嫁到山外去了，眼下她就跟爷爷一起过。可她爷爷又是个双目失明的瞎子，连饭都吃不上，哪儿有钱读书呢……"

在我们说话的时候，胡师母端着一大碗米饭出来，把方囡囡拉到院子里去了。胡师母说："村里人都可怜她，到谁家都给口吃的。可这孩子心气还挺高，一心巴火地想读书。"

见到方囡囡捧着那一大碗米饭走了出去，我心里一阵发酸。

我用一种埋怨的口气问胡老师："村里出了这么大的事，你怎么都不告诉我一声啊？"

胡老师苦苦地摇了摇头，算是回答了，可我还是什么都不明白。

司徒突然发现了胡老师床上那打好的行李卷儿，急忙问："你这是要干啥呀？"

胡老师依然苦苦地摇了摇头。

司徒逼问着："你要走，到外边打工？"

胡老师还是没吱声。

司徒急了："胡老师，你也是快五十岁的人了，又没有技术，又没干过力气活儿，你到外边能干什么？也像那孩子他爹一样，找死啊？"

胡老师抬起头来，我看到他的眼里又溢满了泪水。

胡师母进来了，一半埋怨一半诉苦地说：“俺说他半天了，不听，非要走不可，外边的钱是那么好挣的吗？一辈子都没有出过山，老了老了的又要出去找罪受了。再说，他拍拍屁股走了，这家里怎么办呀？那二亩口粮田谁种？俺这心脏病说犯就犯，身边没个人，挺了腿没有人知道，等他回来，早臭成一摊泥了……”

胡师母说着，也掉起了眼泪。

胡老师叹息着：“唉，谁想走啊？外边的金山银山，都没有咱这屁股底下的一把土亲。让咱当代课老师，咱就好好地给人家教娃子；不让咱干了，在这山里刨土也能活，可是……这会儿我不走不行了，真的不行了……”

司徒问：“咋不行？你说说咋不行！谁怎个你了？”

胡老师说：“他改了‘希望工程’撤了俺的代课教师，俺没说什么，连口气都没出。向北京告状的信，确实不是俺写的，俺也不知道是谁写的，要是王同志不来，还好混。可现在王同志来了，你们肯定得提出来让我重新回学校，这样一来，就裤兜子里抹黄泥，不是屎也是屎了，人家肯定会认为我为了回去当代课教师给北京写了告状信……”

司徒说：“就算那封告状信是你写的，你怕什么？”

胡老师喃喃地说：“不是怕，有什么好怕的呢？俺什么都不怕……”

司徒愤慨起来：“你口口声声说不怕，瞧把你吓得那个样子。老百姓怕当官的，至于怕到这份儿上吗？亏你还是‘老三届’的，当初你们那点儿敢把皇帝拉下马的劲头儿哪儿去了？”

胡老师把头耷拉到裤裆里，老老实实地听着司徒的训教。

如果说，刚才我看到方囡囡心里发酸的话，现在只觉得后脊梁沟一阵阵地发凉……

七

说实在的，要不是司徒“御驾亲征”，我还真发怵来找冯土地。上次随中央电视台来拍专题片，他正在县里开会，我没见过他。我想象过，他一定是个专横跋扈、蛮不讲理、膀大腰圆又有点儿刚硬粗鲁的人，这种农村干部我见过，他跟你犟牛脖子要胳膊根儿，你一点儿办法都没有。

我错了，冯土地五十多岁，长得细高挑儿，背有点儿驼，眼睛不小，可两块松松的上眼皮总像睡不醒似的垂耷着，寡言少语，表面上看不出什么威严。不过给人的印象他很有心计，很有主见，很难受别人左右。这种农村干部我也见过，他若是跟你装蔫神、死豆不开花，你更是一点儿办法都没有。

果然，自从我跟着司徒进门以后，他自顾跟司徒说话，连眼皮都不朝我翻一下，他肯定已经知道我的来意了。我自然也用相应的态度对待他，我不是来求你的，我是来找你讨个说法、解决问题的。

不管怎么说，我遇上难缠的主了，只能靠司徒那铁面无情、劈山打虎的权威了。

坐在饭桌上，司徒便开始向他介绍起了我："王梓夫是我武汉大学的同学，人家比我混得好，在北京工作，是个著名的作家。你看……"

司徒说着，从口袋里掏出一张报纸，那是一年前我在《人民日报》副刊上发表的一组散文，上面同时还登了一幅我的照片和一篇小传。我见到司徒后，他提过这件事，没想到他居然还把这张报纸带在身上了。司徒把报纸摊在冯土地的面前，继续用那种让我感到肉麻的语气说："这是《人民日报》，党中央的机关报，这一整版都是他写的文章，还有照片，你看是不是他？"

冯土地撩起了那松松的上眼皮，仔细地辨认起了我的名字和照片。还没等他看文章的内容，司徒便装作很珍贵的样子把报纸收起来，更加离谱儿地说："他在报纸上反映的问题，中央领导都很重视呢！你还记得他上回来拍的那个'扶贫'的电视片吧，说咱桃花冲没路，与世隔绝，中央领导看了，给省领导打了电话，省里马上就要派人来测量了。到明年，最多是后年，汽车就能开到你的家门口……"

我明白司徒的意图，他是在拉大旗作虎皮吓唬冯土地，没有大旗就先把我吹起来再说。令我不解的是，凭着你这堂堂一区之长的权威和你为官的厉害，用得着这样吗？

冯土地果然对我刮目相看了，他怀着歉意说：“王记者到俺这穷山沟沟儿来，实在拿不出什么招待，让您受委屈了……”

司徒得意了，他介绍我是作家，可说的都是记者的行当，从冯土地对我的称呼中，证明了他的误导的成功。在农村基层，甚至在一般城里的基层中，很少有人明晰作家和记者的区别。要说我从事专业创作也有十几年了，我的一些熟人、邻居甚至中小学时的同学，还常常用“大记者”的美誉称呼我，如果说记者是“无冕之王”，那么在许多时候，作家这只“狐狸”是要假记者的“虎威”的。司徒作为一个基层的领导者，是深知个中三昧的。

司徒一边应付着冯土地殷勤的劝酒，一边不丢主题地说：“最近，中央号召他们深入基层，挂职锻炼，我正动员他呢，让他到咱县任个副书记或者副县长，他成了咱顶头上司，咱不是也沾他的光嘛，你说是不是?”

冯土地那松松的眼皮完全撩起来了，端着满满的一杯苞米酒，激昂地说：“王记者，我敬您一杯，希望您早日到俺县来工作。您来了，可千万别把俺桃花冲忘了……”

整整一顿饭的工夫，话题始终就围着我转。我真怀疑司徒忘了我们是干什么来的。

八

吃完饭，我刚要向冯土地提关于“希望工程”的事，山头上有人喊叫起来：“司徒区长，区里来电话，让你带着北京的客人回区政府……”

这是一种古老的通讯方式。桃花冲还没有电话，区里把电话打到乡里，乡里写了条子，派通讯员送到村口。村口值班的人便向附近的山头上喊话，附近的山头上，无论谁听到了，都要向前面的山头喊同样的话，前面的山头再向前面的山头喊话，直到被喊的人听到了为止……

司徒听到了喊话以后，便立即向冯土地告辞。我提醒他，咱的事还没说呢。

司徒向我使了个眼色，意思是不让我多嘴。

我真不知道他在搞什么名堂，莫名其妙地跟他上了路。

我埋怨他说：“合着咱白遛了一趟腿，任吗儿问题都没解决。你是不是想明天再单来一趟啊？”

司徒说：“还有什么问题？都解决了。”

“怎么解决的？”

“完全按照你提的那两条解决的。”

在来之前，我确实提过两条意见，一是把“希望工程”的那八个救助对象恢复过来；二是重新让胡国图当代课教师。至于怎么处理冯土地，那是你们区政府的事，我就不管了。

“冯土地答应了？”

“当然答应了，他不答应咱能走吗？”

“你什么时候跟他谈的？”

“在你撂下饭碗跟他女儿谈话的时候。”

我酒量有限，确实是提前离开了饭桌。冯土地的小女儿正在院子里做作业，我跟她聊了一会儿她姐姐跟田大山谈恋爱的事。小姑娘没把我当外人，把实情都说出来了。她说，姐姐长得丑，又没读过书，还一心想嫁个读书人，是姐姐主动追田大山的，田大山开始不同意，是爹让他当代课教师，田大山才答应这门亲事的。

这原来是一笔交易。这样的婚姻能幸福吗？

没想到司徒的工作做得这么干脆利索，我更加心悦诚服了。

想到即将被解除了救助的那六个孩子，我又有点儿不安了。我问：“那六个孩子怎么办？他们会不会失学？”

司徒说：“我答应给桃花冲六个‘希望工程’的指标，他妈的，这次全区才拨下来十一个指标，桃花冲一家伙就占了六个，让别的村知道了，肯定会有意见的。”

我又为那个小教师和冯土地那个丑女儿的婚事担忧起来：“让胡老师再去教课，那田大山怎么办？”

司徒说：“田大山年纪还小，水平又低，眼下正好有个机会，县师范学校为了解决代课教师转正问题，开了一个代课教师进修班，学制两年，毕业后就是正式国家教师，我答应让田大山去读两年师范。”

这原来也是一笔交易。冯土地在这笔交易中不但没吃亏，还占了便宜。

九

当天晚上，我仍跟司徒一起，住在他那卧室兼办公室里。区里打电话把我们从桃花冲叫回来，是通知司徒明天到县里开会，我也可以搭他的车回武汉。司徒说：“明天还要早起，睡吧。”话刚落，他的呼噜又像沉雷一样在他的床上头来回滚动起来。

我似乎又看到了那嫖娼的党支书在他的床前磕头求饶，似乎又看到了司徒抽在他脸上的大嘴巴和怒不可遏的斥骂……我又翻来覆去地睡不着了。睡不着就想事，心里总有一个解不开的疑团。

冯土地在桃花冲干的这件事，实在是太霸道了。我原以为，疾恶如仇的司徒秋雨见到冯土地以后，不定该怎样暴怒和行使他的权威呢，我早就急不可待地要看这大快人心的一幕了。万万没想到司徒在冯土地面前，连口横气都没出，反而跟他达成了屈辱的“不平等条约”。这到底是为什么呢？难道司徒在他面前有什么样短处吗？

打鼾的人就是这样，睡得快醒得也快，而且醒了以后立即头脑清醒。司徒的鼾声戛然而止，接着问我：“还没睡着，想什么呢？”

我只有这一夜跟他在一起的机会了，心里的谜不能破译，我会给自己留下长久的遗憾的。想到这里，我便把这疑问向他提了出来。

他坐起身来，点着了一支烟。

我见他摆出了一副要跟我长谈的样子，很高兴，便拉开了灯。

他说：“前些日子看报纸，看到你们文艺界正在探讨艺术规律。当时我就想，这艺术有艺术的规律，那么，这当官有没有当官的规律呢？”

我说：“当然有了，为官之道嘛。”

“对了，说是为官之道，这可是门大学问呢！”

“不明白。”

“你听我跟你细说。你知道，什么官最难当吗？过去总说，远来的和尚会念经。错了，一个外来的和尚，你就是再会念经，人际关系处理不好，也没有人听你的。一个道场做不下来的，就得让人家把你赶走。你想啊，一个地方，人家祖祖辈辈的在这儿经营，凭什么让一个外来人统治啊？在我之前的几任区长，都是这么灰溜溜地让人家挤对走的。地方复杂啊！正像毛主席他老人家所说，针插不进，水泼不进，盘根错节啊！像冯土地这样的人，在桃花冲当了几十年的干部，'文化大革命'都没把他扳倒，成了精了。你要是成心跟他作对，闹翻了，你奈何不了他，他上下左右的一活动，就有可能把你鼓捣走。"

"这么说，你怕他？"

"他也怕你啊！你毕竟是带着尚方宝剑来的嘛。这叫麻秆儿打狼，两头害怕。赶在茬口儿上了，最好给对方留条路，千万不能把事情做绝了。"

"那么，你对那个嫖娼的支书又打又骂，就不怕得罪他吗？"

"学问就在这儿呢，你要是一味地当好好先生，怕得罪人，人家也瞧不起你，更欺负你，认为你是个窝囊废，你就没法工作了。所以，该厉害的时候得厉害，该翻脸的时候得翻脸，这样才能把你的权威树起来。像搞破鞋、嫖娼，这种骚事老百姓顶讨厌了，你怎么处理他都不过分，不拿他开刀拿谁开刀，明白了吧？睡吧。"

麻烦的是，我更睡不着了。

1999 年 7 月 5 日于桑梓轩

班门子弟

一

男大当婚，女大当嫁。这话不假，小伙子们到了一定年龄不谈恋爱，不结婚，就像不开花不挂果的果树一样，准憋得出邪杈，长疯枝，直溜溜的树干都会弯变形。

不过，俺大雁屯的这些小光棍儿们，可会苦中寻乐呢！这不，吃过了晚饭，他们又聚在梁小春那两间半小土房里，灌了一壶八分钱一两的混合酒，从饲养室抓来两把炒料豆，有滋有味儿地喝起来了。大概是喝高兴了吧？大个子三青和老疙瘩把两双筷子一搭：虫、鸡、杠子、老虎地敲了起来。大个子三青的舌头根子太硬，哪转得过油嘴滑舌的老疙瘩呀？他一连输了好几杯酒，这会儿说什么也不喝了，小尾巴忙过来帮助老疙瘩，捏着大个子三青的鼻子往里灌。小屋里吵吵嚷嚷，乌烟瘴气，把纸糊的顶棚都震得呼扇呼扇的。

喝得壶见底了，这些光棍儿汉们又开始发牢骚了。冲谁呢？说也怪，这些小伙子专恨大雁屯那些大姑娘。是大雁屯的姑娘长得丑吗？绝不是，大雁屯水甜土肥，插根筷子都能冒出嫩芽芽儿。大雁屯的姑娘，嘿！一个个出落得鲜鲜灵灵，匀匀称称。大雁屯的姑娘眼光也高，搞起对象来一个赛一个。你搞一个工人，我就搞一个干部；你搞一个干部，我就搞一个军官；最低的，也要搞一个乡镇企业“吃带皮粮食”的工人。她们一个个都是“飞鸽牌”的、“凤凰牌”的，以后又添了什么“海燕”“飞马”“蝴蝶”，反正有腿就跑，有翅膀就飞，没有几个落地生根的“永久牌”的。你想呀，大雁屯的五谷杂粮把姑娘们养大了，育美了，到头来都是给人家预备的，这能不招恨吗？这会儿，老疙瘩仗着酒劲儿，倒为姑娘们说起了公道话："咱甭总埋怨姑娘们小眼薄皮，下辈子我要是托生一只猫，都到城里去拿耗子。"

大个子三青听着不是味儿了，把嘴一撇："哼！我就看不起城里人，小气鬼！有一次我去给一个大学教授打书架，他做了一桌子菜招待我。可是把饭一端上来，我这心就凉了。盛饭的那个碗，比石榴壳大不了多少。我要是敞开肚皮，起码得吃它十来碗，人家吃一碗就撂筷子了，我厚着脸皮才吃了三碗。"

小尾巴随声附和说："没差儿，城里人真能臭讲究，你讲究吃讲究穿还不行，连睡觉都玩邪的，你没见人家那大床呢，软得忽囊忽囊的，一坐一个坑……"

老疙瘩问了一声："你怎么知道的？"

小尾巴眨巴眨巴眼，坦白了："去年我去给人家做活儿，趁屋里没人，我坐好几次呢！后来觉得坐坐不过瘾，人家主人去买菜，我还躺在上边抽了一支烟。那回可赚了。"

靠在被子垛上坐着的梁小春，听着"哥们儿"说的这些没有出息的话，脸上有点儿发烧，心里更不是滋味。屋里这些人，可不是那些不争气、不要强的"嘎杂子""玻璃球儿"。他们一个个都是拜过鲁班爷的堂堂正正的手艺人。用他们自己的说法，叫作"班门子弟"。想当初，大雁屯的这伙"班门子弟"可是威风一阵，显赫一时哩！他们跟芦花寨的瓦匠头儿姚贵一起，在通州城里包建了一座大楼。嗬！那回在大街上一走，雄赳赳一溜队伍，是一水儿二十啷当岁的"棒郎子"；肩上背的，是一水儿油光闪亮的新木匠箱。那正是吃早饭的时候，金晃晃的太阳给他们披红挂彩，端着饭碗的乡亲们给他们助威送行，墙角上、树丛后、篱笆缝里露出了一双双姑娘的眼睛……那里，不是也有海棠的一双眼睛吗？头天晚上，他和海棠相约来到运河边的小树林里，海棠把她亲手做的一双护袜塞在他的手里。那是一双多么精巧漂亮的护袜呀！软绵绵的漂白布，密匝匝的小针脚儿，上边还用红丝线绣了一朵鲜灵灵的海棠花。在洁白的月光下，海棠那圆圆的小脸蛋红艳艳的，真像是一颗熟透了的海棠果。海棠那杏仁形的大眼睛里，放出来的目光是火辣辣的，像两团跳动的小火苗儿。梁小春像风吹树叶一样，哗啦啦地颤抖起来。他多么想像电影里的恋人那样，吻一吻海棠那红艳艳的脸蛋呀！不过他没敢，只是趁着接护袜的机会，捏了捏海棠那纤巧的小手。唉！真后悔，为什么捏得那么轻呀？好像海棠的手是象牙雕刻的，稍一用劲就会被捏碎似的。这会儿，那双雪白的护袜穿在梁小春的脚上，遮盖着那双半新的蓝力士鞋，再配上他那灯笼裤、宽皮带、大翻领的红秋衣，嗬！给他添了多少光彩，增了多少精神！梁小春发誓，到了城里，一定要给海棠买一件称心如意的礼物……

谁能想到，大楼没盖完，他们就栽了。包工队被打成了“资本主义”，挨了一顿批，丢人现眼不说，那刻着“精心学鲁艺，巧手夺天工”的木匠箱还被没收了。这伙班门子弟，出师不利，一败涂地，灰溜溜地回了村。那一天夜晚，记不清有没有月亮，也记不清刮没刮风了，反正也是在那个小树林里。他把送给海棠的礼物掏了出来，那是一块镶着金线的杏红色的纱巾。他在城里盖大楼的时候，看到在洁白的雪地里，城里的姑娘们三角巾上围着这么一块纱巾，美得像团火苗儿，鲜得像朵报春花，使人振奋得心里发颤。他跑了好几个商店才买到这块纱巾。他想象着，海棠戴上它，一定会围着他高兴地转起圈儿。那样，他下了决心，一定要不失时机地抓住她的胳膊，进而搂住她的肩膀，迅速地捧起她的脸蛋儿……可是海棠没有接他的礼物，转身走了。临走前扔下了硬邦邦的一句话：“这次县农机厂招工，有俺！”

梁小春傻了，也明白了。海棠就要到城里当工人去了。农村的姑娘都钻角觅缝地到城里去找对象，一个逃离了庄稼的姑娘，还会再嫁给一个庄稼汉吗？

二

梁小春在他的小屋里鼓捣小把戏。他找来一些碎木板、烂木片，削削刻刻，弄出了一大堆哄孩子的小玩意儿。什么“扳不倒儿”呀，“猴爬竿儿”呀，“小熊打秋千”呀，“猪八戒翻跟斗”呀。这是前几天他跟老疙瘩到通州城里去拉化肥时学到的一招儿。他看到一老头儿在新华大街上卖这些，围着一大帮孩子抢着买。这可是个生财之道。不过，这些玩意儿做好了，他可不敢拿去卖。他张不开嘴，磨不开脸。老疙瘩倒行，他在拜祖师爷之前跟叔叔在城里卖过糖葫芦。那天，走在新华大街上他还发疯似的吆喝了一嗓子："五分一个一毛俩，三毛能买一大把；又酸又甜又粘牙，粘掉门牙安金牙……"招得大街上的人都伸着脖子瞧他们，窘得梁小春都挂不住脸儿了。

梁小春本来想跟老疙瘩合伙搞两个零花钱，没想到一鼓捣起来就上了瘾。木匠嘛，摸不着锛凿斧锯手就发痒，这会儿，削点儿碎木板、烂木片也是个安慰和寄托。特别是他意外地得到了一块鸡血红的菲律宾木以后，就像玉雕工人发现一块玛瑙石一样，放在手里掂来扶去，睡觉都放在枕头底下。终于，他用这块菲律宾木雕成了一个美丽的农家姑娘。

老疙瘩看着，咂巴着嘴说："像海棠。"

大个子三青却说："像荷花。"

小尾巴谁也不得罪："我看俩人都像。"

这三个人的评论，使梁小春的心咯噔咯噔沉了三下，像砸了三下蛤蟆夯。难道这个小木人真的像海棠，像荷花，或者两个人都像？他感到脸上一阵灼热。没有勇气当着哥们儿的面再抬头看一眼他那精心雕琢的艺术品了。

海棠不用说了，荷花是谁呢？

荷花是大雁屯的姑娘头儿，就像梁小春是这伙班门子弟的头儿一样。她长得匀溜溜的腰身，白嫩嫩的脸蛋，细眉大眼，红口白牙，真像是一株半开半合、刚刚出水的芙蓉花。而且荷花生得聪明伶俐，才气非凡，又是团支部书记。要说人家能说，声甜音脆，句句在情在理；要说人家也能干，炕上的剪子，地下的铲子，外头的铁锄钢镰石头碾子，样样抄得起来，耍得漂亮。可是，大雁屯的小伙子们，谁也不敢对她存半点儿幻想，梁小春曾经给他那帮哥们儿分析过："按照咱大雁屯姑娘的'行情'，荷花起码也得找一个大军官，混个三年五载，当个随军家属，就能离开了庄稼地。"

巧了！这会儿老蔫风风火火地跑进来了。这个老蔫儿，平时寡言少语，羞模怯样儿，老实得像是过去大门不出、二门不迈的封建大姑娘。

可是，梁小春却说他是属羊肚儿（羊胃）的，表面上光光溜溜，一翻开，满是兜兜儿加鬏鬏儿。他轻易不开口，开口则能妙语惊人。有时候出个蔫主意，并不比梁小春水平低。因此，在这伙班门子弟当中，他可以称得上是个“军师”。今天，他却一反常态，一进门就故弄玄虚地嚷嚷开了：“嗨，你们知道吗？荷花开始搞对象了！”

首先被这条新闻震惊的，当然是梁小春了，他急不可待地问：“搞一个什么人？”他似乎希望老蔫儿说出一个“大军官”来，以证明他分析得千真万确；但似乎又怕听到这句话。想到荷花要嫁出大雁屯，他心里像被小虫咬了一口，说不清道不明地发疼。关你什么事？没出息！

老蔫儿见梁小春对他的新闻感兴趣，有点儿得意地卖起了关子：“你猜怎么样？人家搞了一个看传达室的。”

“看传达室的？老头儿？”

“哪儿呀，他爹是老头儿，后来他爹退休了，让他去顶替的。”

老蔫儿说完，好像对这件事情已经毫无兴趣了，就躲到墙角他平时坐的那个倒扣的土筐上，又翻起了那本已经破旧得像麻酱花卷一样的《农村医疗手册》，任别人再说什么，他都紧闭金口了。不知他是真想改弦易辙、皈依医道，还是那“麻酱花卷”里有什么可以消愁解闷的文字或图画。

老疙瘩、大个子三青和小尾巴借题发挥，又抬起了杠。大个子三青是个有名的杠头，好像他生来就是专门为了跟人家抬杠的。也难怪，在这平平塌塌、百无聊赖的生活里，再不抬几句杠，将来说不定发声器官都得退化。

老疙瘩说：“看传达室的也比咱庄稼汉强，人家种的是铁杆庄稼，旱涝保收，一年十二次分红……”

大个子三青说：“你得了吧，净说那些没骨气的话。咱庄稼汉怎么了？站着不比谁矮，躺下不比谁短，人家踩咕咱们，咱自己就别往下缩脖子了！”

小尾巴还是那样，能随声附和就随声附和，不好随声附和，也是谁都不得罪，他引开话题说：“哼，像荷花这样的，白给我我都不要，长得那么漂亮，整天价招风惹事，一辈子都甭想过消停日子。”

梁小春靠在被子垛上，跷起二郎腿，冲着顶棚吐着烟圈儿。他听着老疙瘩他们吵吵嚷嚷地发议论，心里乱成了一团麻。这会儿，他实在忍不住了，就欠起身来，问了一句：“我说老蔫儿，你这消息可靠吗？”

老蔫儿把头从那“麻酱花卷”上抬起来，也有点儿不耐烦地说：“那还有错？我姑给保的媒。”

梁小春又问：“那小子是哪村的？叫什么？”

老蔫儿说：“芦花寨的。叫杨栓。”

好家伙！梁小春听到杨栓这个名字，像吞进了一只绿豆苍蝇，恶心得差点儿吐出来。他在通州城里盖大楼的时候，听姚师傅说过杨栓这块笑料。那是个出名的讨厌鬼，“媳妇迷”，常常往人家姑娘口袋里塞手帕、夹纸条儿，让姑娘们骂得狗血喷头。后来实在找不上对象了，就要了一个鬼花招儿。他跑到他爹的厂子里去当临时工烧锅炉，还以他妈有病为借口让他爹从厂子里借了一百块钱，他把这笔钱给邮回了家，他妈接到钱以后又给他邮回去。这样，一家人演开了戏，把钱邮来邮去。他妈每次接到汇款单，就举着满街乱嚷嚷，说她儿子在天津找到了工作，每月挣一百多块钱。还别说，真有见钱眼开的，媒人终于被招上了门，给他介绍了一个河北省的姑娘。没想到这小子得意忘了形，跟人家姑娘见完了面，推起自行车就走，说是夜里十二点还要接班。姑娘一琢磨，天津离这儿二百多里地，骑着自行车去接班，神了。聪明的姑娘把他叫住了，三问两问，杨栓说得驴唇不对马嘴，一下子露了馅。梁小春开始听到这个笑话的时候，觉得杨栓虽说给男子汉丢了脸，却也有点儿可怜之处。没想到现在他是一步登天了。癞皮癞脸的“媳妇迷”，居然有资格和大雁屯最拔尖的姑娘搞对象了。你杨栓不还是杨栓吗？凭什么一下子身价就提高百倍呢？不就是身上穿了一件工作服，口袋里有了一张工作证吗？荷花为什么偏偏要跟他搞呢？是不了解他的底细，还是图他是个工人？不行！这事太不公平了，太不能让人容忍了，得给他们搅和一下。

想到这儿，梁小春腾地直起身来，敲着桌子边说：“喂，我说，咱给她发一篇怎么样？”

一听说要“发一篇”，这些班门子弟一个个都来了兴致，齐声响应："对，发一篇得奖的，猛震她一下！"

什么叫"发一篇"呢？原来这些光棍汉们，不仅是懂得规矩方圆的"班门子弟"，而且还是一群不拘体裁、不讲形式的"乡土诗人"。他们常常有感而发，诗言其志，创作出一些"乡土诗"，既活跃了庄稼人贫乏的文化生活，又宣传了他们的"政治倾向"。至于社会效果如何，他们从来没有顾忌过，也概不负责。比如说，上次他们听到海棠甩了梁小春以后，搞了一个朝阳区的工人；后来又跟那个工人吹了，搞了一个北京城里的干部子弟，家里住高楼，还有一坐一个坑的沙发床。于是，他们就创作了这样的诗作：

进了通州奔朝阳，
进了朝阳奔城墙，
进了城墙奔楼房，
进了楼房再奔沙发床。
步步登高往上钻，
忘了修理地球的爹和娘……

这首诗，老疙瘩教给了那些光屁股的"小肉滚儿"，等海棠休假回来，让他们专门跑到海棠家门口去唱，把海棠气得连门都不敢出。

这回要专门给荷花发一篇了，这非同小可。于是，"乡土诗人"们个个开动脑筋，进入了严肃认真的创作过程。这时候，老蔫儿放下手里的"麻酱花卷"，从怀里掏出一张叠得四四方方的牛皮纸（准是从化肥袋子上裁下来的）。他把牛皮纸打开，铺展在那张摇摇晃晃的小饭桌上。嗬！一首四行诗工工整整地写在上边了：

姑娘十八九，
向着城里开步走。
只要能离开庄稼地，
嫁给狗熊不嫌丑。

不错，不错，够味儿！大伙儿一看，齐声喝彩。好在人前显摆的老疙瘩挤过来，把大作拿起来，摇头晃脑地给大伙儿念一遍。不料却有人提出了异议："姑娘十八九"，这句不好，荷花已经二十一岁了。

是呀，年龄不对，针对性不强啊！于是，这些"乡土诗人"又开动了脑筋，进入了精益求精的作品修改过程。那两间小土房里，充满了嘈杂声。然而，这伙班门子弟，舞文弄墨毕竟没有耍锛凿斧锯得心应手，一个个敲疼了脑门儿，也没想出一句合适的话来。

"算了。"梁小春一锤定音，"我看咱别伤那脑筋了，这'姑娘十八九'也不错，把年龄说虚一点儿，更具有典型意义。"

看看，我们的班门子弟，还懂得文艺理论哩！

三

这天晚上，老疙瘩抢了头功，报告了头条新闻：公社关书记来了！哪个关书记？是没收咱工匠箱的"棺材板"吗？

老疙瘩不无得意地说："'棺材板'是来帮助咱们选队长的。"

这伙光棍汉对选举一类的事毫无兴趣，不过，话已经赶到这儿了，也就发几句议论，要不，说什么呢？

"什么选队长？还不是'棺材板'挑萝卜，摸摸哪个顺手就拔上来。"

"选举选举，就是举着让大伙儿选。"

"选谁当队长都一样，咱大雁屯搞不好了。"

梁小春听着大伙儿的议论，郑重其事地站起来："诸位，听我说两句吧。"

大伙一见"头儿"要说话，都闭上了嘴。梁小春说："头几天我到芦花寨去找姚师傅，正赶上他们选队长。你猜怎么着？这回选举还真民主，用的是不记名的投票。他们村那个'软腰子'队长你们知道不知道？生给选掉了，选上了一个复员军人。"

老疙瘩首先惊讶起来："哦嗬！这么说这回要来真格的了，公社是谁到芦花寨领导选举的？"

梁小春说："巧了，也是那个关书记。"

小尾巴随声说："关书记到咱这儿也要来一次真选举了？"

梁小春有把握地说："我看是这么回事，所以咱对这事还不能马马虎虎。"

老疙瘩说："那咱选谁呢？咱大雁屯从东头到西头，挨着门楼数门楼，我看没有几个成材料的。"

大个子三青把袖子一捋，气昂昂地说："小春哥，咱们干怎么样？"

梁小春瞟了一眼大个子三青，轻声地问："你干？"

大个子三青憨厚地笑了："我哪儿有那本事呀？要干，得你来挑头儿。"

梁小春"哼"了一声，说："你让我过两天消停日子吧。"

"那咱们选谁呢？"老疙瘩又担忧起来。

"我倒是想了一个人。"梁小春说。

"谁？"

"荷花。"

"什么？荷花？"大伙儿都惊讶得睁大了眼睛，连坐在土筐上的老蔫儿也把目光从"麻酱花卷"上移开，抬起头来。

梁小春解释说："她不是团支部书记吗？她不是常常给咱讲什么'青春'呀，'理想'呀，'四化'吗？这回咱考验考验她，先让她在咱大雁屯的土坷垃里化一化吧，看她是真金还是黄铜！"

"还用考验？她堂堂的大团支书，为了离开庄稼地，不是连个看传达室的都肯嫁吗？"老疙瘩气愤地说。

"你懂个屁！"梁小春突然无缘无故地翻了脸，连他自己也说不清，老疙瘩那几句话到底哪点触犯了他。他大概也觉出有点儿过分了，又缓和了一下口气说："你管人家搞对象干什么？咱现在说的是选队长，看她干不干。"

老疙瘩被噎个倒憋气，闭上嘴不言语了。

小尾巴可有了随声附和的机会，忙说："对，对！咱把她选上，她要是不干，不就栽在咱手里了吗？"

老疙瘩听小尾巴这么一说，又提了疑问："就凭咱这'十几个人，七八条枪’，能选上她吗?”

梁小春说：“想想办法嘛。”

老疙瘩又叮问一句：“想什么办法?”

梁小春又不耐烦了：“你问我，我问谁去?”

老疙瘩把眼皮一翻，做出了一副滑稽样儿：“你问咱的‘狗头军师’呀！老蔫儿还在那儿豆干饭焖着哪!”

老蔫儿并没有“焖着”，在别人对这件事争论不休的时候，他的脑子里早就转出了一个鬼套套儿。不过，他见大伙儿都用眼睛盯着他，腼腆得脸都红了，结结巴巴地说：“咱就说，嗯……大雁屯的社员分不到钱，她，她不结婚……还有咱光棍儿娶不上媳妇，她，她不嫁人……”

这是什么呀？乱七八糟的!

老蔫儿说话就是这样，用梁小春的话说，叫作含着骨头露着肉。在他的肚子里，像个烧好的盆窑，一套一套码得整整齐齐，可要从他嘴里一出来，就变成了碎瓦片。要闹清他的意思，就要把这些碎瓦片捡起来，再一块一块地拼凑上，找出原来的模样。梁小春是最有这个本事的。老蔫儿说了这么两句，别人还没听出个鼻眼儿，他却全明白了。不过，这其中也加上了许多他自己的想象和补充。是呀，这招儿不错。人家国外选举，讲究竞选，就是自己吹自己，吹得天花乱坠，好拉选票。咱们不兴搞那一套，咱搞什么来的？噢，对了，叫作“介绍候选人”。别自己吹，是好是歹，让别人介绍嘛！提荷花一个候选人，咱替她介绍介绍。就说荷花决心改变大雁屯的面貌，许的就是这两条愿，大雁屯的社员，从高级社开始就没分过钱，家家户户穷得叮当响，谁不盼望着手里能捏几张硬票子？大雁屯的光棍多，娶媳妇成了大多数人家的一块心病。要是把这两条解决了，那还不是活神仙？谁不投她一票呢?

几天以后，大雁屯的社员聚在场院开会，荷花真的当选为队长了。要说人家选荷花的原因，却也是很复杂哩！首先是荷花姑娘在村里戳得正，行得端，人们信得过她；其次，是过去那个队长……嗨，别提了，都下台了，还踩咕人家干什么？当然，来自四面八方的那些“宣传”“介绍”也起了一点儿作用。可是，这伙班门子弟，却把荷花当选的一切功劳归于自己了。看他们一个个那得意劲儿，满肚子笑水咕嘟咕嘟往外冒。他们使劲捂着嘴，弯着腰，装作咳嗽，肚脐眼儿都憋成了一个大疙瘩。他们专门等着选举结果一公布，荷花站出来不认账，宣布不干，他们的“考验”成功，一场大笑话就出来了。到时候，他们把憋得鼓绷绷的肚子一放，哈哈大笑一阵，图个痛快！解闷！过瘾！完了。

梁小春却一点儿也不想笑，而且最怕兄弟们盼望的那种事情发生。他站在会场后边的一垛豆秸旁边，双手交叉抱在胸前，架势是悠悠闲闲、漫不经心的，耳朵却支棱着，倾听着会场上那高一声、低一声的唱票声。

荷花终于站起来了。她第一次遇到这阵势，圆圆的脸蛋儿红得像秋天熟透了的柿子。她站在人群里，理了半天头发，咽了好几次唾沫，才用颤抖的声音说：“有人说我许了两条愿：一是大雁屯的社员分不到钱，我不结婚；二是大雁屯的光棍儿娶不上媳妇，我不嫁人。”

听到这两句话，满会场的人都愣住了。班门弟子们都咬紧牙关忍住笑，鼓绷绷的肚子眼看就要放炮了，而梁小春心里却嘭嘭地打起了鼓，紧张得连大气都不敢出了。

紧接着，荷花又说话了：“首先声明，这两句话不是我说的！”

会场上嗡地一下子哄乱起来，梁小春也觉得脑袋嗡嗡乱响，变成了一个大蜂箱。不过，还没等这种哄乱蔓延开，荷花的话又把人们震住了：“但是，这头一条我认了，这个愿我许了！甭管是谁说的，也甭管是出于什么目的说的，却反映了咱大雁屯广大群众的愿望和要求。”

荷花说到这儿，故意朝梁小春他们扫了一眼，轻轻地笑了笑，她笑得有点儿狡黠，使梁小春的心都跟着忽地一沉。荷花接着说，她的声音一点儿也不颤抖了，倒带有几分嘲弄和挑衅的味道：“至于第二条嘛，我不认，谁愿意认谁来。怎么，娶不上媳妇急红了眼了，找到我头上来了？再说，咱这是选队长，不是选媒婆呀！”

“哗啦”一下子，会场上被一片哄然大笑淹没了。这笑声是轻松的、善意的，也是非常开心的。几百张脸庞，像风吹荷叶一样，一齐朝这伙班门子弟扭了过来。

再看看咱那伙班门子弟，那无地自容的窘态，诸位则可想而知了。

四

荷花新官上任，前三脚猛踢蹬。兴规章，定制度，把大雁屯折腾得底儿朝天。这伙班门子弟却被撂在了冷板凳上，搞“专业承包”，不找他们；分“责任田”，没他们的份儿。这伙儿敢作敢为的男子汉，表面上毫不在乎，可心里却是十五只吊桶，七上八下地折腾开了。怎么，是要把我们开除“队籍”，还是留下“勺把”等最后再收拾？

管他呢？先喝酒。可巧这两天老疙瘩到城里把梁小春刻的那些小玩意儿卖了，捞了十来块钱的外快。他们今天破例买了两瓶“通州老窖”、二斤五香花生仁。小屋里，又响起了“虫、杠子、鸡、老虎”的叫喊声，连老蔫儿也扔掉了他那“麻酱花卷”，抄起筷子显起了威风。

三口酒下肚，老疙瘩又高兴起来，他一边飞快地往嘴里扔着花生仁，一边气哼哼地说：“她荷花有什么了不起？不派咱活儿更好，现在不兴个体经营了吗？干脆！咱搞一个玩具工厂，你们在家加工，我到城里给你们推销……”

小尾巴忙接话茬：“我也敢吆喝，我跟老疙瘩一块儿去卖。”

大个子三青这回破例没有抬杠，他把嘴角的酒滴用手背一抹，说：“小春哥，我看这买卖咱干得过儿……”

梁小春把酒杯往桌上一蹾，眼皮往上一挑：“干什么？你堂堂五尺半高的男子汉，去一个钢镚儿一个钢镚儿地哄弄孩子的钱，不嫌丢人吗？”

大个子三青无缘无故地挨了一顿呲儿，心里气鼓鼓的不服气：我不嫌丢人？鼓捣这些小玩意儿是我开的头儿吗？可是这话只在他舌头底下翻一个跟头，万万不敢吐出口来。在我们这伙班门子弟中间，还多少保留着一点儿农村手艺人的传统规矩。梁小春是这帮人的大师兄，师父不在，他就是老大，这帮人的言谈话语、行动坐卧，都得要看着梁小春的眼色。

正在这时候，那扇小木门“嘭”地一下子开了，新任队长荷花已经威风凛凛地站在那张小饭桌旁边了。这伙班门子弟一个个惊得张口结舌，不知说什么好了。

荷花从衣兜儿里掏出一张牛皮纸，双手一抖，亮了出来。好家伙！这正是老蔫儿写的那首诗。荷花沉着脸问："这是谁写的？"

"乡土诗人"们看到要"文责自负"了，更加慌了神。作者老蔫儿手里那双"敲杠子"的筷子都掉在了地下。

"怎么，没人承认？"荷花把眼皮一翻，用那两只亮闪闪的大眼睛挨个儿扫了个遍，"你们不自称是男子汉大丈夫吗？连这点儿胆量都没有，不成了'大豆腐'了吗？"

荷花的语气虽说是温和的，但却句句带刺儿，狠狠地扎在这群"乡土诗人"的心里。男子汉们让一个姑娘这么踩咕，脸往哪儿搁？还算什么男子汉？坐在炕沿上的梁小春腾地一下子站起来，把腰一掐，气昂昂地说："是我写的，怎么样？"

荷花看了一眼梁小春，嘴角上笑了笑，仍然用带刺儿的话说："嗯，你还有点儿文才。"

"别讽刺人，你要把我怎么发落？说吧，这会儿你手里有权了。"梁小春开始叫阵了，这才像个英雄好汉的样了。

荷花却郑重地说："我想跟你谈谈。"

"谈谈，什么时候？"

"现在，行吗？"

"好，我奉陪！"

梁小春说着，把手里的半杯酒一饮而尽，把空酒杯使劲往桌子上一撂，抬腿就往外走，真有点儿"赴宴斗鸠山"的气概。可是他这帮小兄弟却大眼睁睁地不知如何是好。直到梁小春跟着荷花出了院子，他们才一起涌向了门口，伸出了脖子往外瞧。不知是替梁小春担心，还是被这梦一样的事情闹迷惑了……

五

梁小春跟在荷花后边走着。开始的时候，完全是凭着一股敢作敢为，"看你能把我怎么样"的"英雄豪气"，渐渐地，这股"豪气"却云消雾散了。连梁小春自己也闹不明白，他为什么这么服服帖帖地跟在荷花后边走呢？这里，似乎还有一种若隐若现的甜滋滋的感觉。

月牙斜挂，轻风徐来，淡淡的月光扫着地上的树影，越扫越乱，怎么也扫不干净。他们走在大雁屯大街上，荷花那匀溜溜、轻俏俏的身子，也像云影一样地飘动着。不知是从她那花衬衫上，还是从她那新洗过的、蓬松的头发上，散发出一股淡淡的馨香。是香皂味儿，是花露水味儿？梁小春闹不清楚，他觉得自己被这股香味熏得有点儿醉了……

突然，梁小春的脚步像楔子一样钉在了地上，他心里那种如梦如醉的感觉也一下子消失了，他发现，他跟着荷花已经来到了河滩上的小树林里。这里是他的忌地。在这里，海棠送给他那双定情的护袜，他捏过海棠那双柔软的小手；在这里，海棠回绝了他那块精心挑选的纱巾，埋下了一颗破碎的心……

荷花见梁小春站着不动了，就直截了当地问："你们为什么选我当队长？"

梁小春心里咯噔一沉。这会儿，他才记起来，荷花把他领到这里，是来"审讯"的。可是，他那股"赴宴斗鸠山"的气势怎么也提不起来了。他看看荷花那白润润的脸蛋儿，不冷也不热；听听荷花说话的口气，不软也不硬；再瞧瞧荷花那双大眼睛，亮晶晶地闪着光，水汪汪地含着泪。这是怎么了？梁小春心里没底了。

"为的是让我出丑，拿我开心，给你们取乐，是不是？"荷花说这句话，带着几分怒气和委屈。

"就算是吧。"梁小春什么都敢承认。

"就为这个吗？还有没有别的？"

别的，当然有。可怎么说呢？别看这群光棍汉平时口头上义愤填膺地"恨"那些姑娘们，可是哪个小伙子的眼睛不往姑娘的身上盯呢？哪个小伙子的心不往姑娘的身上拴呢？夜里睡不着觉想什么？哼！把心窝子的话掏出来，那才是真正的英雄好汉哩！荷花要是真的嫁给那个"看传达室"的，梁小春心里是滋味儿吗？选她当个生产队长，不就是给她钉个"拴马桩"吗？当然，荷花即使不离开大雁屯，也未必看得上梁小春。这话得另说了，就像你最喜欢的一枝花，即使得不到手，你能忍心看着人家把它插在粪堆上吗？这些话，能说得出口吗？恐怕一辈子都得烂在心里。

“你怎么不说话呀？你们憋足了坏了是不是？开够了心了是不是？你说，你们那样造我的谣，气人不气人？”荷花绷着圆圆的小脸蛋儿，一个劲儿地叮问着梁小春。

梁小春忽然觉得有点儿好笑，他认为，荷花那紧绷绷的小脸儿是故意装出来的，那一句接着一句的质问，一点儿也不让人感到可怕。他心里那根弦儿松了一下，也故意开了一句玩笑：“怎么，没把你气出个好歹的来？”

荷花却一本正经地说：“开始的时候我真想找你们干一架，后来我遇到了一件事，使我改变了主意。干脆，顺着你们竖起的竿儿往上爬，你们选我，我就干！”

梁小春有点儿奇怪了：“你遇到了什么事？”

“你们不是知道吗？人家给我介绍了杨栓。”

梁小春又有点儿尴尬了：“啊，是呀……”

“准是老蔫儿告诉你们的。”

梁小春没有表态，他不能出卖朋友。

荷花激动起来：“老蔫儿他姑把那小子吹得天花乱坠，我妈又哭又闹，非逼着我去跟他见一面不可。见就见吧，反正我有我的主意。”

梁小春听了荷花的话，不知为什么，心里怦怦地跳了起来。接着，荷花给他讲起了那天“见面”的事。

那天一早，荷花刚坐上汽车，就听到后边有两个人聊天，开始她没在意，后来听到好像提了一句荷花的名字，她就竖起耳朵听起来。一个穿干部服的中年人问那个穿新工作服的小伙子：“你现在是正式工人了，为什么还要从农村搞对象呢？”小伙子说：“像咱这从农村来的人，你就是长得再帅，穿得再好，那些城市小姐也说你是土包子，没人瞧得起咱们。就是有愿意委屈一点儿跟咱们的，也是些鸡不刨、狗不啃的剩货了。”那个中年人说：“冲你说话这么损，到农村也未必找得到好姑娘。”小伙子说：“到农村就大不一样了，像咱这穿工作服的，往村里一站，就会被一大帮姑娘围上，拣样儿挑，选头水儿……”荷花听了这话，气得心里火苗子腾腾往上蹿，扭过头问那小伙子：“同志，你是不是芦花寨的？”小伙子说是，她又问：“你认识不认识大雁屯老蔫儿他姑？”小伙子：“认识认识，我这会儿就到她家去。”荷花一听没错，这个人准是杨栓，就说：“那求你捎个信儿，就说大雁屯的荷花今天不到她那儿去了。”小伙子一听就急了，忙问：“她为什么不去了？”荷花说：“你对老蔫儿姑说，她给荷花帮忙，荷花感谢她。可是别把那些鸡不刨、狗不啃的剩货往荷花那儿打发呀，荷花又不是收破烂的！”小伙子一听这话，脸唰地就白了。荷花又说：“你再告诉她：荷花就是一辈子嫁不出去，老了入五保户，死了埋孤女坟，也不能让人家拣样儿挑，选头水儿！”荷花说完这句话，正赶上汽车到站，站起来就下了车。那个小伙子干张着嘴，连气都吐不出来了……

梁小春听了荷花这片话，一下子被惊呆了。顿时，他觉得自己这个堂堂五尺高的男子汉，不是比人家荷花矮半头，而是矮了一大截。半天，他才激动地说：“荷花，你真行！”

荷花笑了，笑得非常得意，可又故意试探着说：“怎么行？厉害，是不是？放心，我不会咬你一口的。”荷花说完这句话，脸上一阵灼热。

“你不是咬了我们一口了吗？”

“你是指在选举会上吗？那可不能怨我，你们这些光棍汉选我当队长，闹了半天就是想让我给你们找媳妇呀！”

梁小春急忙红着脸分辩：“谁说的？根本不是那个意思。”

“得了吧。你们平时总是谴责咱大雁屯的姑娘眼皮薄，往外飞，这当然是姑娘们的思想有问题。可是你们这些光棍汉为什么不能招姑娘的喜欢，不能拴住姑娘的心呢？”

梁小春有点儿胆怯地说：“你们姑娘的心比天还高，谁拴得住呢？”

荷花说：“那怪你们没有本事，没有出息！”

好劲儿！梁小春终于领教了荷花的厉害，这位班门子弟的大师兄，在一个姑娘面前，居然红口白牙，对不上茬了，丢人不丢人？梁小春觉得身上一阵烘热，额角上渗出了汗珠儿。不过，他的心里却觉得凉津津、甜滋滋的，像慢慢融化着一块冰糖。

“好了，咱们说点儿正经事儿吧。”荷花又郑重起来，“你们选我当队长，可得给我补台，捧着我干。”

梁小春说：“你连活儿都不给我们派，让我们怎么干？”

荷花说：“活儿嘛，我早就给你们派好了，把你那伙班门子弟拉出去……”

梁小春一听，忙打断了荷花的话：“不行，不行！”

“我跟关书记说好了，他答应给你们平反，退还当初没收的木匠箱。”

“那也不干。”

“还赌气呀？”

“不是赌气，我们早就发过誓了，这辈子都不再摸锛凿斧锯了。”

“你别说那些硬话了，你当我不知道？你们为什么整天价喝酒、‘甩大鞋’、犯嘎生事呀，还不是因为身上有本事没处去施展？不摸锛凿斧锯，手痒痒得都刻起了小木猴儿。”

梁小春又无话可说了，荷花像个神医一样，一下子摸准了他的脉搏，找到了他的病根，而且理解了他的病痛，他还有什么可说的呢？

荷花又告诉他，头两天芦花寨姚师傅来，她已经替他们应承下来一批活儿，县农机厂要建一个新车间。梁小春又摇起了脑袋：“不行，那可不行！”

“为什么？”荷花严肃地问。

“那你还不清楚？海棠就在那个厂，低头不见抬头见……”

“她在那个厂怕什么？她在那个厂你更应该去！”荷花又激动起来，几乎是喊叫般地说，“就是要让她看看，她当初扔的不是一块石头，而是一块金子！”

荷花说完这几句话，不知为什么，两颗晶莹的泪珠儿从那水汪汪的大眼睛里滚落下来。这泪珠儿似乎又溅落在梁小春那火烧火燎的心里，把他的浑身上下烘得热腾腾的。

月牙西斜，云影晃动，远处村子里，传来一阵犬吠。夜深了。

梁小春抬起头来，呆愣愣地看着荷花。他的脸红通通的，眼睛里闪着泪光，心里却怦怦乱跳起来。

荷花看到梁小春这个样子，心里也有些慌乱了：“你，你怎么了？”

梁小春低声地说：“荷花，我，我算服你了。”

荷花心里一热：“真的?”

“真的。”

“你用什么证明?”

“用这个。”梁小春把一只大手伸到荷花面前，“这是我的手艺，也是我的心。”

荷花低头一看，梁小春那粗大的手心里，托着一个鸡血红的小木人……

1981年10月于通州镇

嫂　子

一

嫂子来了。

妻子那阴沉沉的脸和冷冰冰的目光，不要说嫂子受不了，我看了心里都一阵阵的发疼。午饭，照常是素炒白菜丝，两合面的烙饼。不同的是，添了一样韭菜末鸡蛋汤，这就算是招待嫂子了吧。一家人默默地吃着饭。妻子把胳膊架在桌边上，眼睛望着窗外。嫂子低垂着眼皮，小心翼翼地拿起一张烙饼，撕开，犹豫了一下，把大半放回盘子里，自己留下了小半。这时候，妻子可能也觉得太过意不去了，就让起了嫂子："您吃菜呀，吃菜呀。"

这些话说得含混不清、乌里乌涂的。而她的脸仍然是阴沉的，眼睛仍然看着窗外，绝不向嫂子投去一瞥。嫂子也客气地谦让着，喃喃地说："吃呢，吃呢。"那根筷子胆怯地伸过来，只在她邻近的盘子边上，夹了一根细细的白菜丝。

吃完了饭，妻子噼里啪啦地擦桌，唏里哗啦地洗碗，呼里呼啦地扫地，像打仗一样，她干家务，从来没有这么麻利过。出工的钟还没敲，她把草帽一扣就往外走，临出门，隔着窗帘扔下硬邦邦的一句客气话："一会儿您走，让他送送您。"

妻子从来不对嫂子称呼什么，一声"您"就全有了。因此，嫂子懂了，就忙站起来，客客气气地应酬着："不用了，不用了……"

嫂子的这些话，从她那颤抖的嘴唇里挤出来，使人听了，浑身不由得发紧。不过妻子早已出了院门，嫂子的这些客气话，她根本没有听见，或者听见也没有往心里去。

我只好送嫂子走，为她提着那个小小的花包袱。嫂子的小包袱里，装着梳子、镜子、毛巾和几样内衣，她来的时候，大概是想在这儿住几天的。我心里一阵酸溜溜的难受，又一阵火烧火燎的冲动。可是有什么办法呢？

走到村口，我无可奈何地对嫂子说："过几天您再来吧！"这实在只是一句宽慰的话。

"不，我不来了。"嫂了沉重地摇着头，"嫂子不是看不出眉眼高低的人。"

"不，嫂子，她就是那么个人，您别计较。"

"小林，我知道你的心，嫂子不怪你。"嫂子的泪水滚来滚去，但一直没有落下来。

"嫂子，您闷得慌，就来吧，冲着我，啊！"我几乎是在央求嫂子了。

"好吧，好吧，你、你回去吧。"

嫂子答应了我，或是应付着我，我不知道。她扭过头，急急忙忙地走了。她不愿意让我看见她落泪。不过，她走了，又转过头来，颤巍巍地说："小林，你、你要是想我，就、就回去看看吧，我、我就你这么一个亲人了……"

嫂子说完，又转身走了。她那瘦小、衰弱的身子在我眼前晃动着，晃动着，越晃越模糊……

二

是的，嫂子就我这么一个亲人。我呢？又何尝不是只有嫂子这么一个亲人呢？

我出生后不久，就失去了父母，是哥哥嫂子把我养活、带大的。哥哥比我大二十岁，我从来没有把他当作我的同辈人，总像对待严父一样地敬重他、畏惧他；而在嫂子面前，我也像在母亲身边一样撒娇、任性，同时也像在母亲身边一样感到温暖和幸福。我是吃嫂子的奶水长大的。据说，她自己有一个小女孩儿，只比我小八个月。母亲死后，我和那个小侄女两人抢着嫂子的奶水吃。而嫂子是让我吃饱以后，才把那干瘪的乳头塞在饿得嗷嗷叫的小侄女嘴里。终于，那个可怜的小侄女没有养活……我不知道这是不是真事，嫂子从来没有跟我讲过。

当我记事的时候，哥哥已经卧在了病床上。有一天，浑身肿得发亮的哥哥叫我跪在他的床前，让我给嫂子磕三个头。我还没有磕完，嫂子就一把抱起了我，哭着把我搂在了怀里。奄奄一息的哥哥吃力地哀求着嫂子，说着我当时还不大懂的话："我死以后，你愿意守着，就、就守着；愿意往前走，我、我也不拦你……只是，千万别、别把小林扔、扔掉……"

哥哥死后，那两间房顶上长满荒草、四面透风的小土屋里，只剩下我和嫂子两个人了。我当时不知为什么那样胆小，不敢一个人进屋，也不敢一个人出屋，一刻不放地牵着嫂子的衣角，像小尾巴似的紧跟在她的后边。到了夜间，听着外边沙沙的雨响和风吹树叶的声音，总觉得像魔鬼在咬牙磨爪，吓得连大气都不敢出。嫂子把我拉进她的被窝儿里，用她的身子把我围裹起来。我缩成一团，紧紧地偎在她的怀里，感到无比的安全和舒服，很快就进了美丽的梦乡。

我们的日子过得越来越艰难了，那正是全国人民勒紧裤腰带，与饥饿和浮肿争夺生命的"困难时期"。那时候，嫂子每天晚上，都用那半个鸭梨大的小瓢儿，舀一瓢玉米面，给我熬一小碗稀面粥，让我喝。我那会儿，肚子空得好像只剩了一个干瘪瘪的空囊。那小碗粥一到嘴边，嗓子眼里就像伸出了千百只小手，稀里哗啦地抢了进去。可是肚子里，却仍然是空空荡荡的。

躺在炕上，嫂子好言好语地跟我商量着："小林，过了明儿晚上，你、你就没有面粥喝了。"

我急了："那、那我吃什么呢？"

"跟嫂子一块儿吃红薯叶，好吗？"

"不，不，红薯叶又苦又涩，难吃极了。"

"那……那你先睡觉吧。"

"我不，我饿，睡不着……"

“快合上眼，一会儿就会梦见捡到一个白白的大馒头吃。”

那一夜，我确实梦见了自己捡到一个白白的大馒头。可是，我刚张开嘴一咬，那大馒头变成了一个大气球儿，飘忽忽地飞上了天。我追呀，叫呀，没留神掉进了一个深水坑里，冰凉冰凉的……

我不知是被冻醒的，还是被饿醒的，睁开眼以后，我的肚子咕咕噜噜地叫着，难受极了。好像那千百只小手，在我那空空的肚皮里抢不到东西吃，撕撕扯扯地打起了架，搅得我肚子针刺一样的又疼又麻。我实在熬不下去了，借着从窗口泼洒进来的惨淡的月光，看了看嫂子。嫂子大概太困太累了，睡得像死去了一样。

我悄悄地爬起来，蹑手蹑脚地出了屋子，找到了那个盛玉米面的小瓦罐，伸手一摸，心里就凉了，里边空空的，什么也没有；再一摸，摸到了那个小瓢，里边还有不满一半的玉米面。

我在锅里添上了一碗水，把火点着。等水烧开以后，就把那一小瓢玉米面倒了进去。玉米面在那冒着热气的开水里，变成了一个个面疙瘩。我用勺子搅，怎么也搅不开。我又饿又累，腰酸手疼，想坐在锅台上歇一会儿，谁想到，往锅台上一靠，就睡着了……

我不知道自己是怎么醒的，睁开眼以后，只觉得满屋子都是烟，一片呛人的焦煳味儿。在浓烟中，嫂子端着一盏小油灯，呆愣愣地站在我的面前。我立刻意识到自己闯了祸，急忙从锅台上爬起来，怯生生地看着嫂子……

不过，嫂子并没有责备我。她把我抱进了屋，放在炕上，一声都没有吭，就背着一个小筐出去了。她干什么去了呢？

直到天亮以后，嫂子还没有回来。我慌了，急忙跑出去找。刚出院门，就看到好几个小孩儿往大队部的方向跑，一边跑，一边高叫着：“快去看贼呀！快去看贼呀！大队部抓到一个贼！”

我也随着跑起来，到了大队部门口，我一下子愣住了。只见几个持枪的民兵，押着披头散发的嫂子走了出来。嫂子肩上背的那个小筐里，放着几块红薯。那个满脸麻子的队长，对民兵说：“把她押到公社派出所，先关起来再说！”

我一听要把嫂子押走，不顾一切地跑了上去，抱住了嫂子的大腿，死也不放。麻队长伸手一薅我的后脖领子，就把我甩到了一边。我哭着，叫着，扑到了麻队长的面前，拼命地央求着他："别把嫂子押走，我，我再也不嚷饿了。我再也不偷玉米面吃了，我再也不怕红薯叶苦了，我……"

不知为什么，麻队长听了我这些傻话以后，居然把嫂子放了……

回到家里，嫂子抱着我哭了起来。哭完以后，又抽抽咽咽地问我："嫂子做、做了贼，丢、丢了脸，你、你不恨嫂子吗？"

我也流着眼泪说："不，嫂子，我，我不恨你，我知道，你、你都是为了我，为了我呀！"

就在这一个早上，我好像一下子长大了，似乎懂得了许多事情。我懂得了生活的艰难，懂得了嫂子对我的一片深恩厚情，也懂得了自己的责任……

三

自从发生了嫂子偷红薯那件事以后，麻队长经常到我们家来。嫂子对他非常热情，他进来后，又沏茶，又递烟，走的时候，一直送到大门以外。他不仅仅是来串门聊天，还帮助我们家干活。他把屋顶上了一层白灰浆。我们那两间小土屋，再也不透风漏雨了。他还用院子里那一堆碎砖烂瓦，垒成了一个小羊圈，从集市上帮助我们买来两只小羊羔。每天放学以后，我就要为羊割青草，扫树叶，再也没有工夫满街胡玩乱跑了。

渐渐地，他来到我们家，不但干正经活儿，就连扫院子、挑水这一类的家务事也主动地干起来。麻队长虽说长了满脸白麻子，可是一点儿也不丑。十个麻子九个俏，他不但长得虎背熊腰，浓眉大眼，而且心特别灵，手特别巧，什么活儿到了他手里，简直像变戏法一样，干得又漂亮又灵巧。我们家的那个小土炕，总是不好烧，每次烧火，都从灶门口倒烟，呛得嫂子流眼泪。他把小土灶拆了，搭起了一个青灰挂面的八角灶，漂亮极了！柴火往灶门口一送，就呼呼地往里抽风，一点儿也不倒烟了，又省柴又好烧。为了这些件事，嫂子高兴得起码有半个月合不上嘴。

嫂子让我管麻队长叫大哥，我却调皮地叫他“麻大哥”。他每次进门，我叫他，他都非常严肃地答应一声，然后就喜眉笑眼地朝嫂子身边走去。有一天傍晚，我从外边打青草回来，进了门，就看到他跟嫂子都绷着脸，好像是在商量着什么要紧的事情。我只听他说：“他又不是你生的，你跟他有什么关系？你不管，有政府管不是一样吗?”嫂子低声地说：“那不行，我不能把他扔掉，不能……”

当我的脚步声把他们惊动了以后，两个人都闭上了嘴，谁也不吭声了。我心里顿时堆起一团疑云。从此以后，他一来，我就借故躲出去，免得我招他讨厌，在嫂子面前说我的坏话。

终于，那场“史无前例”的风暴也刮进了我们这个小小的乡村。麻队长被一伙造反派戴上了高帽子，挂上了黑牌子，满街筒子都贴满了他的大字报。他再也不到我们家来。打那以后，我发现嫂子的眼睛总是红肿着，准是她夜里在偷偷地哭。是心疼麻队长吗？我不知道。

有一天我放学回家，看到我们家门口围了一大群人。我心里一惊，不知发生了什么事，急忙跑过去。我家门口的墙壁上，贴着几张非常肉麻的漫画。细一看，画的是麻队长和嫂子，说嫂子是个“大破鞋”，跟走资派“乱搞男女关系”。我气得七窍冒火，一下子蹿上去，把好几张漫画扯得粉碎。

嫂子躲在屋炕上哭，哭得非常可怜。我觉得自己已经长大了，完全有责任保护嫂子了。于是，我拿出一种男子汉的气概，怒气冲冲地说：“嫂子，你别哭，我去找他们算账，绝不能让他们这么欺侮你!”

我说完，扔下书包，就要往外走。嫂子却一把拉住了我：“小林，别、别去，千万别去……”

我说：“怕什么？脚正不怕鞋歪，身正不怕影儿斜；心里没有病，不怕半夜三更鬼叫门!”

也许是因为我的话里有男子汉的气概，给嫂子柔弱的躯体里灌输了力量，她突然握紧了我的手，也不哭了，扬起那张满是泪污的脸，红肿的双眼闪着奇异的光，盯着我问：“小林，这、这要是真的呢?”

“什么？真的？什么真的？……”我急得不知道说什么才好，不祥之兆像潮水一样兜头盖顶地泼下来，我的心怦怦地跳，两条腿也发软了。

“我跟他……你恨嫂子吗？”

“啊？……”

我不知身上从哪儿涌起了一股邪劲儿，一下子甩脱了嫂子的手，转身跑了出来，跑进了自己的房间，扑在炕上，蒙上被子，呜呜地哭了起来。我当时觉得，我的整个身心，整个生命，整个声誉与尊严，都受到了莫大的侮辱和损害。天塌下来了，地陷进去了，我再也没有脸见人了，再也没有脸活下去了。嫂子过来了，她扳着我的肩膀，苦苦地哀求着：“小林，饶恕嫂子吧……”

我忽地一下子把被子掀起来，猛地坐起身，声嘶力竭地吼叫着：“你走！你走，你躲开我！”

嫂子显然被我这一举动惊呆了，也刺伤了。她两眼直瞪瞪地看着我，张着嘴，半天说不出话来。渐渐地，她那抱着门框的双手松开了，身子软塌塌地向下溜着……

四

在我们这个把妇女的贞节看得无比神圣的小乡村里，像嫂子这样一个坏了名声的女人能够生活下去，是多么不容易啊！足足有一个多月，嫂子连门都不出，因为她知道，自己在村里，已经彻底臭了。平时，谁家有个天灾人祸，生老病死，差不多半条街的人都登上门来表示慰问和关心。唯独这种事，人们都比赛似的表示咬牙切齿的痛恨，以证明自己的清白无瑕，就连心眼最好的人也不敢公开地表示半点儿同情。人嘴两张皮，舌头底下压死人，妇女之间打架吵嘴，开口就是“你是小林的嫂子——破货一个”。似乎只有这样骂，才最毒，最恶，最解恨。闺女大了，做母亲的不放心，免不了要教训两句：“你要跟小林嫂子那样，给我丢人现眼，我敲断你的腿，撕碎你的皮！”嫂子成了全村人的反面教材，成了人人害怕的魔鬼，成了威胁人生命的“癌细胞”“霍乱菌”！

很少有人指责麻队长，尽管他还是“走资派”，尽管他还戴过高帽子，挂过黑牌子。而且，在他被“解放”，重新当上队长以后，还有不少好心的人给他介绍对象。最后，他跟邻村的一个三十多岁的瘸腿姑娘结了婚。

嫂子低人十八等，我吃嫂子的“挂落”，也在村子里抬不起头来了。而且，最倒霉的还是我。别人家的小伙子，还没过二十大关，说媒提亲的，就像走马灯似的找上门来。可是我，二十三岁的大小伙子了，还没有交过一次“桃花运”。

这怨谁呢？当然怨嫂子。谁愿意把一个好端端的大姑娘往臭屎坑里推呀？

唉！过这种倒霉的日子，我心里烦透了。吃饭不香，睡觉不实，无精打采，浑身没劲。从队里出工回来，就往我那间小屋里一躺，什么活儿也不帮助嫂子干。嫂子跟我说话，我也是“哼”“哈”，爱搭不理。嫂子也看出我心里不痛快，总是由着我的性儿，对我百依百顺，百般照顾，甚至晚上睡觉，都替我把被子铺好。可是越这样，我越觉得嫂子影响了我，对不起我，越觉得和这么一个女人过日子，心里窝囊。

更使我心里不痛快的是，嫂子总是非常固执地认为，我娶不上媳妇，就是因为我们家穷，没有三间新砖房的缘故，而且下决心要把新房盖起来。从此以后，我又过上了苦日子。为了攒钱盖房，嫂子连酱油都不买了，常常只炒一小盘菜让我吃，她自己就蘸点儿盐水就饭吃。冬天，滴水成冰，她舍不得花钱买煤。每天晚上，只是往我的炕灶里添几把树叶，她的屋里却像冰窖一样。就这样，她还半宿半宿地纳鞋底挣钱，把手脚都冻烂了。看嫂子这样，我又心疼，又生气，一点儿办法也没有，指望着从牙缝里挤，从针线上缩，要盖起三间房，谈何容易！这样过了两三年，我也不知嫂子攒了多少钱，恐怕连架房柁也买不起。等到盖上房子我再娶媳妇，我还不得找个“老棺材瓤子”呀！

有一天吃晚饭的时候，嫂子对我说：“明儿我想回娘家一趟。”

嫂子的娘家在离这儿三十多里外的大河东，家里只有一个叔伯哥哥，已经多年没有来往了。她回去干什么呢？我觉得有点儿奇怪，但又不愿意问她，只是一边低头喝粥，一边在嗓子眼里“嗯”了一声。

停了一会儿，嫂子又说：“我想在那边给你找个媳妇，听说，那边的姑娘条件低……”

我一听心里就窝起了火，没好气地说：“算了吧，谁愿意把闺女给咱们呀?”

我说的是“咱们”，不光说的“我”，这就连嫂子也包括进去了，不知她是否听出了我那话外之音。

那一夜，嫂子屋里的那盏小油灯一直没有熄。一会儿，是沙沙啦啦的响声，大概是嫂子在数着她攒的钱；一会儿，又是呜呜咽咽的哭泣。是为我，还是为她自己呢?

……

我终于交了“桃花运”，是麻队长那个瘸腿媳妇给我介绍的，但是有两条：一、“女婚男聘”，让我“嫁”到她家，当“倒插门”的女婿；二、女方不认我这臭名远扬的嫂子。条件是苛刻的，但嫂子都满口应承下来。不过，在我临“过门”的那些天里，她白天强装笑脸，为我准备婚事，夜里却整宿整宿地哭。

我的心软了，我真不忍心离开这可怜的女人，但是一切已经成了事实……

五

自打上次以后，嫂子没有再到我家来，一直没有来。

妻子从来没有提起过她，好像世界上根本就不存在这么一个人。有一次，那是她养的那只心爱的来亨鸡一天下了两个蛋，她跟我喋喋不休地唠叨了半宿，我趁兴提出了要求，让她跟我一块儿去看看嫂子。她顿时翻了脸，气哼哼地说：“要去你去，我怕沾我一身臊!”我满肚子的火气腾腾地往上拱，但我想起了嫂子的叮嘱，没有发作，又把这口气咽了下去。

有人捎信来，说是嫂子病得很厉害，恐怕不行了，让我马上回去看看。

我把这件事转弯抹角地跟妻子说了，她一听，立刻急急忙忙地换衣服，要跟我一块儿去。看到妻子的转变，我被感动得几乎流出了眼泪。人心都是肉长的，谁没有点儿同情心呢？

我们来到了嫂子住的那间小屋里，嫂子像死了一样，直挺挺地顺着炕沿躺着。麻队长正默默地坐在嫂子的身边，他那长满白麻子的脸庞上，横竖挂满了泪水。见了我们，他站起身来，摆了摆手，轻轻地说："她刚睡下。"

我朝嫂子那毫无血色的脸上看了看，就悄悄地退了出来，到了外间屋里，我问麻队长："嫂子的病怎么样？"

麻队长痛苦万端地摇着头："不行了，大夫说不行了……"

说着，大颗大颗的眼泪又顺着他那麻脸庞流下来。我的心像针刺一样的难受，眼泪也忍不住流了下来。

沉默了一会儿，麻队长声音哽咽地说："她年轻，太年轻，还不到五十岁，还不到……小林，是我，是我害了你嫂子呀！"

看着他那追悔莫及、痛不欲生的样子，我说："大哥，那是过去的事了，别、别再提了……"

他用拳头敲自己的脑袋，流着鼻涕眼泪说："唉！我悔，悔死了，我千不该，万不该……不该提了那个该死的条件！"

我茫然了："什么条件？"

"你嫂子没、没告诉过你？"

"当初，我们要、要结婚，我向她提出，让她不要带你，她、她说什么也不干，她舍不得扔掉你……这样，我们俩就谈、谈崩了……"

麻队长说着，把头埋在门框上，像女人似的哭了起来。

我的心被强烈地撼动了，不是被麻队长的哭声，而是被嫂子，被嫂子那颗在苦难、委屈、侮辱的重压下，仍然闪闪发光的心。我再也忍不住了，一步蹿到屋里，蹿到了嫂子身边。

嫂子醒来了。她看见了我，那深陷的像残烛一样的眼睛里又闪出了光亮；那干裂的像枯菜一样的嘴唇又颤抖起来。我俯在她的耳边，哭着叫着："嫂子！嫂子……"

她那颤抖的嘴唇终于发出了微弱的声音，是在呼唤着我："小林，小林，你、你帮我翻、翻个身……”

嫂子笑了，我看到她那毫无血色的脸上露出了微不可察的笑容，显得是那样幸福、甜蜜和满足。然而，她那干裂的嘴唇仍然在颤抖着，发出越来越微弱的声音：“替我把、把褥子，掀开……”

我向站在一边的妻子努了努嘴，她走过来，用指头捏起了褥子的一角。只听她“呀”地叫了一声，整个褥子忽地一下子掀开了。

我也惊住了，在嫂子的褥子底下，整整齐齐铺了一床厚厚的钱币，有十元的，有五元的，有二元一元的，还有许多零角的和闪闪发光的硬币……

嫂子躺在我的怀里，大口大口地喘着粗气，断断续续地说：“小林，我对、对不起你……我到底没、没把房盖、盖起来……这会儿，钱够了……你自己盖吧……盖好房就、就搬回自己家来吧……”

嫂子说完，吃力地闭上了眼睛。

我和麻队长都慌了，一起呼叫着。

妻子猛然扑了上来，双手抱住了嫂子，发疯般地哭叫起来：“嫂子呀！我的好嫂子呀！你别走！你可别走……嫂子呀！我们是来接你的，你跟我们走吧，去享几天福吧……嫂子呀！我的好嫂子呀……”

妻子的哭叫声是那样的悲惨哀伤，字字带血，声声是泪，哭得昏天黑地。嫂子终于又吃力地睁开了眼睛，那扩散的瞳孔中放出的两丝微弱的残光，直愣愣地盯着痛苦万状的妻子，两滴浑浊的泪水挤到了她那塌陷的眼角。她那干裂的嘴唇凝固了，再也发不出声音来了。但是我知道，嫂子已经被深深地感动了，她在弥留之际，听到了妯娌那真诚的哭叫和呼唤，她满足了。这又弥补了她生前的一件缺憾，使她将去的亡灵得到了莫大的安慰……

给嫂子送葬回来，我的心里沉甸甸的，像压着一块生铁，妻子就趴在炕沿上，匆忙地数着嫂子给我们留下的钱，在坟前洒下的泪水还没有从她脸上擦净，她的嘴角就露出了不可掩饰的笑容。终于，她扬起脸来对我说：“来的时候，我只想看看嫂子还有什么值钱的东西没有，真没想到，嫂子有这么多钱，这么多的钱！”

我顿时暴怒起来，冲着她吼叫着：“你滚！你给我滚！”

妻子呆愣了，她胆怯地看着我，向后退去。

我一头扑在炕上，放声大哭起来……

1981 年 9 月于戴家桥

落　红

一

杏花屯的人勤快，醒得早。杏花屯的汉子婆娘没有偎窝子恋床的毛病。夜尾巴一甩，百多扇柴门几乎同时洞开。热烘烘的浊气中剥离出端着热烘烘尿盆的热烘烘女人。乱草一样的头发，敞着怀，肥白的胸乳理直气壮地诱惑着清爽爽的晨风。男人们倒是穿戴整齐，摸扁担摸锄镐之前，在篱笆小院里很气派地咳嗽着，痰也吐得很威严。俄顷，马嘶、牛吼、羊叫、鸡啼，喧嚣得很负责任。

阳光徒劳地打扫着撒满柴草羊粪的街道。这一天并不寂寞。

杜解放蹲在篱笆根下，很专注地侍弄着小菜园里的甜瓜秧，心里却紧绷绷地等待着那一刻的到来。一连三天了。篱笆上狂浪着开着黄花的豆角秧，外边便是那阳光永远也扫不干净的黄土街道。这等待着的到底是盼望着还是恐惧着，他说不清楚。薅刀落下，一条很有前途的甜瓜秧被拦根斩断。他心疼得直咬自己的手指头，十指连心，心更疼。嗒嗒嗒的敲击声和那烈火一样的红旋风是从篱笆缝里向他扑过来的，他险些仰面跌倒。眩晕中又一声长嘶，像是从他心里爆炸开的，他的魂魄都飞逃了。红旋风在篱笆外缓下来，那嗒嗒声显得更有力量。昂扬着头颅的潘子良故意不往这边看，但他显然知道那狂浪的豆角秧后边有一双禁不住诱惑的眼睛。他的头颅更加高昂起来，迎着被廉价利用的神圣的太阳，神气得失去了人形。

“我日你亲娘，婊子养的！”杜解放把满腔的愤怒抛向篱外，却把这解气的诅咒啐在那断了根的瓜秧上。有意无意，这一句连同他自己一块儿骂了。

他无心绪再勤劳了，迈进自家的小院。身上一阵躁热，想干点儿什么。因为那个大肚子女人比别家的婆娘起得晚些，也更懒散些。她把那热烘烘的尿盆倒掉，扣在猪圈上，又迈过猪圈的矮墙，褪下裤子，哗哗哗地放着积蓄了半夜的热尿。那头未阉干净的壳郎猪很缺德地嗅着女人的屁股。他拽着女人进了屋，又很轻易地拽下女人那尚未系好的裤子，门都没有关。

女人不是怕，是奇怪，问："这是咋啦？昨晚不是干了吗？"

"老子学会一句时兴话：有权不使，过期作废。娘的！"

女人不再说什么，打起精神来配合着，内心中也透着几分温柔。

八年了，整整的。杜解放花八百块钱从人贩子手里买来这个四川女人。这女人秀气、柔韧又鲜活，像一棵光溜溜的、青嫩嫩的小泡桐树。他在美气得疯癫的时候，就呻吟般地叫着："我亲亲的小泡桐树啊！"也算是明媒正娶，摆了酒席，拜了天地。庄稼人活得清爽，一辈子就为两件大事，一是填满肚子，二是娶个老婆。小两口谈不上情意绵长，倒也过得有滋有味儿。不称心的是，杜解放花了几年的工夫，把吃奶的劲儿都使出来了，也不能把女人的肚子搞大。心和脸都阴沉了一阵子以后，便有了救，靠山集来了几个专家，说是专为山里人服务的。几服中药吃进去，便见了效。杜解放高兴得见谁都笑，满屯的男女老少都成了他"亲亲的小泡桐树"。没笑几天，便飞来横祸。四川来了四个汉子，两根扁担，一条绳子。一个长着胸毛的汉子指着小泡桐树说那是他的老婆，并且甩出了两张大红结婚证书。杜解放傻了。四川汉子还算仁义，没动手，还跟他正经八百地谈判。官了，告他们是重婚罪和拐骗妇女罪，要蹲大牢。人家懂法，随身带着个小册子，翻开上边的条文让他看。私了，物归原主，再给一笔折旧费，八百。你要是愿意留下媳妇也行，给一笔赔偿费，五千。杜解放不愿意经官，怕过大堂。满屯的人都知道官法如炉，七嘴八舌地劝杜解放私了。谈判结果，杜解放拿不出五千块钱，只好把老婆还给人家。不过他也提出一条，等把崽子生下来再让女人回去。人家也答应了，挺痛快。这么大的案子就这么和和气气平平淡淡地了结了。小村里的人虽说觉得不大过瘾，却也为杜解放松了一口气。

石头蛋子在被窝里捂了八年也会成为宝贝疙瘩。想到即将的别离，便心如刀绞。而后，便化哀伤为力量，提高效率，掠夺性地开发这所剩无几的时日。刚挂肚儿那会儿，他们是严格遵循不可同床的医嘱的。为了未来的小生命，他们便把自身的欲望咬碎嚼烂，再咽回肚子里。他们还有补偿的时间，不着急的。村里人也说，带着肚子行事，生出的孩子不干净，花脸花身子，长疥，长癣，烂眼边，生秃疮。这会儿，他也不相信因为这事就能生出个癞蛤蟆来。他还很正经地搞过调查，满屯的人没有一个能十个月枕着烙饼挨饿的。他和她也就更加放心大胆了。

窗外的阳光恬不知耻地掺和进来，在大肚子小泡桐树身上挥着彩旗呐喊助威。他也把头颅高昂起来，还给阳光一个失去人形的神气。嗒嗒嗒的敲击声又响了起来，正好跟这里的节奏合了拍。

“听，又回来了。”在下边的女人说。

“干你的，管他个屌!”

他发泄着愤怒。烈火一样的红旋风迎面扑来。他的头再也昂不起来了，软塌塌的。“我从没见过这么漂亮的马，潘子良真行!”

就这一句话，他兴致全无，他从马上跌落下来，生疼。女人朝他的胯部踹了一脚。他骂了一声娘，懒得再起来。

他心里又炸响了那惊心动魄的长嘶。

二

轿车抵达杏花屯的村口，杜大鞭子便运足了气，如同演员登台上场一样，耍的是把式的功夫，要的是财主的气派。雪白的帆布车篷中扯出了很不般配的一对，潘财主和他新娶的姨太太，一个很新派的城里女人。杜大鞭子左手勒缰，右手执鞭，一路健步如飞。蝴蝶似的光斑从铜车辕上跳到他的红脸膛上，又在他姿态优美的身躯上翩翩起舞。一片喝彩声，又像起哄，从大街小巷的柴门里飞出来。潘财主很得意，很时髦地搂住了很美气的姨太太。当啷啷的马铃、哗啦啦的车轮和咯咯咯的笑声洒下了满街的嫉恨。进了潘家大院，一声鞭花勾出了一个很漂亮的回转，轿车准确地停在高台阶上，钉住一般。潘财主从外手下车，姨太太从里手下车。他搬车凳的时候，姨太太从旗袍开衩里剥出来的那白生生的大腿差点儿碰到他的鼻子尖儿。他嗅到了一股神奇的味道，醉迷迷的。

他想象着那两条从旗袍里剥出来的大腿，像山东汉子馋着两根剥干净了的大白葱。姨太太是很不情愿嫁给潘财主的，在这小山沟里窝憋得心里发慌。她任性得很，每天晚上都要进城听戏，梆子戏。她原先就在那个戏班子里，是潘财主花钱把她捧出来的，种瓜得瓜，她也就归了潘财主。这土财主不做亏本的生意。

他觉得自己的后脖颈子上长出个第三只眼。往车辕上一跨，便看到了车篷里那两条白生生的大腿。有时让旗袍包裹着，时隐时现看不清。有时旗袍便包不住，鲜灵灵活脱脱明扯大摆地放在他身后的车垫上。还有那股神奇的味道，也是通过后脖颈子那一小块皮肉嗅到的，嗅他个浑身躁热，于是便狠劲抽打那匹驾辕的枣红马。轿车在烟尘里风驰电掣，在黄土大道上颠簸着风险和刺激。这娘儿们胆子真大，不怕，还笑，笑得在潘财主怀里打滚儿。他想掐死那胖猪一样的潘财主。可是一路上，他连回头瞟一眼的勇气都没有。他没有杀人的胆子，却只是恨，恨得跟自己过不去，跟哑巴牲口过不去。

潘财主这辈子没白活，吃喝嫖赌抽，都好，都舍得大把往上扔钱。不过他不是那种败家的、游手好闲的、坐吃山空的花花公子。他有他的产业，十三顷地，二十亩园，还有一所祖上留下来的潘家大院。他该理家的时候理家，该建业的时候建业，该享受的时候享受，卖过力气，也尝过乐子。这种财主在中国并不多见，潘财主是个特殊。麦熟三晌，龙口夺粮，潘财主便脱不开身陪着姨太太。姨太太才不管什么“龙口虎口”的，她压根就不晓得麦子是怎么从地里长出来的。她还要听戏，场场不落。潘财主只好由着她任性，耳提面命嘱咐杜大鞭子一路小心伺候云云。

车篷里只坐着一个单身女人了。杜大鞭子觉得自己后脖颈子上那一小块皮肉更加灵验而过敏。于是，身上的躁热也更甚。他扬鞭策马，发泄着这躁热。轿车在烟尘里飞驰，进了前面那密密匝匝的小树林。小树林里很阴险地包容着欲望和邪恶。他突然觉得后脖颈子上一片灼热烫得他心里发颤。紧接着，就是后背，像只肉乎乎的小动物在他后背上蠕动着，从上到下，直抵他的腰下。他转过身，姨太太已经把自己从旗袍里整个剥了出来……月光从繁茂的叶隙中筛落下来，溅落在杜大鞭子那一连串酣畅淋漓的呻吟上。姨太太这会儿才领略到杜大鞭子的厉害，也尝到了杜大鞭子的好处。她把这厉害和好处加倍地偿还给他，让他贪婪地吞噬着。

小树林里每天都演着这惊心动魄的一幕，整整一个麦秋。

事情终于败露。潘财主是偷香窃玉的行家里手，瞒不过他的眼睛。他的鼻子也嗅出了这让人心跳神惊的味道。眼瞅着姨太太的肚子大了，他有自知之明，不贪天之功据为己有。深夜，电闪雷鸣，风雨像皮鞭一样抽打着窗户。被剥得赤条溜光的大白葱吊在屋梁上，蘸着盐水的皮鞭在她那浑身嫩白上涂抹着横七竖八的紫红。她终于熬不住皮肉之苦，招了。

她是带着满身伤痕且冒着再赚一身伤痕的危险溜进杜大鞭子的小屋的。

“姓潘的向城里的兵团使了钱，要抓你的壮丁。”

“小子想借刀杀人！我当了壮丁领了枪，先毙了他，奶奶的！”

“别犯傻了，你快跑吧！”

“扔下你？”

“留下这条命，老天有眼，还有见面的时候！”

一番生离死别后，他便逃。顺着大路朝东跑，直出山海关。那会儿，关里的人不论因为什么，活不下去就往关外跑，似乎出山海关就是出了阎王爷的鬼门关。他出了关便不能跑了。前边在打仗，他被裹进了担架队，从战场上往下抬伤员、抬死尸。麦子似的，抬完一片又倒下一片，他也记不清抬了多少了。好不容易没的可抬了，剩下的都是欢蹦乱跳的大活人，他又跟着这些大活人进了关。

他是带着一张支前模范的大红奖状回杏花屯的。正赶上土改，打土豪分田地。工作队说他苦大仇深，又立了功，让他挑，他浮财不要一根针，底财不要一垄田，只要一个大活人，潘财主的姨太太。

挺着大肚子的潘家姨太太是跟他在长工屋里成的亲。穷哥们儿为他们凑了两套吹打，挺红火，挺露脸，挺有活头儿。不久，一个大胖儿子呱呱落地。给他取个名叫解放，时兴，还有那么一点儿知恩图报的味道。

没有人再叫她姨太太，都叫她解放妈。

三

潘子良重修潘家大院，耀祖光宗的事业。磨砖对缝，扁砖到顶，雕梁画栋，落地门窗，三合方砖门楼围成个四楞四致的农家小院。门楼外是外院，外院是车棚磨棚茅房猪圈。外院落的大门是整个大院的脸面，一切根深蒂固的气派都在这里凝聚，也在这里放射。潘子良在东山下办了采石场，发了。赚了钱便做这安慰祖上亡灵的事。潘财主是“十年浩劫”中死的。一根破布条拧成的腰带吊死在村外的一棵歪脖树上。那原本是当年杜大鞭子与解放妈肆意交合的小树林，多年的砍伐只剩下了几株可以让人吊脑袋的歪脖树了。惨点儿。

一辆簇新的胶轮大车，驾辕的是一匹赤身黑鬃的红骝马。齐刷刷装满了一大车木料，停放在院子里。这里潘子良在招标。他要雇一名大车把式，出高价，每月工资四百五十元，上任后先预支半年的工钱。不少人都眼红心热，想试试，来了就犯含糊。三挂马车，辕马中套和捎子，外加一个外套。四匹骡马，手艺稍潮一点儿就会乱套。从院里赶到院外，半尺高的门槛，开了两个豁口，正好跟车轱辘严丝合缝，偏倚一点儿都过不去。更绝的是，那辆大车装的木料，比上门槛高出半尺。都摇头，都说没那金刚钻，连试一试的勇气都没有。

潘子良心里有数，整个杏花屯，包括方圆左右百十个村子在内，只有两个人能把这辆车赶出去，一个是他自己，一个是杜解放。他下这么肥的诱饵就是为了钓杜解放这条大鱼的。他知道杜解放会上钩，他等钱用。有了这笔钱，就能把老婆保住。说白了，这辆胶轮大车，这匹红骝马，就是专门为杜解放预备下的。打从办采石场准备发财的那天起，他就向祖上也向他自己发下两大誓愿：一是重修潘家大院；二是雇杜解放给他当大车把式。这辈子就是为这两口气活着，出不了这两口气，他就是咽了气，也闭不上眼。他有种！

同是庄稼活儿，却不一样，干别的都有烦有累的时候，玩牲口却能上瘾。比烟瘾酒瘾大，赶得上抽大烟吸白面扎吗啡。潘子良这个富家子弟，却自幼有此嗜好。刚会走路就拜杜大鞭子为师，首先在鞭子上下了功夫：准，眼前飞过一只燕子，鞭起燕落；狠，一鞭子把牲口打一个滚儿，身上不露痕迹。这是绝招儿，不外传，可杜大鞭子却传给了他。土改以后，杏花屯还算开明，利用他的一技之长，让他当大车把式。杏花屯原本有三辆大车，高级社时，让别的村“共产”两辆，还剩下一辆花轱辘车。这辆车的鞭杆子就一直攥在潘子良的手里。春播送粪，秋收送粮，给家家户户拉柴火。虽说身上背着个地主成分，可日子过得并不委屈，长鞭一甩，优哉游哉。黄土道上洒满了他那拿腔作调的西皮二黄。

大字报贴在了大队部的矮墙头上，却刀刀见血往他身上捅。说党支部“阶级路线不清”，“鞭杆子仍然握在地主阶级手里”，“杏花屯解放十五年没解放”。下边属名是杜解放。杏花屯立刻屏住了大气，每一扇紧闭的窗户后边都藏着几颗怦怦乱跳的心。庄稼人胆小，经不住吓唬。工作队进了村，从夺鞭杆子打开突破口。潘子良战战兢兢地向杜解放交权。杜解放接鞭杆子时有如接传国玉玺，也神气得失去了人形。

杜解放心里鼓鼓地窥望着潘子良手中的长鞭，时日已久，那是他还在念书的时候。他也跟潘子良一样，玩牲口有瘾。这一半出于遗传，一半出于他自己的感性认识。在农村的活茬儿中，他再也想不出有什么比赶大车更体面、更神气、更有情有趣的差事。那会儿把农村人分成十等，赶大车的算第七等。“七等人，赶大车，鞭子一抱脖一缩，偷点儿马料换酒喝。”他觉得这是在糟蹋大车把式的人格，偷点儿马料换酒喝的缺德事他不会干，潘子良也不会干。

潘子良忍不下这口气，在牲口身上做了手脚。鞍屉下埋一根钢针，这招儿够损的。送工作队到公社去开会，那是杜解放上任的第一天，加倍的美气。摇着鞭子出了村，大车哗啦啦地上了翠柳河上的小石桥。美气的杜解放一纵身，便跨到了车辕上，很潇洒。这骤然一压，鞍屉下的钢针便深深地刺进了马背里。马惊了，双蹄刨天，抖鬃昂头，嗷嗷疯叫。杜解放艺高胆大，临危不乱。他一步蹿到马头前边，顺手从怀里掏出一枚S形的钢针，死卡在惊马的上牙床上。那儿的肉最嫩，一疼压百疼。惊马被驯服了。要不是杜解放这一手绝招儿，大车就会栽在桥底下，就会出人命，就会挨枪子。

这也没放过潘子良，他被揪了出来，成了阶级斗争尖锐性的典型。批斗，那会儿还不兴游街。上了《四清报》，阶级教育展览，县剧团还编了一出戏，演得家喻户晓，但不是《青松岭》，叫《鞭杆风云》。这跟头一栽到底，十几年被管制，直到三中全会后才最后一个摘掉反动地主的帽子。

杜解放那大车把式也没当长，驾辕的枣红马死了，说是吃了打了“1059”的麦苗死的。那辆花轱辘车也在风吹日晒中散了架。以后想买，队里连打灯油的钱都没有。不玩牲口，那滋味儿比受管制也好不了多少。潘子良有点儿幸灾乐祸，又心疼那匹挺仁义的枣红马。

都活着，谁都活得不怎么舒心，那年头。

四

一种巨大的空虚和焦灼使杜解放像氢气球似的鼓胀起来，他觉得没着落。他在自家小院里转悠着，像是寻找什么自己不小心丢失了的东西，又一时想不起来丢失了什么。干什么都无心无绪，那嗒嗒的敲击声和烈火般的红旋风没有来。整个村庄都变得软塌塌的，昂不起头来。娘的，豁出去了，干就干！给你当个伙计就矮你半头？

女人懂得了他的心思，加着小心问：“要不，就干？”

“干个屌！”

“抓挠几千块钱，不就把俺留住了吗？”

“姓杜的还不至于那么没骨头！”

女人也软塌塌的了，眼圈儿也红了。他心里一阵说不清的酸楚，嘴上的硬话又堆成了脸上的愁云。他心疼这个女人，舍不得放她走。这女人也有情有义，离不开他。可是五千块哪！五千块钱，能买一匹马，拴一挂车了。莫非就得在车马上打主意，天生给牲口当牲口的命，娘的！干吧！干吧！干吧！脸面有什么用？骨头有什么用？先拿脸面骨头换回钱来再说。他自己动摇着，却容不得别人把这动摇说出来。心里越是发软，越是要挺出个硬邦邦的骨气来。他扛起了一把橛头。

炊烟和晨雾搅和在一起，在这七零八落的村庄里变幻着模棱与混乱。他丧荡游魂地走着。东边山坡下那晒垡地是该砸砸坷垃了。那坷垃个个都有马头那么大，也高昂着，卖弄着神气。鬼使神差，怎么拐到这条街上来了，前边就是潘家大院。从这里到东山坡也不失是一条路，有人问起，还可以说是去砸坷垃，何况他肩上还扛着橛头。

潘子良这几步棋有点儿厉害，卧槽马马后炮硬是把老将逼出来了。先是用招儿招标，杜解放不买他的账；又驾着红旋风在杜解放眼皮底下刮了七个早晨。等把杜解放心里的火煽起来了，便偃旗息鼓，稳坐钓鱼台。即使你对金钱不动心，这么出色的红骝马，也能把你的魂勾来。他知道杜解放是条汉子。要不，也不至于这么豁出血本，苦费心机了。赢了这条汉子，他便是杏花屯的第一条汉子。他正在大门口给红骝马梳理着鬃毛，旁边几个不是汉子的男人围着巴结他。他用廉价的轻蔑换来了廉价的得意。

杜解放来了，他肩上扛着一把橛头。

报复的快意和胜利的急切使潘子良犯下了一个无法挽回的错误。鱼还没有上钩，他便抄起刀子要给鱼开膛。人一得意准忘形，一忘形便会失利失策失去大好局面。他冲杜解放大度地笑了笑，杜解放却从这笑里看出了阴险，这阴险又化成了他难以忍受的屈辱。

“我知道你会来的，兄弟。”他话里带着刺儿，扎人。

“来了又怎么样?”他话里带着辣，呛人。

“这车，这马，只有你才配使唤；这么高的工钱，只有你才配挣。我原先说了，上任后先预支半年的工钱。对你嘛，再优惠一下，一年的工钱都先支给你。我知道你缺钱用，先把弟妹保住再说，谁让咱两家有缘呢!”

这话，特别是最后一句话，如同几个巴掌扇在杜解放的脸上，几把刀子扎在杜解放的心里。他心里的怒火在眼睛里烧成了烟，很浓。

“来吧，接着！不算是考你，是让众乡亲开开眼！”潘子良愣是没注意杜解放眼睛里的浓烟烈火，把一杆红缨长鞭扔了过来。

几乎满屯的男人和女人，都等着瞧这场不可避免的好戏。杜解放在潘家大院门口一露面，消息便像雨点子似的洒满大街小巷，悄悄地，潘家大院已经被人群包围了。

“你给我六万紫金，我是猪八戒撂挑子，不伺候猴儿!”

潘子良脸上一片惨白。大庭广众下，他又把这惨白化成几缕强笑。难为他了。

“解放兄弟，你别走。”

“干什么?”

“你瞧瞧这车。”

“车是好车。”

“再瞧瞧这马”

“马是好马。”

“你不喜欢吗?”

“好东西人人都喜欢。”

“剜在篮里才是菜，抢到手的热馒头才算数。你掂量着……”

“姓潘的，你他妈小人乍富，欺人太甚!”

这句话，肯定在许多人心里折腾过，在许多条舌头底下打过滚儿。要不，为什么杜解放刚一喊出口，立即迎来了一片呼应：“好——”

杜解放得道多助，早已忘记了金钱的种种好处及他对金钱的迫切需要。在他身上升腾着且燃烧着的是他的骨气和尊严。

潘子良则气急败坏，挂不住脸了。

那匹红骝马似乎在为主人提神打气助威，昂头一声长啸，但撅起尾巴排泄出一大堆粪蛋。光溜溜的，热烘烘的，散发着庄稼人并不十分讨厌的草料味儿。

大凡人有权或有了钱，便会涨行市提价，容不得别人的轻蔑与伤害。权和钱使他们变得娇气且敏感了。这娇气和敏感一发酵，便是蛮横，便是威严，便是不讲理，便是不把人当人。都这德行。

“杜解放你回来!”

“回来又怎么样?”

“别给脸不张兜!”

“老子人穷志不短!”

“有种，把这马牵走!”

“我不贪无义之财!”

“你只要把这摊马粪吃掉!”

“你他妈别屙屎坐回去!”

“我潘子良吐唾沫是坑儿!”

“空口无凭。”

“有众乡亲做证!”

谁也没想到火拱火话赶话会碰出一个赌来。这强刺激使潘家大门口的人群开了锅，腾腾热气蒸昏了两条汉子。

杜解放扔下榔头，蹲下身子，英雄得残忍，让人不堪入目……

潘子良脸上变幻着红白相间又捉摸不定的笑。看他怎么下台。

杜解放站起身来，样子很可怕，两只眼睛鼓胀胀的，血红。脸变了形。一种不祥之兆把人震慑住了，连大气也不敢出，出奇的静里弥漫着恐怖。杜解放一手提着榔头，一手从潘子良手里拽过缰绳，二话没说，牵着红骝马出了人群。摇摇晃晃，几欲跌倒。他来到一棵老槐树下，拴马，很紧，打的死结，马头勒在老树干上。突然，他转过身子，抄起榔头，拼命朝马头上砸去……人们还来不及一声惊呼，一片火焰般的血红便喷薄而出。红骝马突然倒下。杜解放哇地呕吐起来……

云开雾散，阳光徒劳地打扫着污秽不堪的街道。

1989 年春于葛布店

怀念裸泳

一

近来时兴起了怀念，有怀念狼的，有怀念声名狼藉的日子的，有怀念妹妹小青的，有怀念一棵树的，有怀念绝对初恋的，还有怀念老南京、老北京、老房子、老新闻、老照片的。在这种怀念洪流的冲击下，夏子的从众心理也想让她怀念点儿什么。于是，她便怀念起了裸泳。

她怀念的不是国外天体浴场的那种裸泳，那种天体浴场她听说过，却没见过。据说是男男女女一丝不挂旁若无人甚或是沾沾自喜地游荡在海滩上，潇洒得没了样儿。有一次，公司的两个德国鬼子想找天体浴场，总经理抱歉地说，中国没有天体浴场。她当时没说话，心里却反驳着总经理：怎么没有天体浴场，我们运河湾就是一个绝好的天体浴场，我就是在那个天体浴场长大的。

一个四十多岁的女人，一个事业有成的女人，一个结过婚也离过婚有过诸多经历的女人，怎么突然怀念起裸泳了呢？难道就是为了驳斥总经理那武断的结论吗？

这种怀念是不期而至的，像少女的初潮不可逆转地悄然降临，瓜熟蒂落似的。怀念总是属于有了一些经历的人，特别是女人。

她没有自己开车，也没有打出租车，而是坐长途公共汽车回去的。她没有穿白领女人的职业装，也没有穿有身份的女人的时尚装，连妆也勾画得淡淡的。当然，她也没有穿家乡姐妹们的那种服装，那种服装她早已找不到了，连三里屯服装市场都买不到。她穿着很随意的旅游装，不伦不类，对着镜子看看，像过去的下放干部，神似而不是形似。想到下放干部，自然而然地便想到了小杜，她无声地笑了笑，心里漾起一股淡淡的酸楚。小杜就是在那些裸泳的日子里认识的，后来他把她带出了运河湾，后来成了她的丈夫，后来又离她而去。不想他了，没劲。还是想想那些带着她裸泳的野娘儿们吧，怀念裸泳，肯定会怀念那些野娘儿们的。

作为一个有品位有钱有车有房子的单身女人，身边总不乏男人，形形色色的男人，走马灯似的。不怀念什么男人，却怀念那些野娘儿们，难道她真的出了什么问题？

没想到二十多年过去了，开往运河湾的公共汽车还是那么拥挤。谢天谢地，她居然抢到了一个座位，还是靠窗户的。周围挤满了光着膀子的男人和里面不戴乳罩嘟噜着大奶子的女人，也有三两个穿着时髦的女孩儿，很性感，让人一眼就看出她们的谋生手段。脚下则是大包小包的干鲜的货物和喘着气的活物儿。正是夏日三伏，热在三伏，公共汽车里当然没有空调，热气蒸腾着浓郁的体臭和汗酸，呼呼地扑着她的鼻子。这要是在别的地方，譬如旅游或出差，她早就无法忍受了。可是现在她居然无动于衷，甚至这些气味，这些高声大嗓的叫喊，这些粗俗的无遮无拦的玩笑，还让她生发出几分兴奋。

这让她想起一个故事，一个被狼养大的女孩儿，后来回到人类的文明社会，却总是忘不了狼妈妈和狼兄弟姐妹。有一次，她随着一支考察队进了山，闻到了狼的气味，听到了狼的叫声，立刻抛弃了她的队友，投入到狼的怀抱。而那些狼见到她则又蹦又跳，又舔又叫，久别重逢地狂欢。

但愿运河湾的那些野娘儿们也像狼一样地欢迎她。

二

在夏子的记忆里，大运河就是一条裸河，一条恬不知耻的河，一条伤风败俗的河。从她上小学的时候起，每天都要乘着一条小船到河对岸的莲花池去读书。小船漂在宽阔的大运河上，一切赤裸的身躯都习以为常地尽收眼底。撑船拉纤的光着屁股，打鱼撒网的光着屁股，泅渡过河的光着屁股，捞杂草挖河泥的光着屁股。讲礼的街道，不讲礼的河道，遇见光屁股的男人，女人只当是没长眼睛就行了。可是男人坏，女人多的时候他们蔫坏，故意将古铜色的屁股撅得高高的。要是遇见单身女人过河或者从河岸上经过，他们便会公开地耍“流氓”，高声地挑逗着：回头瞧啊回头看，回头晚了看不见……

夏天的中午和傍晚，大运河便成了一片天然浴场。男男女女老老少少都跑到河边洗澡，一是要洗去一天的污浊汗垢，二是消暑纳凉，三是什么？说不好，反正是有三的，鬼知道呢？

男人裸泳，女人也裸泳。那时候她还不知道“裸泳”这个词，叫洗澡。无论是游泳，也无论用什么姿势游泳，抑或是在水里泡着，统统叫洗澡。这洗澡的习惯是自幼养成的，运河湾的孩子不吃闲饭，差不多会走路就会干活儿。孩子们的活儿大多在河边，打青草、捋树叶、放羊放鸭。孩子们到河边总是成群结队的，男孩儿女孩儿结伴而来，结伴而劳作，却不结伴而洗澡。男孩儿首先占领了无遮无挡的河面，脱得赤条条地跳进水里。女孩儿则躲在菖蒲芦苇后面，也脱得赤条条地缩进河水里。男孩儿们洗澡就是闹，疯闹。在水里疯闹够了，又赤条条地跳到河滩上疯闹。他们一边噼里啪啦地拍打着“屁股花”，一边齐刷刷地唱着自编的歌谣：咚咚咚，嚓嚓嚓，比比谁的大，统统一边大；喊喊喊，锵锵锵，比比谁的长，统统一边长；叮叮叮，嘭嘭嘭，比比谁的硬，统统一边硬……女孩儿们有时受男孩儿们的感染，也不由自主地疯起来。她们在水里打着水仗，或者跳起身子露出嫩瓜儿似的小屁股和毛桃儿似的小胸脯，却绝不敢光着身子到河滩上去打“屁股花”。

敢与男人比疯并往往把男人吓得退避三舍的是村里那些野娘儿们，说是娘儿们，其中也包括一些未婚的姑娘。野娘儿们的头儿叫宛淑云，一个蛮淑娴蛮文静的名字，模样也长得俊俏，却有一副天不怕地不怕还让男人怕的胆子。无论是中午还是晚上，她只要朝河边走，后面肯定会缕缕行行地跟着一群娘子军。她们每个人的怀里都抱着一个大木盆，提着一个大口袋，这是成群结队到河边去洗衣服。到河边洗衣服先洗澡，也脱得赤条条的。一个女人五十只鸭子，成群的女人下了河就叽叽呱呱地吵翻了天。她们不但像男人似的在水里敢吵敢闹，还敢像男孩儿一样跳到河滩上打“屁股花”，而且也唱着她们自编的歌谣，这歌谣比男孩儿们的更放肆、更露骨：噼噼噼，啪啪啪，两个大白瓜；蹦蹦蹦，跳跳跳，屁股往后翘；扭扭扭，摇摇摇，露出你的毛……疯完了闹完了她们才记起了洗衣服，她们一边洗着衣服，一边比浪似的说着那些粗话、脏话和不堪入耳的笑话……

三

汽车驶过运河湾大桥的时候，夏子专注地扒着车窗朝外看着。这大桥也是她离开运河湾以后修造的，没有载人过河的渡船了。也不见打鱼撒网、撑船拉纤的了，甚至河滩上也绝迹了那些打草玩闹的孩子们。没有见到光着屁股洗澡的人，夏子有点儿失望，也有点儿惊讶。

更让她惊讶的是下车以后。汽车停在了一个店铺林立、繁华热闹的街市上，这难道是运河湾吗？在她的记忆中，运河湾是一个非常恬静、非常封闭的小乡村，怎么突然间变成了一个车水马龙的闹市了呢？

坐在她身边的是一个耐不住寂寞的小伙子，一路上总想跟她说话。夏子只想一个人静静地回忆往事，不大理睬他。现在见夏子对运河湾露出惊奇的表情，又不失时机地逮着话茬儿说，运河大桥修好以后，运河湾就成了交通要道，南来北往东去西归的人马车辆都在这里歇脚，运河湾比二十年前扩大了四五倍。夏子歉疚地冲他笑了笑，随着乱哄哄的乘客朝车下挤去。

迎在汽车门口的是一群涂胭抹脂的姑娘，热情得让人会误认为是抢劫团伙儿。争着抢乘客手里的行李，夏子左躲右躲，半天才明白这是些拉客的人。有拉去住宿的，有拉去吃饭的，有拉去乘三轮车的。夏子确实饿了，路边一家挨一家的饭馆，家家饭馆前面都站满了生拉硬扯抢亲般的女孩儿。夏子并不反感，也怪了，要是在别的地方遇上这样的事，她肯定受不了。可这事发生在运河湾，她却觉得几分亲切、几分好玩。只是这些姑娘的面孔太陌生了，她离开运河湾的时候，大概也跟她们差不多大，现在这些姑娘该是她伙伴儿的女儿才对，看了半天也找不出一张熟悉的脸庞，难道这些姑娘不是运河湾的后代？

她到底还是被缠住了，一胖一瘦两个姑娘不但抢过了她的手提箱，还一左一右紧紧地搀住了她的胳膊。她被绑架进了一家叫作“不思蜀”的饭店里，这名字显得很暧昧，她暗自笑了一下。进去之后才发现，这“不思蜀”的规模可不小，一座三层小楼，一楼散桌，二楼雅座，三楼却是什么洗浴中心，还有客房桑拿按摩什么的。这玩意儿在城里并不新鲜，没想到竟然星火燎原般地蔓延到了运河湾。

她拣了一张靠着窗子的餐桌坐下来，饶有兴致地看着菜谱。一个伺候她点菜的姑娘毕恭毕敬地站在她身边，不时地向她推荐着菜谱上的特色菜。什么鲇鱼粘卷子，贴饼子炖小鱼，虾米皮打糊饼，小鸡炖蘑菇……都是运河湾老祖宗传下来的美味佳肴，听着菜名她就要流口水。可是她并不急于点菜，抬头看了看姑娘，亲切地问：“你是运河湾人吗？”

姑娘红着脸说：“我是来打工的，老家在四川。”

夏子夸张地叫起来：“幺妹子，你这普通话说得不错嘛。”

姑娘笑了笑，很专业地说：“谢谢。”

夏子又问：“这家饭店是谁开的？”

姑娘说：“我们老板姓宛。”

夏子一愣：“姓宛？男的还是女的？”

姑娘说：“是女老板。”

夏子的心跳起来：“是不是叫宛淑云？”

这回轮到姑娘吃惊了：“怎么，您认识我们老板？”

夏子问：“你们老板在吗？”

姑娘说：“不知道，您找她有事吗？”

夏子突然改变了主意：“不不，我不找她，你给我点菜吧……”

四

想到宛淑云，就不能不想到裸泳，更不能不想到周大水。周大水比夏子大三岁，跟夏子家住对门。从小夏子就像个小妹妹一样受到周大水的呵护，在运河湾，除了家人大概她跟周大水最亲了。

夏子不是运河湾的“土著”，她原本就是城里人，三十年前父母亲响应伟大领袖的号召，“不在城里吃闲饭”，带着她和自己的“两只手”来到了运河湾。人地两生，父母又不是种田的行家里手，她家的日子过得很艰难。艰难也还过得去，不艰难的日子也好不了哪儿去。夏子却觉得很开心，小时候跟野丫头野小子一起疯玩，长大了跟野娘儿们一起疯闹。要不是后来落实政策跟父母回了城，夏子肯定会成为这群野娘儿们中的一分子。

她跟周大水的关系微妙起来，那是她在城里读完了中学又重新回到运河湾以后。周大水是运河湾的团支部书记，她是共青团员。她把组织关系从学校里转回来之后就直接受周大水领导了。

无论社会如何动乱，无论时代如何浑蛋，年轻人的理想和抱负是泯灭不了的。夏子跟绝大多数热血青年一样，就是要在广阔天地大有作为，就是要把青春献给社会主义新农村。她的初吻，就是在周大水激情澎湃的煽动下奉献出来的。那是一个月色迷人的夜晚，在运河大堤上，她跟周大水一起规划着运河湾的蓝图。周大水指着眼前那一片海市蜃楼般的村庄说：“这些茅草屋土坯房要统统扒掉，盖成整齐划一的排子房，像城里的工人宿舍一样。每家一个小院，小院里有厕所、洗澡间，还有花坛鱼缸石榴树……”

周大水撕扯着那可怜的想象力畅想着未来，那只指向村庄的手放下来的时候却搭在了夏子的肩膀上。夏子浑身震颤了一下却没有动，周大水更加热血沸腾，顺势将夏子拢在了怀里。夏子没有挣扎，她觉得周大水的胸怀很热，热得快要把她融化了。后来周大水就不再慷慨激昂了，捧起了她的脸蛋儿，那更加火热的嘴唇向她压了过来……

这就是她的初恋，她也曾为这突如其来的初恋激动得整夜不眠。要不是后来发生了那场势不两立的“领土保卫战”，她跟周大水的爱情也许会顺理成章地发展下去。

那荒诞的时代却有意无意地唤醒了人们的自我意识，特别是女人，女权的要求和争取也是有意无意地发展起来的。大运河是一条男人的河，自古以来男人在这条河上放浪形骸、为所欲为，女人却只能避而远之。甚至女人在河边受到调戏和侮辱，男人也仍然会理直气壮地侈谈什么“不讲礼的河道”。更可恶的是游泳，抑或称之为洗澡，男人几乎占据了整个河面，女人只有躲在菖蒲芦苇后面。那里的水面狭小，杂藻丛生，污泥恶臭，还有挥赶不去的蚊子、小咬甚至蛇。女人要求改变游泳环境，要求与男人平分河面。以芦花荡为界，南面是男人领地，北面是女人领地，平等互利，互不干涉内政，互相尊重领土主权。

提出这个大胆要求的领头人当然是宛淑云，却得到了下放干部小杜的支持。女人派宛淑云为代表与男人谈判，男人出面谈判的代表是周大水。没想到周大水却是一个极端顽固的男权主义者，他说女人与男人分割河面是伤风败俗，是资产阶级自由主义，是破坏安定团结。对于周大水的指责和强硬，宛淑云却不急不恼。她郑重地警告周大水说：“我是代表运河湾的妇女跟你来谈判的，不是请你来批准的。我们要占领芦花荡北面的河段，你同意我们要占领，你不同意我们照样占领。”

宛淑云确实是一个女政治家，谈判破裂之后她便开始组织“北伐军”。那是一个明月高悬、灿如白昼的夜晚，周大水一伙男人在芦花荡北面脱光了衣服，在碧波荡漾的大运河里嬉戏畅游，还发情般地嗷嗷喊叫，以向女人示威。这时候，在宛淑云的率领下，一队娘子军山呼海啸般地包抄过来，呐喊声震撼着大运河，震撼着运河湾。她们围剿上来以后，先将男人脱在河滩上的衣服统统收缴起来，然后她们守卫在河岸上，跟河里的男人展开了先礼后兵的谈判。这场面先是极为壮观，后又是极为开心。男人们光着身子，面对着这么多的女人，他们就是怎么“不讲礼”，也不敢从河里出来，河面上只露出了一张张尴尬的面孔。这完全是城下之盟，宛淑云拿出了事先写好的协议书逼着周大水签字，否则就甭想要回他们的衣服，更甭想从河里出来。周大水无奈，只好签了字。第二天，宛淑云便把双方签字的协议书贴在了大队部门口，又亲自带着女人到河边画线插标牌。从此，女人分得了大运河的半壁河山，真正撑起了“半边天”。

夏子参加宛淑云领导的“北伐军”并不是跟周大水过不去，她完全将自己当成了一个女人，一个正义的女人。她的举动受到了小杜的赞扬，周大水却不原谅她。周大水跟她发火了，瞪着眼睛恨不得要把她吞掉。她这才发现，周大水原来是个非常粗暴、非常固执的男人。她失望了，也就在这时候，她跟着父母离开了运河湾……

五

宛淑云从楼上一阵风似的刮下来的时候，夏子正在有滋有味地品尝着炖鲇鱼。她还要了一瓶冰镇啤酒，不知道为什么，她觉得这鲇鱼远远不是她记忆中的味道，是鱼变了，还是这家饭店烹炖的手艺欠佳？没变的是周围的那些食客，依然是一边吃饭一边高声大嗓地叫嚷，一边喝酒一边呼幺喝六地划拳。还有男人光着膀子，女人穿着兜肚儿。还有把鱼刺和骨头直接吐在地下。还有说着那些让城里人听着都耳热的粗话脏话……

宛淑云刮到夏子面前，定睛看了看，不是扑上来与夏子拥抱，而是自己吧啦吧啦地拍起了巴掌。这个动作让夏子的心狂跳起来，她也急忙站起来，自然而然地吧啦吧啦拍起了巴掌。这不是互相欢迎，而是表示一种惊喜和热烈，运河湾女人独有的礼节。

宛淑云呱啦呱啦地说起来："我听服务员一说就猜是你，说是一个女白领，很有气质，进门就打听我……"

夏子仔细打量着宛淑云，她并不显老，身条儿也没发胖。穿着一件大红的旗袍，旗袍的开衩很高，脚下踩着一双白色的高跟鞋，脖子上挂着金项链，手指上戴满了戒指，有金的，有铂的，有钻石的。头盘得高高的，也插着金钗和银簪，一副珠光宝气，大老板的架势。

宛淑云看见夏子的桌上已经摆上了菜，埋怨说："知道是我开的饭店你还点什么菜，走走，上楼，跟我上楼。"

夏子还想说什么，宛淑云却紧紧地拉住了她的胳膊，还吩咐服务员提着夏子的箱子。

楼上雅间，有空调，很凉爽。

宛淑云一句话没说，服务员就把大盘小碗的美味佳肴端上来，很快，魔术般的。

夏子说："要这么多菜干什么？我在下面已经吃得差不多了。"

宛淑云说："不行，我得陪你好好喝两杯，你想喝什么？"

夏子说："我要了一瓶冰镇啤酒，还没喝完呢。"

"喝啤酒有什么劲儿？"宛淑云说着，立刻吩咐服务员，"给我们开一瓶水井坊。"

夏子惊叫起来："你疯啦，喝那么贵的酒干什么？"

宛淑云："你别管，到我这儿了就听我的，咱有二十年没见面了吧？"

夏子说："二十三年了。"

酒很快拿来打开了，满屋飘香。

宛淑云倒满了两杯酒，八钱玻璃杯，端起来跟夏子碰了一下，一饮而尽。

夏子吃了一惊。在运河湾的时候，喝酒同大运河一样，同样是属于男人的，女人不但不喝酒，而且家里来了客人，女人连桌子都不许上的。这些年在商场上摸爬滚打，她也练出了一些酒量，但是跟宛淑云的豪迈相比，依然让她惊悸。夏子喝了半杯，宛淑云不干，嘴里含着未下咽的酒，用手指点着。夏子无奈，只好一仰脖把酒喝光了。

没有过多地打听经历和现状，宛淑云单刀直入地问："你这次回来，是想搞点儿项目，还是想做点儿生意？"

夏子笑了，到底是生意人，开口不离其宗。

宛淑云说："你笑什么？姐姐今非昔比了，在运河湾咱说不上首富，可也说话算数，想搞什么我可以帮助你。"

夏子说："我是来看望你们的。"

宛淑云笑了，她不相信这是真的。这年头连儿女都得电视里提醒"常回家看看"，一个旁不相干的人会平白无故地来看望，蒙谁呢？

夏子真诚地说："真的，我什么事都没有，就是觉得累了……"

宛淑云明白了："噢，你在休假呀？怎么不去新马泰？跑这运河湾有什么意思？"

夏子说："我想……想跟你们一起玩一玩。"

宛淑云被感动了："真是的，这些年光顾挣命了，连玩都忘了。是该一块儿玩一玩了。这样，等吃完饭，我找几个你熟悉的老姐妹，咱打麻将怎么样？"

夏子摇了摇头说："不不，我不想打麻将。"

宛淑云问："那你想干什么？"

夏子说："我想游泳。"

宛淑云又不解了："游泳？你想游泳？怎么不去北戴河？"

夏子说："我就想咱大运河……"

宛淑云点了点头，她似乎明白了夏子的心思，又满满地倒上一杯酒："夏子，难得你有这份情义，不容易，姐姐陪你，陪你玩个够，你哪儿都别去，就住在我这儿，晚上咱去游泳……"

六

夏子感到奇怪，她跟宛淑云两个人居然喝了一瓶水井坊酒，居然没有醉，只是觉得有点儿脸烧心跳。不知道是因为酒好，还是因为今天遇见老朋友超常发挥了。

宛淑云把夏子带进了客房，让她先休息休息，她去安排晚上游泳的事。客房里倒是设施齐全，只是弥漫着一种淫秽的味道，卫生间也肮脏得令人作呕。宛淑云立刻让人换上一套新的床单被褥，又吩咐认真打扫一下卫生间。夏子觉得顺眼了一些，便不顾一切地和衣躺在了床上。

却睡不着，头昏昏地想睡，眼皮也有些沉涩，心里却突突地发欢，总是想看看什么，想听听什么，想跟人说点儿什么。

有人敲门，进来一个女服务员，客气地说："我们老板让我看看你睡了没有，问能不能进来看看你。"

这话让夏子感到困惑，随口说："让她来吧，我不想睡了。"

门开了，进来的人让夏子惊呆了。浅灰色的西服，花格衬衣，规规矩矩地扎着领带。发型很整齐，脸刮得很干净，一副温和的有教养的笑模样……天呀，这不是周大水吗？

夏子慌得不知道如何是好，刚才服务员说是老板想进来，她认定了是宛淑云，因此连床都没有起。她急忙坐起身，整理着衣服和头发，又伸脚去寻找扔在地上的鞋。

周大水很有礼貌地站着，等着她镇静下来。

夏子朝后退了退，指着床边的沙发说：“啊……坐……坐吧……”

周大水彬彬有礼地向夏子伸出了手，想不到运河湾人也这么讲礼节了。

夏子跟周大水握了手，情绪平静下来。

又是敲门声，进来的是服务员，端着茶水和果盘，果盘里放着新鲜的葡萄和水红的蜜桃。

周大水说：“听说你来了，原本想敬你一杯酒的，只是有两桌是县里来的领导，不能脱身。”

夏子奇怪地问：“这家饭店不是宛淑云开的吗？你怎么又成了老板？”

周大水说：“啊……我们这是夫妻店。”

夏子狐疑起来：“你是说……你跟宛淑云是夫妻？”

周大水也觉得奇怪了：“怎么，淑云没告诉你？”

该死，她跟宛淑云一边喝酒一边哇啦哇啦地说话，都说什么了？好像说到了家庭，也说到了丈夫，还说到了孩子，怎么就没问问宛淑云的丈夫是谁呢？

周大水理解地笑了笑：“你们女人到一块儿，总是说得昏天黑地，往往却忘了最主要的。”

夏子说：“你现在依然是大男子主义。”

周大水轻松地开着玩笑：“我要不是有这个毛病，恐怕这夫妻店就是咱俩人开了。”

夏子说：“难说，我们就算结了婚，说不定也离了。”

周大水顺着她的话茬儿问：“听说你跟小杜离了？”

夏子说：“离八年了。”

周大水关切起来：“孩子呢？”

夏子说：“孩子跟着我，上大学了。”

“男孩儿还是女孩儿？”

“女孩儿。”

“女孩儿好，女孩儿跟妈一条心。”

“看得出来，你们两口子混得不错。”

“马马虎虎，你后来没有再……”

“你是说再结婚?”

“你们城里人时髦独身，这我知道。”

“你接着该不会说，独身不等于独居吧?”

“不不，情况不一样，有那样的，可你不会。”

“你就这么武断，我为什么不会呢?”

“其实那样也挺好的。”

“嘿嘿，二十多年不见，你变成老泥鳅了。”

“我老吗?”

“反正不年轻了，男人四十一枝花，你又有钱，什么都耽误不了。”

“你这是骂我吧?”

“揭了你的屁股帘儿了吧?”

“好了，说点儿正经的吧。你这次来，有什么要我帮忙的?直说吧，别的忙或许帮不上，要钱还有点儿，三五万你别张嘴，寒碜，三五十万你又让我为难，十万八万的你使个眼色就行。”

夏子笑了：“真是财大气粗，早知道你这么大方，我真不该自己去玩命挣钱。”

周大水做出一副失望的表情：“这么说你不需要钱?”

夏子说：“我来看看我们的领土。”

周大水问：“领土，什么领土?”

夏子说：“就是当年淑云姐带着我们从你们男人手里夺过的那段河面。”

周大水愣了一下，立刻哈哈大笑起来。

这熟悉的笑声让夏子心里一阵发热，这才是她记忆中的周大水。

七

夏子是周大水走了以后才睡着的，她醒来的时候天已经暗淡下来。宛淑云上来叫她，说去游泳，已经通知姐妹们了，大家听说她来了都高兴得不得了，游完泳还要一起喝酒唱卡拉 OK。

夏子从蒙眬的睡意中直接兴奋起来，用手胡噜一下头发，拎起自己随身带的小包，连脸都没顾上洗一把就跟宛淑云下了楼。也无须洗脸，跳进大运河可以浑身上下洗个痛快。想到马上就要跟当年的姐妹们一起裸泳了，夏子的心竟激动得怦怦跳起来。

宛淑云带着她下了楼进了后院的车库，那里停着一辆漂亮的雪佛莱轿车。宛淑云摁了一下遥控器，自己先钻进驾驶座，又为夏子打开了前面的车门。夏子上了车，心里嘀咕着，离大运河边这么近还要开车去吗？这句话没有问出来，却说出了另一句惊叹的话："你的车真漂亮！"

宛淑云显然很得意，她一边打火发动汽车，一边问："你在城里开什么车？"

夏子谦虚地说："惭愧，我只开一辆捷达，比你的车差远了。"

宛淑云说："捷达也不错嘛，大水开的就是捷达。"

提起周大水，夏子立即埋怨起来："你怎么不告诉我你跟周大水结了婚，他到房间去看我，弄得我好尴尬。"

宛淑云奇怪地说："你不知道吗？你走的第二年，我们就结了婚，你给我挪了窝儿，我还不马上占上？"

夏子笑了："真有你的，可我记得你跟周大水一直是势不两立的，怎么又跑到一块儿去了？"

宛淑云说："一个伟人说过，男人和女人的战争，无论从什么地方开始，总是结束在床上。"

夏子又笑起来："这话新鲜，是哪个伟人说的？"

宛淑云想了想说："记不起来了，就算是我说的吧。"

夏子叫了起来："你是伟人？对，尾巴大的女人。"

宛淑云认真地说："不管你承认不承认，反正我觉得我自己挺伟大。你想想，一个柴火妞儿，一朵'向阳花'，二十年前连什么是乳罩都不知道，来了例假还用红卫兵袖章兜着，眼前有了车，有了产业，在城里还有了房子，这容易吗？"

夏子被感动了："是的，你不容易，你们很辉煌，我服你，你确实了不起。"

宛淑云说："辉煌不敢当，反正我知足了。"

夏子开着玩笑说："你连伟大都敢当，还不敢当辉煌？"

两个人说说笑笑，夏子突然发现宛淑云的车上了高速公路，而且还加了速。夏子叫起来："喂喂喂，错了！"

宛淑云："什么错了？"

夏子说："运河边早过了，竟顾得说话了，快掉头吧。"

宛淑云说："到运河边干什么？"

夏子说："不是去游泳吗？"

宛淑云说："你老实坐着吧，现在谁还到运河边去游泳呀？"

夏子问："那去哪儿？"

宛淑云说："潮白河边有个运河苑度假村，那里有温泉游泳池，室内的，一年四季都能游泳……"

夏子暗暗叫起苦来，要是为了去温泉游泳，何不去龙脉，何不去亚龙湾，何不去绿都？她挤着乱哄哄的公共汽车跑到运河湾来，难道是为了到室内游泳池去游泳吗？

宛淑云依然兴奋地说："我给运河苑的老板打电话了，今晚咱把那游泳池包下来了，外人一个都不让进，任咱们姐妹玩个够……"

夏子又被感动了，宛淑云尽管财大气粗讲义气，可包一晚上的游泳池恐怕也是大破费了，何况还有别的开销呢。

八

当宛淑云带着夏子赶到运河苑的时候，当年那些运河湾的"野娘儿们"已经都到了。她们有的还在运河湾，但是大部分都嫁到外村去了。凡是能通知到的，宛淑云都通知了。看得出来，她们有的混得很光亮，也有的不大如意。光是从交通工具上就可以看得出来，有的是自己开车来的，有的是打面的来的，有的是坐拖拉机来的，还有骑自行车来的。不管混得怎么样，毕竟是当年的姐妹，见到夏子都格外亲热。拉着手，拍着肩，爆炸似的笑，拉不完扯不断地问天问地……

宛淑云依然是她们的头儿，像哄赶着一群乱鸭子似的把她们驱进了温泉游泳池。可是，当这群乱哄哄的鸭子扑通扑通跳下水的时候，夏子却傻眼了。她随身带的小包儿里除了一条毛巾和一块香皂，什么都没有带。跳进游泳池的姐妹们都像城里人一样，穿上了五颜六色的游泳衣，戴上了瓜皮一样的游泳帽。在她的想象中，跳进水里的该是一群光溜溜的一丝不挂的白鸭子，没想到却包装成了一群花鸭子、麻鸭子。

宛淑云走到她身边："快换衣服呀，还愣着干什么？"

夏子红着脸说："我……没带游泳衣……"

宛淑云埋怨着："来游泳不带游泳衣……噢……我明白了……你是准备到大运河去游泳的，像当年一样……真是……真是的，人就是这个德行，挨饿的时候想白馒头，白馒头吃饱了又想窝窝头……"

夏子歉疚地说："怪我……没跟你说清楚。"

宛淑云说："说清楚了也不行，现在没有人到大运河去洗澡了。"

夏子问："怎么了？"

宛淑云说："怎么了？文明了。"

夏子心里一动，文明了？

宛淑云转身离去了，不大一会儿就拿来一件新的游泳衣，这是刚刚从游泳池外面的柜台上买的。夏子心里有点儿过意不去，也只好接了过来。

毕竟是当年的姐妹，虽然没有"赤诚相见"，却依然玩得很狂、很野、很放肆。大伙儿都争着抢着地包围着宛淑云和夏子，放肆地在她们身上乱摸乱捏，像男人一样地不怀好意，还异口同声地夸她们的身条儿好，四十多岁的人了，还像二十多岁没生过孩子的大姑娘。夏子心里很美，跟别的姐妹相比，她跟宛淑云就是显得年轻得多。有的人已经胖得变了形，大肚子嘟噜着真像一只笨鸭子；有的人虽然没胖，却又干巴得可怜，身上的蔫皮都耷拉下来，像苍了皮的老玉米；还有的乳房过早地枯萎了，像两个吃剩下的瓜蒂粘在平板的胸脯上……不过夏子很快就发现了，比她俩身条儿还好的人也有，跟她俩差不多的也有，为什么大伙儿只夸她们俩而不夸别人呢？这赞扬里有多少真诚呢？

折腾累了，夏子爬上了游泳池，宛淑云也紧跟着她爬上来。她们在两张挨得很紧的躺椅上放平了身子，立刻有服务生过来把宽厚的浴巾盖在她们身上，又送来了冰镇的可口可乐。

夏子望着游泳池上的天花板，心里总是有点儿怅怅的、空空的。宛淑云大概看出了她的情绪不佳，总是千方百计地哄她高兴。

宛淑云悄声地问："有情人吗？"

夏子扭头冲她笑了笑。

宛淑云说："这有什么不好意思的，眼下时兴这个。"

夏子问："你呢？"

宛淑云说："凭我这条件，要是没有……亏不亏呀？"

夏子兴致高涨起来："谁呀，能不能跟我说说？"

宛淑云说："你不认识。"

夏子说："他是干什么的？"

宛淑云说："一个诗人。"

夏子惊诧起来："什么？诗人？天呀，你可真够浪漫的。"

宛淑云又逼着问："你呢？"

这句话像一道闪电般的在夏子的心里一亮，是那么熟悉、那么亲切、那么心灵相通……二十三年前，一个美丽的月光灿烂的夜晚，在大运河边她们刚刚占领的那段领地上，就是这群野娘儿们在大运河里肆无忌惮地嬉戏着……她和宛淑云静静地躺在那毛茸茸的草地上，也是挨得这么近，也是用这种特别亲密、特别知心的口气说着悄悄话。宛淑云赤裸着雪白的身子，被月光照耀得光彩迷人。夏子的身上却有两片鲜嫩的荷叶，一片盖着胸部，一片盖着小腹。也是宛淑云先开的口："你心里有人吗？"

"什么人？"

"别装傻，你知道我问的是什么。"

"你呢？"

"是我先问的你，你先说。"

"你不说我就不说。"

"是周大水吧？"

"别提他，我跟他早就吹了。"

"是小杜吧……"

一片哄乱打破了夏子和宛淑云的宁静，那群野娘儿们又包围上来。

说是折腾饿了，要去喝酒。

宛淑云豪迈地说："你们先去换衣服，我在海鲜城包了三桌，让你们喝个烂醉……"

野娘儿们一哄而散，跑进更衣室去换衣服。夏子却懒得动弹，她依然躺着，望着空空的天花板，心也随着飘浮起来，像一片云。

远处，传来若有若无的音乐声，一片故乡的云。

2002 年 6 月初稿于桑梓轩

2005 年 2 修改于通州

还　　债

一

鞭炮声响成一片，震得人耳朵发麻，心里发颤，震得这宁静寂寞的小乡村像开了锅似的翻花滚浪。村西口，是高树仁的建房基地。这里比过节唱戏赶庙会还红火、热闹。颇有气势的脚手架，拉出了八间大房的轮廓：地基打好了，墙根砌成了，柱子立起来了，房柁架上去了。新安好的门框上，一副墨迹未干的大红对联，太阳一照，闪光耀眼：

安门喜逢黄道日

上梁正遇紫微星

东家高树仁在鞭炮的硝烟火药中，不断地拱起双手，向前来看热闹的父老乡亲道谢。他还亲自拿出一包水果糖，使劲往空中一撒，用变了腔调的嗓子高喊着："快来抢糖呀——"

随着这一声喊叫，一群小孩儿蜂一样地扑过来，抢着纷纷下落的糖果。

此时此刻，除了东家高树仁，最为激动的，大概要算是小木匠董良了。

董良是大名鼎鼎的金木匠的得意门生。五年前，在建筑公司工作的金木匠，脖子上挂着一块黑牌子被遣送回了运河湾。狠心的儿媳妇硬是不认这"牛鬼蛇神"的老公爹，把他的行李卷扔到了大街上。是董良把危难中的金木匠接到了自己的茅草屋里。两个人情同父子，相依为命。金木匠手传口授，教董良练就了一身硬邦邦的好手艺。锛凿斧锯，样样抄起来得心应手；粗工细活，桩桩干得有板有眼。很快，运河两岸，十里八庄，小木匠董良的名字，像春天的布谷鸟一样叫得清亮而诱人。要不，神机妙算、滴水不漏、被人称作“人核儿”的高树仁，怎么会那样放心大胆地把八间大房的柁木檩架交给他，请他领作带工呢？

领作带工，如同扯旗挂印，率兵打仗一样。刚刚二十岁的董良，撑起这么一个大摊子，不免有点儿紧张，但更多的却是兴奋和激动。今天，他还有意无意地梳妆打扮了一番：上身穿一件青士林的中式夹袄，下身穿一条宽裆肥腿裤。扎着裤脚，穿着护袜，腰里系一条长长的黑褡裢。这大概还是从祖师爷鲁班那里传下来的“行头”，穿起来显得特别灵活、利索、精明强干。可是他的头上，却戴着一顶蓝的卡的鸭舌帽，又平添了几分“现代工人阶级”的派头。这不伦不类的衣帽穿在他的身上，却显得和谐统一，恰到好处，使本来就英俊漂亮的小伙子，更加神采飞扬了。难怪高树仁的侄女桃叶——这个如同一朵水仙花似的姑娘，总是躲在砖垛后边，偷偷地用眼睛往这边瞟呢！

董良可顾不上这些，他极力做出一副胸有成竹、指挥自若的样子。但他毕竟初出茅庐，心里紧张得打鼓，生怕出点儿什么闪失差错。他心里默默地祷告着：师父在天之灵，保佑弟子千万不要栽在这儿。您说过，金子贵，银子贵，没有咱手艺人的名声贵！

开始立架了。在整个建房过程中，立架对于木匠师傅来说，是最庄严、最神圣，也是最关键的时刻。他站在屋前的一个小砖堆上，神采奕奕地指挥着。两个年轻的木匠腰里插着闪闪发亮的斧头，像猴子一样灵巧地攀上屋架，骑在了房柁上。接着，就扔下了两根拴好了套儿的绳子，把中檩提了起来。

那根笔直、溜圆、刮得干干净净的中檩，像一条刚刚出水的小白龙一样翻空而起，横在了两柁中间。董良一手掐着腰，一手挥动着：“向左，向左……向右，向右……”

咕咚一声，中檩从两柁中间掉了下来。

下边的人一阵狂叫，哄地一下子散开了。

董良心里一沉，立刻冒起了火：“怎么搞的，还打算干不干？”

“董师傅，这檩不够长。”

“胡扯！”

“真的不够长！”

“再试试！”

两根绳子又把那根中檩拉了上去，又咕咚一下掉了下来。

董良眼前一黑，两条腿开始发起抖来。但是，他还努力镇定着自己，继续发着命令：“试试别的檩！”

八间房的檩条一根一根地拉上去，又一根一根地咕咚咕咚掉下来。每掉一根，就像掉下来一把刀子，割断了董良身上的一根神经。他只是靠着那两条腿——两根僵直的骨头，支撑着他那抖成一团的身子和缩成一团的心。

刚才眼前那红火热闹的场面，像浸进了一个低温世界里，立即冷却、凝固了。在场的每一个人，包括刚才滚在一起抢糖果的小孩子，都呆呆愣愣地看着这可怕的屋架，没有一点儿动静。

突然，高树仁像从噩梦中猛醒过来，爆发般地哭叫着，张牙舞爪地向董良扑过来：“董良，你可把我毁了，你让我怎么活呀！呜呜……”

董良也似乎猛醒过来，使劲挥着两只胳膊怒叫着：“檩杆儿！檩杆儿！把檩杆儿找来！”

檩杆儿找来了——一根光溜笔直的秫秸，这是木匠在制作房檩时的标杆儿。董良急忙掏出钢尺，量了起来——檩杆儿短了二寸。“天呀！”董良一声惨叫，像一堵墙似的从砖堆上栽下来。

惊慌无主的人们呼喊着围过来。

一直躲在砖垛后边的桃叶，也哭叫着扑过来：“董良哥啊董良哥……”

二

天塌了。董良拖着一个被天塌压垮了的身子，背着一个四四方方的工具箱，手里提着一把铁锨，挪到了河滩上的荒坟野冢中，挪到了一个戳着一块小木牌的坟茔前。他跪下来，把工具箱端端正正地放在坟堆上。借着惨淡的月光，他瞪着两只木然的眼睛，失神地看着工具箱。

这小小的工具箱，是师父的传家宝啊！半年前，师父在弥留之际，没有把这件传家宝交给金家的后代子孙，而是交给了董良这个两姓旁人。当时，董良感动得跪在地上，抱着师父呜呜痛哭。

想到这些，董良心如刀绞，悲痛万分，他抬起一双泪眼，冲着师父的墓牌说："师父，弟子不才，丢了您的脸，辱了您的名。我不配要您的传家宝，把它还给您吧！从今以后，我再也没脸吃这碗饭了……"

他说完，抄起身边的铁锨，在师父坟前挖了一个坑，把工具箱轻轻放下去，用土轻轻埋起来。

随后，他一头扑在师父的墓碑上放声痛哭起来。他心中的郁闷、苦痛、悔恨、自责，像这汩汩不竭的运河水一样，似乎永远也倒不完，吐不尽。

忽然，他感觉到有一只手在轻轻地推着他，有一个声音在苦苦地央求他："董良哥，别哭了，快别哭了……"

他直起身，扭过头，不由得愣住了。一个姑娘跪在他的身边，一双红肿的眼睛，一张惨白的脸，两行泪水渗进了她那颤抖的嘴角。董良半天才醒过神来：这是高树仁的侄女桃叶——就是白天躲在砖堆后边的那个姑娘。

"你、你来干什么？"

"我、我怕……"

"怕什么？"

"怕你想、想不开……" 姑娘泣不成声了。

"你放心，我绝不会背着人家的债去死的！"

"债？什么债？"

"你大伯的债！"

"我大伯让你……赔吗？"

"这你还不知道？出动了那么多人去说和，最后他才答应让我赔他八百块钱——一间房一百块！"

董良说着，一点儿也不想哭了，他身上似乎涌起一股力量，腾地站起身来。

姑娘却用双手捂着脸，呜呜地哭了起来。

“你，你……”董良慌了。

姑娘忽然站起身来，两只手紧紧地攥着董良的胳膊，哭着说：“董良哥，这笔债让我、让我还吧……”

姑娘的真诚把董良感动了，董良的心又酸痛起来。

三

八百块钱的债背在董良的身上，就像一座大山向他劈头盖顶地压下来。他只有咬着牙，默默地忍受着。他不说不笑，见到人连招呼都懒得打。只是在他独自一人的时候，两只无神的眼睛总是长久地盯着同一个地方，自言自语地嘟哝着：“怎么会短二寸呢？怎么会短二寸呢？”

有人说他急疯了，有人说他吓傻了，也有人为他辩护说：他没有疯，也没有傻，只是由于受了强烈的刺激，他的心灵有一部分萎缩了——不多不少，整整短二寸。从此，人们在背地里就偷偷地叫他“短二寸”。

其实，他那善良、坦诚而又耿直的心灵一丝一毫也没有短，只是被那八百块钱的外债完全占据了。他是一个孤儿，上无父母庇护，下无兄弟姐妹帮忙。为了还债，他一日三餐改成了一日两餐，连咸菜酱油都不吃了，每天只是蘸盐花啃几口干粮。这样，他苦熬了一冬，又苦熬了一春，仅仅还了二十块钱的债，他没有地方去挣钱，一切生财之道都被当作“资本主义尾巴”割掉了。他把希望都寄托在夏天打青草上了。按上级规定，社员打青草也要交队里记工分的。运河湾的两个队长一合计，出了一个高招儿。一队社员打了草卖给二队，二队社员打了草卖给一队。这样两个队都可以合理合法地付出一笔购买饲草的开支了，社员就可以得点打草钱买盐了。这当然也要秘密进行，幸亏没出什么“内奸”，否则，两个队长都要吃不了兜着走。

夏天终于到了，他把积蓄了一冬一春的希望和力量和盘托了出来。中午收工以后，他饭也顾不上回去吃，拿着一把镰刀就径直来到运河滩上。草丛里长满了蒺藜和拉拉秧，他怕扎坏了他的鞋，扯破了他的衬衫，就光着膀子赤着脚割草。他的脚扎破了，一滴滴的鲜血把草叶染红了。正午的太阳像烈火一样毒热，他的后背上、肩膀上和脸颊上，晒得起满了燎泡，一层一层地往下脱皮。晚上回去用水一洗，疼得浑身打哆嗦。

终于有一天，他实在熬不住了，两眼发黑，双腿发软，一头栽在野草丛里。他躺在湿津津的河滩上，轻轻地喘息着，觉得身上舒服了许多。河岸上不远的地方，是一所中学。学生放学了，三三两两地从河堤上走过，都扭过头来奇怪地看着他。不知为什么，他忽然想到了桃叶。桃叶不是也在这个学校读书吗？她中午是回家吃饭，还是带着饭在学校吃呢？

想到吃饭，他的整个肠胃都一齐剧烈地蠕动起来，疼得他恨不得往嘴里塞几片青草。他使劲闭上了眼睛，不敢想下去了。

简直像出现了奇迹一样，当他睁开眼睛的时候，却看到桃叶站在他面前。这个长得像水仙花似的女学生，也像被霜打了似的，满脸哀愁悲苦，一对弯眉紧蹙，两只水汪汪的大眼睛里露出了成年人的忧郁。

“董良哥，你快吃点儿东西吧。”

董良看到，桃叶的双手捧着一个闪闪发亮的饭盒。他使劲咽了一口唾沫，摇着头说：“不，你带来的饭，我、我不能吃。”

“董良哥，我、我知道你每天在这儿割草，今天特意为你多带了饭，我已经吃、吃饱了，这是剩下的……”

“不，我不吃，我一点儿也不饿。”

“董良哥，你……”姑娘的声音哽咽了，两行热泪从她那红红的眼窝里滚了下来。

董良被深深地感动了，他不愿意再使这个好心的姑娘伤心了。

姑娘打开饭盒，里边是一张葱花饼。董良接过那张饼的时候，两只手抖成了一团，眼睛模糊得什么也看不见了。

姑娘抢过董良手里的镰刀，轻声地说：“董良哥，你吃饭，我替你割一会儿。”

董良饿得饥肠如鼓，可是很难咽下这喷香的葱花饼。他心里被一种强烈的感情塞满了，恨不得跪下给这个善良的姑娘磕三个响头……

从此，桃叶每天中午都来找他，每天都给他送来一张葱花饼。董良是个争气要强的小伙子，他不愿意接受人家这样的恩惠，也不愿意给这位好心的姑娘增加负担。可是，他每次只要一拒绝，哪怕说一句推卸的客气话，姑娘就会伤心地掉眼泪。董良没有办法，他几次换了割草的地方。不管他到什么地方，桃叶都能找到他。好像桃叶一直盯在他身后一样。

董良渐渐地发现，桃叶一天天瘦下去了。她那鲜嫩的脸蛋儿变得又干又黄，两只像成年人一样忧郁的眼睛更红更深了。脸颊上还印上了一弧黑黑的眼圈儿。可是，她每天中午为董良带的饭却越来越好了。葱花饼变成了肉馅饼，有时还有一个煮鸡蛋。大概她母亲也看出了女儿身体要垮，不断地为她增加营养吧。

桃叶家的情况，董良是了解的。三年以前，她的亲生父亲得癌症死了，他的大伯高树仁总想侵占她父亲留下的三间砖房，想方设法地挤对她妈妈改嫁。她妈妈与老实巴交的饲养员吴大叔结婚以后，高树仁立刻把那三间房夺过来扒掉了，再加上他自己原来的五间房，翻盖成了八间房。村里人都为此愤愤不平，骂高树仁缺德，说他盖房时檩条短了是天报应……

桃叶家并不富裕，她妈妈能允许她每天带出双份的饭食吗？小伙子渐渐地怀疑起来了。

这一天，桃叶把饭交给董良，又抄起镰刀替他割草去了，董良没有吃，用那条新洗的汗巾把饭包起来，偷偷地揣在了怀里。桃叶走的时候，董良装作往筐里装草。等她的身影刚刚被树丛遮住，董良就放下草筐，悄悄地跟上了她。

桃叶来到河湾处一丛蒲草旁边，往四周看了看，便扒掉鞋袜，迈进没膝深的蒲草坑里。董良觉得非常奇怪，连忙跟上去，扒开树丛探头看着。桃叶挽起衣袖，把胳膊伸进水里，掏摸了半天，拔出一棵蒲草根。她把蒲草根洗净，又从衣兜儿里掏出一把小刀，费了很大的劲才把湿淋淋的蒲草根切开，然后贪婪地啃了起来……

董良明白了，他不顾一切地扑上前去，抓住了桃叶的双手，声嘶力竭地哭叫起来：“桃叶，我对不起你，对不起你呀！”说着，董良又攥着桃叶的双手，使劲朝自己脸上抽打着：“我浑蛋！我真浑蛋！你打我，打我吧……”

桃叶惊呆了。过了半天，她才闹清是怎么回事。她面对着悔恨交集、痛苦得失去了理智的董良，也惊恐万端地哭起来，“董良哥，你别这样，别这样……”

苇丛里，两只美丽的水鸟不忍心看着这对痛苦的年轻人，扇着翅膀，悄悄地飞走了……

四

傍晚，董良收工回来，怀着满心的希望推开了自家的小栅栏门。小院冷冷清清的，像空了半边天似的——桃叶又没有来。他不由得叹了一口气，顺势坐在外屋门槛上。他只觉得心里空荡荡的，身上软塌塌的，两条腿连站起来的劲儿都没有了。

几年以来，无论酷暑、严寒、刮风、下雨，他每天回到这个小院，都会见到一个熟悉的身影，在默默地为他干活：挑水，做饭，洗衣，缝被……凡是她能干的，她都样样为他干好。开始的时候，董良受到一个姑娘这么大的恩惠，总觉得于心不忍，受之有愧。他也曾想尽各种办法劝阻姑娘，可是，如同在运河滩上拒绝接受姑娘送来的葱花饼一样，只要她想干的事情，你不让她干，她比什么都伤心，比什么都痛苦。为了不伤害这个好心的姑娘，小伙子只好迁就她了。渐渐地，董良对于桃叶的到来，不但感到习惯了，而且觉得是他生活中再也不能缺少的了。桃叶已经是一个二十岁的大姑娘了。一年以前，她高中毕业后没有报考大学，就回村参加劳动了。她长得苗条丰满，妩媚诱人。特别是她那总是沉静得像一湾春水一样的脸庞，以及脸上常年笼罩着的薄雾般的淡淡哀愁，更增加了女性的美。

董良深深地爱上了桃叶。这个美丽的姑娘给了这个苦命的小伙子多少生活的乐趣和信念啊！多少个日日夜夜，他为还清那笔债，苦巴苦业，咬牙发狠，就是因为有桃叶在身边，他才从来没有觉得苦，觉得累，反而，他却觉得这种生活很有意义，有一种旁人难以体味到的幸福和甜蜜。他不是唉叹自己的命运，倒常常庆幸自己遇上了这桩倒霉的事，要不，这如花似玉的姑娘怎么会爱上他呢？

由于这种幸福、这好运来得太偶然，太轻易，小伙子也常常怀疑它的真实性和可靠性。这是真的吗？莫不是做梦吗？要是真的，桃叶为什么爱上了我呢？图我是个孤儿，是个倒霉鬼，是个穷光蛋吗？他的心乱了，百思不得其解。他没有勇气直截了当地去问桃叶，不知是怕伤害她，还是怕失去她。终于，小伙子遇上了一个对姑娘进行试探的机会。

那是十几天前的傍晚，桃叶告诉他，运河滩上有一个小水坑，里边有不少小鱼，如果把那些小鱼抓上来，准能卖几块钱。董良听了，二话没说，就和桃叶朝那个小水坑奔去。坑里的水不多，水面上结了一层薄冰。董良脱鞋下了坑，把水淘干，把坑里的小鱼都抓了上来。嗬，足有七八斤呢！

他那两只湿淋淋的大手冻僵了，手指红得像十根胡萝卜。桃叶摘下头巾，忙给他擦着。

小伙子心里一动，顺势抓住了桃叶那双白白细细的小手。

桃叶的脸唰地红了。紧接着，她把双手抽出来，反而捂住了董良那双粗大的手背，并且坦坦荡荡、大大方方地说："来，我替你焐一焐吧。"

一股暖流从那双小手传到那双大手上，又迅速地传到小伙子的心里，他的心被烫得有点儿发疼。

"暖一点儿吗？"姑娘用变了腔调的声音轻轻地问。

一种新奇而难耐的冲动，使小伙子变得勇敢和机灵起来。他剧烈地打了一个冷战，说："不管事，一点儿也不管事……"

"烤一烤火吧。"

"没有火柴。"

"快点儿跑回家吧。"

"不行，我冻得受不了了。"

"那、那怎么办呢？"姑娘着急了。

"你、你解开棉衣，用你的身子给我暖、暖一暖……"小伙子用尽平生的力气，把翻滚在心里的这句话，艰难地挤了出来。身上的汗水也和这句话一齐挤出来了。

姑娘好像被当头泼了一瓢冷水，浑身猛烈地颤抖了一下，两只手不由自主地垂落下来，身子向后躲闪着。

看到桃叶这惊慌失措的神态，董良顿时后悔了，害怕了，他羞愧地低下了头。可是，当他抬起头来要向姑娘表示歉意的时候，却看到桃叶把棉衣解开了。一件杏红色的棉毛衫紧紧绷绷地箍在她的身上，衬出了她那高耸而富有弹性的胸脯。

董良惊慌地后退着，痛悔莫及地说："桃叶，我……对不起你，我不该……"

桃叶低着头，喃喃地说："为了还债，你提什么要求，我都应……"她说着，噙在眼里的两兜儿泪水，像露珠一样滚落下来……

桃叶来了！她今天是那样激动，那样兴奋，几乎是跑着、跳着、叫喊着闯进他这座篱笆小院的。"董良哥，这回可好了！可好了！咱庄稼人要有好日子过了。"

董良急忙从外屋门槛上站起身来。桃叶的突然出现和她那没头没脑的叫嚷，把他闹蒙了。

"我到姥姥家去了两天，他们那村正在搞'生产责任制'的试点。据说，县委马上就要开会，全面推广他们的经验。"

生产责任制，这些天来几乎成了庄稼人街头巷尾谈论的主要话题，董良的耳朵里也灌进了不少。不过，这些年来这"制"那"制"的，董良经多了，哪个"制"也没有把庄稼人的穷根"治"掉。身背重债的董良对这一切早就麻木了。

"董良哥，咱俩包一块地种瓜，种大西瓜！你知道，一亩西瓜能赚二三百块钱。"

董良忍不住笑了："咱哪会种瓜呀？"

"我姥爷是有名的瓜把式。我跟他说好了，让他当咱的技术顾问，你说行不行？"

董良没有言语，桃叶这一系列新奇的信息输送到他的脑子里，他还没有来得及处理。

小伙子的冷漠一点儿也没有影响姑娘的热情，她蹲下身，一边用草节在地上画着，一边详详细细地讲起了她的种瓜规划。渐渐地，小伙子的眼睛亮了……

五

种瓜得瓜。用心血和泪水去浇灌希望之苗，一定能获得胜利之果。当他把最后一车瓜送到收购站，领出一叠崭新的人民币的时候，滚烫的泪水顺着他的脸颊唰唰地流下来。几年来，他在艰难的生活道路上，每时每刻都在咬紧牙关、竭尽心力地攀登着。终于，他达到了目标，看到了一个崭新的天地。他欠高树仁那八百元钱全部还清了。现在，手里还余下四百块钱，这是属于自己的，属于他跟桃叶的。

无债一身轻。从此以后，他就要像普通人那样，过着一种轻松自由的生活了。他揣着这四百块人民币，兴冲冲地走在运河湾大街上。风是凉津津的，像水；月光是清凌凌的，也像水。他的整个身心都像被水洗涤过一样轻松舒畅。他想跑，想跳，想喊，想唱，真是生来没有体验过的一种幸福和畅快。

他要把这四百块钱交给桃叶，让她买一辆车，买一块表，再买几件漂亮衣服。为了还清他的债，桃叶为他吃了多少苦，受了多少罪，做出了多么大的牺牲啊！对了，他要告诉桃叶，他不能松气，不能满足，一定要咬紧牙再干下去。盖几间青砖红瓦房，买一套时髦家具，挣一份小家业，再跟他心爱的姑娘结婚。结婚以后，一定要竭尽心力地去疼她、爱她、报答她。啊，一定要挣一份小家业，要不，桃叶这么寒酸地嫁给他，他自己的良心也不会答应的。哎呀，他怎么一下子想了这么多？他一定把这些跟桃叶讲一讲，桃叶念过高中，读过那么多书，一定比他懂得更多，理解得更深刻。

董良完全陶醉于一种飘飘忽忽、如梦如痴的状态之中了。突然，他眼前一阵发黑。从桃叶家的小院里，走出来两个人。一个是个子高高的、穿戴整齐的小伙子，胸前那枚校徽在月光下一闪一闪，像是在炫耀着他那高贵的身份。桃叶跟在小伙子的旁边，像是在给他送行。董良心里一沉，急忙闪进了路边一垛土坯的后边。

两个人越走越近了，说话的声音也清清楚楚地传过来。到了土坯旁边，像是又停住了脚步。董良心里紧张起来，他紧紧地缩着身子，连大气都不敢出。

“桃叶，我给你写了三封信，你为什么一个字都不给我回呢?”

沉默。没有听到桃叶的回答。

“你的理想不是当一名医生吗？你功课那么好，完全有希望考上医学院。今年去报考吧，啊?”

仍然是沉默。

“我们学院附中办了一个高考补习班，我已经替你报了名。你就住在我姑妈家里，我表妹也上补习班。”

“不，不……”桃叶终于开口了。

“你真的要跟那个姓董的吗?”

董良的心咚咚地跳起来，他自己都听到了。

“难道你一点儿也不理解我的心吗？我对你……”

董良听到一阵抽泣声，这是桃叶在哭。他那颗咚咚跳的心也像秋风中的树叶一样发起抖来。

“别，别问我了，我求求你，求求你……”桃叶哭出了声。

董良再也听不下去了，他悄悄地离开那垛土坯，往回走。当他确认已经躲开那两个人的视野的时候，不由得迈开双腿，逃命般地奔跑起来。他一口气跑进他那篱笆小院，闯进黑洞洞的小屋，扑在硬邦邦的土炕上，呜呜地哭了起来……

六

第二天傍晚，桃叶又来了。像往常一样，进门以后，就熟练地归置屋子，打扫院子，烧火，做饭……她又一声不响地干着活，脸上又笼罩了一层薄雾般的哀愁。那双忧郁的眼睛有点儿发红了，董良知道，准是她昨天晚上哭的。

经过了一夜又一天的折磨，董良已经从巨大的痛苦中解脱出来。他渐渐地想透了，明白了，当美丽的梦想破碎以后，理智已经告诉他，应该如何面对这严峻的现实。桃叶临走的时候，他把那四百块钱拿出来，推到了桃叶面前。

桃叶急了："你、你这是干什么？"

董良郑重地说："咱俩那块瓜地，共收入九百六十元，每人应得四百八十元。先给你四百，那八十元钱，算我借你的……"

桃叶更加茫然了："你怎么？干吗分得那么清楚，咱俩……分得清吗？"

"不，要分清。"董良的语气坚定而沉重，那声调连他自己都感到可怕，"桃叶，我知道，你是高尚的，是善良的，你对我的好处，我永生永世都不会忘记……"

"董良哥，你、你嫌弃我了吗？"

"桃叶，你别自己折磨自己了。我知道，在我倒霉之后，你同情我，心甘情愿地帮助我……可是，你心里真正有的，是他……"

"谁？你说的是谁？"

"你那个考上了大学的同学。"

姑娘低下了头。

董良吃力地解释说："昨天晚上……我看见了，也听到了……"

姑娘抬起头来，强忍着眼泪说："董良哥，我、我跟你说心里话。他是喜欢我，我对他也有好感……可是现在，我们俩不行，绝对不行。"

"为什么？"

"他上了大学，我还是个农民。我们之间的距离越拉越远了……我应该面对现实。"

"不，你应该去考大学，你那个同学说得对。"

"我不去，我不能去。"

"桃叶，别这么固执。过去，你为我牺牲得太多了。现在，我不能再让你为我牺牲你的理想了。你应该开创一种新的生活，树立一个新的目标。你完全有可能做到这一点。你知道，我的债还清了，不再需要你帮我去挣钱了……"

"你的债还清了，可是……我的债还没有还清……"姑娘的泪水流下来。

董良困惑了：“你的债？你的什么债？”

“我、我欠你一笔……良心债。”

桃叶说着，从衣袋里掏出来一个白手帕包的小包，用一双索索发抖的手打开，捧到了董良眼前——里边是一节二寸长的秫秸秆儿。

董良只觉得脑袋发涨，耳边嗡嗡地响着，他把身子斜靠在门框上，以使自己不会倒下去。

桃叶呜咽着说：“你的檩杆儿是我、我砍短的……我、我恨大伯，想报仇……没想到反而害、害了你……这件事，像一座山似的压在我的心上，我、我一直没有勇气对你讲……我、我欠你的债，一辈子、一辈子也还不清……”

董良极力使自己镇定下来。他紧紧地攥着那节秫秸秆儿，沉吟了良久，才一字一板地说：“桃叶，过去的事就让它过去吧。这几年，我们俩都吃了不少苦，受了不少罪，付出了不小的代价。可是，我们也得到了许多，许多十分宝贵的东西。这些，足够我们受用一辈子的。桃叶，我的话……你听懂了吗？”

姑娘没有懂，或者说，暂时还没有完全懂，但是她却轻轻地点了点头。

几个月以后，当桃叶拿着医学院的录取通知书兴高采烈地奔进董家小院的时候，却发现屋门上挂着一把铁锁。邻居告诉她，在一个月以前，董良背着新添置的木匠箱走了。

桃叶站在这熟悉的小院里，心里空荡荡的。她急切地想找到董良，可是天那么宽，路那么长，到哪里去找呢？

昨夜西风

西风昨夜过园林，吹落黄花满地金。

——题注

他叫田大庚！

没有人拦他，没有人喊他，也没有人看见他。可是，他总觉得前后左右有那么多双眼睛在盯着他，有那么多只手在指着他。他走在这条非常熟悉的家乡土路上，疑神疑鬼，战战兢兢。

不过，他总算回来了，回到了自己的家乡。他走近葡萄沟的村口，已经是黄昏之后，夜色朦胧的时候了。但愿不要碰上任何一个熟人。他手里提着的那个土布包袱，是按照家乡的传统习惯，给长眠在萋萋荒草中的妻子，带来的清明节的礼物——一只秫秸扎的纸箱，里边放着纸衣、纸钱，还有一个纸人。纸人是双膝跪下、匍匐在地的。纸人身上那“田大庚”三个字，是他咬破手指，用火柴棍儿蘸着自己的鲜血写下的。

两年以前，他也是这么偷偷摸摸地走的。在奔马河岸一个孤零零的小闸房里，他找到了自己的“天堂”，也可以说是“坟墓”。一间房，一张床，一口锅。他过的几乎是一种不染尘世的神仙日子，也是一种与世隔绝的野人生活。

为了获得这桩“美差”，他三次跑到公社找到党委书记郭林，流着眼泪央求郭林。他听说，多年守在奔马河水闸上那个有哮喘病的老人死了，那里正好有一个“空缺”。凭着过去与郭书记的情分，他怎么会遭到拒绝呢？

郭林似乎早已忘记了他们之间的“情分”，每次都是耷拉着他那阴沉得冒烟的脸，像对待一个刚刚抓到的越境特务，严肃且严厉地问：“你的问题说清楚了吗？”

怎么才叫“说清楚”呢？他不是不想说，这几年他所犯的罪，他都认；他所欠的账，他都还。一点儿也不拖不欠不赖。可是到了会上，他就呜呜地哭了起来，一句话也说不出。还说什么呢？这几年他所走过的路，脚印都在那儿明明白白地摆着，谁都会看得清清楚楚。老支书田树茂不让他再说了，没有批他，没有斗他，甚至连检查都没有让他写。是他自己觉得无脸见人，在葡萄沟待不下去了。最后，到底还是田树茂在郭林面前求的情。

他躲在那间小小的闸房里，像胆怯的蜗牛一样龟缩在壳里，连头都不敢露。这里，前不着村，后不着店，左右没有交通要道，荒凉、寂寞，难以见到人烟。除了汛期，这座水闸总是紧紧地关闭着。就是到了汛期，那些检查防汛工作的领导，也很难光顾到这间小闸房里来。因为这里实在是一个无关紧要的所在。只是到了夏天，才偶尔有一群小孩儿来到河边打草、游泳。有时，他也靠在小闸房的门框上，颇有兴致地看着那群一丝不挂的“小肉滚儿”在河滩上欢跳嬉闹，听着他们噼里啪啦地有节奏地打着“屁股花”。这时，他就会觉得自己那毫无色彩和音响的生活里，添进了一些原始的艺术美和音乐般的节奏感。

只是有一次，“客人”光顾了。那是一个浓阴不雨、漆黑如墨的夜晚。风不吹，树不摇，连昆虫都停止了鸣叫。他躺在那张小床上，那懒散的肉体和麻木的灵魂，都浸进了死一般的沉寂和黑暗里。夜里，失去了星光和远处的虫鸣，他就失去了时间的概念。这里连一个普通的小闹钟都没有，说不清到什么时候了。

忽然，窗根外边出现了声音：嚓嚓嚓，一个人的脚步声；呼呼呼，一个哮喘病人的呼吸声；吭吭吭，一个垂危老人艰难的咳嗽声。

“谁？”他一跃而起，把脸贴在窗子上。什么也看不见，什么声音也没有了。

他怀疑自己是在做梦，又躺到床上去。不一会儿，那声音又在窗外响了起来：嚓嚓嚓，呼呼呼，吭吭吭；脚步声，哮喘声，咳嗽声——分明是一个人。他警觉起来，悄悄地下了床，悄悄地开了门，猛然间按亮了手电筒。手电筒的亮光劈开了黑暗，他前后左右、仔仔细细、战战兢兢地搜索着，什么也没有发现。

他回到屋里，躺在床上，又听到了那奇怪的声音。他的心开始发抖了。他想起来了，这间小闸房里曾经住着一个患有哮喘病的老人。莫非是他补了老人的“空缺”，老人嫉妒了？莫非是他侵占了老人的床铺碗筷，老人气愤了？他不敢再想下去，拉起被子把头一蒙，一动也不敢动了。他捂得浑身大汗淋漓，憋得透不过气来。真让人不可理解，一个血气方刚的小伙子，一个在野战军里受过五年训练的复员军人，一个曾经显赫一时的党支部书记，居然还相信世界上有鬼魂存在，还被吓得毛骨悚然。

直到第二天早晨，他才在窗根底下那乱草堆里发现了夜里的“客人”——一只扎扎乎乎的大刺猬。他明白了，准是白天在河滩上打“屁股花”的那帮“小肉滚儿”搞的鬼。他们抓到刺猬以后，猛灌一通盐水，到夜里刺猬就会齁得又咳嗽又喘，很像一个患哮喘病的老人；再在它的脚上拴一只破鞋底，每挪动一步，都会发出嚓嚓的脚步声。

他轻轻地踢了一脚那只大刺猬，为夜间自己那副狼狈相感到有些羞愧。为什么会吓成那个样子呢？世界上到底有没有鬼魂呢？如果人死了没有灵魂，他为什么还给妻子做了那么多的纸衣、纸钱？为什么还那么虔诚地用纸剪了一个自己的形象，还用鲜血写上自己的名字，以此向妻子的亡灵表示忏悔和赎罪呢？这到底是在慰藉死者，还是在慰藉未亡人？

啊！妻子在哪儿？妻子的灵魂在哪儿？

田大庚和雪花

一

欢送的乡亲在村头留住了脚步，田大庚独自迈上了奔马河大堤，朝县城走去。他的耳边，还响着叔伯婶娘们那朴实、坦率，而又显得笨拙的叮咛；他的眼前还闪着兄弟姐妹们那真诚祝贺的笑脸和含泪的眼睛。

戴在他新军装上的大红花，在灿烂的阳光下，闪着金子一样的光芒。这红花象征着光荣，更象征着幸运。从什么时候开始，农村小伙子参军入伍，在这神圣的职责里，又加入了一种“找到了出路”“提高了地位”的成分呢？

然而，田大庚的心里却是空空荡荡的，甚至嗞嗞啦啦的有一种难以忍受的疼痛，使他不由得停住了脚步，用那焦灼和盼望的眼睛，回头朝村子里望去。刚才在村头，他就不断地用这双眼睛在人群里搜寻着，为什么不见雪花呢？

雪花是村里出了名的“娇姑娘”，性子像棉花桃一样绵软柔弱。她说话悄声细语，从不大声发笑；她那鸭蛋形的脸盘儿，见到生人，特别是见到青年男子汉，总是堆起两朵红云；她那狭长、美丽的杏仁眼，也总是胆怯地躲闪着，从不敢把目光直截了当地投在小伙子们的身上。甚至她那飘散的额发、弯弯的眉毛和长长的睫毛，也成了她这种娇羞的掩饰物。姐妹们怨她胆子太小，婶子们说她脸皮太薄，都担心她到了搞对象的时候，第一次怎么样去和人家男人见面。

世界上就是有这么多的怪事，五大三粗、气壮如牛的田大庚，心里居然偷偷地爱上了这个“娇姑娘”。尽管他在小伙子群里谈起雪花的时候，也非常起劲儿地谴责人家“娇气”，骂人家“臭小姐”，甚至说人家是“装模作样”“酸文假醋”。可这都是假的，都是为了掩饰他真实的内心世界。和他一起大发议论的小伙子，不知是不是也是假的。反正雪花这个“娇姑娘”，已经使他这个扔下脑袋就打鼾的小伙子睡不着觉了。

不过，田大庚的胆量并不比雪花大多少。他不敢找雪花去表白他的爱慕之心，也不敢和雪花单独接触。只是在地里一起干活的时候，他总是透过棉花棵或者葡萄架，偷偷地多看雪花几眼，村头集会或者田间休息的时候，他总是装作漫不经心的样子在雪花面前匆匆而过。不过有一点使人感到奇怪，从此田大庚穿戴整齐了，说话办事规矩了。他不再当着人的面像狗撕皮一样和小伙子们打闹了，更不用脏话骂人了。特别是在雪花面前，他常常表现得特别斯文庄重，像是有学问有教养的样子。这个奥秘的发现者，首先是田大庚的妹妹田小穗。吃晚饭的时候，田小穗诡秘地问哥哥："你干吗在雪花面前那么人模狗样的？是不是……"田大庚急了，冲着自己的亲妹妹又起誓，又发愿，咬定钢牙不承认有那么回事。

蠢！真蠢！干吗不敢承认呢？说不定妹妹还能帮点儿忙呢！爱一个"娇姑娘"难道犯法吗？干吗不敢和雪花接近呢？难道她身上绑着老虎吗？还骂人家"装模作样""酸文假醋"呢，你比"装模作样"还"装模作样"，比"酸文假醋"还"酸文假醋"。唉！现在晚了，此一去，少则三年，多则……也许一辈子也回不来了。"雪花啊雪花……"他突然喊出了声，声音是痛苦的、凄凉的。

一个奇迹出现了。田大庚看到前边一丛开着粉花的红柳晃动了一下，像水波仙子一样飘然而起，雪花站在了他的面前。田大庚连想都没顾想，甩开脚步，向前冲去。可是当他离雪花还有两步远的时候，却戛然收住了脚步。

雪花低着头，手里提着一个小花包袱，用一只穿着白塑料凉鞋的脚尖使劲挖着河堤上的沙土。

田大庚戳在雪花面前，呆呆愣愣，像一根青石柱。他确实傻了，他的心怦怦地撞击着他那宽厚的胸膛，不知该说一句什么话好。尽管他在睡不着觉的时候，把该对雪花说的话重复过千遍万遍，这会儿连一点儿残渣碎片都找不到了。

"大庚哥……"

居然是薄脸皮的姑娘先开口了，那声音颤抖得像秋风中的树叶，连她自己也不知道从嘴里发出来的是什么声音。可是田大庚却听清了，不是用耳朵，而是用那颗怦怦乱跳的心。

"你、你要是不嫌弃俺……"

姑娘说着，用那双瑟瑟发抖的手，打开小包袱，从里边捧出一双新鞋。

田大庚再也忍不住了，他猛地冲上前去，一把攥住了那双鞋。可是，当他那粗壮的指头碰到雪花那柔软的指尖的时候，雪花却像触了电似的，急忙把手抽了回去……

"雪花，俺走了，你要照顾一下小穗。"天呀！说点儿什么不好，为什么第一句话就给人家布置任务，发布命令？笨蛋！

“嗯，俺听你的。”雪花用那种绝对服从的口气，柔声地说。

“小穗胆子小，你最好和她搬到一块儿去住，跟她做个伴儿。”

“嗯，俺听你的。”又是一个绝对的服从。

“那房子有点儿漏，到时候你找人帮助修一修。”这哪里叫谈情说爱？难道你不会说点儿别的吗？像从电影里和小说里学的那样。

“嗯，俺听你的。”还是那个温柔、顺从而又机械的回答。

他们就这样分手了。他嘱咐了她三件事，她答应了他三句“俺听你的”。没有任何甜言蜜语，也没有任何卿卿我我，临别前连手都没有握一下。

爱情是不需要表白的。两颗以真诚的爱为动力而跳动的心，总是能够找到同一个频率的。这样“心灵的感应”，能够最准确、最及时、最大限度地沟通感情的溪流。

二

还是在这奔马河大堤上，还是在这丛开着粉花的红柳旁，雪花等来了她离别三年的情人。他们面对面地站着，雪花还是那么羞涩地低着头，一句话也不说。在他们天各一方那漫长的岁月里，像白蝴蝶一样翩翩纷飞的情书，传播着他们那火一样的情感，时刻盼望着两颗相爱的心飞到一起，碰撞出灿烂迷人的火花。有多少个更深人静的夜晚，田大庚大胆而浪漫地设想，他见到雪花的时候，一定要像电影里那样，扑上去，拥抱，紧紧地拥抱；亲吻，热烈地亲吻。一定要拿出勇气来，一个战士，敢在枪林弹雨中冲锋陷阵，难道还不敢向一个姑娘扑过去吗？这个令人神魂颠倒的场面，雪花也想过，而且也是在那更深人静的时候想的。不过，她比田大庚谨慎些，她曾经祈祷过，在发生这种事情的时候，周围要一个人都没有，连一只飞鸟都不要有，不要让任何眼睛看见他们。现在，他们终于来到一起了，一切空想都破灭了，什么事情也没有发生，陌生得像两具石头人。不过，雪花那双狭长、美丽、杏仁形的大眼睛，不再胆怯地躲闪田大庚了。她不时地抬起头来，眨动着那长长的睫毛，把那柔和的目光停留在田大庚那通红的脸颊上。

两个人沿着巍峨的奔马河大堤，默默地朝前走去。他们挨得是那样近，互相都能感觉到对方肉体上的气息。他们的肩臂有时轻轻地碰撞一下，但立即又非常自然地分开了。

夜幕低垂下来，初夏的奔马河像恋人一样多情而欢乐。清悠悠的河水奔流着，把细碎的浪花泼洒在两岸垂柳的枝条儿上，像调皮的小伙子在撩拨着姑娘的秀发。

没有月亮，繁密的星光在河水中闪烁着，像梦境一样神奇；没有风，野花青草的馨香在缓缓地弥漫着，像酒一样醉人。

他们的步子迈得是那样的慢，脚又放得是那样的轻，像城里那些散步的情侣们一样，只是他们没有挽起手臂。

他们已经够幸福的了。这朝思暮想的幸福也像奔马河的流水一样，在田大庚的胸膛里跳跃着、冲击着，催涌着他的力量，鼓动着他的勇气。憋了多少个日日夜夜啊！到现在，居然还没有力量，还没有勇气。有好几次，他把停下的脚步又迈开了，把张开的嘴唇又合上了，把伸出的手臂又缩了回来。

快到村口了，他们马上就要朝大堤下走去了，这是最后的机会了。一时间，他感到异常的紧张，他那颗怦怦乱跳的心，都要冲出他的嗓子眼了。也就在这一刹那间，他那颤抖的嘴唇里吐出了一句变了腔调的话："雪花，我、我有一个想法……"

什么叫"想法"？傻话！这不是跟电影里学的，而是从某个首长的报告中听到的，听得多了，自己也染上了这些诸如此类的口头禅。不知是什么力量把他这句傻话从嗓子眼里推出来的。

"唔。"雪花轻轻地答应着，她还不了解"想法"这词的真正含义，但她却停住了脚步。

"我、我……"

"唔……唔……"

"我想亲你一下。"

像一声惊雷响在了雪花的头上，雪花那单薄纤细的身子抖成了一团，她简直不知道如何是好了。

话一出口，勇气顿时来了。田大庚张开手臂，一下子把雪花搂住了。紧接着，他扳起她的头，在她那薄薄的嘴唇上吻了一下。他吻得是那样的轻，像吻着一朵含苞待放的鲜花，生怕稍一用力，就把花蕊碰碎。然而，留在他嘴唇上的那种女性的温馨、柔软，鲜嫩嫩、肉乎乎的感觉，却是那样的美好，那样的醉人，又是那样的悠长，永生永世都不会消逝。

雪花没有挣扎，她接受了这胆怯而甜蜜的一吻以后，就一头埋在田大庚的胸膛上，呜呜地哭了起来。

田大庚慌了，他扳着雪花的肩膀，不知所措地说："你、你怎么啦？"

雪花反而紧紧地搂住了田大庚的腰，呜咽着说："没、没怎么……"

田大庚使劲把雪花的头扳起来："是、是我欺负你了？"

"没、没有。"

"那、那你为什么哭？"

"我觉得受、受不住……想、想哭。"

是的，当一种巨大的幸福突然降临在这个柔弱的姑娘身上的时候，她怎能经受得住呢？田大庚明白了，一股滚烫的浪头也从他胸膛里涌了上来，他的喉咙也哽咽了，眼睛也湿润了。

"雪花，咱、咱俩结婚吧。"

雪花没有言语，她已经停止了哭泣，从田大庚的怀里直起腰来。

"你、你同意吗？"田大庚有点儿不安了。

"俺、俺听你的。"雪花那颤抖的声调仍然是那么柔顺。

"你怎么总是听我的呢？"

"因为俺信你，俺信你！"

三

他们结婚了。

结婚之前，田大庚把这几年积攒的钱连同那点儿复员费一齐交给了雪花，对她说："你看着添两件家具，扯两身衣服吧。"

雪花接过这笔钱，放在手心里揉搓着，像揉搓着一团面。

田大庚又郑重地说："我是共产党员，又是复员军人，咱得注意一点儿影响，可不能大要彩礼，大办喜事……”

“不，我什么也不要。”雪花说，“我想用这笔钱，把房子翻盖一下。”

田大庚抬头看了看。是的，这房子是该翻盖了，墙壁斜塌了，屋顶沤烂了，门窗都已经变了形，说不定什么时候赶上一场暴雨，就会散了架。田大庚本来想结了婚苦干两年之后，再翻盖新房。现在，雪花却把这个问题提前提了出来。

这一次，田大庚依了雪花。房子盖好以后，不但把钱都花光了，还欠下了几百块钱的债。

他们结婚的时候，没添一件衣服，没置一件家具，甚至连张新炕席都没有买。亲友们送来的礼物，不是石膏像、语录板，就是大大小小的镜框。最有实用价值的，是唯一的一个搪瓷脸盆，那是杏妮偷偷摸摸送来的。

正在葡萄沟蹲点的公社书记郭林，一下子抓住了这个典型，把全公社大大小小的干部都召集来，开了一个相当规模的结婚现场会。婚礼是百分之百的“革命化”的，不用说酒与肉，就是烟和糖都没有买。郭林连茶水都不让预备，雪花爹觉得实在挂不住脸，偷偷地往白开水里加了几大把白糖。

婚礼的仪式像开一个什么大会一样隆重而正规：唱《东方红》，背诵“我们都是来自五湖四海……”，三鞠躬，然后，各方面代表讲话，念着以“四海翻腾云水怒”或“千钧霹雳开新宇”为开头的发言稿。最后，郭林慷慨激昂地做了总结。他先是义愤填膺地狠批了“大要彩礼”“大办喜事”的反革命修正主义路线，又高度赞扬了田大庚、雪花执行的“革命路线”，说他们是“破四旧、立四新的闯将”“反修防修的尖兵”“无产阶级专政下继续革命的战士”。最后要求每个大队回去以后，都要认真讨论，坚决贯彻执行，在全公社全面铺开，打一场“灭资兴无”的人民战争，抓一个正面的典型开现场会，或抓一个反面教材开批判会。

婚礼结束了，人们都走了，没有人逗新郎新娘，没有人闹洞房，甚至连一个玩笑都没有人开。

空空荡荡，冷冷清清，堆满了“忠”字品的小屋里，只剩下田大庚和雪花两个人了。

田大庚像喝醉了酒似的兴奋得满脸放光，仿佛刚才在这间小屋里举行的不是婚礼，而是一个盛大的庆功会，他和雪花都立了“特等功”，当了“特级英雄”。他一边怀着无限崇拜的心情整理着那些珍贵的“忠”字品，一边激动万分地对雪花说：“雪花，郭书记对我们寄予那么大的希望，我们一定要努力学习，努力工作……”

雪花坐在那用麻刀灰抹过的炕沿上，说不上心里是一股什么滋味，只觉得身上软塌塌的，一点儿劲儿也没有；心里空荡荡的，好像失去了根底。只是她抬起头来，看一看还没有来得及糊顶棚的屋顶，闻一闻木材和泥土发出的清香，才觉得心里踏实了许多。田大庚跟她说的话，她连一句也没有听进去。

田小穗进来了。在整个婚礼期间，她这个唯一的最直系的亲属不知躲到哪里去了。她坐在新嫂子身边，拉着雪花的手，含着眼泪说：“嫂子，真对不起你，让你这么寒苦……”

雪花立即捂住了田小穗的嘴，不让她说下去。五年多来，两个姑娘朝夕相处，相依为命，比亲姐妹还要亲。她完全懂得小姑子对她的一片真情，她的泪水也溢满了眼窝，但她还是含着笑说：“小穗，别说这些。我一点儿也不苦，你看，我们有了三间房，三间新房。有了房就有了家，以后我们好好过日子，什么都会有的。到你那会儿，绝不能让你这样……”

田大庚在一边听了妹妹的话，心里极为不满。说实在话，如果在两三天以前，他听到妹妹这么说，心里也会非常难受的，也会觉得对不起雪花，对不起这个新婚的妻子。可是现在，结婚现场会一开，党的领导者已经充分肯定了他们的“革命行动”，他非但不觉得清苦，而且感到十分光荣、十分自豪，感到心里充满了一种昂扬的斗志。于是，他又十分郑重地对妹妹说：“你说这叫什么话？你忘了妈跟咱说过，她和爸爸是在地主的磨坊里结婚的！”

田小穗瞟了哥哥一眼，尖刻地说：“这么说，咱爸咱妈比你更革命啦！”

田大庚气得使劲“哼”了一声，说：“你……”

田小穗没有再说什么，她心里再不痛快，也不会破坏哥哥嫂嫂的新婚之夜。她走了，临出门的时候，把戴在头上的那块红纱巾摘下来，挂在了窗子上。这间所谓的新房，连个窗帘儿也没有。她没有向新嫂子告别，连看一眼的勇气都没有，她怕溢满眼窝的泪水滚落下来，头也不抬地就走出了屋子……

四

有了三间新房，有了一个幸福的小家庭，就是雪花最大的慰藉和满足。然而，也正是因为这三间房，使雪花和丈夫之间发生了第一次冲突。

在郭林的领导下，葡萄沟经过整党建党，正式撤销了原任党支部书记田树茂的党内外一切职务，并永远开除出党。田大庚担任了葡萄沟新任党支部书记。

田大庚新官上任，踌躇满志，像一个率领千军万马的指挥官，带领全村男女老少，开山造田，掀起了轰轰烈烈的“农业学大寨”运动的新高潮。很快，葡萄沟被郭林树为“农业学大寨”的红旗。秋收以后，他还亲自带着田大庚等几个先进党支部书记，到农业的圣地去参观学习。

田大庚心里的那团“革命烈火”，一扇再扇，已经烧得他晕头转向了。参观回来，按照郭林“传达不过夜”的指示，他连家都没有回，立刻跑到村头大柳树底下，把钟敲得山响，像着了火一样的紧急。

在家里昼夜思念他的妻子，也只好和乱哄哄、惊慌慌的社员一起，来到大柳树底下，和归来的丈夫集体见面了。

田大庚满脸通红，两只眼睛放射着火一样的光芒。他激动万分地介绍参观的感受，介绍取来的“真经”，介绍他所见到的社会主义新农村。最后，他庄严地宣布：从今天开始，要“白天治坡，晚上治窝”，“昼干大寨田，夜建新农村”，把旧房统统扒掉，建起统一规划的新式排房。

他这一番慷慨激昂的讲话，像一块块石头，扔进了深不见底的深渊，连个回音也没有。男女老少几百口人，围在大柳树下，一张张的脸是那么麻木，没有一点儿表情；一双双眼睛是那么黯淡，没有一点儿光彩。一路上，他幻想着群众听到他的传达以后，就会爆发出一片雷鸣般的掌声、欢呼声和口号声。就像他在部队当战士的时候，听到首长慷慨激昂的讲话时所表现出来的狂热与激动一样。然而，老百姓毕竟不是“以服从为天职”的军人，梯田、坡地和葡萄园，也毕竟不是血肉横飞、杀声震天的战场。某些人把人类的一切活动都看成是“战役”，而且像战役一样统一部署，统一指挥。可是我们的老百姓毕竟还是“以食为天”的，战一阵天，斗一阵地，和山土林石拼一阵命，不能解决肚子问题。他们要的是粮、是菜、是瓜果，而不是一片弹痕累累、满目疮痍的废墟。田大庚万万没有想到，人们会用这么冷漠的态度对待他。他还不懂得，在那不许人讲话的年代里，人们已经无师自通地学会了用沉默来表示自己的反抗了。

田大庚已经开始恼火了，他心里埋怨葡萄沟的群众落后，缺乏社会主义觉悟，他也怨恨自己无能，没有把群众的革命热情调动起来。不过，他并没有灰心，并没有气馁，因为他刚刚从“圣地”回来，取回来一本取之不尽、用之不竭的万能“真经”。“火车跑得快，全靠车头带”，这是首先闪现在他脑子里的一条。于是，他把手一挥，像个部队指挥官一样，冲着人群里的妻子命令说：“雪花，从咱家开始，立刻回去扒房!”

雪花像当头挨了一棒，直愣愣地站在人群里，用一双惊愕的眼睛看着丈夫。几百双眼睛立刻转回来，看着这一对夫妻。

“快走，还愣着干什么?”田大庚故意绷着脸，扯大嗓门叫嚷着。

“不，大庚，咱的房……不能扒!”雪花惊慌无主地说。

“为什么不能扒?”田大庚立刻瞪起了眼睛。

“大庚，有这几间房，咱就有个家；扒了房，咱的家就、就完了……”

“你说的是什么话？扒了旧房盖新房，这是大好事，你不懂吗?”

“不，咱的房并不旧，也是新、新的……”

“新的？新的它姓私；再盖起来，它就姓公了。房子不扒，私有制的根子什么时候能够拔掉?”

“大庚，咱……咱不能扒呀!”雪花用嘶裂般的声音喊了一声，再也忍不住了，双手把脸一捂，扭头朝人群外跑去。

“回来!”田大庚怒吼了一声，把几百个人的心都强烈地震动了。

雪花像被定住了一样，停住了脚步。

田大庚几步走上前去，揪住雪花的胳膊，把她拉到人群前边：“你在大伙儿面前说说，你这是什么思想?”

雪花站在人群前边，吓得浑身发抖，她只会哭，一句话也说不出来了。她根本就不记得了，此时此刻，自己还有什么“思想”……

夜很深了，田大庚才顾得上回家。他迈着沉重的脚步，心里像揣着一团铁蒺藜，又扎又疼又混乱。一个领导者，总是希望自己的意念成为现实，变为他所领导的“步调一致”的行动。就像一个炮手，把炮弹装进炮膛，总希望能够放得出、打得准、炸得响一样。田大庚这发炮弹，放是放出去了，可是并没有击中目标，更没有炸成霹雳烈火，就像一朵蒲公英落在枯井里，连个回音也没有。散了会以后，他在极端的苦恼和怒气中，强制自己冷静下来，认真地思索了一下，开始对他和郭林的计划产生怀疑了。“建设新农村”，为什么群众采取那么冷漠的态度呢?不是说“群众是真正的英雄”吗?不是说“我们自己则往往是幼稚可笑的”吗?那么多群众反对，能说明这个计划是正确的吗?“新农村”能建得成吗?特别是自己那温柔软弱、百依百顺的妻子，听到要扒房，简直像发了疯一样反对他，这就更使他震惊了。不要说雪花，就是他自己听到郭林的指示，想到要扒掉那三间新房的时候，不也心疼得半宿睡不着觉吗?只是他在“灵魂深处爆发革命”，嘴里没有说出来罢了。他们盖这三间房容易吗?那一砖一瓦、一檩一椽，都是他和雪花从牙缝里一口一口省下来的，从身上一针一线扯下来的。为了盖这三间房，他们结婚的时候，不是连一块窗帘儿都没有买吗?

于是，他带着这些疑惑跑到公社去找郭林，他是准备接受郭林严厉的批评的，就像在村头大柳树下他批评雪花那样粗暴而不讲情面。然而，郭林非但没有批评他，还让食堂大师傅特意炒了两个菜，请他喝起了这次参观时带回来的汾酒。郭林一边呷酒嚼菜，一边和颜悦色地给他讲起了“农民的私有观念”“严重的问题是教育农民”，以及“领导者要走在群众的前边”“不要做群众的尾巴”等等“千真万确的真理”。

当田大庚从公社回来的时候，已经是晕头转向、迷迷糊糊了，不知是被郭林的汾酒灌醉了，还是被郭林的“大道理”灌糊涂了。他推开小栅栏门一看，屋子里黑着灯，这是他在家的时候，雪花第一次没有等他回来，就独自睡了。田大庚心里窝着的那团“革命烈火”又腾腾地冲了上来，心里愤愤地说：你还不服哩，还闹情绪哩！你越闹，越要好好地批评批评你，不“刺刀见红”，就不能解决思想问题。

田大庚进了屋，摸索着划着火柴，点上那盏三号小罩灯。橘红色的火焰跳动着，他看到妻子紧紧地裹着自己的被子，蒙着头，缩在墙角上，身子在轻轻地抽动着。在小炕的另一边，妻子已经把他那床被子齐齐整整地铺好了。在他的枕边，放着一个小瓷盆，上边扣着一只碗。他轻轻地把碗揭开：两张葱花烙饼，一盘鸡蛋炒黄瓜。他又走出去掀开锅，锅是空的；扒开饭篮，饭篮也是空的。

他完全明白了，多么情深意长、温柔体贴的妻子呀！尽管她心里那样的不痛快，赌那么大的气，忍着那么大的委屈，自己连饭也没有吃，还是为他把饭做好了，为他把被铺好了。看到这些，田大庚的心软了。刚才在他心里腾腾燃烧的那团“革命烈火”，不知怎的消弱了，熄灭了。他想到，今天在村头大柳树下，妻子一时思想不通，他就那么粗暴地批评她，而且是当着全村几百口人的面，她怎么能够受得了呢？思想不通的难道只是她一个人吗？你的思想政治工作哪儿去了？纯粹是“专横跋扈”“军阀作风”！

田大庚忏悔了，忏悔得他心里一阵发疼。他决定马上和妻子好好谈一谈，“要过细地做工作”。于是，他上了炕，脱了衣服，没有钻进自己的被窝，却把妻子的被子扯开了。

雪花仍然弓着身子，背对着他，不理睬他。

田大庚伸出胳膊，把雪花的肩头扳过来，紧紧地搂在了自己的怀里。然后，他把嘴唇贴在妻子耳边，轻声地说：“雪花，别生气了，是我不好……”

这一连串近乎粗暴的动作，加上这一句轻悄悄的赔情话，把雪花心中那压抑的波澜彻底掀动起来，她把头埋在丈夫的胸膛上，放声大哭起来。

田大庚仍然紧紧地搂住她，任凭她痛痛快快地哭着，任凭泪水浸湿了他的整个胸脯。他知道，窝在她心中的那些羞辱、委屈、怨恨和不满，都会随着这呜呜的哭声和哗哗涌出的眼泪，尽快地倾吐出来。非但如此，在雪花的哭声和泪水中，还包含着一个温柔女人的感激和爱。她感激丈夫对她的谅解，对她的赔情，对她的尊重，她爱丈夫那紧紧和她缠在一起的粗壮、结实、暖烘烘的躯体，那是她生活的靠山、生命的支柱。

一个柔弱的农村女人，把全部的情与爱、灵与肉，都毫无保留地交给了自己的丈夫；而她所要求的，又是那样少得可怜，稍微给她一点点儿，她就会得到最大的宽慰和满足。

当雪花的哭泣渐渐地平息下来的时候，田大庚开始向妻子做起了"过细的思想工作"。他从《共产党宣言》中的两个"决裂"，讲到"无产阶级专政下继续革命"；从他的父母在地主的磨坊里成亲，讲到革命先烈爬雪山、过草地、流血牺牲……他讲得是那样动感情，那样有说服力，如春风习习，似细雨绵绵，而又包含着那不可动摇的原则性和不可抗拒的逻辑性，连他自己都觉得受感动了。

雪花的思想终于打通了，不知是被丈夫那深奥的大道理说服了，还是被丈夫那真诚的态度感化了。总而言之，她用哭哑了的声音说："你别说了，俺听你的，还不行吗？"

田大庚轻松地笑了："真的？那咱的房子扒不扒？"

"扒呗。"

"什么时候扒？"

"俺听你的，这会儿扒都行。"

"太好了，咱连夜干起来，明天一早就可以让群众看看！"

"可你……还没有吃饭呢。"

田大庚又是兴奋，又是感激，他猛地欠起身子，把脸紧紧地贴在雪花那两个高耸的乳峰中间，发疯般地吻着她那白皙、柔软、散发着体香的胸脯。

雪花被吻得浑身发痒，可是她的心里，却像针刺一般的疼痛……

五

妻子是什么？她不应该仅仅是给丈夫洗衣做饭、生儿育女的女人，她应该是丈夫革命征途上的伴侣，是丈夫同一战壕里的战友。

处在“大革命高潮”中的年轻的党支部书记田大庚，就是这样要求自己的妻子的。晚上，他回到家里。他家的房子扒了以后，就同妻子搬到了盛柴草的小棚子里去住了，等着把新排房盖起来，把社员们都安排好以后，他们再“享受在后”地搬进“新农村”。而他的妹妹田小穗，却搬到大队医疗室去住了，一边跟新上任的“赤脚医生”做伴，一边看守着那些瓶瓶罐罐。

雪花正蹲在灶旁烧火做饭，田大庚站在锅台旁边，又用那种郑重得让妻子感到可怕的口气说：“雪花，跟你商量个事儿。”

“唔。”雪花抬起头来。

“我是党支部书记，你是干部家属，咱得处处起模范带头作用，做出榜样来，榜样的力量是无穷的。”

“唔。”雪花心里打起了鼓，不知道自己在什么地方做得还不够“榜样”。

“郭书记说，咱也要向大寨学习，成立一个铁姑娘队。”

“噢，俺一定主动报名参加。”雪花心里那块提起来的石头放下了，顺手把烧到灶门外的柴火添了进去。

“不，你不仅是参加铁姑娘队的问题。”

雪花又惊愣地扬起脸。

“郭书记说，要让咱们树立一个比翼齐飞的典型。”

“什么，什么比翼齐飞？”

“就是说，让咱夫妻两人，都成为学大寨的带头人。我当党支部书记，你当铁姑娘队长。”

“啊……这，这怎么行呢？”

“怎么不行呢？郭书记还要培养你入党呢！”

“俺、俺可不、不会……”

“谁也不是天生就会当领导的，实践出真知，斗争出闯将嘛。”

“可俺不敢、不敢说话。”

“是的，你是有点儿胆子小，有点儿脆弱，有点儿娇气。这些我都跟郭书记说了。他说，要让我帮助你克服这些缺点和弱点，帮助你改造世界观。他说，你根红苗正，本质好，只要加一把火，就能炼成一块好钢……”

“啊？”雪花突然惊叫一声，一跃跳起身来。低头一看，从灶膛里烧出来的火，已经燃着了她的裤脚，烧在她的腿上。

田大庚急忙慌手慌脚地替妻子扑灭了火，把妻子扶在炕沿上坐下，搬起妻子的脚脖子，又是用嘴吹，又是用手揉。

“不要紧，不要紧，没有烧伤。”雪花说。

“来，你歇一会儿，让我烧吧。”田大庚说着，蹲在灶门旁边，粗手笨脚地烧起火来。

“大庚，你跟郭书记说说，我、我真的干不了。”雪花坐在炕沿上，央求着丈夫，眼睛里汪起了泪水。

“已经决定了，变不了了。”

“啊！那、那怎么办呢？”

“有什么怎么办的？挺起腰杆来干就是了。”

“我、我……”雪花都要哭了。

田大庚站起来，把两只手搭在妻子的肩头上，满怀深情地说：“雪花，别怕，有我呢，啊！”

“我怕，怕干不好……”

“只要依靠党，依靠群众，就一定能干好！”田大庚使劲给妻子鼓着劲儿，自己周身的劲头和热情却首先澎湃起来，“雪花，干吧！为了建设社会主义新农村，实现共产主义的伟大理想，让我们携手并肩，成为两只比翼齐飞的雄鹰吧！”

雪花用她那双发红的眼睛，看着丈夫那张激动的脸，薄薄的嘴唇紧紧地咬着，不知说什么好了。

“答应下来吧，我的好妻子，好战友！”田大庚使劲摇晃着雪花的肩膀，等待着妻子的回答。

雪花受不了了，她翕动着嘴唇，颤颤巍巍地说：“那，俺听你的，就试、试一试吧……”

田大庚笑了。

雪花那发红的眼睛里，却滚落两颗晶莹的泪珠儿……

六

夜深了，田大庚回到家里，看到妻子已经靠在被垛上睡着了。雪花垂耷着脑袋，散乱的头发飘在胸前。她大概太累了，睡得很沉，不时地发出哼哼的呻吟声，身子也一下一下地抽动着，像是被惊吓了似的。妻子瘦了许多，那鸭蛋形的脸蛋儿已经见棱见角，失去了往日的光泽，变得像一张枯菜叶子一样的粗糙、干裂、没有血色。那两只狭长、美丽、杏仁形的大眼睛，深深地塌陷下去，眼窝儿周围是两个黑黑的眼圈儿。

田大庚心里一阵难受。雪花当了铁姑娘队长以后，确实吃了很多苦，受了许多累。正如她自己所说，她不会说话，就是学习的时候给人家念报纸，她的声音也颤抖得不成声调。她更不会批评人、说服人、指手画脚地支配人。她只会干活儿，默默地干在前边，带头抢累活儿、脏活儿、危险的活儿干。她用这种“无声的命令”，来感化和指挥她的伙伴，来完成郭书记或自己的丈夫交给她的任务。

田大庚轻轻地把被子铺好，替妻子脱下了衣服，扶她躺好。然后，自己也脱衣躺在了妻子的身边。当他欠起身子，想替妻子把枕头垫好的时候，忽然发现枕头底下露出了一角红布。他觉得有点儿奇怪，不由得心里随之一抖：原来是一件还没有做完的婴儿穿的小红肚兜儿。

雪花醒了，她睁开发涩的眼皮，深情地看着丈夫，苍白的脸上露出了两团红晕。

田大庚心里呼啦一阵发亮，一种惊喜中夹杂着惶恐的感觉像浪潮一样涌遍他的全身，他一下子抓住了雪花的肩头，不安地问：“你有啦？有啦？”

雪花羞涩地笑了笑，没有说什么。

“几个月了？快告诉我！”

“有六个多月了……”

“啊？你怎么不、不早告诉我？”

“你……太忙了……”

雪花的最后一句话，说得是那么凄凉、酸冷，不由得心里一阵委屈，泪水溢满了深陷的眼窝儿。

田大庚心里像被深深地刺了一下，急忙扭过脸去，避开了妻子那泪水汪汪的目光。温顺的妻子没有直截了当地埋怨他，但他却听出来了，她那句话里充满了幽怨、不满和无可奈何。透过那句话，他看到妻子是怎样默默地咬着牙，受着苦，忍着难，承受着委屈，而不给自己的丈夫添一点儿麻烦，增加一点儿负担。然而，妻子那句话却说得对，他确实太忙了。这半年多来，葡萄沟出了名，田大庚和雪花也出了名。大喇叭里播送着葡萄沟“改天换地”的英雄事迹，报纸上刊登着田大庚和雪花比翼齐飞的照片。来参观的，来取经的，来采访的，来请做报告的，络绎不绝，应接不暇。县里的毛泽东思想文艺宣传队还来了一个“少白头”的创作人员，要把田大庚和雪花的事迹编成一出四幕八场话剧。当然，这一切都应该归功于在这儿蹲点的郭书记。特别是入冬后的两三个月以来，田大庚忙得简直像走马灯一样。参加各种各样的代表会，参加各行各业的经验交流会，到他所熟悉和不熟悉的地区和单位去做报告，以及以贫下中农代表、先进集体代表的名义参加报社、电台、电视台的“评《水浒》、批宋江”的座谈会……在这一段时间里，雪花很难见到丈夫。有多少次，雪花盼望着丈夫回来，等待着把自己怀孕的消息告诉丈夫。可是，田大庚偶尔回来一次，不是刚迈进门槛就有人来找，就是端起饭碗来就困得闭上了眼睛。雪花体谅丈夫，心疼丈夫，不忍心给挺着筋骨、身肩重负的丈夫再增添一斤一两的负担，把苦和累、忧和怨都深深地埋在心里。

想到这些，田大庚觉得受不了了。他怪自己太粗心了，太不关心和体贴妻子了，居然连妻子的肚子大了都没有发现。他觉得实在对不起雪花，心里一阵愧疚，泪水也溢满了眼眶。

看到丈夫那种失悔自疚的神色，雪花不但完全谅解了丈夫，而且后悔刚才不该对丈夫流露出那种埋怨情绪了。她为了安慰丈夫，伸手把那件小红肚兜儿拿起来，展在自己的胸前，轻轻地问：“好看吗？”

田大庚凝神地看着妻子胸前的小红肚兜儿，菱形的红绸布，像妻子胸脯的皮肤一样细嫩、光滑，闪着诱人的光泽。红绸布的四周，镶着金黄色的花边，两条青色的丝绦带搭在妻子的脖颈上，像是从妻子头上飘落下来的两绺秀发。田大庚看着看着，似乎看到了一张红扑扑的、散发着奶香的婴儿的小脸蛋儿，似乎看到了一个白白嫩嫩、手脚乱抓乱蹬的胖娃娃。一股从来没有体味过的慈爱和幸福的感觉在他心里油然而生，他咧开大嘴憨厚地笑了，一滴口水从他嘴角上流下来，落在妻子的胸脯上。

雪花用指头在他的额头上轻轻地戳了一下，笑着说："看把你馋的，孩子还没有出世，就把你美坏了。"

田大庚仍然咧着大嘴说："喂，你这肚兜儿上，好像还应该绣点儿什么。"

雪花说："我想绣一个小熊猫。"

田大庚说："熊猫不好，应该绣一头牛。"

"牛?"

"是啊，绣一头欢蹦乱跳的小牛犊。"

"杏妮也说绣一头小牛犊，她说她家的瓷茶壶上画着一头小牛犊，漂亮极了。"

"那让她照着描下来不就行了吗?"

"她还要亲手帮助我绣呢。可是我不大喜欢牛。"

"牛好啊！又老实，又漂亮，又勇敢。将来咱的孩子就叫小牛。"

"要是闺女怎么能叫小牛呢?"

"不，是儿子，一定是儿子!"

田大庚说着，侧过身来，把手放在妻子那隆起的肚子上，轻轻地抚摸着。突然，胎儿轻轻地动了几下，田大庚感觉到了，像孩子似的惊喜若狂地叫嚷起来："雪花，你快摸摸，这小家伙还在里边撒欢呢！真像个小牛犊。淘气极了，你看，又动了。是在叫爸爸，真的，你听。"

看到丈夫这种傻说傻笑的兴奋劲儿，雪花心里也非常舒畅和满足。多少天了，她盼望着能和丈夫躺在一起，享受着夫妻之间的欢乐和快感。现在，她像一个孩子终于抓到了一只盼得心焦的小鸟，小心翼翼地捧在掌心里，亲吻着它，哄逗着它，又不敢把它完全露出来，生怕一失手又呼啦一下子飞去。

田大庚还在一个劲儿地傻说傻笑着：“是不是？是不是在叫爸爸？你看呀。”

雪花故意逗着他说：“不，是在叫妈妈。孩子都是跟妈妈最亲，一开口说话，就先会叫妈妈。”

田大庚认真地争辩着：“不，咱的孩子跟爸爸最亲，一开口说话就先叫爸爸。”

雪花说：“谁对孩子最好，孩子就对谁最亲。”

“我当然对孩子好了。他出生以后，我就天天抱着他，亲他，爱他，哄他玩，逗他笑。晚上睡觉的时候，就把他揽在怀里。”田大庚说着，就把妻子的身子拢过来，真像是哄孩子睡觉一样，在雪花的屁股上轻轻地拍了起来，唱起了古老的催眠曲，“噢——噢，快睡觉。风不吹，树不摇，星星不动云不飘，小鸟不飞也不叫，我的小牛快睡觉……”

雪花握着小拳头，雨点似的敲打着田大庚的胸脯，撒娇地骂着：“把我当成你的儿子了，你真坏！你真坏！”

田大庚更加起劲地拍打着雪花的屁股，调皮地叫着：“好儿子，快睡觉……”

两个人互相拍着、打着、闹着、笑着，滚成了一团，折腾得心里发热，浑身发痒，眼泪都流了出来……

“大庚，我要是不能给你生个儿子怎么办？”雪花突然紧张和担忧起来，就像当初田大庚让她当铁姑娘队长时她感到紧张和担忧一样。她生怕自己不争气，完不成丈夫交给她的“任务”，使丈夫失望。

田大庚用安慰的口气说：“没关系，如果第一个不是儿子，咱们就接着生第二个，会养儿先养女嘛。”

“如果第二个还不是呢？”

“那就生第三个。”

“现在上级正号召计划生育，你这个党支部书记能不带头吗？”

“我在其他各方面都可以带头，儿子是不能不要的。”

“你呀，简直是封建老脑筋。”

“不，雪花。”田大庚突然变得郑重起来，“你知道，我家祖祖辈辈都是孤门独姓，到了我这一辈，又是千顷地一棵苗。我爹在临死的时候，最担心两件事，一是怕小穗受委屈，二是怕我这一代断了根，绝了户。我爹死也不合眼，让我跪着向他发誓，一定争气要强，娶个媳妇，生儿育女……”

听了田大庚的话，雪花心里沉甸甸的，她想说两句使丈夫宽心的话，可又不知道说什么好。胎儿又剧烈地动了两次，牵动她浑身一阵抽搐。她默默地祈祷着：好心的子孙娘娘呀！你送给我、送给大庚一个儿子吧！

田大庚猛然欠起身来，伏在雪花的脸上，激动地说：“雪花，你也争口气，为我生个儿子吧。我求你，求求你……”

雪花没有吭声，两行泪水顺着她那多皱的眼角默默地流了下来……

田大庚慌了，急忙闭上了嘴，躺下身来：“雪花，别难过，都怪我、怪我要儿子太、太心切……”

雪花幽咽地说：“大庚，我、我没怪你。我在想，咱俩都是一条藤上的苦瓜……你是一个孤儿，可我、我还没有出生……妈妈就离开了人世。我这条命是捡、捡来的。多亏了解放军……”

听了雪花的话，田大庚心里掀起一层又酸又热的浪头。他了解雪花的身世，他不止一次地听雪花讲过。她娘在她九个月的时候，奔马河突然发了大水，浑浊的浪头吞走了挺着大肚子的雪花妈，解放军医疗队在洪水中救出了雪花妈。雪花妈刚刚停止了呼吸，那个大肚子还在剧烈地抽搐着。医疗队立即把她抬到临时支起的帐篷里，给她进行了剖腹产。孩子被取了出来，雪花妈离开了人世，小雪花却奇迹般地活了下来……

夜深了。冷冷的月光悄悄地从窗口上移开了，把那光秃秃的树影又印在了窗纸上，像一个粗大陈旧的蜘蛛网。两个人静静地躺着，谁也没有再吭声。

过了一会儿，田大庚轻轻地翻了一个身，把一只胳膊放在雪花的肩膀上。

“还没有睡吗？”雪花轻声地问。

田大庚“嗯”了一声。

“大庚……”雪花胆怯地叫了一声，想说什么，又把嘴闭上了。

田大庚疑惑地问：“你怎么啦?”

“没、没什么……”

“雪花，有什么话，你就跟我说吧。”

雪花把头枕在田大庚的胳膊上，支吾了半天，才说：“大庚，我想……辞掉铁姑娘队长，让、让杏妮替、替我……”

田大庚又“嗯”了一声，告诉雪花他在听着她的话。

“俺这些天越来越觉得吃力了，一上山两条腿就打软儿，浑身上下一点儿劲儿也没有。俺真怕、怕顶不住……”雪花的话越来越低，最后她没有勇气再说下去了。

田大庚的心里像开了锅似的翻腾着。是的，妻子怀孕了，她不应该再干那么重的活了，不应该再上山了，不应该再当铁姑娘队长了。妻子提出的要求是完全合理的，做丈夫的应该为妻子想到这些，他应该为妻子负责，为他们将来的儿子负责。田大庚不是不关心妻子，也算不上是那种“铁面无私”“大义灭亲”的硬汉子。几个月以前，他看到妻子在“战天斗地”的战场上一天天瘦下去，就曾经想为妻子找一个比较轻松一点儿的工作。那时正好公社供销社要从葡萄沟找一名临时工，田大庚找到郭林，就提出来让雪花去。可是郭林说什么也不答应。说什么雪花是一个妇女干部的“好材料”，应该在基层好好锻炼，争取早日入党，然后可以调到公社去当妇联主任，等等。田大庚并没有让妻子当脱产干部的奢望，可是既然郭林这么说，他也不好再坚持自己的意见了。现在，为妻子调动工作的问题已经迫在眉睫了。然而，他又想到了明天他将要参加县委召开的“三干会议”，想到了会议的安排，想到了郭书记的指示。他想了又想，难为了半天，终于咬着牙问妻子：“雪花，你还能再坚持三天吗？只三天。”

“干吗要坚持三天呢?”雪花不解地问。

“县委‘三干会’，要来咱村参观，还要让咱俩介、介绍经验……”

“让我?”

“不，你可以不发言，到时候我一个人讲就行了。”

“噢……”

“行吗?”

“那俺就再干、再干……三天。”

七

早晨，天阴得很沉。浓重的云层像铅块一样低低地压在人们的头顶上，压在人们的心头上，使人觉得窒息得喘不过气来。大片大片毛茸茸、轻飘飘的雪花，稀稀拉拉地从天空飘落下来，撒在县委招待所那青砖镶砌的甬道上。

这是“三干会”的最后一天了，按照会议的安排，今天全体与会人员要乘坐十三辆大轿车和四辆吉普车到葡萄沟去参观。

田大庚起床晚了，他这几天忙着发言，向领导汇报，接待记者，到县广播站录音，每天都睡得很晚。当他走进饭厅的时候，人们已经陆续离开了餐桌。他走近窗口，把那张绿色的餐券交给服务员。服务员递给他一盘包子、一碗鸡蛋汤。今天去参观，怕中午回来晚，早餐特意增加了二两。他拿起一个包子，一口咬去了大半。猪肉大葱馅，香极了。他那长期缺少脂肪和胆固醇的胃立刻欢呼雀跃起来，激起了一股强烈的食欲。他恨不得把这一整盘包子，一口吞进肚子里。

可是，当他端起那碗鸡蛋汤的时候，却看到了里边晃动着一张枯菜叶一样的脸，和一双塌陷的、涂抹着一层黑圈儿的眼睛。此时此刻，他似乎看到了，在那乱石滚滚的山坡上，在那漫天皆白的风雪中，妻子拖着虚弱笨重的身子，搬着冰凉冰凉、死沉死沉的石块，一步一滑地挪动着。石块压在妻子的肚子上，压在那个还未出世的小生命上——多么伟大的孩子呀！还没有见到天日就为母亲承受着重负，就投身了一场伟大的“战役”。

田大庚想到这些，从腰间摘下那块干净的白毛巾，把一盘包子统统包了起来，揣进了自己的怀里。

汽车在坎坷不平的石子公路上颠簸着，田大庚望着窗外那飘飞的雪花，眼前出现了另一番让他战栗的情景：那是一个月以前的一天中午，妻子把菜饭端上来，摆在了他们那张小饭桌上。一碗香喷喷的杂面汤，两个焦黄焦黄的玉米饼子。田大庚一边端起碗来，一边让着妻子：“你吃呀。”雪花微笑着说：“我已经吃过了，你快吃吧。”说着，她就到外边洗衣服去了。田大庚吃完了饭，看了看时间还早，就歪在炕上，想抓紧时间休息一会儿。蒙眬中，他觉得妻子轻手轻脚地走了进来，又听到锅盖啪地响了一下。他觉得有点儿奇怪，睁开眼睛一看，妻子已经不在了。他欠起身来，趴着那扇小窗户往外一瞧，妻子靠在外屋门框上，双手捧着一个大粗碗，正在大口大口地吃着什么。他猛然想到，几天以来，妻子总是不和他一起吃饭，而且总是说她已经吃过了。吃过了为什么还要吃呢？他感到一种未可名状的紧张和不安。他悄悄地溜下炕，连鞋都没顾上穿，走到了妻子的身后。妻子似乎感觉到了什么，回过头来，猛地看到他，吓得“啊”地叫了一声，手里的那个大粗碗“叭”地掉在地上，摔得粉碎。田大庚低头一瞧，撒在地上的，是一团黑乎乎的红薯叶，掺杂着一点儿可怜的玉米面。原来妻子吃的就是这个呀！他的心几乎都紧缩到了一块儿，两眼呆愣愣地看着妻子，泪水顺着他那深深的眼窝儿无声地流了下来。雪花像犯了罪似的，胆怯地看着他，颤声说：“大庚，你、你当书记……为全村人，身子重要啊……”田大庚爆发般地喊了起来：“别说了，我糊涂！我浑蛋！我对不起你呀！”他说着，一下子抱住了妻子，放声哭了起来……

没有风，雪花静静地飘，无声地落在公路上。洁白、娇弱的雪花把坑坑洼洼的石子公路铺得平平展展。汽车的轮胎碾在雪路上，雪花在车轮下吱吱地惨叫着，化成了两条血与泪的辙流。田大庚想象着，今天晚上，开完现场会回到家里，就立刻把怀里的那些包子掏出来，统统堆在妻子的面前，让她吃，让她吃得一个也不剩。如果她不吃，就用一只手把她紧紧地揽在怀里，让她动弹不得，用另一只手拿起包子，往她嘴里塞。那时候，她就会一边吃，一边咯咯地笑，笑得流出了眼泪，笑得喘不上气来。想着妻子那可爱而又可怜的样子，他的心里一热，鼻子也发酸了……

到了，汽车没有进村，直接开到了山坡下，开到了他们改天换地的“战场”。田大庚从车上跳下来，一下子怔住了：工地上，红旗被雪花浸湿了，软塌塌地垂落下来；大型标语牌被积雪遮掩起来，只露出一片片血迹般的残字；高音喇叭没有播放那军号般的音乐和声嘶力竭的叫喊。整个工地上，看不见你追我赶、热火朝天的战斗场面，只能看见稀稀拉拉的几个蠕动的人影。这哪里像什么“战场”，简直是一片荒凉、寂寞的死亡世界。

郭林怒气冲冲地来到田大庚面前，耷拉着那张浓阴不雨的脸，恶狠狠地叫嚷着：“这是怎么搞的？”

一股不祥之兆像潮水般地向田大庚涌来。他不容多想，飞快地向山坡上跑去。

工地上，人们站成一团，低垂着头，像丢了魂似的，一双双凝滞的目光都在躲闪着他。

田大庚也像郭林一样铁青着脸，高声喊叫起来：“这是怎么搞的？为什么停工？为什么？”

没有人吭声，田大庚心里怦怦地跳了起来，两条腿紧张得剧烈地颤抖着，像是要支撑不住他那强壮的身子。

杏妮走过来，她脸上的泪水结成了冰凌，还未开口，先抽泣起来。

“出了什么事？快说！”田大庚焦灼地命令她。

“雪花姐，她……”

“什么？什么？”

“雪花姐从玫瑰崖上滑、滑下去了……她、她让俺替她……坚守岗位……”

田大庚只觉得五雷轰顶，顿时头晕眼花，天旋地转，杏妮急忙向前扶住了他。

“雪花在哪儿？在哪儿？”

“在、在那儿……”

田大庚顺着杏妮的手势望去，看见前边不远的山路上，几个人似乎抬着什么，急匆匆地朝黄花镇的方向跑去。飘飞的雪花织成的帷幕，把他们的身影笼罩起来，朦朦胧胧，依稀可见。

“老支书他们抬着她上、上卫生院去了……”杏妮哭着说。

田大庚不顾一切，冲下山坡，顺着山路追去，一边追，一边拼命地喊着：“雪花——雪花——”

前边的人听到喊声，停了下来。田大庚首先看到，人群中放着一块门板，门板上躺着一个女人，上边盖着老支书田树茂常穿的那件老羊皮袄。

田大庚一下子扑上去，掀开老羊皮袄。雪花静静地仰卧在门板上，她身上只穿了一件白底素花的衬衫，衬衫已经撕破了好几处，露出了肩头和臂肘。胸前的衣襟上，渗出了一片殷红的鲜血。

“雪花！雪花……”田大庚不顾一切，抱着妻子，拼命地呼叫着。

雪花慢慢地睁开了眼睛，看到了丈夫。她那已经迅速扩散的瞳孔，又闪出了两道奇异的光彩，那惨白的脸上也露出了一丝微笑。

田大庚继续呼叫着：“雪花！雪花……”

雪花的胸脯急促而微弱地起伏着，那干枯的嘴唇艰难地翕动着，嘴角上那两条深深的皱纹，像是牵动着整个生命的两根细丝，一下又一下地抽动着，马上就要绷断了。可是，她在生命边缘上留给丈夫的几句话，却怎么也抽不出来。

田大庚把脸俯在妻子的嘴唇上，哭着说：“雪花……你有、有话，快、快跟、跟我说……”

雪花那翕动的嘴唇还是发不出声音来，忽然，雪花被丈夫攥着的一只手剧烈地颤动了一下，她的目光也随之低垂下来。田大庚抬头一看，妻子伸出了一个手指，向自己的身下指着……

田大庚把雪花的手更紧紧地攥了起来。

雪花的目光又抬起来，眉头吃力地皱了一下，突然，大口大口地喘息起来。她一边喘着气，一边翕动着嘴唇。终于，一个微弱的声音，断断续续地吐了出来：“大庚……快、快送俺到……儿子……把你的儿子……剖、剖出来……”

田大庚的心像被猛地紧攥了一下，他顿时明白了。他把目光移到妻子的下身，那高高隆起的肚子在一下一下剧烈地抽搐着。那个已经成形了的小生命，似乎在用母体给他的原动力，拼命地挣扎着，想从那即将失去生命的世界里挣脱出来……田大庚猛然看到了，在滔滔的洪水中，一个大肚子的女人被解放军医疗队救了上来，放在手术台上。于是，女人的肚子被剖开了，小雪花嗷嗷地出世了，而那血淋淋的女人再也不能从手术台上爬起来了……

“不！不!”田大庚像一座山似的堆倒在雪花的身上，“我要你！雪花，我要你，要你呀!”

雪花渐渐地停止了喘息，闭上了嘴唇，她那剧烈起伏的胸脯也慢慢地塌陷下去。然而，她那双眼睛却没有闭上，瞳孔迅速地扩散了，目光缓缓地消逝了。在那双寒冰一样凝结的眼球上，却留下了永不消逝的焦灼、悔恨和绝望。在她生命的最后一刻，她的心里充满了恨。她恨丈夫没有听从她的嘱咐，把她肚子里的孩子剖出来，她更恨自己没有为丈夫把孩子生下来，把那属于丈夫的小生命带走了……

洁白、娇弱、轻如鸿毛的雪花仍然在静静地飘落着。它默默地降落在大地母亲的怀抱里，又在大地母亲的怀抱里默默地融化了。上帝把它那短促的生命交给了残酷的严冬，而它却把自己的心灵和肉体化成了甘泉，浇灌出了绿色的春天……

雪天茫茫，无边无际。只有田大庚那带血的哀号和呼唤，在这混混沌沌的世界里回荡……

八

田大庚站在玫瑰崖上，呆痴痴、直挺挺，像竖在崖石上一根冰凉僵挺的石柱。他手里捧着的那兜儿包子，已经冻得硬邦邦的，像石头蛋一样。可是，他仍然像珍宝似的捧在手里，一动也不动。他没有哭泣，也没有流泪，只是颤动着那厚厚的、干裂的嘴唇，梦呓般地呼唤着“雪花——雪花——”。

这声音是低沉的、凄凉的，像是从一个痛苦的深潭里发出来的回声。天上没有星星，没有月亮，只有灰蒙蒙的云层笼罩着灰蒙蒙的世界。满山满谷的积雪，在这灰蒙蒙的夜色里，反射着若明若暗、恍恍惚惚的光波。这声音在荒漠的山野上挣扎着，回荡着，像是整个天地都包容不了这巨大的痛苦，而发出的沉重的呻吟。

玫瑰崖，就是这个罪恶的玫瑰崖，把他的妻子夺走了。雪花就是从这里滑下去的。不，应该说是从这里溜走了，带着她肚子里那小小的生命，永远永远地离开了他。雪花啊雪花，你走了。你再也不用在这冰天雪地之中，一步一滑地去搬那沉重的石块了；你再也不用瞒着自己的丈夫，去吃那又苦又涩的红薯叶了。可是，你为什么不等一等，等我回来以后，你把这些包子吃掉再走呢？你为什么不等一等，让我和你一块儿走呢？雪花啊雪花……

玫瑰崖呀，你为什么那么冷酷无情呢？你为什么给死者造成那么大的痛苦，给生者留下那么大的不幸呢？

所谓的玫瑰崖，不过是一个稍陡一点儿的小山坡。过去，在这山坡崖缝中间，都长满了葱茏茂密的野玫瑰。每到春末夏初，满山的玫瑰花开了，满山崖上像腾起一片紫色的云。每到这个野玫瑰盛开的时节，葡萄沟的姑娘媳妇就来采玫瑰花，紫色的云雾中，飘动着艳丽的花衣衫和轻俏的情歌。人们把玫瑰花采回去，酿成大坛小罐的玫瑰酱，到中秋节的时候，家家户户就会做出许多香甜可口、芬芳四溢的玫瑰饼，葡萄沟的人们就会过一个甜美欢乐的中秋佳节。“改天换地”的战斗一开始，郭林就命令把这片野玫瑰砍掉。人们舍不得，托出雪花来向田大庚说情，要求把这片野玫瑰留下。这天晚上，雪花向田大庚提出了群众的请求。田大庚冷冷地说：“留下一片野玫瑰，还叫什么大寨田？”雪花胆怯地和他争辩着：“这野玫瑰一不占山，二不占地，既美化了环境，群众又能得到好处。要是把它砍了，以后过中秋节连玫瑰饼都吃不到了。”田大庚一句也听不进雪花的话，生硬地说：“你不要受那些落后分子的怂恿，到我这儿来吹枕边风。告诉你，我可不是那种耳软心活、走‘夫人路线’的人。”这句话使雪花伤心了，她转过身子，冲着墙壁落泪去了……

唉！那一次，为什么那么生硬地对待雪花呢？为什么不冷静地想一想雪花的话呢？如果那片野玫瑰不砍掉，即使雪花从崖石上滑下去，也会被拦住、挡住，不至于跌进那乱石滚滚的山沟里……雪花啊雪花，是我害了你，是我呀！

田大庚仍然僵挺挺、呆痴痴地站在崖石上，站了许久许久。没有风，雪花也不再飘了，周围的一切都像死一般的沉寂。他仍然没有哭，也没有流泪。他心里空荡荡的，脑袋麻木木的，仿佛灵魂已经离去，只剩下一个空空的躯壳了。

一阵轻轻的脚步声，踩得积雪咯吱吱地响。田大庚迟迟疑疑地转过身来，像一道闪电劈在了他的眼前，使他浑身剧烈地一颤。一个苗条、清秀、他所熟悉的女人朝他走过来，走到了他的身边。啊！雪花！是雪花呀！

他一下子扑上前去，拼着全身的力气呼叫着："雪花！雪花！我的雪花呀……"他伸开胳膊，把那女人紧紧地搂在了怀里，手里的那兜包子，噼噼啪啪地滚落在雪地上……

"大庚哥，你、你……"

"雪花，我的雪花……"

"大庚哥，我、我是杏、杏妮呀！"

"啊……"

像一瓢冰水泼在了田大庚的头上，使他立刻清醒过来。他触了电似的松开紧抱着杏妮的手，惊慌地向后退去……

"大庚哥，你、你怎么了？"

田大庚停下身来，又直挺挺地站住了，两只眼睛失神地看着杏妮，充满了无限的恐怖，像是看着一个幽灵。

"大庚哥，这、这小兜肚儿是、是雪花姐的，她、她让我帮她绣……绣上了一头小、小牛……"

田大庚一把将杏妮手里的小兜肚儿抢了过来，紧紧地攥在手里，捧到了眼前。他的手在颤抖，他的腿在颤抖，他的全身在颤抖，他的整个心肝肺腑都在剧烈地颤抖。小兜肚儿……小牛……儿子……乖乖，快睡觉……把我当成儿子了，你真坏！你真坏……终于，田大庚一头扑在地上，双臂死抱着那块突起的崖石，呜呜地哭了起来。

他尽情尽力地哭号着，满腔的痛苦像溢满了江河的洪水，一下子冲破堤坝，不可阻遏地奔泻出来。从一个男人的胸腔里发泄出来的痛切的号叫、压抑的呜咽和欲绝欲断的呻吟，把这灰蒙蒙的夜空惊破了，把这荒寂的山野惊醒了，把杏妮的心惊碎了。

杏妮伏下身去，使劲摇晃着田大庚的肩膀，惊慌无主地哭劝着："大庚哥，你、你别、别这样……雪花姐看到你、你这样，她、她的眼睛更、更闭不上了……"

杏妮说出这句话，自己也压制不住了，也放声大哭大号起来……

康杰和田小穗

田大庚回来了，他是偷偷摸摸、畏畏缩缩地回来的。他觉得，自己像个幽灵一样，飘飘忽忽地游到了他生前的住地。要不，为什么他是那样怕见到光明，怕见到阳气，怕见到活着的人呢？

他已经来到了葡萄沟，但是没有勇气走进村口。他想绕过村子，径直到妻子长眠的山坡上去。不过，他还是在村口停住了脚步。一个人，对于生他养他的故土，就像婴儿对待母体一样，有一种本能的骨肉之情。

葡萄沟变样了，两年没有见。这是他透过那朦胧的暮色看到的，也是通过呼吸故土的气息感觉到的。远处的山坡上，那些“战天斗地”遗留下来的残沟乱坑，已经开始填平。山脚的坡地上，又栽起了一排排木桩或水泥桩，那是新搭起的葡萄架。近处村子里，那些“夜建新农村”拆成的断壁残垣，已经开始清理，一座一座简陋的新房又在原来的废墟上建了起来。家家户户的烟囱上飘起的袅袅炊烟，饱含着农家饭菜的清香，和傍晚这薄薄的雾气融合在一起，弥漫在春天这潮湿的土地上。小伙子们粗犷的吆喝声，姑娘们甜蜜的歌声，儿童们放肆的嬉闹声，以及母亲对孩子那种粗野而亲昵的叫骂声，组成了一支轻松、和谐、富有生活节奏感的轻音乐，也像烟雾一样从村子里漫了出来。看到和听到这些，田大庚那干瘪的胸膛又开始鼓胀起来，他那枯竭了的眼睛又开始潮润起来。

葡萄沟啊，我是你的罪人。父老乡亲啊，我对不起你们。忘记我吧，我已经死掉了。你们重新开始生活吧。

他迈着沉重而艰涩的脚步，缓缓地向山坡上走去，当他走近妻子的墓地，想到要焚烧给妻子带来的这些祭品的时候，忽然发现自己忘记带火柴了。唉！毫无办法，不进村也得进村，不见人也得见人呀！

他又回到了村口，村边的那块土地，又分割成了一条一块，有的还用秫秸、树枝或麻秆扎起了一圈一道的小篱笆。曾经被他当作“资本主义尾巴”割掉的自留地，又重新回到了社员们的手里。横的畦，竖的垄，一畦一垄都是鲜嫩嫩、绿油油的。看不出种的是什么，但闻得出来这里有麦苗的清甜，大蒜的辣味，和韭菜、小葱那种诱人的香气。不远的砖井沿上，一把辘轳摇得哗啦啦响，朦胧中还能看到，那飞旋的辘轳把，像一朵放纵的菊花，开在一个年轻人的怀里。

他慢慢地走过去，首先吸引他的，是水沟里那清亮亮、凉丝丝的泉水。他顿时觉得嗓子干得冒起了烟。他把手里的纸箱小心地放在一边，蹲下身来，把嘴唇伸向那流动的泉水。辘轳那哗啦啦的响声戛然而止，泉水断了。他抬起头，险些叫出声来。站在他眼前的，是一个清秀、白净、戴着一副近视眼镜的小伙子。小伙子穿着一件印着“奖”字的白背心，双手掐着腰，正在看着他。透过那两个镜片，他觉得那目光是敌意的、嘲讽的、鄙夷不屑的。田大庚感到一阵心悸。

“是你呀，哼!”这硬邦邦的声音比那目光还充满敌意。

田大庚直起身来，嗫嚅地说：“康杰，借我火、火用一下。”

“什么火?”

“火、火柴。”

“没有。你不知道我不会抽烟吗?”

远处，正在改畦口儿的一个女人发现了这边的谈话，问着康杰：“小杰，那是谁呀?”

“不认识！过路的!”康杰的这句话几乎是喊叫出来的，似乎还呲啦啦地冒出了一串火星儿。

田大庚只好站起身来，拿起他的纸箱，猥猥琐琐地走了。他觉得脸上火辣辣的，像是被人狠狠地抽了两个耳光。

他知道，康杰不会原谅他，康杰大概永远不会原谅他的。

一

太阳压在西边山头上，柔和、艳丽的晚霞涂抹在漫山遍野的葡萄园上。一架一架、一层一层茂密的葡萄秧，像一片浓绿的海浪在翻卷涌动。浪峰上，反射着晚霞那绚烂夺目的光辉。一串串玫瑰紫、翡翠绿、玛瑙红的葡萄珠儿，沉甸甸、鼓溜溜、水灵灵，发出一阵阵醉人的香甜，诱得人垂涎欲滴。

社员们都收工了，康杰一个人坐在葡萄架下，仔细地观察和记录着他今年新引进的“珍珠三号”的生长情况。他常常这样一个人躲在葡萄园里，看着露珠儿在葡萄叶上轻轻地滚动，或者听着躲在葡萄珠上的蝈蝈欢声歌唱。即使什么事情也没有，他在这里静静地坐着，也是一种怡然、舒畅的享受。这个地主家庭出身的年轻人，是农村中还不大多见的小知识分子。他不但样子长得清秀，有一张永远晒不黑的白净脸盘，而且还戴着一副白边近视眼镜，这就使他更显得斯文、持重、有学问。他本来在县农业技术学校读书，学的是果树的栽培专业。还没有毕业，“史无前例”的运动就开始了。学生们到处搞串联，闹武斗，老支书田树茂不放心，到城里找到了他，对他说：“孩子，咱是正经八百的庄稼人，家雀不能跟着圆屁股飞，在这儿折腾不出好来，你还是跟着我回去种葡萄吧。”就这样，他回到了葡萄沟，连所谓“复课闹革命”的时候都没有回去。后来，他听说农校的学生都分配了工作，可是他一点儿也不后悔。他在葡萄沟这块土地上，使他所学的知识有了用武之地，使他找到了充分发挥他聪明才智、实现他理想和抱负的道路。

康杰扬着脸，正冲着那一嘟噜一串的葡萄珠儿出神，忽然听到一阵轻微的喘息声，他低头一看，田小穗蹲在了他面前，正冲着他无声地笑呢。

康杰吓了一跳，还没容他开口说什么，田小穗又把一束野花举到了他面前。

“你这是干什么?”康杰奇怪地问。

“送给你的。”田小穗调皮地说。

“送我花干什么?”康杰嘴里这么说，还是伸手把那束野花接了过来。

“你栽培葡萄有功，鲜花送模范嘛。”田小穗说着，狡黠地笑了笑，又模仿着女歌唱家郭兰英的声调唱起来：“鲜花送模范呀——”

康杰的脸红了：“你真胡闹，怎么还不回去呀?”

“今天是七月初七，不是说躲在葡萄架底下可以听到牛郎织女说悄悄话吗?”

“你别逗了，人家说不懂事的孩子才能听得到，咱都这么大了……”

“你多大了？”

“二十四岁。”

“给你介绍个对象吧。”

康杰那白净的脸盘忽地一下子发起烧来，他生平第一次听到有人向他谈起这种事，而且说话的又是一个大姑娘。

“你怎么不说话呀？是不是想打一辈子光棍，或者上山去当和尚呀？”

康杰慌得不知说什么好了：“我、我没有……”

“我知道你没有，我才给你介绍，你到底同意不同意呀？”

“谁、谁呀？”

“远在天边，近在眼前。”

康杰的脑袋嗡地一下子涨了起来，他连抬起头来看一眼田小穗的勇气都没有了。

田小穗一下子站起身来：“康杰，你掏心窝子说，你心里到底有我没有？”

这话真是掏在了康杰的心窝子里。他心里怎么能没有田小穗呢？他回乡几年以来，经常和田小穗一起劳动、谈心，他早已把这个热情、爽快而又漂亮的姑娘深深地埋藏在自己的心窝里。

田小穗是葡萄沟有名的“野姑娘”。说她“野”，无非是胆子比别的姑娘大一点儿，娇气比别的姑娘少一点儿。她从小失去了父母，没有受过那种正规的“家庭教育”。她整天一步不离地跟着哥哥，几乎是在男孩子群里长大的。凡是男孩子能干的事，她都想试一试。男孩子捉鸟，她也敢爬树；男孩子逮鱼，她也敢下水；男孩子练摔跤、学打拳，她也把鞋一脱，袖子一挽，一个一个地比试，即使被人摔得头破血流，也不肯认输服软。有一年四月十五黄花镇开庙会，心灵手巧的康杰编了一筐蝈蝈笼儿到镇上去卖。几个嘎小子看到康杰这个“小白脸”，就想欺侮他，一人抄一个蝈蝈笼儿，谁也不给钱。康杰刚一张嘴跟他们讲理，几个人呼啦一下子就把康杰围上了，又挥拳头又瞪眼，要给他点儿“厉害的”尝尝。瞒着哥哥跑来看花会的田小穗，看到这种情况，一步抢上前去，挡住了康杰，用大拇指指着自己的鼻子尖说："别欺侮老实人，有本事的跟姑奶奶来。"几个嘎小子一看，这个"姑奶奶"不过是个十来岁的小毛丫头，根本不把她放在眼里。一个长得石碌碡一样的黑小子扑上来，一把抓住了田小穗的衣襟，想给她来个措手不及。田小穗左手一抓，右手一架，身子一闪，"叭"的一下，"石碌碡"结结实实地摔在了地上，来了个"饿狗吃屎"。几个嘎小子一见，吓得呼啦一下子逃跑了……这当然是童年时期的田小穗了，女大十八变，现在她已经变成一个漂亮的大姑娘了。虽然，在她的身上还保留着那种热情、爽快、大胆、泼辣的性格，但是童年的那股"野劲儿"却一点一点地脱掉了，越来越增添了女性的柔美和庄重。她不会再去爬树捉鸟，也不会再去下水逮鱼，更不会和小伙子们摔跤打拳了。然而在康杰面前，她仍然是以一个"保护者"甚至"主宰者"的身份出现，总是用一种"发命令""下指示"的口气和他谈话。而康杰，从内心深处就非常乐于接受和服从姑娘的任何"命令"和"指示"，温驯得像一个小动物。康杰觉得，和田小穗在一起，就感到充实、愉悦，有一种非常微妙的幸福和满足，半天见不到她，都觉得心里空空荡荡的，像是丢了魂似的。可是，这个十分理智的小伙子，却用一种非常残酷的手段，竭力压抑着自己这种萌动的感情。他既没有资格对这位党支部书记的妹妹怀有奢望，又没有勇气向这位厉害的姑娘进行表白。现在，田小穗突然把他们各自的心扉一下子打开了，他又惊慌得六神无主了。

"你不同意就算了，算我没有说，再见！"田小穗说着，转身就走。

康杰急了，一下子跳起身来，抓住了田小穗的胳膊，央求着说："小穗，你别、别走，我心里有、有你……"

田小穗笑了："那好，就这么定了，来吧，让牛郎织女做个证。"她说着，把右手的食指弯过来，伸向康杰，"搭勾儿，搭架儿，一百年，不变卦。"

康杰却把田小穗的手紧紧地攥住了，贴在了自己的胸前。这时候他才发现，田小穗那苹果圈的脸庞也涨得通红通红。额角上，脸颊上，和那小小的鼻尖上，都沁满了晶莹的汗珠儿，特别是她那丰满的胸脯，像刚刚跑完步一样剧烈地起伏着。康杰明白了，这个表面上大胆泼辣的姑娘，在说这番决定终身大事的话时，心里也掀起了翻江倒海般的狂澜。只不过她是故意用这种直爽和坦率的方式，来掩饰自己的羞涩和紧张。多么可爱而又可敬的姑娘啊！

夜幕把整个葡萄园遮盖起来，淡青色的天空上，飘动着一片浓黑的云团，不时地把一群欢蹦乱跳的小星星吞进去，又吐出来。一弯菱角形的小月牙儿挂在深远的天边上，像是挂在银河鹊桥上的一盏风雨灯。

葡萄架下，一对情人依偎在一起，像是在耐心地等待着幸福的降临。

云团飘在他们的头顶上，几颗稀稀拉拉的雨点儿洒了下来，落在葡萄叶上。

“牛郎织女见面了，你听。”田小穗兴奋地说。

康杰果然侧起耳朵，认真地听起来。雨打葡萄叶，沙沙沙的响声，这不像那一对恩爱夫妻的悄悄话，倒像是在轻轻地哭泣。

“是他们在哭，泪水都洒下来了。”田小穗又说。

“他们好不容易见了面，为什么要悲伤呢？”康杰故意问。

“这是高兴的哭，激动的哭。”田小穗更加认真地说。

“你现在不也是很高兴、很激动吗？为什么不哭呢？”康杰也变得调皮起来。

“去你的！”田小穗用肩头撞了一下康杰。

康杰顺势伸出胳膊，把田小穗搂在了怀里……

那带雨的云团飘走了，那群被吞没的小星星又欢蹦乱跳起来，不知是祝贺鹊桥上那一对夫妻相会，还是祝愿葡萄架下这一对情人幸福……

二

“小穗搞对象啦？”田大庚回到家里，脸没顾得洗，饭没顾得吃，开口就问妻子。

雪花思想上毫无准备，突然被丈夫一问，惊慌得不知如何是好了，支吾了半天，也没有说出一句话来。

刚才，田大庚从公社开会回来，到了村口，看到朦胧的暮色中一对年轻人朝山沟里走去了。开始他并没有在意，后来一阵咯咯的笑声把他惊动了，他听出了那是自己的妹妹小穗的声音。莫非小穗在谈恋爱？那个男的是谁呢？他看了半天也没有看清。他忽然想到，小穗今年二十一岁了，已经到了情窦初开、春情萌动的时候了。他又记起了，最近，小穗和雪花总是背着他嘀嘀咕咕，只要他往前一凑，姑嫂俩就一齐闭上了嘴。这些奇怪的现象当时只在他脑子里一闪就过去了。他才当上党支部书记不久，脑子里每天都被一大堆理不清的事情塞满，顾不上考虑别的，没有把这些当成一回事。可是，无论怎么忙，自己妹妹的婚事也是应该挂在心上的。他心里感到一阵强烈的内疚，迫不及待地想问问清楚。这会儿，他见妻子不开口，又问："你到底知道不知道？"

雪花吞吞吐吐地说："还没、没定呢……"

"跟谁呀？"

"她、她不让告诉你……"

田大庚忍不住笑了："你们搞的是什么鬼？还瞒着我干什么？把我当成外人啦？"

"不，不是，她、她是怕……"

"怕什么？怕我给她嚷嚷出去？"

"怕、怕你不同意……"

"哪儿能呀？我支持还支持不过来呢，还能扯后腿？"

"要是这个人你不、不满意呢？"

"就凭咱小穗，又聪明，又漂亮，又能干，根又红，苗又正，还能选一个让我不满意的女婿？"

"这个人哪儿都好，样样都配得上咱小穗，就是……就是成分高、高一点儿。"

"什么，你说的是谁？"

"康……康……"

"康杰？是康杰?!"

田大庚一听，立刻火了，几乎跳了起来，冲着雪花嚷开了。

雪花吓得直往后躲闪着。

"康杰怎么啦？他不是人？不是个男人？"

正在这时候，田小穗进来了。她看到哥哥正冲着嫂子瞪眼叫嚷着康杰的名字，就知道嫂子已经把她的事情捅漏了。于是，她立刻气恼地和哥哥顶了起来。

田大庚见到妹妹，缓和了一下口气说：“小穗，你怎么能跟康杰呢？你不知道他是地主吗？”

“他不是地主。”田小穗把脖子一拧，气哼哼地说。

“不是地主是什么？”

“是地主子弟。”

“那不是一样吗？”

“亏你还是个党支部书记，地主和地主子弟一样吗？”田小穗撇撇嘴，语气中带出了明显的嘲讽和不满。

田大庚的火气又拱了上来：“我说不一样管什么？眼下阶级斗争这根弦越绷越紧了，你没看到吗？开批判会，扣义务工，抓新动向，不都是茄子黄瓜一锅煮吗？”

“那是因为你们不执行党的政策。”田小穗毫不示弱。

“我们不执行党的政策？那为什么部队招兵，不让他们去；大学招生，没有他们的份；工厂招工，不打他们的牌？难道部队、学校、工厂都不执行党的政策吗？”

“那我不管，反正康杰不想去当兵，也不打算上大学，更不去当工人。”

田大庚见妹妹的话越说越硬，觉得事情严重了。他了解妹妹的脾气。她可不像雪花那样温柔顺从、没有主张。一旦她想做什么事，别人很难说服和阻拦她。田大庚常为妹妹的“牛脖子脾气”招烦惹恼，这会儿，他觉得和妹妹争吵，是不会有什么结果的，而且会越吵越僵。他自己也是个爆竹筒子脾气，沾上一点儿火就要爆，就要炸。现在，他只能极力忍耐着性子，拿出一副兄长的架势，好言好语地劝着妹妹，想方设法打通妹妹的思想：“小穗，你听哥哥说，婚姻是一辈子的大事，你千万要慎重，不能脑袋一热就顾前不顾后。”

田小穗可不管这些，她和康杰的事，在她正式向康杰捅破那层“窗户纸”之前，就已经想了很长时间了。她也考虑到哥哥一定会极力反对的，那些与哥哥争辩的话早在她心里叨咕八百六十遍了。因此，今天当哥哥突然提起这事的时候，她满盘子满碗都是理，直通通地往外端。

田大庚又非常动感情地对妹妹说：“小穗，你还记得爹跟咱讲的吗？康杰的爹康老仁，是个非常凶狠的地主。爹在他家赶车，抽了几下他家那咬人的骡子，他就说是奴欺主，要造反，夺过鞭子就往爹的身上抽……”

田小穗冷冷地说：“这我知道，可那会儿康杰还没有出生呢。他爹造的罪，总不能算在他的身上吧。哥，你也甭劝我了，我们俩的事，已经是板上钉钉，谁说什么也不行了。”

田大庚心里一阵发凉。他的脸憋得通红，但他还是强压着火气，想着说服妹妹的办法。

雪花轻轻地走到他们中间，对两个人说：“先吃饭吧，这事以后再商量。”

“去，没你的事！”田大庚满肚子的火气终于找到了一个发泄的缝隙，向妻子狠狠地嚷了一声。

雪花伤心了，默默地走到一边，掉眼泪去了。

田大庚扭过头来，加重了语气，对妹妹说：“你要是真下决心跟康杰了，我得去请示一下郭书记。他同意了，你们两个人就搞；他不同意，你们就立刻一刀两断。”

田小穗不服地说：“我一不是党员，二不是干部，自己的婚事，凭什么由他来决定？”

田大庚说：“你不是党员，不是干部，可我是，一个党支部书记的妹妹要嫁给一个地主子弟，我得向组织负责！”

田小穗说：“如果你要是怕我影响你，让你受牵连，你可以向组织声明，和我断绝关系，从此以后，你没有我这个妹妹，我也没有你这个哥哥！”

“你这是混账话，你给我滚！”田小穗那些话，算是把田大庚的心刺伤了，他气得满脸发青，浑身发抖。那压了又压、憋了又憋的怒火，终于冲口而出，向妹妹吼叫起来。

田小穗可不吃这一套，她一句话没说，扭头就往外走。

“回来！你干什么去？”

“你不是让我滚吗？我去找康杰登记，结婚！”

站在一边的雪花，看到兄妹俩闹僵了，也顾不上自己伤心了，急忙跑出去拦住了田小穗。

田小穗不满地瞪了她一眼，埋怨她说：“叫你别告诉他，你偏说。”

雪花满脸通红，结结巴巴地解释说：“是他、他……”

“哼！他什么？我早就知道，三口子没有两口子亲！”

田小穗说完，使劲儿甩掉嫂子，头也不回地走了。

三

田小穗走了。田大庚抡圆了那只铁锤一样的大拳头，狠狠地砸在门框上。紧接着，他把头往门框上一埋，痛苦万端地说：“我真混！真混呀！”

雪花看到丈夫这个样子，既不敢离开他，又不敢上前去劝慰他，睁着那双泪汪汪的大眼睛，像受惊的小鹿一样地看着他。

这个突如其来的事件，像一阵旋风似的，把这个幸福的小家庭彻底搅乱了，更像一团铁蒺藜似的扎着田大庚的心。这旋风，这铁蒺藜，都是田小穗带来的。但是，田大庚并不恨妹妹，而是恨自己。他恨自己没有尽到做哥哥的责任，没有管好自己的妹妹。

十四年前，那是在全国人民咬紧牙关、勒紧腰带与饥饿和浮肿争夺生命的日子里，爸爸也不可幸免地躺在了炕上，浑身肿得发亮，一按一个坑，两只眼睛都睁不开了。狠心的妈妈为了活命，要扔下爸爸，带着他们兄妹俩，跟着一个陌生的男人跑到东北去。田大庚当时说什么也不走，还紧紧地拉着妹妹不放。妈妈无奈，只好撇下丈夫儿女，独自跟着人家跑了。从此，刚刚十二岁的田大庚就挑起了家庭的重担，既要照顾奄奄一息的父亲，又要抚养终日哭啼的妹妹。为了活命，他到处找可以吃的东西。树叶被人捋光了，野草被人挖没了。他就去挖虫蛹，捉癞蛤蟆，逮地老鼠，煮熟以后自己先尝，确认吃了中不了毒再给爸爸和妹妹吃。可是，爸爸还是没有熬过去，嘴里含着一把青草就咽了气。爸爸临咽气之前，哭着对田大庚说：“大庚，爹实在动、动不了……要是动得了，就给你跪下……跪下求你……你要把妹妹带大……成人……”田大庚咕咚一下跪在了爸爸的头前，冲着爸爸那将去的灵魂哭着发誓：“爹，你放心，我就是掉了脑袋，撕了心肝，也不能让妹妹受一点儿委屈……”

平时，田大庚对待妹妹，疼爱得近乎娇惯。妹妹说什么，他都依着她，妹妹想干什么，他都不阻拦她。就是他当了党支部书记以后，妹妹在许多问题上和他看法不一致，经常顶撞他，毫不留情地和他争吵、辩论，他也毫不在意。尽管妹妹已经是一个可以独立生活的大姑娘了，可是他总是把她当成孩子。妹妹确实是一个苦命的孩子，从小就失去了爹娘，他是她唯一的亲人、唯一的靠山、唯一的保护者。他有权利让她生活得快活一点儿，舒服一点儿，自由一点儿。真没想到，田大庚对妹妹这种疼爱有余、管教不足的做法，却害了妹妹，使她越来越放纵自己，居然要嫁给一个地主的儿子！这不是往火坑里跳，往虎口里钻，拿起屎盆子往自己的头上扣吗？田大庚怎能眼看着妹妹往绝路上走而袖手不管呢？要是那样，怎能对得起死去的爸爸呢？

不行，无论如何，也要把妹妹拉回来，让她回心转意。自己无能为力了，妻子对这件事更是束手无策，只有依靠组织了。

当天晚上，田大庚就找到了郭林。郭林一听，那阴云不雨的脸一下子闪起了霹雷闪电。他把桌子一拍，一针见血地说：“这是一场严重的阶级斗争，敌人是用孙行者钻进铁扇公主肚子里的战术，钻到我们革命队伍的营垒中来。我们一定要针锋相对，打退阶级敌人的猖狂进攻！去，立刻派几个民兵，把康杰给我抓来！”

田大庚万万没有想到，这个严重的事件，还包含着这么严重的政治内容。一方面，他佩服郭书记阶级斗争觉悟高，政治嗅觉灵敏，看问题尖锐、深刻；另一方面，他又对郭林派民兵去抓康杰的决定，感到有点儿心寒胆战。他扬起头来，茫然地看着郭林，一时不知如何是好了……

四

康杰被关进“群众专政指挥部”的牢房里。这是一间过去盛化肥和农药的库房，现在还散发着那种浓烈呛人的碳酸氢氨和“六六六”粉的怪味，使康杰憋得简直喘不过气来。外边，北风呼呼地刮着，像狼嚎虎啸一样的瘆人。屋子里，一支烛光照着冰凉冰凉的水泥地板。康杰的身上，却是火烧火燎的疼痛。

刚才，他是被人从甜蜜的睡梦中拉了出来，又立刻被推进了一个可怕的噩梦里。刚一进牢房，就看到了暗淡的灯光里，郭林那双冒着火的眼睛，像凶神一样地瞪着他。他吓得紧缩着身子，恨不得把自己缩到墙角里去。接着，他就被一片乱糟糟的、狐假虎威的吼叫声吞没了。

“你坦白交代，你是怎样勾引田小穗的？”

“快说，这个阴谋诡计，是谁设计的？”

“他妈的，你这个狗崽子，怎么死鱼不张嘴呀？”

“甭废话，给他点儿厉害的瞧瞧……”

天呀！这到底是怎么一回事呀？这难道不是梦吗？田小穗怎么啦？难道她……康杰苦苦地思索着，还没容他弄清是怎么回事，就见一片棍棒横飞，他立刻跌倒在地，昏了过去……

当康杰醒来的时候，牢房里已经变得空空荡荡的了。只有那点儿将熄的火焰像一只哭红了的眼睛，在从后窗吹进的寒风中眨动着。血红的泪水顺着残烛流下来，凝聚在冰凉的地板上。突然，烛花猛烈地跳动了一下，熄灭了。屋子里一片漆黑，像一口埋在地下的棺材。郭林不见了，那些看守和打手也受不了这刺骨的寒风，给这间牢房挂上一把大锁，跑到炉火通红的“指挥部”里“捉三仙”去了。

康杰把身上被抽破的衣服裹紧，他不愿意再躺在那冰凉的地板上，蹲起身子，缩在后窗底下。可是他仍然抖成一团，牙齿咬得咯咯响，不知是因为风寒难耐，还是疼痛难忍。

夜深了，深得无边无际，看不到一点儿光亮，听不到一点儿声音。只有狼嚎虎啸般的狂风在猛烈地掀动着这间小房的屋顶，发疯般地拍打着那用木条和纸板钉成的后窗。一种强烈的恐怖感也像寒风和伤痛一样袭遍了他的全身，他紧紧地闭上了眼睛。“哗啦”一声响，一根木条掉在了他的肩头上，一股狂风像野兽般地一头扑了进来。忽然，他又听到两声轻微而急促的呼唤声：“康杰，康杰！”

他颤抖得更厉害了，把缩成一团的身子紧紧地靠在墙壁上，一动都不敢动。

呼唤声又响了起来："康杰，康杰！"

这声音是亲切的、熟悉的，他被猛然惊醒了，急忙扶着墙壁站起身来。后窗已经打开了，借着远处那微弱的星光，他看到窗口上趴着一个熟悉的轮廓，他脱口叫了起来："小穗，是你！"

"快，快爬出来！"说着，田小穗把两手伸进来，抓住了他的肩头。

"不，小穗，我不能逃出去。"康杰胆怯地说。

"不逃怎么办？你等着让人家把你打死呀？"

"我不能，不能连累你呀……"

"混账话！谁怕你连累？快走！"

田小穗那股"野"劲儿又上来了，她说着，伸手拉着康杰的胳膊，使劲往外拉着。

康杰不能再动摇了，他一纵身，爬上了窗口……

五

这是一个小小的山洞，宽不过三尺，深不过丈余，挂在葡萄沟那低矮的小山坡上。上边，是葡萄沟"改天换地"的战场；下边，是盘山而过的奔马河。奔流的河水已经被厚厚的冰层严严实实地遮盖起来，在这昏黑冷酷的夜晚，不时响起的一阵阵冰层的断裂声，在山沟里回荡着，共鸣着，更使这荒寂的小山沟增添了一种阴森森的恐怖气氛。

这小小的山洞，是孩子们的游艺室，来到山沟打柴或割草的孩子们，兴之所至，在这小山洞里玩着多少年流传不衰的"过家家"的游戏，他们用那纯洁的童心，把成年人生活中的苦难部分剔除掉，而把最美好的一部分加以夸张和美化，在这里生硬而认真地模仿着。这小小的山洞，也是一个天然的庇护所，多少年来，逃荒要饭的人，上山干活的人，匆匆赶路的人，遇到风雨冰雹，跑到这里暂且藏身躲避。这小小的山洞，还是一个理想的偷安窝，被"战天斗地"折腾得精疲力尽的人们，在这山洞里铺上了一层厚厚的、柔软的稻草，他们常常借故离开"战场"，到这里来躺几分钟，喘一口气，抽一支烟，舒一舒那散了架一样的肢体。

现在，这小小的山洞，已经变成了一座神圣的殿堂。一对在劫难逃的年轻人，在这里举行着一场最奇特的婚礼。他们从山坡上摸来几嘟噜干裂的大麻籽，剥掉皮壳，用草根穿成两串，点燃以后，就成了两支嗞嗞燃烧的蜡烛，把小小的山洞照得半明半暗，影影绰绰。他们一没有拜天地，二没有拜高堂，三没有夫妻对拜；没有喝“交杯酒”，没有吃“长寿面”，没有吞“子孙饺子”；没有主婚人，没有证婚人，也没有一个前来贺喜的人。然而，在这里所表现出来的精诚和神圣，并不亚于世界上任何一个庄严隆重的婚礼。他们双双相对而跪，对着那两串嗞嗞燃烧的大麻籽，用那两颗也在嗞嗞燃烧的心，信誓旦旦，慷慨悲壮：“今生今世，苦同吃，罪同受，难同挨，生不分，死不离，永远在一起!”

说完，两个人紧紧地抱在一起，放声大哭起来。洞口外，狂风呼呼，在呜咽；洞口内，火花嗞嗞，在流泪。

他们搂抱着，哭泣着，躺在柔软、湿润的稻草上。在这充满了苦涩、辛酸的小山洞里，他们体验到了爱情的甜蜜，幸福地结合了……

“够了。”田小穗搂着康杰的脖子，流着眼泪说，“我们胜利了，我们终于结为夫妻了，谁也没有能够拦住我们!”

康杰没有说话，他的泪水无声地流着，滴在田小穗那发烫的额头上。

“你为什么不说话？你不觉得幸福吗?”

“觉得。我们在一起，只这么一夜，就是死了，也值得。”

远处村子里，传来了一声鸡啼。康杰的身子轻轻地抽搐了一下。

“你怕吗?”田小穗轻轻地问。

“有点儿怕。”康杰承认说。

“你怕什么?”

“怕天亮。天亮以后，这个世界就不是我们的了。”

“怕什么？大不了和他们拼了。”

“小穗。”康杰把身子躺平，用那双没有戴眼镜的青肿的眼睛，看着凹凸不平的洞顶，郑重地说，“你知道郭书记为什么那样恨我吗?”

“因为你出身不好。他们这种人，为了显示自己革命，对那些出身不好的人恨极了。”

“不，小穗。还有一个原因，一个更重要的原因。”

"什么原因?"

"因为他最恨老支书。"

"他恨老支书跟你有什么关系?"

"我……我……"

田小穗感到康杰的声调有点儿异常，她奇怪地欠起身子，看着康杰那表情复杂的脸，不知道他要说什么事情。她等了一会儿，见康杰还不开口，又顺手把盖在他身上的棉衣替他掖了掖，催促说:"到底是怎么回事，你倒是告诉我呀!"

"小穗，这件事，我本想早就跟你说，可是一直拖到了现在，真、真对不起你……我、我是老支书的私生子。"

田小穗几乎"啊"的一声叫出来，她心里怦怦地跳着，睁大了惊愕的眼睛，紧张地看着康杰。

"我的妈妈也是个受苦人。"康杰开始讲自己的身世了，声调反而平静了许多，"妈妈的老家在安徽凤阳，那是朱元璋的老家。自古以来，灾荒不断，是一个穷得无法立脚的地方。姥爷是个走江湖卖药的艺人。妈妈十五岁那年，姥姥死了，妈妈只好跟着姥爷出来走南闯北，卖艺糊口。妈妈年轻的时候，长得非常漂亮，姥爷担心她招灾惹祸，故意叫她穿得破破烂烂，有时候还让她披头散发，弄得污头垢面。尽管这样，也掩饰不住她的聪颖和美丽。终于有一天，祸从天降，他们来到黄花镇卖艺的时候，妈妈被地主康老仁看上了。这个家伙心黑手狠，什么缺德的事都做得出来。他和当时驻扎在黄花镇的国民党一个团长是把兄弟，他买通了这个团长，把姥爷抓去了，硬说姥爷是共产党的探子，还扬言要杀头示众。妈妈当时跑到团部，苦苦哀求，哭得死去活来。后来，一个所谓的'公证人'出面，让妈妈拿出二百块大洋把姥爷保释出来。一个穷艺人的女儿，到哪儿去弄二百块大洋呢?还是那个'公证人'从中撺掇，把妈妈领到康老仁的家里，说是只要妈妈肯嫁给他，就可以得到二百块大洋的彩礼。万般无奈，妈妈只好卖身赎父，给康老仁当了小老婆……"

康杰讲着讲着，声音哽咽了，田小穗的泪水也流了下来。

"妈妈名义上是康老仁的小老婆，实际上他根本不把妈妈当人看。

妈妈一天到晚，不是伺候康老仁，就是伺候他的大老婆，沏茶倒水，穿衣递饭，稍有不周，非打即骂。妈妈实在忍受不住这种屈辱的生活，几次要寻短见。当时，老支书正在康老仁家里扛长活，他了解妈妈的身世，非常同情妈妈的不幸。他总是偷偷地叮嘱妈妈，千万要咬紧牙，再忍耐一下。鸡总会叫的，天总会亮的，穷人总会有出头的日子的。妈妈从老支书的话里得到了希望，得到了力量，得到了生活下去的勇气。时间一长，两颗受苦人的心就贴到一块儿了。妈妈经常偷偷地给老支书缝衣做鞋，甚至从厨房里偷出一些可口的饭菜给老支书吃。有一次，日本鬼子来扫荡，全村的人得到消息以后，都朝山里跑去。当时妈妈正在生病，跑不动，康老仁根本不管她，把她扔下了。老支书跑到半路，发现妈妈没有出村，又踅了回来，背起妈妈就往外跑。他们刚跑出去，日本鬼子就来了。老支书背着妈妈，就钻进了这个山洞。当时这个山洞的洞口还很小，外边又长满了野蒿乱草，很少有人知道。日本鬼子扫荡了三天三夜，他们也在这个山洞里躲了三天三夜。他们和我们一样，也是在这个山洞里结合在一起的……”

田小穗躺在康杰的身边，睁大了眼睛听着。随着康杰那微微颤抖的声音，她的心也在剧烈地起伏着。以前，她也曾经隐隐约约地听说过，老支书好像和康杰妈有一种特殊的关系，可是她并不相信。由于老支书在村子里德高望重，很少有人议论他的事情。没想到，这中间还有一段非常动人的故事。

“解放军入关之前，康老仁知道大势已去，变卖了所有的房屋地产，带着他的大老婆逃走了。他把妈妈丢下来，替他承担起了地主的罪名和全部的罪恶……”

“那么，解放以后，你妈妈为什么不和老支书结婚呢?”田小穗忍不住问了一句。

“一个是党支部书记，一个是地主的小老婆，谁能允许他们结合呢?”

田小穗明白了，两个人都沉默下来。那两串大麻籽已经烧尽了，山洞里黑沉沉的。远处村子里，传来了一声鸡啼……

忽然，田小穗直起身子，把头伸向洞口，支着耳朵听了听，忙对康杰说：“快把衣服穿好！”

“准是他们发现我逃跑了，来、来抓我……”康杰紧张得牙齿打起了架。

“别怕，有我呢！”田小穗给康杰鼓着气，她的声音也是哆哆嗦嗦的。

两个人手牵着手出了山洞，弓着身子向山坡下走去。

风停了，山沟里静悄悄的。他们脚下的冰碴和石子不断地发出清脆的响声。东方天边上，开始变得灰蒙蒙的了。星星还没有隐退，深灰色的冰面上，映出的那微弱的星光，也紧张得打着哆嗦。隐隐约约，看得见山口有人影晃动，也偶尔听得见那被压低了的吆喝声。

两个人互相搀扶着，顺着光滑的冰面小心翼翼地向山口走去。

“不行，小穗，你、你走吧！”康杰停住了脚步，使劲掰着田小穗攥着他胳膊的那只手。

“我走哪儿去？”田小穗把他的胳膊攥得更紧了。

“不能让他们看见你、你和我在一起，你快走……”

“你这是混账话！我们刚刚发完誓：生不分，死不离。这么一会儿你就忘了？”

“我、我会被他们抓去的……”

“抓去？抓去他们会把你打死的！”

“我不怕，死了我也决不后悔。可是你、你不能……”

“告诉你，只要你死了，我一分钟都不会活在这个世上的。与其我们生离死别，倒不如同归于尽。”田小穗说着，从地上捡起一块石头，递给了康杰，“给。”

康杰没有明白田小穗的意思，把那块冰凉的石头茫然地攥在手里。

田小穗自己又捡起一块石头，蹲下身来，使劲朝冰面上砸去。

康杰明白了，一下子伏身抱住田小穗的胳膊，哀求着说：“小穗，别……别……”

田小穗把眼睛一瞪，果决地说：“别什么？我们给自己凿一条路，他们逼得我们活不下去，我们就一起从这儿钻进去！”

康杰不再哀求了，他一手抱着田小穗，一手高高地举起了石头。

在这灰蒙蒙的早晨，在这光明与黑暗进行殊死搏斗的时刻，一对生死相恋的年轻人，坐在厚厚的冰层上，他们一只手互相搂抱着，用另一只手举石凿冰。石起石落，冰花四溅。没有悲哀，没有眼泪，没有那种对生的留恋和对死的恐惧，他们从容不迫地凿着，嘭嘭嘭，嘭嘭嘭，像是在敲打着一个通向美好世界的大门。

“小穗！小穗——”

一个焦灼的叫喊声把两个人惊动了，他们一起站起身来。

雪花像疯了似的从河坡上跑下来，一把抱住了田小穗，惊恐地哭叫起来：“你们、你们可不能……寻短见呀！”

“嫂子，俺没、没法活啦！呜呜……”见到了亲人，田小穗那被压抑的满心的委屈、悲伤和痛苦，像开了闸的河水一样涌了出来。直到这会儿，她才猛醒似的大哭起来。

康杰也哭了，他哭得是那样压抑、艰难，似乎在他那抽搐的身体里，还没有找到一条发泄痛苦的隙孔。

雪花抱着田小穗哭了一会儿，使劲儿扳起她的肩头，把腰间的一个小包袱解下来，塞在田小穗的怀里，哭着说：“我给你们送来了衣服、干粮，你们快、快跑吧……他们集合了民兵，正抓、抓你们……”

田小穗又哭了起来：“嫂子，俺、俺永远忘、忘不了你……”

雪花也哭着催促着：“快、快走吧……”

田小穗使劲抹了一下眼泪，把那小包袱往康杰怀里一塞，拉起他，刚一转身，顿时呆住了。

河坡上，田大庚双手掐着腰，正在横眉立目地怒视着他们。几个持枪的民兵紧紧地站在他的身边……

六

康杰和田小穗到底没有逃出去，也没能钻进自己凿出的那条路。康杰被五花大绑押进了公社“群众专政指挥部”，田小穗则被软禁在自己的家里，由雪花负责看护她。

第三天一大早，田大庚就跑到了公社，找到了郭林。郭林大概是一夜都没有睡，这会儿，正坐在自己的办公室里看着一沓材料。他桌上的烟灰缸里，已经塞满了烟头；那杯不知已经泡了多少遍的浓茶，已经淡得没有颜色了。他抬头见田大庚进来，略微有些吃惊，但马上就和颜悦色地让他在对面椅子上坐下，并且热情地为他泡茶。

田大庚开门见山地说：“郭书记，让康杰和小穗结婚算了。”

“什么?”郭林听到这句话，比听到一声枪响还吃惊。

田大庚无可奈何地说：“我跟小穗谈了三天了，这孩子铁了心，非康杰不嫁，还要寻死觅活。”

郭林在田大庚对面坐下来，两只手交叉着支在桌子上，用对待下级那种惯常的声调，语重心长地说：“大庚啊，咱是共产党员，是党的领导干部，咱搞阶级斗争，可不能心慈手软。你还年轻，还缺乏斗争经验，可要警惕呀!”

“我就怕小穗……她万一有个三长两短，俺对不起……”田大庚这句话，触到了伤心处和可怕处，说不下去了。

“在这场严酷的阶级斗争面前，你首先考虑到的是小穗，是自己的妹妹，对不对?”郭林用那双阴森森的眼睛盯着田大庚，似乎是在逼迫着他回答自己的话。

田大庚低下了头，他有点儿心虚了。

“你考虑过没有?葡萄沟是全县农业学大寨的一面红旗，葡萄沟的党支部是一个坚强的战斗堡垒。这是公社党委花费了多少心血才培养起来的典型。你们的事迹，报纸上登过，电台里播过，舞台上演过，你也在大大小小的会议上介绍过经验。全县、全省、全国，甚至全世界都知道有一个葡萄沟。突然有一天，消息传出去了：葡萄沟这面红旗倒了，这个典型完蛋了，这个战斗堡垒垮台了。原因是，阶级敌人乘虚而入，拉出去，打进来，从我们党支部书记入手，把葡萄沟搞得土崩瓦解。你看看，到时候会造成什么影响?我们怎么向党和人民交代?”

郭林讲到这里，激动得站起身来，顺手端起杯喝了一口茶，把手一背，在办公室里踱了起来。接着，他更加郑重地说：“还不仅这样，事情是复杂的，我们的脑子也要复杂一点儿，切不可书生气十足。你想一想，康杰为什么这样猖狂?为什么这样狗胆包天?如果背后没有人支持他行吗?”

“您说的是田树茂?”田大庚茫然地问。

“正是他，这只老狐狸现在极不老实。现在到了我们大开眼界的时候了，看看走资派是如何与阶级敌人勾结在一起，向我们党猖狂进攻的!”

“郭书记，听说田树茂最近病了，一直躺在炕上起不来。”田大庚说。

“不要相信这些表面现象，同志。敌人是阴险的、狡猾的，是会制造各种各样的假象的。他们绝不会老实的，绝不会甘心失去他们的天堂，总是千方百计地从事破坏和捣乱。我们一定要把这个事件复杂的政治背景搞清楚。赢得这场斗争的胜利，对于我们葡萄沟的前途，有着战略性的意义!”

郭林说着，把一只手在空中使劲一劈，做出了一个勇猛有力的手势。他显然兴奋起来了，那浓阴不雨的脸上都放出了红光，嘴角上也露出了不可掩饰的笑容。他在给人讲话或者做报告的时候，常常有这种自鸣得意之感。他非常欣赏自己对阶级斗争这门学问的精通和娴熟的运用，非常欣赏自己那种具有强大征服力的语言表达能力。每当他看到人们对他的讲话表现出来的那种折服、茫然，甚至惊愕的时候，他内心深处就立即生发出一种充实的满足和愉悦的快感。领导者看到自己的意志被人接受并且变成行动，那种兴奋的程度，绝不亚于渔民看到满网欢蹦乱跳的金鳞。

田大庚无心体察此时郭林那种微妙的心理状态，他听了郭林的话，心里却乱成了一团麻。从理论上讲，他确实没有郭林站得那么高，想得那么远。但是，他比郭林想得细，想得具体。他想过，妹妹嫁给康杰，就会陪着康杰吃“挂落儿”，成为一个地主子弟的家属。将来有了孩子，都会随他爹的地主成分，和他爹承受同样的待遇。他想过，妹妹嫁给康杰以后，在他的直系亲属中，就有了一个污点，他再也不能成为五代赤贫、没渣没疤的“清白分子”了。将来他有了孩子，也会受到姑姑和姑父的影响。但是，不让妹妹嫁给康杰，又会有什么结果呢?那天早晨，他站在河坡上清清楚楚地看到，康杰和小穗的脚下，凿开了一个黑洞洞的冰窟窿。他明白这意味着什么，当时就被惊呆了、吓傻了。这两天，他想尽办法和妹妹谈，看到妹妹的态度越来越坚决，口气越来越硬，他就开始动摇了。不能再逼迫妹妹了，妹妹即使嫁给康杰，大不了也就是生活得不幸一点儿，可总比发生那可怕的事情要好得多。真要是那样，让他这个做哥哥的怎么向去世的父亲交代呀？

现在，郭林把问题提到这么高的程度来认识，这就更使他感到迷惘和惶恐了。郭林说的话，无疑都是正确的，是容不得怀疑和争辩的。他瞪着那两只发傻的眼睛，顺着郭林的思路寻思了半天，提出来的还是那个实际问题："那么，他们两个人要是拆不开打不散怎么办？"

"怎么拆不开打不散？康杰马上就要被逮捕法办了。"郭林说着，抄起桌上那沓材料，"叭"地扔在了田大庚的面前。

田大庚拿起那份材料，首先映入他眼帘的是"强奸杀人犯康杰"这几个狰狞险恶、张牙舞爪的大字。他的心猛地一沉，双手不由得颤抖起来。

"康杰已经交代了，他把田小穗强奸以后，妄图把她填进冰窟窿里，杀人灭口。"郭林得意地解释说。

"不对！不对！"田大庚腾地站起来，把那沓材料使劲往桌上一摔，高声叫起来，"这材料是假的！假的！"

"怎么是假的呢？白纸黑字，上边又有他签的字、按的手印，你没看见吗？"

"那也是假的，假的！他们的事情我清楚，两个人完全是心甘情愿的。郭书记，咱可不能这么搞，这么搞太、太……"

"太残酷了是不是？"郭林不愿意听到田大庚说出"太缺德"一类的话，忙把话茬接过来，换成了一个政治术语，"阶级斗争本身就是残酷无情的嘛，我们怎么能温良恭俭让呢？"

"郭书记，不管您怎么说，反正我不能同意这么搞。您就是把他逮捕判刑，我也要站出来给他说话。实在不行，我就把小穗带来给他做证！"田大庚一下子硬了起来，他梗着脖子，红着脸，拉出了和郭林针锋相对、一顶到底的架势。

郭林火了，"叭"地拍了一下桌子，瞪着眼睛说："田大庚，你说的是什么话？不要忘了你自己是共产党员，是党支部书记！"

田大庚一点儿也不服气：“您就是开除我的党籍，撤了我的职务，我也不能同意这么搞！”

见田大庚态度这般强硬，郭林心里有点儿发慌了。他自以为已经把田大庚摸透了，这个在部队受过三年“理解的要执行，不理解的也要执行”的正规教育的复员军人，组织性强，斗争性强，对上级领导的指示向来都是坚信不疑、执行不误的。正是在这一点上，郭林特别欣赏和器重田大庚。因此，把他提拔成党支部书记，使他成为自己的一条胳膊、一只拳头，要弄起来得心应手，无后顾之忧。没想到，田大庚还有这么一副火暴的庄稼脾气，把他的性子激起来，也是一匹南不服、北不顺的倔骡子。他知道，田大庚这种人，话说得出来，事就办得出来。本来，他这样整治康杰，也觉得理亏心虚，如果田大庚不跟他配合，准要把事情闹糟、闹大。他又在田大庚对面坐下来，点燃一支烟，慢慢地吸着，借以平息着内心的悸动，重新谋划着良方妙计。

对面屋子里，一阵噼里啪啦的打骂声和惨痛的叫喊声清清楚楚地传过来：

“你都签了字，按了手印，又他妈不认账了！”

“快交代，田树茂是怎么指使你的？”

“你这个杂种，说不说？”

“……”

田大庚看了郭林一眼，愤怒地说：“您听见了吧？这材料就是他们这样逼出来的。”

郭林脸色铁青，似乎比田大庚还愤怒，立刻站起身来，朝对面屋子里喊了一声：“小马，过来！”

一个虎头虎脑，手里拿着一根钢丝鞭的小伙子，气喘吁吁地走了过来。

郭林厉声说：“告诉你们要文斗，不要武斗，不要搞逼、供、信，你们就是不听。再这么不执行政策，就先把你们抓起来！去，告诉他们，先不要审了。”

虎头虎脑的小伙子呆呆愣愣地看了郭林半天，才茫然地退了出去。

郭林叹了一口气，问田大庚：“你说这事怎么办？”

田大庚说："要让我说，只要康杰答应跟小穗断绝关系，就把他放回去算了。"

看来，事情也只有这么依着田大庚了。可是郭林却冲着田大庚嘲讽地笑了笑，说："大庚呀，我说你头脑简单你还不爱听。其实，谁也没想把他康杰怎么着。矫枉必须过正，你不给他点儿厉害的，他能答应和小穗断绝关系吗？"

郭林说完，哈哈大笑起来。

田大庚也莫名其妙地苦笑了一下。

七

田小穗在家里待了三天了，不吃，不喝，也不吭声。她的眼泪早已经哭干了，嗓子早已经哭哑了。任谁说，任谁劝，她把被子往头上一蒙，谁也不理，像是根本就没有听见一样。

雪花寸步不离地守在她的身边，一会儿劝她喝一点儿水，一会儿劝她吃一点儿东西，掀开她的被角，死说活劝，田小穗就是一动不动，一声不吭。直到第三天的傍晚，雪花才把她的被子掀开，扶着她坐了起来。

这回轮到雪花哭了，她哭得非常伤心："小穗，俺、俺真对不起你，俺不该、不该把你的事告诉你哥……没想到惹了这么大、这么大的祸……"

田小穗用那沙哑的声音，反劝着嫂子说："你别说这话了，反正纸里包不住火，早晚他们也会知道，早晚也是这么一回事。"

雪花又哭着劝说起来："小穗，你听嫂子的话，嫂子求求你，还是吃、吃一点儿东西吧……这样下去，受、受不了……"

田小穗说："康杰这会儿还在公社里关着，挨打挨骂，俺、俺吃得下去吗？告诉你，嫂子，他们要是把康杰打死，我就把郭林宰了，然后也捅自己一刀。"

雪花吓得发起抖来："别、别这样，好妹妹。你哥就你这么一个亲人，从小又是一块儿受了那么多的苦，万一你出点儿事儿，他会、他会……"

田小穗说："你告诉俺哥，他从小疼俺、爱俺，把俺养大成人，俺感激他，今生报答不了他，来世一定把这笔账还给他。可是，他现在这样对待俺，俺恨、恨他……"

正在这时候，小屋的门呼啦一下子被推开了。还没容姑嫂俩看清，一个女人咕咚一下子跪在了炕沿底下，放声哭号起来："小穗呀小穗，俺来求你，俺来求你呀!"

田小穗低头一看，这个披头散发、满脸泪污、浑身缩成一团的女人，正是康杰的妈妈。她不容多想，一下子跳下炕，拦腰把康杰妈抱了起来，拼尽全身力气呼叫着："妈妈！妈妈呀……"

这一声"妈妈"，把这个女人的心叫碎了。多少个日日夜夜啊，她盼望着自己的儿子能找到这么一个好媳妇，自己能有这么一个好闺女。现在，这一声"妈妈"把一股潮水般的母爱催动起来，涌遍了她的全身。她本能地接受了这亲切的呼唤，把田小穗紧紧地搂在了怀里。一种骨肉深情把婆媳两人紧紧地连在一起了，她们心和心贴在一起，脸和脸挨在一起，泪水和泪水流在一起，哭声和呼唤声融合在一起。她们都感到同样的幸福、同样的充实、同样的力量，似乎她们同时找到了感情的支柱、生命的靠山。

突然，康杰妈像从梦中惊醒了似的，猛地从田小穗的怀里挣脱出来，惊恐地向后退去，嘴里梦呓般地说："不，不……"

田小穗也慌了，刚要上前抓住她的手，康杰妈又咕咚一下子跪下来，把那乱麻覆盖的头咚咚地磕在田小穗的脚边："小穗，俺求你、求你别再跟小杰……别再……"

雪花和田小穗一齐弯下身子，一个人拽着康杰妈的一只胳膊，怎么拉她，她也不起来，还一个劲儿地磕头、哀求。

柔弱、胆小的雪花，这几天遇上这么大的事，早就被折腾得六神无主了。这会儿，看到眼前的这种情形，她更是束手无策了。

田小穗不再拉康杰妈了，她也一下子跪在了康杰妈的面前，哭着说："您别、别这样，您有什么事跟我说、跟我说清楚。"

康杰妈断断续续地说："他们、他们说，你们俩要是不断，就、就把康杰抓起来判、判刑……罪状都写、写好了，让我看了，上边还有……康杰的大红手、手印……”

田小穗攥起康杰妈的手，咬着牙说：“您别怕、别怕，我是铁心跟康杰了，生是他的人，死是他的鬼。”

康杰妈说：“俺知道、知道你的心，俺感激你，一辈子也忘、忘不了你……可是你、你们不怕死，我怕、我怕呀！我就这么一个儿子，他是我的命根子，没有他，我、我怎么活呀？……我求求你、求求你，给我留下这个儿子，留下这个儿子吧……”康杰妈说到这儿，停了下来，用两只泪水横流的眼睛紧紧地盯着田小穗，像是在等待田小穗答应她。接着，她更加泣不成声地说：“小穗呀，事到如今，俺、俺也不瞒你了……小杰是、是老田、田树茂的儿子……他这会儿正病在炕上，这件事，大伙儿还、还瞒着他，他要是知道，还不知怎么……”田小穗看着眼前这个可怜的女人，听着这个女人苦苦的哀求，她的心乱了。她立刻记起了康杰在小山洞里跟她讲的那个动人的故事。她似乎看到了，苦命的康杰妈被康志仁霸占的时候，在拼命地挣扎、呼救；她似乎看到了老支书田树茂背着这个被遗弃的女人，一步一挪地爬向那个小小的山洞；她似乎看到了，二十几年来，两颗真诚相爱的心咫尺天涯，不能相聚，痛苦地熬煎着……她又似乎看到了，她和康杰沉入奔马河那黑洞洞的冰窟以后，这个可怜的女人，那个病中的老支书，还有好心的雪花嫂子，狠心的大庚哥哥，是怎样发疯般的哀号、呼唤、痛不欲生，甚至会口吐鲜血，倒在地上……在此以前，她与康杰海誓山盟，生无所惧，死无所惜。可是她从来没有想到，他们死去以后，将会给活着的人留下一连串的不幸。为了康杰，为了这苦命的女人，为了病中的老支书，还有自己的嫂子和哥哥，她的心开始动摇了

田小穗终于答应与康杰断绝关系了。几天以后，郭林就把她派到了县水利兵团去当民工，把她和康杰彻底隔离开了。后来，那是在雪花嫂死了以后，她在绝望中，被迫嫁给了在水利工地上认识的一个老实巴交的小伙子……

一对生死相恋的情人就是这样被活活地拆散了，情如天，恨如海，康杰怎么能够原谅田大庚呢？

田树茂和康杰妈

田大庚爬上了山头，站在了妻子的坟前。他的两条腿不由得发起抖来，他那宽阔而干瘪的胸膛也胀得满满的了。多少个日日夜夜啊，在那与世隔绝的小闸房里，他痛心彻腑地思念着妻子，在他那心灵深处活现着妻子的音容笑貌；那鸭蛋形的脸庞红润润的，挂着幸福而甜蜜的微笑；那狭长、美丽、杏仁形的眼睛，闪着一汪春水，深情地看着他。在奔马河大堤上，他们临别时，她是怎样羞涩地把一双新鞋送给他；他们相见时，她又是怎样惊慌地接受他那胆怯的一吻。还有，他们的新婚之夜，在那寒苦的小屋里，他们紧紧地抱在一起，做起了最甜最美的梦……他思念的，是一个真真切切、活灵活现的妻子，是一个有血有肉、有情有爱有灵魂的妻子。多少天以前，他就精诚地为妻子准备好了祭品，盼望着清明节这天来见妻子一面。可是他现在见到的，却是一堆黄土，一堆死气沉沉的黄土。他再也忍不住了，一下子扑下身去，紧紧地抱着妻子的坟茔，呜呜地哭了起来……

一弯新月，挂在西边山头的小树梢上，像一只哭红了的眼睛，朦胧的月光像泪水一样的浑浊。远处，一只杜鹃在悲凉地哀叫着，把一滴一滴的鲜血融进泪水一样的月光里。

田大庚哭了许久许久，才直起身来，用一双模模糊糊的泪眼看着妻子的坟茔。坟是新添的，一层新土掩埋了去岁的萋萋荒草；坟周围那一圈小松树，泛起了一层鲜嫩的新绿，前边一个四四方方的坟台上，留下了一堆燃烬的纸灰。是谁来给雪花添的坟？是谁来给雪花烧的纸？是小穗吗？小穗啊小穗，我的好妹妹，哥哥害苦了你，我知道你恨哥哥，可你还惦记着嫂子。我谢谢你，我替雪花谢谢你。

田大庚把自己带来的纸箱打开，把纸衣、纸钱和那个纸剪的自己拿出来，一件一件，整整齐齐地摆在坟台上。然后，他双膝跪下，用带血的声音说："雪花啊雪花，你死得好惨啊，是我害了你，是我……"

田大庚说着，两行苦涩的泪水又顺着他那塌陷的脸庞流下来，流进了他那颤动的嘴角……

是的，雪花死得太惨了，她真像一片雪花，默默地降生，又默默地消失了，在这个世界上似乎连一点儿痕迹都没有留下。

可是，郭林却说她“死得其所”“重于泰山”，说她是在“农业学大寨”的伟大运动中“牺牲”的，还要追认为“共产党员”，命名为“革命烈士”。当田大庚抱着妻子的遗体，哭得死去活来、痛不欲生的时候，他却向县委书记建议，把现场会改成追悼会。他让人们把雪花的遗体抬到工地上去，让全体社员排着队向遗体告别，然后，学习雪花“下定决心，不怕牺牲”的革命精神，化悲痛为力量，掀起更大规模的战天斗地的新高潮……

雪花死了，人们都沉浸在一种无限的悲痛和惶恐之中，可是郭林却欢腾、忙碌开了。他奔前跑后，张牙舞爪，又让县广播站的记者回去取哀乐唱片，又让杏妮带着铁姑娘们去扎花圈，又指挥着人们布置会场，写发言稿，安排追悼仪式。他又像是在运筹帷幄，指挥着一场新的战斗。

他的指挥棒显然失灵了。人们低着头，一声不吭，一动不动，像是根本没有听到他发号施令。

老支书田树茂站了出来，他用那条被造反派打断的伤腿支撑着粗大的骨架，用那两只喷烟吐火的眼睛死死地盯着郭林，半天，才咬着牙说：“你要干什么？活人是给你折腾死的，还要把死人折腾烂吗？你在活人身上没有捞够，还要在死人身上再捞一把吗？”

田树茂的话，一针见血，像一把刀子直通通地扎在了郭林的心尖上。郭林恼羞成怒，张牙舞爪地向田树茂扑过来。

看到了老支书又挺身而出，愤怒的人们再也不能沉默了。工地上的人哗啦一下子跑下了山，把老支书严严实实地围在当中，像一堵墙似的把老支书保护起来。没有人说话，看到的只是一双双愤怒的眼睛。

郭林胆怯了，他不由自主地向后退去。

田树茂走出人群，回到家里，让人把“建设新农村”拆掉的两架房柁抬了出来，又找了几个木匠，为雪花打起了棺材……

送葬的那一天，仍然是漫天风雪。全村的人顶着纷纷扬扬的大雪，一齐出了村，连年高体弱，平时不出工的老人也拄着拐杖，或由年轻人搀扶着走了出来。白茫茫的天地中间，一口土黄色的棺材在沉重地向山坡上移动。棺材后边，一条黑色的长龙在艰难地蠕动，似乎是在积蓄着力量，准备腾空而起，冲破那张风雪织成的罗网。人们默默地走着，一声不响，只是偶尔传出一两声女人的抽泣和老人的叹息。那声音也是轻轻的、压抑的。人们是在送着惨遭不幸的雪花，又是在示威，在显示着一种不能再压制的愤怒、不能再忍耐的仇恨和不可再轻视的力量……

田大庚一反“丈夫不为妻子戴孝”的常规，戴上了白帽，穿上了白鞋，扎起了白搭袱，紧跟在棺材后边，走在这潮水般的人流里。这会儿，他才觉得，他那颗冰冷麻木的心，和几百颗怒火中烧的心贴在一起了。他成了一个孤苦伶仃、无依无靠的人以后，才觉得真正需要他们，需要这些父老乡亲们。而过去，他离他们是多么的远啊……

这会儿，田大庚想到这些，更觉得自己是一个罪人，他跪在妻子的坟前，他真想这样永远永远地跪下去，一刻不离地守护着妻子。

晚风轻轻地刮着，掀动着田大庚压在坟台上的纸片，也吹动着他那颗火烫烫的心。

一根火柴划着了，田大痪的眼前顿时出现了一个橘红色的光圈儿。光圈儿中，映出了田树茂那张冷峻、坚毅、铜雕石刻般的脸。田大庚抬起头来，嘴唇颤动得说不出话来。

“我听小杰说你回来了。”田树茂解释着，又划着了一根火柴，把坟台上的纸片点燃了。

火光闪闪，纸灰纷飞。纸灰化作白蝴蝶，啼血染成红杜鹃……

田树茂把田大庚搀起来，怜爱地说：“孩子，走吧。”

“不，田大叔，我不、不回去了……”田大庚本能地向后躲闪着。

“葡萄沟是你的家，你哪能绕着村子走呢？我听小杰回去一说，就立刻跑来找你。”

听了田树茂这句暖如春风的话，田大庚的心又被泪水淹满了。

“快走吧，大叔还有话跟你说呢！”

田树茂说着，伸出那只大手，拉起田大庚，一瘸一拐地朝山坡下走去……

一

仿佛是十分遥远的事情了，田大庚却仍然记得那么真真切切，就像发生在眼前的事情一样。也是这样一个月儿弯弯的夜晚，也是清凉的晚风掀动着他们的衣角，田树茂也是用那只粗大的手拉着他，领着他一步一步地朝村子里走去。

那是父亲死了以后，家里只剩下他和妹妹了。妹妹刚刚七岁，可是她懂事极了，她似乎完全理解家里发生的一切不幸，默默地忍受着命运给她带来的痛苦。她不哭也不闹，总是牵着他的衣角，一步不离地跟着他，像个小尾巴一样。她那两只春水汪汪的大眼睛里，闪烁着男孩子一样的勇敢和坚强。这一天中午，田大庚煮了一碗野菜，端给妹妹吃。妹妹一声不响地吃着、吃着，忽然把脸转向了墙角。田大庚发现，妹妹那瘦小的肩头轻轻地抽动起来。他过去把妹妹的头扳过来，看到妹妹的脸憋得铁青，那小小的嘴巴咧开着，两颗豆粒大的泪珠儿滚向了嘴角。田大庚心里一酸，急忙抱住了妹妹的肩头："小穗，是野菜太、太苦吧？"

"不，哥哥……不苦，一点儿也不苦。"田小穗说着，用那肮脏的小手使劲儿把脸上的泪水一抹，抓起野菜，大口大口地吞了起来。

田大庚一把夺过野菜碗，说："小穗，别、别吃了……我去给你找、找一点儿吃的。"

"你、你到哪儿去找？"

"我到黄花镇给你讨、讨点儿饭。"

"哥，你别去，我不怕、不怕野菜苦……"

"好妹妹，听哥的话，你在家里等着，千万别乱跑。"

田大庚提着一根打狗棍，端着一个破瓢，出了村口，一直朝黄花镇走去。

走到黄花镇的南门外，他不由得停住了脚步。他看着那冷冷清清的街道，看到那半开半闭的商店，看到那稀稀拉拉晃动的人影，他的勇气消失了。怎么进去向人家讨饭呢？讨饭的人，他从来没有见过，只是听爹讲过，爹小时候讨过饭，爹曾经详细地告诉他，讨饭的时候要挎一个破篮子或者端一个破瓢，还要拿着一根打狗棍，走到人家门口的时候，先要看看出来的是什么人。出来老头儿，喊爷爷；出来老婆婆，喊奶奶；出来岁数不太大的男人，喊叔叔大伯；出来岁数不太大的女人，喊婶婶大娘；出来小伙子和姑娘，当然就得喊哥哥姐姐了。爹还说过，见到女人要特别注意，首先要看看人家梳的是什么头。结了婚的女人梳“圆头”，不梳“圆头”的是没有结婚的。千万不能管没有结婚的女人喊婶婶大娘或大嫂什么的，要不，不但讨不到饭，还要挨打挨骂。可是，现在的女人大都不梳“圆头”了，没法分辨她们是否结过婚了。爹还告诉他，称呼完了以后，就要开口求人了，一定要拿出一副可怜相，对人家说：“您修修好，给俺一点儿吃的吧……”

爹爹在跟他讲这些的时候，他大概也只有妹妹那么大。那时候，他清清楚楚地记得，他还有一个幸福的家庭，还过着一种说不上富足但也称得上温饱的日子。爹爹为什么跟他讲这些呢？是向他讲述人生的艰难，还是向他传授一种谋生的手段呢？奇怪的是，田大庚却把这些牢牢地记住了。在他的眼前，经常梦幻般地出现一个使他战栗的形象：一个穿着破衣烂衫的孩子，站在一个漆黑的大门前，手里端着一个破瓢，苦苦地哀求着，乞讨着一点儿残渣剩饭。凶恶的主人厉声呵斥着他，并放出恶狼一样的大狗，孩子哭着、跑着，一头栽倒在雪地上……这是他的爹爹。想到这些，他就为爹爹产生一种不可忍受的羞辱感。

现在，他也要像爹爹那样，向人家苦苦地哀求了。可是，他怎么能够张得开口呢？田大庚从小就争气要强，有一股硬汉子的骨气。别人家的东西多好，他从来不眼热；别人家的东西多香，他从来不嘴馋。从他懂事的时候起，就没有手心向上跟人家要过东西。就是那狠心的妈妈临走的时候，硬塞在他手里的两个小窝窝头，妈妈一转身，他就扔到门外去了。

“不行，就是饿死，也不能干这丢人现眼的事情。”田大庚嘴里狠狠地嘟哝了一句，转身就往回走。可是，他刚往回一迈步，就仿佛看到了妹妹手里端着的那碗野菜，看到妹妹那瘦小的肩头在轻轻地抽动……他的脚步又迈不开了。

他犹豫了很长时间，才下狠心闯进了黄花镇。他低着头，不敢走大街，只钻没有人走动的小胡同。他在人家门口站着，不敢呼喊，只盼着能从这座小门里走出个人来，然后再豁出胆量去叫人家，求人家。可是里边刚露出一个人影，他就像做了贼似的，急急忙忙地走开了。

直到太阳偏西的时候，他手里的那只破瓢还是空的。他拖着软绵绵的双腿，走出了黄花镇的南门。在南门外一棵空心老槐树下，他伤心得哭了起来。他不是在叹息命运给他带来的不幸，而是怨恨自己无能，是个废物，不能为妹妹找一点儿吃的东西。他既没有勇气再进黄花镇，也没有勇气回家。他怎么回去见妹妹呢？

忽然，一只大手放在了他的头顶上，接着，就听到一个温和的声音："孩子，你在这儿呀！"

他扬脸一看，是老支书田树茂，慌得他把手里的棍子一扔，又把另一只手里的破瓢藏到了身后。

田树茂弯下身来，扳住了他的肩头。他看到，田树茂那深深的眼窝里，也汪起了两兜儿泪水，他心里更慌了，忙说："大叔，我、我没有讨、讨饭……"

田树茂深深地叹了一口气："孩子，快跟我回家吧。"

田大庚哭了："大叔，俺没了家，也没了爹娘……"

田树茂把他紧紧地搂住了："孩子，别难过，现在是新社会了，孤儿不孤，有人管。从今以后，生产队就是你的家，党就是你的亲爹娘！"

田树茂说着，直起身来，用那双大手拉着他朝村子里走去……

一进院子，田大庚就听到了妹妹那欢乐的笑声。他不知发生了什么事，甩开田树茂的手，就跑进了屋子。

康杰妈正在给妹妹穿着一身新衣服。妹妹一见到他，立刻高兴得叫起来："哥哥你快看，大婶给俺做的新衣服，多好看呀！"

妹妹把新衣服穿好了，上身是一件红格小花褂，下身是一条蓝裤子。虽说是家织的土布，可是却织得非常精巧、细密，衣服又裁得非常合体。妹妹那小花褂的胸前，还绣上了一朵杏黄色的野菊花。田大庚看呆了。

"大庚，这是你的，快穿上试试。"康杰妈又把一身毛蓝色的裤褂捧到了田大庚面前。

田大庚愣了半天，没有伸手去接衣服，却一头扑在康杰妈的怀里，像见到母亲一样地哭了起来……

二

像童年时期做过的一个噩梦，已经深深地沉淀在他记忆的深潭里。而现在，他刚刚打开记忆的闸门，在他眼前首先出现的，却是这梦幻般的一幕。

月光被灰蒙蒙的云层遮掩起来，大地上也蒸腾着一层灰蒙蒙的雾气，这灰蒙蒙的夜晚，使人感到神秘和恐怖。白天，这里刚刚经历一场血的洗礼。一辆大卡车，载满挥动着皮带和红宝书的红卫兵，在郭林的带领下，长驱直入地开进了葡萄沟。这群“天兵天将”一下车，就立刻占领了大队部，控制了广播室，命令田树茂把所有的地富反坏右都集合起来，他们要“横扫一切牛鬼蛇神”。被这突然事件惊得六神无主的田树茂，只得遵命，挨门挨户地去通知那些专政对象。“牛鬼蛇神”们来齐了以后，郭林看了看，挤到田树茂面前，非常阴险地问：“康杰妈为什么不来?”田树茂一惊，急忙解释说：“老郭，康杰妈可是、是受苦人啊!”郭林立刻翻了脸，故意在红卫兵面前大喊大叫起来：“什么，地主的小老婆算是受苦人？让小将们评评理，你这是在为谁说话?”这群“舍得一身剐”的小将，一听说葡萄沟还窝藏着一个地主的小老婆，立刻怒火万丈地杀向了“战场”，把康杰妈揪出来，不由分说，一顿皮带打得皮开肉绽，接着又给她剃了“阴阳头”……

这天晚上，田树茂把田大庚找去了，流着眼泪说：“孩子，大叔求你一件事，你把这包蛋糕给小杰妈送去，就说我、我……千万别让人家看见，千万别和人家说。”

田大庚捧着那包油渍麻花的蛋糕，穿小巷，绕墙根，悄悄地朝康杰家走去。这突如其来的事件，也把田大庚的脑袋闹乱了。以前，他也知道康杰妈和田树茂好，有一种非常奇妙的关系。但是，他毕竟还是一个未成熟的孩子，还不了解人生的真谛。这一对慈善的老人，总像父母一样地关怀和照顾他们兄妹俩，他也像对待父母一样对他们充满了崇敬和热爱。他从来没有觉得康杰妈是坏人，就是葡萄沟的男女老少，也没有人把康杰妈当成坏人。康杰妈怎么突然间成了地主的小老婆，成了“牛鬼蛇神”，成了“阶级敌人”了呢？如果真是这样的话，田树茂这个党支部书记为什么会跟她好呢？如果康杰妈不是坏人，郭林为什么那么恶狠狠地训斥她呢？红卫兵们为什么那么愤怒地“横扫”她呢？刚才，在田树茂面前，他几次张开口，想把这些事情问问清楚。可是一看到田树茂那张痛苦的脸，一听到他那哽咽的声音，他就害怕了，再也没有勇气开口了。

擦着地皮的小风轻轻地吹着，把墙角的树叶吹得沙啦啦的响。田大庚像做了贼似的，东张西望着，蹑手蹑脚地朝前走着，好不容易才到了康杰的家门口。

透过灰蒙蒙的夜色，他看到康家的两扇屋门紧关着，窗子紧闭着，没有一点儿光亮。奇怪，人呢？是没有在家，还是已经睡了呢？他想敲门，又怕被人发现；他想回去，又怕田树茂伤心。他紧紧地贴在屋门口站着，不知如何是好。忽然，他好像听到屋里有响声，他弯下腰，把脸贴在门缝上，用一只眼睛向里边张望着。顿时，他浑身猛地一颤，一个可怕的情景把他吓得险些叫出声来。他看到：康杰妈像一个魔影一样，直挺挺地跪在屋地上，身上还穿着那件被打破了的衣衫，昂着那瘆人的“阴阳头”。在她面前的小桌上，点着一盏小油灯，豆粒大的灯光把小屋照得半明半暗，影影绰绰。小油灯旁边，还有三颗更微弱的亮点儿，看得出来，那是三炷草木香。

田大庚看到这些，像跳进了一缸冷水里，牙齿打战，双腿发软，浑身抖成了一团。他恨不得立刻离开这可怕的地方，但是好奇心又驱使他一动不动地待在这里，他想看明白里面究竟在发生着什么样的事情。

康杰妈跪了一会儿，终于开口了，她那沙哑的声音也像灯光和香火一样微弱地颤动：“我有罪，我是一个有罪的女人……可是，千万、千万别让他们牵连田树茂，他、他可是个好人呀！……”

“叭”的一声，田大庚手里的那包蛋糕掉在了地上。田大庚浑身猛地一颤，来不及思索，扭头就往外跑。

小屋里，咚的一声响，灯灭了，香倒了，康杰妈昏倒在地上……

田大庚跑着，拼命地跑着，像一只受了惊的野兔。他一口气跑到家，把门闩上，一头扑在了炕上，拉过被子蒙上了头。

田小穗看到哥哥这失魂落魄的样子，吓得抱住哥哥的脑袋，惊慌地问：“哥，你怎么啦？怎么啦？”

田大庚紧紧地攥着妹妹的双手，捂在自己的脸上，却呜呜地哭了起来。

田小穗更慌了，她使劲摇晃着哥哥的脑袋，喊叫般地问：“你到底是怎么啦？怎么啦？”

任田小穗怎么摇，怎么问，田大庚就是不开口。田大庚为什么要哭呢？他自己也说不清楚，他只觉得自己的心里像奔马河开了口子一样，翻江滚浪，撞击得他实在不能忍受，除了哭，再也不能发泄自己的感情了。

一连好多天，田大庚只要一闭上眼睛，面前就会出现康杰妈幽灵一样的身影，就会出现那跳动火苗的小油灯和闪烁的草木香，耳边也会出现康杰妈那哽咽得不成声调的祈祷……他觉得这件奇怪的事，恐怕比梦还奇、还怪。这件事，使他感到紧张和恐怖，又使他感到激动和不安。透过这件事，他似乎对康杰妈这个神秘的女人更加疑惑不解了，但又似乎更加真切地看到了她那颗善良的心。这是一件非同小可的事情，说出去，不但康杰妈活不成，老支书也会大祸临头的。他自己对自己一千遍、一万遍地发誓，一定要把这件事深深地埋在心里，让它在自己的心底臭掉、烂掉、消逝掉，跟任何人——包括自己的亲妹妹都不能吐露一个字……

现在，田树茂拉着他走向葡萄沟的时候，沉在他心底的梦幻又浮了上来。直到现在，他才理解了这梦幻的真正意义，理解了两颗真诚相爱的心……

三

也是这样一个月儿弯弯的夜晚，那时候却呼呼地刮着风。风本来不大，却十分吓人。树枝摇，草叶弯，高粱地里哗啦啦地响。洒在路上的月光，像魔鬼一样，张牙舞爪地晃动着。

田大庚顺着路边的小水沟，借着树影和草丛遮身，躲躲闪闪地向前走着。他不时地伸出头来，看看前边那一瘸一拐、踽踽独行的老人。那是老支书田树茂，刚刚在黄花镇上挨完斗。他的腿被造反派打伤了，只好拄着一根树枝，艰难地向村子里挪动着。

今天的批斗大会，本来是斗争原公社党委书记安奇的，可是郭林，却命令把全公社所有的走资派都拉来陪斗，葡萄沟大队的老支书当然也不能幸免了。身为黄花镇中学红卫兵的田大庚，恨透了台上那些戴着高帽子、挂着黑牌子的“三反”分子。他坐在台上，随着愤怒的人们，使劲挥着拳头，拼命呼着口号，恨不得把满腔的怒火都喷出来，烧死那些大大小小的“走资派”。可是，当他看到在左边台角上，两个女红卫兵押着那个熟悉的身影时，他的心怦怦地跳了起来。他的胳膊再也举不了那么高了，他的嘴巴再也张不了那么大了。田大叔这么好的人，这么受人尊敬和爱戴的老干部，怎么也成了“三反”分子，成了“走资派”，成了“凶恶的阶级敌人”了呢？他一下子像陷进了五里雾中，昏昏沉沉的，似乎整个身子都飘荡起来。台上还有谁发言，他没看见；郭林最后总结时慷慨激昂地说了些什么，他没听清。“战斗”结束以后，同村的同学们喊他一块儿回家，他推说有事，拖在了后边。就这样，他悄悄地跟上了田树茂。

田树茂一步一挪，越走越艰难了。他不断地停下来，抱着那条伤腿，轻轻地呻吟着。

田大庚前后左右地看了一遍，当他确信路上已经没有行人的时候，就像狸猫一样纵身一蹿，灵巧地跳到了田树茂跟前，把身子一蹲，一下子背起了老支书。

田树茂被这突如其来的事情吓了一跳，他以为又遭到了造反派的绑架。当他借着那淡淡的月光，看清了是田大庚的时候，立刻急了：“大庚，快、快放下我！”

田大庚瓮声瓮气地说了一声：“让我背您回去！”就用力迈开脚步，朝前走去。

田大庚那还未发育起来的身架上，驮着田树茂那粗大的身躯。他感到沉甸甸的，压得他身子发晃，两腿发软。他紧紧地咬着牙，艰难地迈着脚步。忽然，他发现田树茂的身子轻轻地抽搐起来，接着，两滴热乎乎的东西落在了他的后脖领上。老支书哭了，就像当年在黄花镇的南门外，老支书拉着他朝家走，他感动得落下了眼泪一样。

一路上，月光给他照着路，晚风为他吹着汗，他走一会儿，停一下，喘一口气，背着田树茂又走。可是，这身子紧贴在一起的一老一少，却不能说一句心碰心的话。一路上，除了田树茂那“放下我”和田大庚那“我不累”等几句干巴巴的语言，他们几乎什么也没有说。

好容易到了葡萄沟的村边，到了他们的葡萄园，田大庚才把田树茂放下来。已经到了葡萄熟了的季节，清凉的晚风吹在葡萄叶上，哗啦啦地响；一阵阵的葡萄香，随风飘来，灌得人甜满胸膛。

田树茂说：“大庚，你把俺搀到井边，让俺喝口水，这嗓子都干得冒烟了。”

田大庚说：“您受了伤，不能喝生水，俺给您摘一串葡萄吃吧。”

田大庚说着，钻进葡萄架，挑了一大串熟透了的葡萄托了出来。

田树茂摘了一珠挂着白霜的紫葡萄，含在嘴里，轻轻地咬破，贪婪地吮吸着。一股甜滋滋、凉津津的蜜汁流进他的肚子里，他感到一阵沁心透腑的舒畅。

“大庚，来，你也吃吧。”

“不，大叔，我不渴。”田大庚说着，舔了一下干裂的嘴唇，使劲咽了一下唾沫。

“出了那么多的汗，能不渴吗?”

“不，您吃吧。”

田树茂明白了，这真是一个有出息的孩子，他心里一阵感动，又一阵懊悔，难过地说：“大庚，不是大叔向你表白，我当了十几年干部，这是第一次吃大伙儿的东西……”

田大庚忙说：“大叔，您别说这个，您应该吃，应该……”

“要说该不该?到什么时候，也不应该，可是，可是……”田树茂说不下去了，一股难言的苦衷化成两颗泪水，顺着他那布满皱纹的脸颊滚了下来。

田大庚心里也一阵发酸，为了安慰老人，他急忙蹲下身来，摘下一颗葡萄，含在了自己的嘴里。

沉默了一会儿，田大庚突然说：“大叔，您为什么还不站出来革命?”

田树茂迷惑地问:“怎么站出来?”

田大庚说:“像郭林同志那样,和造反派站在一起。”

田树茂痛苦地摇了摇头,立刻转了话题,问起了田大庚:“你的学习怎么样啊?老师还讲课吗?”

田大庚说:“现在我们全力以赴地投入了‘文化大革命’。”

“你看今年的葡萄长得多好啊!”田树茂举起一个葡萄珠儿,又转换了话题说。

田大庚心事重重地“嗯”了一声。

田树茂又说:“咱葡萄沟的葡萄,远近闻名。你知道吗?北京人民大会堂开国宴,摆的都是咱的葡萄。咱的葡萄,还装成箱,运到香港,运到日本……”

田大庚似乎对田树茂的话有了一点儿兴趣,轻轻地“噢”了一声。

田树茂接着说:“葡萄这玩意儿,是鲜嫩货。每年都有一部分运不出去,只好晒成葡萄干,还有的就烂掉了。这样浪费太大了,要是能建一个罐头厂多好啊,把运不出去的葡萄制成罐头,就能保存起来了。”

田大庚又“嗯”了一声。

田树茂更加动情地说:“大庚啊,我这辈子要是干不成这件事,等你们年轻人当了家,一定要建一个罐头厂啊!”

田大庚这回“嗯嗯”了两声,不知是在答应老支书的嘱咐,还是在应付老支书的话。

可是,当田树茂把嘴闭上的时候,田大庚却张开口,焦急而恳切地说:“大叔,您还是站出来革命吧。您写个声明吧,今天晚上就写,现在就写!”

“大庚,你看,那边有人来了。”田树茂又把话题岔开了。

田大庚回头一看,村口果然出来一个人影,还伴随着一阵吱吱呀呀的响声。等那个人走近,田大庚看出了是康杰,他推着一辆该上油的独轮车。

“大庚,你先走吧,我让小杰把我推回去就行了。”田树茂说。

田大庚没有走,他帮助康杰把田树茂扶上了独轮车。康杰推着前边走，他一直心事重重地在后边跟着。

四

人世沉浮，沧海桑田。谁能料到，几年以后，田大庚真的当起了葡萄沟的家，而老支书田树茂，则被郭林宣布永远清除出党了。他的“罪恶”，除了“坚持不改和屡教不改”外，还有硬邦邦的一条：与地主婆通奸，道德败坏，腐化堕落，成了地主阶级的“大红伞”“代理人”。在郭林的带领下，葡萄沟彻底“堵住了资本主义的路，迈开了社会主义的步”，钢锨、铁锤和大批判专栏一齐杀向了战场，杀向了绿涛翻滚的葡萄园……

这天晚上，没有月亮，也没有星星。天空上阴沉沉、灰蒙蒙的，浓云在缓缓地集聚着，像是在孕育着一场晚秋的暴风雨。田树茂拖着那条伤腿，又来到山坡上的葡萄园里。这里，刚刚经过一场战火的焚烧，一堆堆的乱石和黄土，一个个的土坑和深沟，像是满山遍野的墓穴和坟墓。水泥的、木桩的葡萄架被拆烂了，像死尸一样横七竖八地仰卧着；枝繁叶茂的葡萄秧，被连根刨出，乱糟糟地扔满了山坡。擦着地皮的小凉风，呼呼地吹着，刮得那枯萎的葡萄叶沙沙地响，像是在有气无力地哭泣着……

田树茂站在山坡上，看到眼前这一番残败的景象，心里像刀剜针刺般的疼痛。葡萄沟人祖祖辈辈支起来的葡萄架就这样被摧毁了；几十年来他苦心经营的葡萄园就这样被捣烂了；几百口人用心血和汗水创下来的、聊以为生的家业，就这样被糟蹋了。田树茂坐在一堆乱石上，不由得哭泣起来。他那粗大的骨架在黑暗中抽搐着，像是被晚风抽打的葡萄叶一样，浑浊的泪水伴随着呜呜的哭声止不住地流淌着。这个多少年来，穷不皱眉、苦不弯腰的硬汉子，现在却哭得那样的伤心，那样的动情，最后，竟忍不住放声痛哭起来……

来到山坡上幽会的康杰和田小穗轻轻地走过来，站在了田树茂的面前。田树茂发觉有人来了，惊得立即停止了哭声，连眼泪也顾不上擦，站起来转身就走。

田小穗上前一把抓住了他的胳膊：“大叔……”

当田树茂看清了是这一对年轻人的时候，又忍不住抽泣起来，同时抓住了田小穗的手，也像孩子一样地央求说：“小穗啊，回去跟你哥说，这葡萄园不能毁、不能毁啊！这是咱全村几百口人的饭碗子、钱袋子、命根子呀！”

田小穗气愤地说：“现在，俺哥谁的话都听不进去，他早就成了郭林的一条狗了！”

听到郭林这个名字，田树茂恨得咬牙切齿，浑身发抖，狠狠地说：“郭林呀郭林，你和俺田树茂有仇、有恨，你有种的朝俺心窝上扎，朝俺脖子上砍，别拿老百姓开刀呀！”

那是田大庚的爹死的那一年，郭林也在这个村蹲点。他那会儿还是公社的组织干事。当时规定，干部下乡，要实行“三同”，在社员家里吃派饭，吃一天饭，交一斤粮票四角钱。精打细算的郭林每天只吃两顿饭，不是早晨不吃，攒到中午一块儿吃，就是中午把肚皮塞圆，省下一顿晚饭。俗话说，一顿不揭锅，两顿一般多。实际上，郭林这两顿饭，比三顿饭吃得还多。可是，他交钱交粮则按两顿饭算，而且四舍五入，每天只交六两粮票二角五分钱。那会儿，社员每月从队里领来那点儿可怜巴巴的救济粮，谁能赔得起呢？后来，田树茂知道了这件事，不再让他吃派饭了，专门派一个人按他的定量给他做饭。有一次，国家拨下来五百斤土豆，是专门救济那些烈军属、五保户的。几个村干部为这事研究了半夜，好容易才把分配方案定下来。第二天到库房一看，那土豆少了许多。田树茂急了，揪住保管员的脖领子问：“土豆哪儿去了？”保管员的脸都吓白了，急忙告诉他，郭林拣好的挑了一口袋，用小车推着送回家去了。田树茂二话没说，蹬上自行车就追下去了。直到黄花镇大街上，才把郭林追上。田树茂把郭林连人带车，一齐拖到了公社。当时的公社党委书记安奇，气得一下子掏出了盒子枪，当场就要把郭林枪毙。郭林吓得跪倒在地，脑袋磕得像捣蒜，还一个劲儿地噼里啪啦抽打自己的嘴巴，安奇这才算饶了他一条命。安奇本来是想开除他的党籍的，郭林又是到处托人求情，又是在安奇面前痛哭流涕，苦苦哀求，最后才给了他一个严重警告处分。这以后，他好像真的接受了教训，处处小心谨慎，工作格外积极，到一九五六年就参加了公社党委，当了组织委员。“一月风暴”开始以后，他认为时机已到，第一个站出来“亮相”，表示“誓死和造反派团结在一起，战斗在一起，胜利在一起”，同时以组织委员的身份抛出许多内部材料，揭发安奇如何“包庇重用坏人”“执行反革命修正主义的组织路线”。于是，他当上了公社革命委员会主任，后来“整党建党”，又当上了公社党委书记。他在公社收拾完了老书记安奇，用一份“大叛徒”的材料把他送进了监狱，又立刻杀向葡萄沟，来收拾田树茂了。

像田大庚这样的年轻人，根本就不了解这其中的奥妙，田树茂又怎么能够告诉他这些呢？郭林批他，整他，撤他的职，开除他的党籍，他都不怕，他都能咬紧牙关挺下去。他像当年在地主康老仁的深宅大院里，偷偷叮嘱康杰妈那样，心里也暗暗地劝慰自己：鸡总会叫的，天总会亮的，善恶到了头，总会有报应的。没想到，心毒手狠的郭林，把事情越做越绝，居然毁了他们的葡萄园。这会儿，田树茂才真的动了心。

夜深了，田树茂在两个年轻人的搀扶下回了家，他躺在炕上，听着那带着雨点儿的凉风拍打着窗户纸，那条伤腿火辣辣地疼得钻心，可他的心里却翻江倒海般地折腾起来。天傍亮的时候，他下了决心，一定要冒着危险找田大庚谈一谈，不能再让他这样跟着郭林跑了。到头来，坑了老百姓，也害了自己呀！

田树茂趁着天色未明，悄悄地向田大庚家里走去。可是当他走到田大庚家门口的时候，心里一下子凉到了底。他看到，田大庚带着雪花，正在拆着他们那几间新盖的房子……

田树茂绝望了，他冲着田大庚那挥舞着钢镐的背影，心里沉沉地说：“大庚啊大庚，郭林竖起一根竿儿，你就往上爬，险呀！”

五

田大庚的手被老支书拉着，懵懵懂懂地朝村子里走去。他们走在葡萄沟的大街上，这条大街他太熟悉了，几乎每一寸土地上，都留有他的脚印。可是现在，他却踉踉跄跄地不敢迈步。他们路过一个一个的门楼和小院，葡萄沟不知什么时候已经安上了电灯，每一家窗口上都闪着雪亮雪亮的灯光。那灯光映出的每一个身影和每一张脸庞，也都是他看惯了的，记熟了的。现在，他却没有勇气抬起头来，向他们张望一眼。他像是被老支书抓到的一个初犯的小偷，羞于见到任何一个人，哪怕是一个耳聋眼花的老者，或者是一个牙牙学语、摇摇学步的孩子。

他终于被领进了田树茂的小院。当他走进屋门的时候，惊得差点儿退了回来，他不知道田树茂把他领进了谁家的新婚洞房：四面是雪白雪亮的墙壁，上面是印着花的顶棚。墙壁上贴满了“鹊桥相会”“西湖借伞”“麻姑献寿”等鲜艳夺目的年画。每一张画上，似乎都写着“新婚之禧”一类的贺词……

“坐吧，快坐吧。”田树茂指着八仙桌旁的一把椅子让着他。桌子虽然是旧的，可是新刷的油漆，在灯光的映照下，光亮得照得见人影。

田大庚没敢坐，他仍然疑疑惑惑、呆若木鸡地站在屋子中央。

正在这时候，门帘一挑，一个女人的声音响了起来：“大庚，你回来啦!”

进来的是康杰妈，她手里端着两盘散发着油香和热气的炒菜。这个女人，虽说已经是五十岁的人了，可是并不太显得衰老。她的头发是浓黑的，只是鬓角上掺着几根难以察觉的银丝；她的脸庞是白皙丰润的，只是眼角上和额头上，划出了几条细碎的皱纹。她一边把菜放在八仙桌上，一边冲着田大庚微笑着。她的笑容是真诚的、亲切的、慈爱的，一股暖流涌进了田大庚的心窝，他心头的那座冰山开始融化了。

田树茂似乎看出了田大庚的惊疑，把他按在椅子上，有点儿赧然地对他说：“今年春节的时候，大伙儿把俺们撺掇到一块儿了。”

“啊，啊，你们结婚了?”田大庚有点儿慌乱地说。

“是呀，是呀，我们也终于盼到这一天了。”田树茂一边开着一瓶白酒，一边无限感慨地说，“天上的牛郎织女，隔着一条银河，每年还能见一次面，我们只隔着一条街，就隔开我们快三十年了。”

田树茂的话，引发了田大庚一连串的联想，他的眼睛又湿润了。

“算了，不提这些了，来。”田树茂把斟得满满的一杯酒递在了田大庚面前，又用一种充满幸福和感激的语气说，“你大婶每天晚上都逼着我喝一杯，她说我年纪大了，过去又吃了那么多的苦，现在有了条件，该享两天福了。其实，她过去受的苦比我还多。唉！女人的这颗心，好像专门为男人长的。”

田大庚被这对老夫妻之间的伉俪之情深深地感动了：“那，让大婶一块儿来吧。”

“不用，她还要再给咱炒两个菜，今天咱爷俩痛痛快快地喝两杯。”

“康杰呢？”

“噢，对了，把这小子给忘了。小杰呀——”

康杰手里捧着一本书从对面屋子里走进来。

田大庚慌忙站起身来，红着脸，不知该说什么好。

康杰首先开口了，他真诚地说：“大庚哥，刚才我不该对你那样。回来以后，俺爹俺妈把俺狠骂了一顿，我向你赔情了。”

田大庚一把抓住了康杰的胳膊：“不，不，该赔情的是我，我把你们害、害苦了……我对不起你呀，兄弟！”

田树茂站起身来，挥了一下那只大手，说：“这些话，心里有个数就行了，不必说出口。这些年来，咱谁的日子也不好过，谁的身上都受过伤，谁的心里都流过血。我们这些人，都是命大的，总算熬过来了。现在苦日子到头了，甜日子开头了，咱不能光捂着过去的伤口喊疼，得挺起腰来向好年月上奔。来，让咱为这新生活干一杯。”

田树茂说着，首先端起酒杯，一饮而尽。

田大庚端起满满的一杯酒，也一口吞了下去。酒是辣的，也是甜的，还掺进了田大庚两滴苦涩的眼泪。甜辣苦涩，一齐在田大庚心里搅动起来。

康杰把喝干的酒杯往桌上一放，抱歉地说：“大庚哥，我不能陪你了，我还有点儿事，得出去一下。”

屋子里又剩下了田树茂和田大庚两个人了，两个人默默地喝了一会儿酒，田树茂又开口了：“大庚，你没听说吗？郭林下台了。”

“真的？”

“这次开党代会，硬是把他选下去了。”

“现在谁是党委书记呢？”

“还是咱的老书记安奇同志。”

“啊！这回可好了。”

“也不像想的那么好，安书记在监狱里被折腾了好几年，身体不行了。郭林又给他留下一个烂摊子，理不清的乱麻，擦不完的屁股。老头子也是力不从心了，常常愁得骂祖宗。”

“唉！”田大庚叹息了一声，又问，“那郭林呢？”

“调到县里一个什么局当副局长去了，这个人，到哪儿都是祸害。”

“那为什么还让他当官？”

“有什么办法？国家干部，铁饭碗，摔不破，打不烂嘛。”

田大庚不言语了，他又使劲喝了一大口酒，似乎想用这热辣辣的烈酒，压一压心中的愤懑和不平。

“大庚，你回来吧，啊！”田树茂突然说。

田大庚惊得抬起头来，像是听到一件不可思议的事：“我？回来？回来干什么？”

“我刚才不是跟你说了安奇同志的情况吗？我也是这样，上六十岁的人了，又是一条半腿，心有余而力不足了。你来，来替我，我退到第二线……”

“不，不，那怎么行呢？”田大庚没等田树茂说完，就惶恐地拒绝起来。

田树茂又说：“从哪儿摔倒，再从哪儿爬起来嘛，不能一朝被蛇咬，就十年怕井绳呀！”

“大叔，您千万别这么安排，我在葡萄沟犯下那么大的罪，还有什么脸回来呀？还有什么资格再当干部呀？”

“话不能这么说。过去那些事情，你是要负责，可是总不能把账都算到你一个人的身上呀！安奇同志说，只要有一条正路子，你是能够当好马、驾好车的。”

“这事，您、您跟安书记说了？”

“说好几次了，我估摸着你清明节要回来的。你要是不回来，我和安奇同志就去找你了。”

田大庚心里卷起一层热浪，他无限感激地说：“你们两位老领导还想、想着我……”

田树茂十分动情地说：“不是我们想着你，是党组织想着你。你是个共产党员，党组织总不能把她的孩子扔在外边不管吧？”

“可我、我不是党的好孩子……”田大庚的声音哽咽了。

“你也不是坏孩子。回来吧，回来做一个党的好孩子，为党干一点儿事情吧！”田树茂说着，眼睛也湿润了。

“大叔！”田大庚站了起来，“我回来，回来！可是先别让我当、当干部，让我先拼命干两年，赎赎我的罪吧……”

田大庚说着，两行热泪唰唰地流了下来……

田大庚和杏妮

田大庚从老支书家里出来，朝自己的家里走去。他哪还有什么家呀？无非是两间透风漏雨的小柴棚、三面坍塌倒陷的土打墙，还有一堆破砖烂瓦、风剥雨蚀的柁木檀架。他不愿意再进那锅凉灶冷、令他睹物伤情的小院。可是田树茂还是催他回去看一看，好像那里有什么奇珍异宝似的。

他步履蹒跚地走在葡萄沟大街上。这会儿，他不像刚被老支书引进村来时那么胆怯、那么猥琐、那么无地自容了。夜幕已经把这个小山村严严实实地笼罩起来，天上的星星像一双双神奇的眼睛，在密切注视着这小山村的一切动静。

桃花开了，杏花谢了，柳树抽出了新芽儿。一阵阵清爽的小风，像一个调皮的孩子，在桃花上跳，在杏花上停，又从柳丝中穿过去，闯进人家的窗口，翻了一个筋斗，然后就满载而归地跑了出来：带着欢声笑语，带着花香草甜。

田大庚从来都没有感觉到，自己的家乡竟然是这样美丽，这样甜蜜，这样迷人。他心里特别爽快，身上特别轻松。不必回家了，就在这葡萄沟大街上走一夜，转一夜，也是他从来没有体验过的舒畅和欢悦。

前边的胡同口，几个人影在晃动，庄稼人那特有的粗声大嗓的谈话声，借着晚风传得很远很远：

“大哥，黑更半夜的，您这是干什么去呀？”

“凑了几个帮手，趁着今晚月亮好，在我那包产田里打眼井。”

“对了，看起来今年又是春旱，是得打眼井预备着。”

“你没打井吗?”

“我包的不是葡萄嘛，那儿有抽水机。”

“噢，那你省心了。”

“也不省心，今年头一年新枝撞果，还说不定是姥姥是舅舅呢。联产如连心，谁联谁操心呀!”

“操点儿心受点儿累倒没关系，到秋后好有个抓挠呀。你去年一家伙挣了八百多块，肥得都流油了。”

“你不也是吗？过年的时候，没把你美得到城里听了三天戏?”

“……”

这些话说得随便，自然，信口而出。可是一句一句都像春风一样吹进了田大庚的胸腔里，他心里那团早已变成了灰烬的火，又开始冒出了火星儿，呼呼燃烧起来。他是应该回来，也和社员们一起，去包一块地。他现在什么都没有了，有的只是浑身的力气。他一定咬紧牙，起早贪黑地拼命干。是的，过去他也是拼命干的，可是他干的都是破坏性的事情；好端端的田让他毁了，好端端的山让他挖了，好端端的房子让他拆了。造孽啊！当时怎么那么傻、那么蠢、那么鬼迷心窍呢？现在，该用自己的双手干一点儿建设性的事情了，该给人们和自己创造一点儿什么了。当然，就是拼死了命，也不能把他造成的损失夺回来，也不能把他欠下的债还清了，可是，他身上的罪，却可以用汗水洗掉，用真心赎回。这话是老支书田树茂说的。想到这里，他周身鼓噪起来，恨不得现在就挽起袖子，到地里去大干一场。他不由得把两只大脚甩了起来，咚咚地砸着坚实的土地上。他的脚步加快了。

前边，又晃动起了一个人影，在叩打着一家小木门。“狗蛋妈，吃完饭到俺家去看电视呀，今天晚上演《天仙配》……”

从门口路过的一个小伙子搭茬了：“嗬，张大娘，您这服务态度真不错，请客上门呀！怎么不叫我呀?”

里边的一个女人搭了话：“看您还来叫一趟，天天去一屋子两炕的人到您那儿糟毁，真让人过意不去。”

“俺家没孩子没崽子，一到晚上，清冷得心里发慌，买个电视就为的是招点儿人凑个热闹。”

门外那个调皮的小伙子又搭了茬：“张大娘，到今年秋后您这电视就招不了人了。”

“怎么，到秋后你这小王八羔子就死啦？”

“您别咒我呀！到时候家家户户都买了电视，谁大老远地跑您那儿去看呀？”

“哼，这你甭操心，到那时候我买个带色的。”

“嗬！您这是屎壳郎爬竹竿——一节一节往上啃呀！”

“哈哈……”

听到这欢声笑语，田大庚心里那股酸水直往上涌，禁不住想掉眼泪。他似乎到了一个十分新奇又十分熟悉的世界里。农民什么时候这样轻松过，这样欢乐过，这样追求过肚皮以外的生活呢？对了，这才叫生活，生活应该是这个样子。过去，每天都是“大批判”“上战场”，人都变傻了，变麻木了，变成了一个木头人……他不敢再想下去了。想起这些，他心里就直打冷战……

远处，是在奔马河的大堤上，还是在新搭架的葡萄里，传来了一个姑娘甜脆、悦耳、充满着春情与恋火的歌声：

花儿开了有人采，
葡萄熟了有人摘。
妹妹等在山顶上，
为什么不见哥哥来……

紧接着，是一个小伙子的歌声，听起来也是那样的令人心驰神往，情深意长：

星星镶在天空上，
彩云依在月亮旁，
妹妹莫急莫悲伤，
你就在哥哥的心窝上……

爱情！田大庚一下子想起了这崇高、神圣而又撩拨年轻人心弦的字眼。农村新一代有文化的年轻人成长起来了，他们经受了一番痛苦的磨炼以后，勇敢地向几千年来的传统观念挑战了，他们正在艰难地冲击着那张又大又旧，但还未朽烂的罗网，开始追求一种充满爱情的新生活了……于是，他又想起了雪花，想起了他亲爱的妻子……

田大庚不知不觉地走到了村头，走到了那棵大柳树旁边。树后边，映出了一对年轻人的身影。田大庚不愿意打扰他们，他贴着墙根，想悄悄地溜过去。忽然，他听到了一阵熟悉的呜咽声，他的心猛地收缩一下，不由得放慢了脚步。

"康杰，俺、俺就听你一句话，要是你、你……不嫌弃俺……俺就跟他离、离婚……"

"不，小穗，你、你听我说。他是一个好人，一个老实巴交的小伙子。而且他、他……也很爱、爱你，你们又有了孩子……"

"是呀，这、这我也知道，可是，可是……"

"小穗，别因为我，再去害一个人，一个好人……"

"可是你，你怎么办呢?"

"我就是打一辈子光棍，也绝不会怨恨你的。过去的事就让它过去吧，我们还年轻，我们的路还长着呢！小穗，别为我难过了，我很好，我会自己照顾自己的……"

"康杰，你、你跟杏妮不行吗？我、我今天见到了她……"

"小穗，别说傻话了。你没见，大庚一走，她就把你们那个家管起来了。她对大庚是一片痴情呀！"

"啊……"

田大庚听到了这些，脑袋嗡地响了起来。他迈着慌乱的脚步，像逃跑似的离去了……

二

杏妮，是葡萄沟有名的傻姑娘。其实，她一点儿也不傻，只是心眼有点儿实，比别的姑娘少几个能藏私情隐心事的小窟窿。她心里想什么，嘴里就说什么；嘴里说得出来，她也干得出来。如果这就叫傻的话，她傻得有点儿可爱、可敬，又有点儿可怜和可笑。

记得那是在田大庚参军之前，电台里三天两头发“最新指示”，为了“传达不过夜”，葡萄沟和全国亿万个大大小小的单位一样，也成立了一个毛泽东思想宣传队。别看杏妮实心眼，长得却是苗条、秀气，又有一副金铃般的好嗓子，唱出歌来甜甜脆脆，成了宣传队的一个“台柱子”。有一次，排一个“老两口学最新指示”的节目，让杏妮演老婆。

杏妮认真地问：“什么叫姨太太？”

“就是‘第二夫人’。”

“就是‘副媳妇’。”

“就是‘候补妻子’。”

“就是……”

姑娘们一边创造着开心而文雅的新名词，一边发疯般地笑起来，在大青石后边吉里骨碌地打开了滚儿。雪花气得脸都白了，但她毕竟是个老实人，没有向杏妮和姐妹们发作，只是用鼻子“哼”了一声，猛地站起来，转身走了……

从那以后，雪花再也不理杏妮了。见到她，就把脸一沉，眼皮一垂，装作没看见。杏妮却不以为意，每次都主动地和雪花打招呼，而且专门往雪花身边凑。抬石头的时候，她总是抢着和雪花在一起。她比雪花力气大，总是把绳子往自己这边挪了又挪；中午吃饭的时候，她总是打开自己的饭盒，端到雪花面前，她的饭要是稍微比雪花的好一点儿，就抢着和雪花换着吃。田大庚跟郭林出去参观，杏妮就搬到雪花家去跟她做伴，还帮助她挑水扫院，洗衣做饭。雪花被杏妮这种真诚和热情感动了。有一天晚上，她们躺在炕上，雪花问她：“杏妮，你干吗对俺那么好呀？”

杏妮说：“因为你是大庚的媳妇，你对大庚好，俺就对你好。”

雪花照杏妮的屁股上轻轻地打了一下，笑骂着说：“死妮子，你把俺男人惦在心里啦？常言说得好，不怕贼偷，就怕贼惦着。”

杏妮郑重地说：“雪花姐，你听明白了，俺只是喜欢大庚，可从来没有想偷你的男人、抢你的男人啊！”

雪花感动得笑了。她相信，杏妮说的完全是真心话。她的心像水晶石一样，是晶亮的，是透明的，是不掺半点儿假、不隐半点儿私的。

雪花打心眼里喜欢起了这个实心眼的姑娘。

二

天还没有亮，田大庚家的小木门就被敲得嘭嘭响，被惊醒的田大庚懒洋洋地问了一声："谁呀？"

没有人答话，雪花又问了一声，外边却传来了一个姑娘的啜泣声。

小两口急忙穿好衣服，打开门，一下子愣住了。站在门外的杏妮，穿着一身像是刚刚买来的新衣服，胸前还戴着一朵小红花。头发梳得整整齐齐，眼睛却肿得像两个青杏儿。

"大庚哥、雪花姐，俺、俺来跟你们告别……"

两个人一齐问："怎么回事？"

"俺、俺要嫁人了……"

"嫁给谁？"

"黄花镇高支书家那、那个傻子……"

田大庚心里咯噔一沉，像是被什么狠狠地咬了一口。黄花镇党支部书记高恩杰他熟悉，那是个贪亲财黑、吃村嚼户的家伙。村里粮、棉、油、果，就像他家自己的一样，随便吃，随便拿，随便去和人家搞交易。在全公社所有的党支部书记当中，田大庚最看不起他，从来不跟他打任何交道。可是高恩杰却总是向田大庚讨好，拍田大庚的马屁。他那个傻儿子田大庚也见过，前几天还一丝不挂地在黄花镇大街上跑，专门追着姑娘，一边冲着人家撒尿，一边龇着牙嘿嘿傻笑。村里的人恨透了高恩杰，说他前世没积好德，今世没安好心，老天爷报应他，才给他留下这个傻种，好让他断子绝孙。可是，杏妮这么一个好端端的大姑娘，怎能嫁给这么一个傻子呢？

杏妮又哭着说："今儿晚上，他们就来、来接我……"

"为什么单等晚上来接你？"

"他们怕、怕让人家看见，俺爹今儿一天都不、不让俺出门……俺是借着上、上茅房的空，跑、跑出来的……"

“你爹是个不傻也不糊涂的人，为什么这样糟蹋你?”

“他、他要了人家八、八百块钱，把俺……卖、卖了……”

“啊!”田大庚一下子暴怒起来，他伸手拉住杏妮的胳膊，使劲往屋里一扯。由于用力过猛，杏妮一头栽了进来，要不是雪花在里边接住，非摔得鼻青脸肿不可。

田大庚对雪花说：“你把杏妮看住了，就是皇上二大爷来，也不能让他把人带走。”

田大庚说完，甩开两条腿，一阵风似的就朝杏妮家里冲去。

杏妮一家人见杏妮跑了，正急得团团转，这会儿见田大庚雷鸣电闪般地冲了进来，都慌了神。杏妮爹没等田大庚开口，就哆哆嗦嗦地说：“大庚书记，不是俺狠、狠心把闺女往火坑里推，孩子都是爹娘身上的肉，割掉哪一块不动心动肝地疼呀？……没办法呀！你看，房子扒了，一家人挤在这么一个八面透风的草窝棚里……你知道，杏妮妈有气管炎的毛病，着不得风，见不得凉。眼见天就要冷了，没有两间避风的房，非要她的命、要她的命不可啊！大庚呀，求求你，别……”

杏妮爹说着，那核桃皮一样的脸上，流满了浑浑浊浊的泪水。

本来，田大庚来到杏妮家，是准备把杏妮爹狠狠地批一顿，骂一顿，甚至拉出去斗一顿的。这会儿听杏妮爹这么一说，他的心软了。杏妮家遇到这种事情，怨谁呢？他和郭林参观回来，风风火火地要建新农村，把房子都扒了。可是没过多久，郭林又说，上边有了新精神，叫作“先治坡，后治窝”，不能生产没上去，就先讲吃、讲穿、讲住房，那是修正主义。于是又宣布，排子房暂时不建了，砖瓦木料是谁的还归谁。要盖房，“队里统一规划，自力更生解决”。多少年来在经济上从来没有翻过身的农民，谁能经得住这么折腾呢？房子好扒不好盖呀！现在，大多数社员还住在柴棚里、草窝里，或者临时支起的简易小屋里……

杏妮爹还在流着眼泪，战战兢兢地央求着：“大庚书记，你抬抬手让俺过去吧，把杏妮……”

“不行！就是再苦再穷，也不能卖闺女，不能给社会主义抹黑!”田大庚在说这些话的时候，脸是阴沉沉的，心却是火辣辣的。

"大庚书记，没有房子，俺这冬可不……不好过呀！"杏妮爹悲怆地说。

田大庚果断地说："没有房子队里给你解决，有几个'知青'要走，你先搬到'知青'房里去住。杏妮不准嫁人！"

"可是俺、俺把钱都接了，今儿就要办、办事……"

"钱在哪儿？"

"这、这……"

"把钱拿出来！"

杏妮爹颤颤巍巍地转过身，从那污黑的炕席底下拿出厚厚的一沓钱。田大庚一把夺过来，往怀里一揣，转身就走……

黄花镇高恩杰的家里，搭棚结彩，支锅垒灶，摆桌围椅，热闹非凡。国营饭店里有名的厨师，今天专门"倒休"，前来帮忙；县城里某局的小汽车，今天也"发扬风格"，到这里来专门伺候。远乡的，近邻的，小学校的，供销社的，乃至公社机关的，提着大包小包"自愿"送礼的人，出出进进，络绎不绝。高恩杰的傻儿子，今天也穿戴一新，由两个精明强干的中年妇女陪伴着，训练着。傻小子听说要娶媳妇，开心极了，又蹦又跳，手舞足蹈，嗷嗷乱叫……

正在这时候，田大庚进来了。高恩杰急忙从屋里迎出来，满脸堆笑，点头哈腰，大老远就把两只手一齐伸过来。高恩杰这个人，不但是独霸一方、作威作福的"地头蛇"，而且是神通广大、远近闻名的"大能人"。平时，对与他同级的那些党支部书记，他趾高气扬，凡人不理。可是对田大庚，却是三分怕、七分恨，表面上则是十二分的敬。他知道田大庚是郭林的大红人，得罪了他可不是闹着玩的。这会儿，高恩杰迎上前去，看到田大庚铁塔一样戳在他的院子里，呼呼喘着粗气，脸上冒着黑烟，眼里冒着怒火，他心里一下子凉了半截，感到了事情的不妙。还没容他开口，田大庚霹雷似的吼叫起来："高恩杰，我问你，你是共产党，还是国民党？"

高恩杰心里发抖，脸上却仍然堆着笑，故意说："大庚兄弟，你真会说笑话，咱不都是党支部书记吗？"

“呸！什么党支部书记？纯粹是恶霸地主，黄世仁，南霸天！”

“大庚，你、你这话是从哪儿说起呀？”

“你把一个好端端的大姑娘，硬要拉来配给你的傻儿子，你还有点儿人味儿没有？”

“这、这可是明媒正娶，两厢情愿啊！”

“住口！”田大庚猛地从怀里抽出那沓钱，举到高恩杰眼前，“解放都二十多年了，你身为一个党支部书记，还买卖人口，当人贩子！告诉你，杏妮是我们葡萄沟的人，你敢动她一根毫毛，我带着葡萄沟几百口人来捣你的老窝！”

田大庚说着，“叭”的一声，把那沓钱摔在了高恩杰的身上。

高恩杰傻眼了。高家大院里，像马蜂炸了窝，乱成了一锅粥……

三

一年一度的新春佳节又来到了。十几年来，人们对这古老的节日早已失去了应有的兴趣和热情，马马虎虎地吃一顿，蒙头睡他两天，解解馋、歇歇乏也就过去了。按照农村仍然流行的纪年法，除了标志着人们又长了一岁，没有任何意义。

可是今年的春节却一反常规，好像把十几年来被冷落和忘却的春神睿娘盈新请了回来，为他们举行着隆重的欢迎仪式。家家户户都像办喜事一样，张灯结彩，扫房贴画，割肉买酒，煎炒烹炸，一家一家，比着热闹，比着喜庆。

这些，独居在奔马河小闸房里的田大庚当然都看不到，但是他感觉得到。他站在闸房门口，看到越冰而过，抄近路到黄花镇赶集的人，一个个喜气洋洋，说说笑笑，他们身上的大包小筐，都装得鼓鼓囊囊，满满当当。姑娘们穿红戴绿，花枝招展；小伙子们衣冠齐整，神采飞扬，像是要结婚办喜事一般。

变了，变了。刚刚两年多的工夫这个世界就变了，正在变得光明和美好起来。可是田大庚却依然躲在这小小的闸房里，他没有买酒，也没有买肉，更没有新衣服可换。头发都长得遮住了半个耳朵，他无心去理发，胡子都有了半寸长，他也不想刮掉它。他就这样了，这样不是也挺好吗？唉！

去年春节，他是在悲哀、痛苦、悔恨中，在恍恍惚惚、怔怔忡忡中度过的。一个人直挺挺地躺在小炕上，不吃，不喝，泪水从眼角淌下来，一滴一滴地打湿了冰凉油渍的枕头。

今年三十这一天，他仍躺在那冰凉的小炕上，不愿意钻出那油渍麻花的被窝。附近村子里，一阵又一阵的鞭炮声传来，他想象着，那些夏天曾在这儿脱得赤条条的“小肉滚儿”，大概都穿戴上了新衣新鞋新帽，正在吵吵闹闹地比着谁的花蹿得高，谁的鞭炮崩得响。他们早已把他忘记了，也顾不上用刺猬来吓唬他了。一阵又一阵的锣鼓声传来，是高跷队，是小车会，还是少林、旱船，或狮子舞？这些古老的民间艺术，经过了十年的扫荡，他以为早已绝了种，断了根。没想到，今年呼啦一下子都出现了，像是从地里钻出来、天上掉下来的一样。

雪花啊雪花，我的好妻子，你看得到这些吗？听得到这些吗？

小穗啊小穗，我的好妹妹。这些你可以看得到，可以听得到，可是你高兴吗？听说你已经有了一个小女孩儿，孩子可爱吗？到现在，我这个做舅舅的还没有见到小外甥女，你允许我去见一见她吗？

唉！不能再想这些了。爹曾经说过，过年的时候，不能想倒霉的事，不能说晦气的话。可是，他哪有喜兴的事可想，哪有吉利的话可说呢？让别人去笑吧，去喜吧，去过好日子吧。我不该享受这好生活，我只能在这儿受冷落，受孤独，受惩罚。因为我有罪，我是个罪人啊！

直到天将正午的时候，他才懒洋洋地起了床。他无心点火，也无心做饭。他想来想去，披起了那件还是从部队带回来的破大衣，朝黄花镇走去。他连门也没有锁，那个门不用锁，不会有哪一个不开眼的小偷到这儿来行窃的。

他走进黄花镇，钻进了一家小酒馆里，要了两盘菜、一壶酒，自斟自饮着。大街上热闹非凡，小酒馆里却冷冷清清，只有他一个顾客。年关大节，谁不到家里去喝团圆酒、吃团圆饭呢？国营饭店干脆关门停业了，要不是有了这些私营小酒馆，他真不知该到哪儿去吃这顿年饭呢！

他独自一个人喝着酒，老板娘搬个凳子，依坐在门口，看着大街上熙熙攘攘的人群和一档又一档的花会，似乎早已把他这个顾客忘记了。直到太阳西坠，他才算了酒钱，往回走去。

烈酒烧着他的心，他的脑袋昏昏沉沉的，脚步踉踉跄跄的。他踩在厚厚的积雪上，像踩着一团团的棉絮，软软绵绵的，没有根底。

当他靠近自己那间小屋门口的时候，无意中举目一望，却发现远处的雪地里，移动着一个熟悉的身影。那苗条秀气的身子穿着一件绿花棉袄，头上罩着一块红头巾，在夕阳映照的雪地上，特别耀眼夺目，像一团燃烧的火，像一朵盛开的花。

杏妮！是杏妮！田大庚看清了，他想追过去，迈出的脚又缩了回来；他想喊叫，张开的嘴又闭上了。他只是倚在门框上，眼巴巴地看着她，直到她的身影完全消失在茫茫的雪地里，他才转身进了屋。

屋里那个小小的砖台上，放着那长方形的小面板。面板上，摆满了包好的饺子。这饺子包得精致小巧，鼓溜溜、尖翘翘，像一个个饱满的小菱角。砖台两边，放好了两只碗、两双筷子……

田大庚明白了，这个痴情的姑娘是来和他一起吃团圆饭的。她把饺子包好了，把碗筷放好了，却没有把他等回来，自己又默默地离去了。

田大庚坐在炕沿上，一动也不动，凝神地看着那摆得整整齐齐的小饺子。

他就这样坐着，过了一分钟又一分钟，过了一个小时又一个小时。忽然，他听到四面八方的村子里一齐响起了鞭炮声，噼噼啪啪，如风如雹，响成一片。

他知道，现在已经到了午夜子时了。“一夜连双岁，五更分二年”，旧的一年过去了，新的一年开始了。他站起身来，点着火，烧开锅，煮上了饺子。

饺子煮熟了，他捞在仅有的一个小面盆里，然后郑重地坐在小砖台前，拿起了筷子。他夹起了一个饺子，先放在对面的碗里，然后又夹起一个，自己吃起来，他每吃一个之前，总要先往对面的碗里放一个。他吃饱了，对面的碗里也盛满了饺子。

他不知道，自己为什么这样做。

四

田大庚已经来到了自己的家门前，在那虚掩的小栅栏门外停住了脚步。这难道真的是自己的家吗？三面坍塌倒陷的土打墙，已经修补得整整齐齐。墙头上，还镶砌了许多防人爬越的碎玻璃，在清淡的星光下，闪着幽幽的光。那两间透风漏雨的小柴棚，新抹的屋顶和墙壁，光溜溜的，散发着一种泥土的清香。小院里，那堆碎砖乱瓦，码得方方正正；那几架房柁和檩条，也靠着墙根堆好，上面还抹上了一层防雨的麦芋泥。西边墙根底下，是一只白山羊，两只雪白的小羊羔，一边争着奶头，一边亲昵地叫着。东边窗台下，是一个圆塔形的鸡窝，几只老母鸡大概白天太辛苦了，一边睡觉，一边发出咯咯的梦呓声……

杏妮正坐在小屋的窗前，织着一件驼色的毛衣。驼色的，男人穿的，给谁织的呢？田大庚顾不上想这些，他只是透过那明亮的灯光，出神地望着映在窗子上那熟悉的身影。小窗前边，有一棵新栽的小杨树，树枝在微风里晃动着，不时地遮饰着那清晰的身影，但是却遮掩不住从窗口里传出来的歌声：

妹妹找哥泪花流，
不见哥哥心忧愁……

这歌声是甜腻腻的、颤巍巍的，是那样的动情。这时候，田大庚的耳边似乎又响起了老支书田树茂那真诚、热烈，也是这样叩动心扉的声音。“回来吧，回来做一个党的好孩子，为党干一点儿事情吧！”

一阵春风迎面扑来，风是香甜的、清凉的，像泉水一样流进他那热烘烘的胸膛，冲刷和洗涤着他心灵上的污垢和杂质，使他的心胸豁然开朗和洁净起来。他忽然感觉到一种气息，一种欢悦的、强烈的、充满着希望的初春的气息，一种温馨的、轻柔的、充满着情与爱的家庭的气息。在这种浓郁的气息里，他心头的那座冰山，彻底地融化了……

他仍然站在这小院的门口，仍然凝神地望着那晃动着树影和人影的窗口，仍然倾心听着那动情而哀伤的歌声。不知为什么，他一直没有勇气推开那虚掩的小栅栏门……

1981 年 6 月草于山东禹城

7 月改于广州筲箕窝

图书在版编目(CIP)数据

昨夜西风 / 王梓夫著. －－北京：中国文史出版社，2021.3

（中国专业作家作品典藏文库·王梓夫卷）

ISBN 978－7－5205－2485－8

Ⅰ. ①昨… Ⅱ. ①王… Ⅲ. ①中篇小说－小说集－中国－当代②短篇小说－小说集－中国－当代 Ⅳ. ①I247.7

中国版本图书馆 CIP 数据核字(2020)第 228861 号

责任编辑：卢祥秋

出版发行：中国文史出版社
社　　址：北京市海淀区西八里庄路 69 号院　邮编：100142
电　　话：010－81136606　81136602　81136603（发行部）
传　　真：010－81136655
印　　装：北京新华印刷有限公司
经　　销：全国新华书店
开　　本：720×1020　1/16
印　　张：20.75　　字数：301 千字
版　　次：2021 年 3 月第 1 版
印　　次：2021 年 3 月第 1 次印刷
定　　价：66.00 元